PUNTO DE EQUILIBRIO

Punto de Equilibrio

– Una novela –

J.G. Jurado

ATRIA ESPAÑOL

Nueva York   Londres   Toronto   Sídney   Nueva Delhi

ATRIA ESPAÑOL

Una imprinta de Simon & Schuster, Inc.
1230 Avenida de las Americas
Nueva York, NY 10020

Primera edición en rústica de Atria Español: agosto de 2015

ATRIA ESPAÑOL y su colofón son sellos editoriales registrados de Simon & Schuster, Inc.

Para obtener información respecto a descuentos especiales en ventas al por mayor, comuníquese con Simon & Schuster Special Sales al 1-866-506-1949 o a través de la siguiente dirección electrónica: business@simonandschuster.com.

La Oficina de Oradores (Speakers Bureau) de Simon & Schuster puede presentar autores en cualquiera de sus eventos. Para obtener más información o para hacer una reservación para un evento, llame al Speakers Bureau de Simon & Schuster, 1-866-248-3049 o visite nuestra página web en www.simonspeakers.com.

Impreso en los Estados Unidos de América

10 9 8 7 6 5 4 3 2 1

Datos de catologación de la Biblioteca del Congreso
Gómez-Jurado, Juan.
  Punto de equilibrio: una novela / J.G. Jurado.
    pages cm
  1. Neurosurgeons—Fiction. I. Title.
  PQ6707.O54P86 2015
  863'.7—dc23
                                    2015012113

ISBN 978-1-5011-0774-0
ISBN 978-1-5011-0775-7 (ebook)

Para Andrea y Javier

«La locura es como la gravedad..., todo lo que hace falta es un pequeño empujón.»

Jonathan Nolan, *El caballero oscuro*

Punto de equilibrio

Diario del Dr. Evans

Todos ustedes creen conocerme. Se equivocan.

Han visto mi rostro incontables veces: desde la primera vez que apareció en televisión la foto de mi carnet de conducir, cuando la policía comenzó a perseguirme, hasta el momento en que el jurado me declaró culpable, en directo ante cientos de millones de espectadores. El mundo entero sabe mi nombre. El mundo entero tiene una opinión sobre lo que hice. Me resultan tan indiferentes las condenas como los aplausos.

Llevo ya mil ochocientos veintitrés días, once horas y doce minutos en el corredor de la muerte. De ese tiempo, he dedicado cada segundo que he pasado despierto a reflexionar sobre los hechos que me han traído aquí. Y no cambiaría ni uno solo de mis actos.

Salvo tal vez lo que le dije a Kate.

No soy un santo, ni un mártir, ni un terrorista, ni un loco, ni un asesino. Los nombres por los que creen conocerme están equivocados.

Soy un padre. Y esto es lo que sucedió.

63 HORAS ANTES
DE LA OPERACIÓN

1

Todo comenzó con Jamaal Carter. Si no le hubiese salvado, las cosas podrían haber sido muy distintas.

Cuando sonó el busca me froté los ojos con furia. El sonido me había sobresaltado, y me desperté de mal humor. Desde luego que el entorno no ayudaba. La sala de descanso de cirujanos de la segunda planta olía a sudor, a pies y a sexo. Los residentes siempre andan más calientes que la freidora de un McDonald's en hora punta; no me extrañaría nada que un par de ellos hubiesen estado botando en la litera de arriba mientras yo roncaba.

Tengo el sueño pesado. Rachel siempre bromeaba diciendo que para levantarme había que usar una grúa. Pero esa regla no se aplica para el busca: el maldito trasto consigue despertarme al segundo bip. Es la consecuencia de siete años como residente. Si no respondías al busca a la primera, el jefe de residentes se hacía un tambor con tu culo. Y si no conseguías un hueco para echar una cabezada durante las guardias de treinta y seis horas, tampoco sobrevivías. Así que los cirujanos terminamos desarrollando una gran capacidad para quedarnos dormidos y una respuesta pavloviana al sonido del busca. Llevo cuatro años como médico de plantilla y mis guardias se han reducido a la mitad, pero el condicionamiento continúa.

Palpé bajo la almohada hasta dar con el trasto. En la pantalla LED figuraba el 342, el número de la planta de neurocirugía. Miré el reloj cada vez más enfadado. Tan sólo faltaban veintitrés minutos para que terminase mi turno, y la mañana había sido movida, con un accidente de tráfico que había comenzado en Dupont Circle y terminado en la mesa de mi quirófano. Me había pasado tres horas recomponiendo el cráneo de un agregado cultural inglés. El tipo no llevaba aquí ni dos días y ya había descubierto por la vía difícil que en Washington se sale de las rotondas por el lado contrario al que se sale en Londres.

Las enfermeras sabían que estaba descansando, así que si alguien me había mandado aquella alerta debía de ser algo grave. Llamé al 342, pero comunicaba, así que decidí acudir a ver qué sucedía. Me remojé la cara en la pila del lavabo que había al fondo sin encender la luz. En aquellos días procuraba mirarme al espejo lo menos posible.

Salí al pasillo. Eran las seis menos veinte, y el sol se ponía ya tras las copas de los árboles en Rock Creek Park. La luz entraba a través de las enormes vidrieras y formaba rectángulos anaranjados en el corredor. El año anterior hubiese disfrutado de la hermosa vista, incluso mientras corría hacia el ascensor. Pero ahora ya no despegaba la mirada del suelo. El hombre en el que me había convertido no admiraba paisajes.

En el ascensor me encontré con Jerry Gonzales, uno de los enfermeros asignados a mi servicio, transportando una camilla. Me sonrió con timidez y yo le saludé con la cabeza. Era un hombre robusto, y tuvo que echarse a un lado para que entrase. Si hay algo que dos varones heterosexuales odian es rozarse en un ascensor, y más si, como nosotros, llevan muchas horas sin ducharse.

—Oiga, doctor Evans, gracias por el libro que me prestó el otro día. Lo tengo en la taquilla, luego se lo devuelvo.

—Da igual, Jerry, puedes quedártelo —dije agitando la mano para restarle importancia—. Yo ya no leo mucho.

Hubo un silencio incómodo. En otro tiempo hubiésemos intercambiado pullas o chascarrillos ingeniosos. Pero eso era antes.

Casi pude escuchar cómo se tragaba las palabras que quería decir. Mejor: no soporto la compasión.

—¿Le ha tocado el pandillero? —dijo al fin.

—¿Por eso me han llamado?

—Ha habido un tiroteo en Barry Farm. Las noticias llevan un buen rato hablando de eso —dijo señalándose la oreja, donde viajaban eternamente unos auriculares—. Hay siete muertos y un montón de heridos. Una guerra de bandas.

—¿Y por qué no los llevan al MedStar?

Jerry se encogió de hombros y se hizo a un lado para dejarme pasar.

Salí del ascensor en la cuarta planta, donde está el servicio de neurocirugía. El Saint Clement's es un hospital pequeño, privado y extremadamente caro. Ni siquiera muchos de los habitantes de Washington han oído hablar de él. Situado en el linde sur de Rock Creek Park, cerca del puente Taft, es un lugar tremendamente esnob. Sus principales clientes son los residentes de Kalorama, buena parte de ellos extranjeros y altos funcionarios de las embajadas; gente sin seguro médico cuyos gobiernos pagan a regañadientes las enormes facturas. No es muy accesible en ningún sentido, ni es probable que hayas visto el Saint Clement's al pasar por la zona. Para llegar al enorme edificio victoriano de ladrillo rojo y ventanas blancas tienes que ir a propósito.

Para mi disgusto, la política del hospital tampoco cree en el servicio público: a los accionistas les gusta mantener los gastos bajos y los ingresos altos. Pero afortunadamente, al igual que todo hospital de Estados Unidos, el Saint Clement's está obligado a atender cualquier urgencia que llegue a su puerta. Y así es como me encontré con Jamaal Carter.

Estaba en el centro del pasillo, frente al puesto de las enfermeras. Un policía y dos paramédicos, con los uniformes empapados de sangre, lo escoltaban. Allá donde había tocado las zonas reflectantes de la ropa, el fluido vital había formado manchas negras y ominosas. Los paramédicos tenían el rostro desencajado y hablaban entre ellos en voz baja. Considerando la clase de mierda con la que tenían que lidiar cada día, tenían que venir de algo muy muy gordo.

Una de las residentes de urgencias estaba junto a la camilla con cara de circunstancias. Debía de ser nueva, no la conocía.

—¿Eres el neurocirujano? —me preguntó al verme llegar.

—No, soy el fontanero, pero me han prestado esta bata tan chula para que no se me manche el mono.

Me miró desconcertada durante un instante, y tuve que guiñarle un ojo para que supiera que hablaba en broma. Se rió, nerviosa. Siempre viene bien rebajar un poco la tensión a los chavales. Los internos suelen tratarlos como si fuesen caca de perro pegada al zapato, así que cualquier mínimo gesto humano es para ellos como un vaso de agua en pleno desierto.

Señaló al chico de la camilla.

—Varón, 16 años, Glasgow 15, herida por arma de fuego. Tiene 10/6, pulso 89. Está estable, pero el proyectil se ha alojado junto a la T5.

Le eché un vistazo al TAC que me alargó la residente para ver la situación exacta de la bala. No pintaba bien. Me incliné sobre él. El pandillero estaba boca abajo. Iba vestido con unos pantalones de rapero y una cazadora azul de los Wizards. Alguien la había desgarrado con unas tijeras para atender una herida superficial en el brazo derecho, cubierto de tatuajes. El otro brazo estaba esposado a la camilla.

A la cazadora le faltaba buena parte de la espalda. Allí donde debía de estar el escudo del equipo alguien había recortado un enorme espacio de tela, y en su lugar había un agujero de bala que apenas sangraba. El impacto le había alcanzado en la columna, entre ambos omóplatos. Sus constantes eran estables, su vida no corría peligro, pero la herida podía haber afectado al sistema nervioso.

El pandillero se quejó levemente, y yo me agaché para mirarle a la cara. Tenía los rasgos delicados, y estaba atontado por los calmantes. Le toqué en la mejilla para llamar su atención.

—Colega, ¿cómo te llamas?

Tuve que repetir la pregunta varias veces hasta que me contestó.

—Jamaal. Jamaal Carter.

—Escucha, Jamaal, vamos a ayudarte, pero necesito que me eches una mano. ¿Puedes mover los dedos de los pies?

Le quité unas Nike carísimas, que antes del tiroteo habían sido blancas y ahora eran de un vino sucio. Los dedos no se movieron. Presioné con la punta del boli en el centro de la planta.

—¿Notas esto?

Negó con la cabeza, muy asustado. Si aquel chaval había cumplido los dieciséis, yo era un buhonero polaco. Cada vez entraban en las bandas más jóvenes.

«Idiota, idiota, idiota», pensé.

—¿Qué está haciendo este chico aquí? —le grité a la jefa de enfermeras, que acababa de colgar el teléfono y estaba saliendo del puesto para acercarse. Se frotaba las manos nerviosamente.

—Nos lo han derivado del MedStar. Ellos están hasta arriba. Doctor...

—No me refiero a eso. ¡Digo que por qué demonios no está en el quirófano! Hay que sacarle esa bala inmediatamente —dije empujando la camilla.

Ella se colocó delante, impidiéndome el paso. Ni siquiera me molesté en intentar apartarla. No vale la pena pelear con la jefa de enfermeras, y menos con una que pesa treinta kilos más que tú. Cuando está detrás del mostrador parece llevarlo puesto.

—Siento haberle avisado, doctor Evans. Pero he hablado con la jefa de servicio y no autoriza la operación.

—¿De qué estás hablando, Margo? ¡La doctora Wong está en un congreso en Alabama!

—Ha llamado para saber si había novedades después

de que yo le mandase a usted la alerta al busca. —Me miró como disculpándose y meneó la cabeza—. Cuando se ha enterado de lo del pand..., de lo de este paciente, ha pedido que se le estabilizase como marca la ley. Ahora estamos esperando a que algún centro público nos dé autorización de traslado para derivarle allí.

Respiré hondo y apreté los dientes. Era muy fácil para la jefa de servicio dar un par de órdenes desde su suite en un hotel de cinco estrellas. Pero allí, en el mundo real, había un chico al que derivarían a un centro sobrecargado, donde con mucha suerte lo atendería un residente agotado que afrontaría una operación de alto riesgo con pocas garantías. Si echaban a aquel chico del Saint Clement's, lo más probable es que jamás volviese a caminar.

—Está bien, Margo. Yo llamaré a la doctora Wong —dije, sacando el móvil—. ¿Hay algo que queráis decirme? —pregunté a los paramédicos mientras escuchaba el tono de llamada.

—La bala ha rebotado en la pared antes de darle, por eso no le ha matado —respondió uno meneando la cabeza—. Si le hubiese dado un par de centímetros más a la derecha, apenas habría sido un rasguño, pero...

«Su mala suerte es ahora la nuestra.»

Levanté un dedo y me aparté de los paramédicos. Al otro lado de la línea mi jefa acababa de descolgar el teléfono.

—Ni te molestes, Evans.

—¿Qué tal los martinis, jefa?

—No vas a operarle.

—Stephanie, no es más que un niño que necesita ayuda.

—Una ayuda que cuesta noventa mil dólares que nadie nos podrá pagar.

—Jefa...

—Evans, nosotros ya hemos doblado nuestro presupuesto *pro bono* para este año. Y estamos aún en octubre. Lo siento, pero es un no.

—Se quedará paralítico —fue todo lo que fui capaz de decir. Como si ella no lo supiese.

—Tendría que haberlo pensado antes de meterse en una banda.

Que nadie juzgue con dureza a la jefa de servicio Wong por sus palabras. Cierto, es una zorra sin corazón, pero también una cirujana fuera de serie. Su obligación era velar por los intereses del hospital, y eso es lo que estaba haciendo. Y en cuanto a lo de los prejuicios por ser pandillero..., los médicos somos así.

Racionalizamos.

Tomamos decisiones difíciles a partir de los datos de los que disponemos y los recursos con los que contamos. ¿Sólo hay un riñón disponible? Se lo damos al paciente más joven, incluso aunque esté varios puestos por detrás en la lista de espera. ¿Fumas dos paquetes de cigarrillos al día a pesar de esos enormes mensajes de advertencia? No esperes que derramemos una lágrima por ti si vienes con cáncer de pulmón. ¿Bebes como un cosaco? Lo más probable es que cuando nos muestres tu cirrosis hagamos chistes sobre paté. A tus espaldas, claro.

¿También yo soy así?

Es una buena pregunta. La respuesta no es sencilla. No soy un monstruo, soy un ser humano igual que usted. Pero paso tanto tiempo viendo el mal que sufren buenas personas de forma aleatoria que, cuando le sucede a alguien con un motivo, le traslado la culpa. Es un instinto de conservación primario del cerebro humano. Trabajo con lo que puedo, intentando no tomarme los casos de manera personal. Los meapilas y los políticamente correctos dirán que eso es inhumano, pero créame, de esa forma podemos dar la mejor atención posible.

Aun así, de vez en cuando un paciente aleatorio hace algo insólito. Aparece ante ti con una colonia fuerte que te recuerda a tu padre adoptivo, un gesto determinado, un deje en el habla. O como en el caso de Jamaal, unos ojillos asustados.

Y entonces todas esas defensas que tanto te has empeñado en imaginar indestructibles se traspasan como un papel de fumar. Y haces algo que no deberías hacer: te implicas.

—Stephanie, por favor... ¿Cómo puedo convencerte?

—De ninguna forma. Vas a esperar once minutos a que finalice tu turno y luego vas a irte a casa. Así será problema de otro.

Había algo en su voz, un tono extraño que no estaba descodificando adecuadamente. Me apreté con fuerza el puente de la nariz intentando descubrir qué.

«*Once minutos.*»

Entonces comprendí lo que implícitamente me estaba diciendo mi jefa. Como cirujano presente de mayor rango, durante los siguientes once minutos la responsabilidad legal del destino del muchacho era mía. Única y exclusivamente.

—Doctora Wong, he de colgar. Ha habido un empeoramiento en las condiciones del paciente. Temo por su vida. Voy a operarle para sacarle la bala.

—Lamento oír eso, Evans —se despidió ella, tensa.

Ladré unas cuantas órdenes lacónicas, y de inmediato los paramédicos se hicieron a un lado. Las enfermeras metieron al paciente en el quirófano. Tenía que conseguir un anestesista, pero eso no iba a ser un problema: ninguno en este hospital sería capaz de negarme nada.

No después de lo que había pasado con Rachel.

Antes de lavarme las manos para la operación, hice una última llamada.

—Svetlana, ha surgido una urgencia. No voy a llegar a tiempo a cenar.

—Muy bien, doctor Evans —respondió ella con su mecánico tono eslavo—. Me encargaré de acostar a su hija. ¿Quiere que se lo diga yo?

Había prometido a Julia leerle un cuento aquella noche. Había roto tantas veces aquella promesa que sentí vergüenza de no ser yo mismo quien lo admitiese.

—No, pásamela —suspiré.

Oí a Svetlana llamando a la niña, intentando hacerse oír por encima del volumen de la tele.

—¡Hola, papi! ¿Cuándo llegas? ¡Te echo de menos! ¡Hay pollo para cenar!

—Hola, princesa. No puedo ir, hay un chico que ha tenido un problema y sólo papá puede ayudarle, ¿sabes?

—Ya.

El silencio que siguió estaba cargado de toda la culpabilidad que puede hacerte sentir una niña de siete años. Fría, pegajosa y desagradable.

—¿Qué estabas viendo? —dije, intentando animarla.

—Bob Esponja. Ese cuando Plancton dice que ya no quiere robar la fórmula de la Burguer Cangreburguer y monta una tienda de regalos.

—Y el señor Cangrejo no para hasta que le convence de que se la intente robar otra vez. Me encanta ese episodio.

—También le gustaba a mami.

Tardé unos segundos en contestar. Tenía un nudo en la garganta y no quería que ella lo notase.

—Iré a arroparte en cuanto llegue. Pero ahora necesito que te portes bien, por el equipo.

Julia suspiró, para dejar claro que no se conformaba con aquello.

—¿Me darás un beso de buenas noches? ¿Aunque esté dormida?

—Te lo prometo. —Invoqué nuestro grito de batalla, el que Rachel había inventado—. ¿Equipo Evans?

—¡Adelante! —respondió ella sin demasiado entusiasmo.

—Te quiero, Julia —fue lo último que le dije antes de entrar al quirófano.

Ella colgó sin contestar.

Eran las once y media de la noche y yo arrastraba los pies por el parking, exhausto tras la larga operación, cuando mi móvil sonó de nuevo. Era mi jefa.

—¿Cómo ha ido?

Arrastraba las vocales al hablar, y supe enseguida que la factura del minibar iba a ser considerable. Probablemente no iría cargada a la cuenta de gastos del hospital, sino que la pagaría la propia doctora Wong en efectivo. Todos los cirujanos bebemos, y bebemos mucho más cuantos más años tenemos. Ayuda a dormir y a calmar el temblor de las manos según te vas haciendo viejo. Pero lo que nunca, nunca hacemos es admitirlo en público. A no ser que, como es ahora mi caso, no tengas nada que perder.

—Bueno, hay un pandillero que volverá a aterrorizar las calles de Anacostia dentro de tres a cinco años. O un poco antes por buena conducta —dije, buscando en el bolsillo las llaves del coche.

—Tendré que informar a la junta. Ya ha habido quejas con respecto a tu uso liberal de los recursos, Evans. Espero que tu informe posterior justifique la decisión de operar.

Por muy agotado que estuviese, aquella frase la entendí a la perfección.

—No te preocupes, jefa. El informe será impecable —dije empapando mis palabras de cinismo—. El Victor Hugo de la literatura médica. No pienso darles la ocasión de despedirme.

Stephanie se rió.

—Si la operación del viernes sale bien, serás intocable. Para siempre. Podrás ser jefe de servicio en cualquier hospital del país —dijo con envidia.

Le agradecí que no mencionase la posibilidad contraria. Sería igual de definitiva.

—No exageres. Será el éxito de todo el servicio de neurocirugía.

Ella se rió de nuevo, un poco demasiado fuerte. Estaba oficialmente borracha.

—Tengo dos exmaridos que mentían mejor que tú, Evans. Ahora vete a casa y descansa. Mañana tienes cita con El Paciente —dijo remarcando mucho las mayúsculas.

—Tranquila, jefa. Puedo con todo.

—¿Qué edad tienes, Evans? ¿Treinta y seis?

—Treinta y ocho.

—A este ritmo no cumplirás los cuarenta, muchacho.

Corté la llamada y giré las llaves en el contacto. El familiar rugido del Lexus resonó bajo el capó, y yo sonreí por primera vez en todo el día. Por primera vez en muchos días, en realidad. Antes de que acabase la semana las cosas iban a empezar a sonreírnos por fin, como no lo habían hecho desde la muerte de Rachel. Tendría un trabajo mejor, una vida mejor. Tiempo para estar con Julia.

«Intocable. Me gusta cómo suena.»

En menos de una hora iba a saber lo equivocado de mis palabras.

2

Al abrir la puerta me recibió un silencio inquietante.

Era casi medianoche, pero no era la clase de silencio que esperas encontrar en un barrio residencial. Vivimos en Dale Drive, en Silver Spring; dentro del Beltway por muy poco, pero dentro al fin. La nuestra es una casa de los años treinta, revestida de piedra gris. Tal vez la haya visto fotografiada por fuera en el *National Enquirer* o en uno de esos repugnantes blogs sensacionalistas. Uno de ellos incluso consiguió imágenes de la página web de la agencia a la que se la habíamos comprado Rachel y yo. Entonces ella estaba embarazada de Julia. Pintaba un enorme oso sonriente en la pared del dormitorio de la niña cuando rompió aguas. Corrimos al hospital con tanta alegría como miedo.

A pesar del precio, con los sueldos de ambos no hubo problemas para comprar la casa justo antes de que estallase la burbuja inmobiliaria. Pero después de que ella se fuese, mantenerla empezó a ser cada vez más complicado. Rachel tenía un seguro de vida cuya beneficiaria era Julia, pero huelga decir que no soltaron ni un centavo de aquel dinero. Sólo recibimos una carta exquisitamente formal que hacía hincapié en la «voluntariedad»

18

de la decisión de Rachel y se copiaba entera la cláusula 13.7 del contrato del seguro. Aún recuerdo las náuseas que sentí cuando hice una bola con el maldito papel y lo arrojé a la basura. Un abogado que había leído el caso en el periódico se presentó un día en casa y me dijo que podíamos demandarlos, pero lo envié a paseo. Aquello hubiera sido obsceno, por mucha falta que nos hiciese el dinero.

No era sólo la hipoteca, también estaba Julia. El horario de un neurocirujano que tiene que hacer guardias extra para cubrir las facturas no es precisamente estable. Tuve que contratar empleadas de hogar internas. La primera que tuvimos fue una mujer brasileña que hacía un mes se había esfumado en el aire, sin más. Los días siguientes fueron una pesadilla de agenda, y la pobre Julia tuvo que pasar varias tardes en el puesto de enfermeras, coloreando diagramas en blanco y negro de los viejos libros de anatomía que encontraba en mi consulta. Los riñones le salían muy bien, eran una suerte de Mr. Potato chepudos y simpáticos.

Con todo el desempleo que hay, mis anuncios en *Craigslist* y en *DC Nanny* no recibieron ni un solo correo electrónico de contestación. Hasta que un par de semanas atrás llegó el currículum de Svetlana, y fue como si nos hubiese tocado la lotería. No sólo cuidaba genial de Julia, sino que cocinaba como los ángeles. Ponía enormes cantidades de grasa de oca en todo, al estilo de su Belgrado natal, y yo ya había engordado un par de kilos. Siempre que llegaba, por tarde que fuese, había un plato de comida caliente en la encimera.

Excepto aquella noche.

Aquella noche sólo había silencio.

Dejé mi maletín en una de las sillas de la cocina y tomé una manzana de la cesta de frutas para calmar el hambre. Mientras la mordisqueaba, me fijé en que sobre la mesa había un libro para colorear de Dora la Exploradora, con un dibujo de Botas a medio terminar. Me extrañó que Julia se hubiese ido a la cama sin completarlo. Siempre insistía en acabar los dibujos antes de acostarse, en parte para retrasar la hora del sueño y en parte porque no iba con su carácter dejar las cosas a medias. Tal vez estuviese aún enfadada porque yo no hubiese llegado a tiempo para la cena.

Cerré el libro y un crayón rojo rodó sobre la tapa y cayó al suelo. Me agaché para cogerlo y noté un súbito dolor en la yema de los dedos. Retiré la mano corriendo y vi que me había cortado con algo: un par de gotas de sangre me resbalaban por el índice.

Maldiciendo en voz baja me levanté, fui hasta el fregadero y puse el dedo bajo el grifo durante un par de minutos. Es difícil hacer comprender a alguien que no ha pasado la mitad de su vida dedicado a la medicina lo que siente un neurocirujano por sus manos, pero la palabra más cercana es reverencia.

Las cuido con una obsesión rayana en lo enfermizo, y cuando ocurre algún pequeño accidente doméstico, siento un pánico atroz hasta que evalúo los daños. ¿Sabes ese miniataque al corazón que te sobreviene cuando tu jefe o tu mujer te dicen «Tenemos que hablar»? Pues es algo parecido.

Por eso guardo Hibiclens, gasas y tiritas en el armario de la cocina. Bueno, y en los cuartos de baño. Y en el garaje, y en la guantera del coche. Más vale prevenir.

Cuando me hube puesto antiséptico suficiente como

para esterilizar un contenedor de basura, me agaché de nuevo bajo la mesa. Esta vez aparté la silla y miré antes de meter la mano. Encajado entre la pata de la mesa y la pared había un trozo de cerámica. Lo saqué con cuidado y vi que era parte de una taza de Dora. A la joven aventurera le faltaba la cabeza, y el malvado zorro Swiper la acechaba con una sonrisa siniestra desde detrás de un arbusto.

Rachel le había comprado aquella taza a Julia. Era su favorita.

«Espero que no haya visto cómo se rompía, o habrá llorado hasta hartarse, la pobre», pensé.

Tiré el trozo de cerámica a la basura y subí las escaleras enseguida. Quería darle un beso cuanto antes, incluso despertándola si hacía falta. Aquella simple pieza de vajilla la habíamos encontrado por casualidad en un Home Depot, y yo no pensaba a menudo en ella. Pero de pronto verla hecha pedazos, a menos de dos semanas del primer aniversario de la muerte de Rachel, despertó dentro de mí una oleada de recuerdos de aquel día.

Era sábado y ambos teníamos el día libre en el hospital. Fuimos los tres en busca de un sofá, pero el trato era que nuestra hija sería la encargada de elegirlo. Saltó sobre todos los muebles de la tienda antes de decidir que ninguno era lo bastante suave o tenía suficientes elefantes en la tapicería. Salimos de allí sin nada más que aquella taza y un enorme bigote marrón que a Julia le quedó después de beberse un chocolate. Se negó a quitárselo y vino todo el camino hasta casa haciéndonos muecas bigotudas por el retrovisor.

Me invadió una terrible sensación de pérdida.

En aquel momento yo necesitaba un abrazo tanto como debió de necesitarlo Julia cuando se rompió la

taza. Abrí la puerta de su habitación, que estaba extraña-
mente a oscuras. Julia siempre dormía con una lamparita
de noche encendida. Busqué a tientas el interruptor, y la
reconfortante y tenue luz rosada desterró la oscuridad a
los rincones.

La cama estaba vacía.

Aquello era muy raro. Tal vez Julia estaba teniendo
una mala noche y le había pedido a Svetlana dormir con
ella, pero si era así lo mínimo que la niñera podía haber
hecho era dejar una nota.

*«¿Y por qué diablos está la cama hecha? ¿Es que ni siquiera
ha probado a acostarla?»*

Lamentando lo que me parecía una anormal falta de
disciplina por parte de Svetlana, volví a la planta baja.
Ella tenía allí su dormitorio, al otro lado de la cocina, en
una habitación espaciosa y con una pequeña zona de estar que daba al patio trasero.

Llamé a la puerta suavemente, pero no hubo respuesta. Abrí la puerta con cuidado y encontré la habitación vacía.

No es que no hubiera nadie, es que había desaparecido todo rastro de que el dormitorio hubiese sido habitado recientemente. Habían desaparecido las sábanas y
la funda de la almohada, las alfombras y las toallas del
baño. No había productos cosméticos, ni ropa en los ar-
marios. Y de cada una de las superficies emanaba un
fuerte olor a lejía.

La sensación de vacío en la boca del estómago que
había sentido al entrar en casa se acrecentó, como
cuando llegas a lo más alto de la montaña rusa y sabes
que estás a punto de caer.

—¡Julia! —grité—. ¡Julia, cariño!

Fui por toda la casa encendiendo todas las luces y llamando a mi hija. Tenía los dientes apretados, tanto que me dolieron las encías al cabo de un par de minutos. La sangre me repiqueteaba en las sienes al ritmo de un tenedor en un cuenco de claras de huevo, y era consciente de cada respiración.

«*Para* —pensé, aunque la voz que resonaba en mi cabeza era la del doctor Colbert, el hombre que me había enseñado cómo sostener un bisturí por primera vez—. *Mantén la cabeza fría. Concéntrate en los problemas uno por uno. Define una línea de actuación.*

»*Hay que localizar a Svetlana.*

»*Llámala al móvil.*»

Tenía su número guardado en favoritos. Lo marqué, pero saltó el buzón de voz.

«*¿Dónde pueden estar a estas horas?*»

Paseando frenéticamente de un lado a otro del salón, hice una lista mental de los sitios a los que podían haber ido. Svetlana usaba para los recados el Prius que había pertenecido a Rachel, pero este seguía en el garaje, y el motor estaba frío. Eso reducía mucho las posibilidades. Tal vez podían haber ido a casa de un vecino, pero entonces, ¿por qué no habían dejado una nota? Y lo más importante: ¿por qué faltaban las pertenencias de la niñera de su habitación?

No quedaba otro remedio que avisar a la policía. Al FBI, a la Guardia Nacional, a los putos Vengadores. Quería a mi hija de vuelta, y la quería ya.

Marqué el 911.

Comunicaba.

«*¿Está comunicando? ¿Cómo diablos puede comunicar el 911?*»

Me detuve un momento intentando serenarme. Ni siquiera sabía lo que podía decirles. ¿Qué es lo que recomendaban en aquellos folletos que repartían en los centros comerciales y en las reuniones de la Asociación de Padres? Que recordásemos cómo iba vestida. ¿Qué podía llevar Julia?

En la habitación de la niña no parecía faltar nada, ni siquiera unos zapatos. Todo aparecía pulcro y ordenado. Demasiado incluso. El pijama que había usado Julia ayer, uno amarillo con la cara de Bob Esponja, no estaba bajo la almohada ni en el cesto de la ropa sucia. Normalmente los usaba durante dos o tres días antes de echarlos a lavar. Siempre se ponía el pijama antes de cenar.

¿Y luego qué? ¿Svetlana había recogido sus cosas, fregado con lejía y salido por la puerta caminando con una niña en pijama? Sus objetos personales debían de abultar un par de cajas. No podía habérselo llevado todo.

Alguien tenía que haber venido a buscarlas. Alguien que había aprovechado las horas extra que yo había pasado en el quirófano sacando la bala de la columna de Jamaal Carter.

«Es culpa mía. Maldita sea, tenía que haber estado aquí, en mi casa, protegiendo a mi hija.»

Volví a marcar el 911.

Comunicaba otra vez.

Me aparté el teléfono de la oreja y lo miré con extrañeza. Aquello era imposible, pero no me paré demasiado a pensar porque de pronto se me ocurrió algo.

«Pero si alguien se las ha llevado a la fuerza, ¿por qué no hay signos de lucha, más allá de la taza rota?»

Aquel pensamiento hizo que se me resecase la garganta. Svetlana tenía que haber preparado todo esto. Tal vez había secuestrado a Julia por dinero. ¡Por Dios santo, yo había confiado en aquella joven! ¡La había acogido bajo mi techo!

«Concéntrate. Recuerda todo lo que sabes de ella.»

Era de Belgrado. Tenía veinticuatro años. Estudiaba Filología Inglesa y quería obtener un doctorado en los Estados Unidos. Tenía una carta de recomendación de sus profesores en la Universidad de Novi Beograd. Se había trasladado para el nuevo curso y necesitaba dinero para sobrevivir en la carísima D. C.

Era baja y delgada, de apariencia frágil. Parecía despierta, aunque tenía un aire un poco triste. Se había hecho amiga de Julia enseguida, y la niña la había admitido rápidamente. Parecían entenderse a la perfección. Al fin y al cabo, Svetlana también había perdido a su madre a una edad parecida a la que tenía Julia cuando Rachel se fue. Fue durante la guerra de Bosnia, pero de eso no le dijo nada a la niña. Me lo confesó a mí durante la entrevista inicial.

Me dio el número de teléfono de su director de tesis en Georgetown. Un hombre de voz afable, que aseguró que Svetlana era una estudiante de confianza.

Todo parecía legítimo y yo la necesitaba desesperadamente, así que le di el trabajo. Ella ni siquiera tenía móvil, tuvo que comprarse uno para que estuviésemos en contacto. No llamaba a su país, ni tenía amigos en Washington. Incluso pasaba los días libres estudiando, encerrada en su habitación. Jamás la había visto hablando con nadie, excepto...

Excepto la semana anterior.

Una idea loca empezó a formarse en mi cabeza, y de pronto empecé a cabrearme muchísimo. Tomé las llaves del coche.

Tenía que comprobar aquello antes de volver a llamar a la policía.

3

El padre de Rachel y yo nunca nos habíamos llevado bien.

Mientras éramos novios se esforzó muy poco por ser amable. Sonreía al saludarme, me estrechaba la mano y se la volvía a meter en el bolsillo más rápido de lo que un político se guardaría tu último dólar. Pero las miradas que me dedicaba de refilón, cuando creía que yo no me daba cuenta, hubieran derretido mis fórceps de aleación de cromo-vanadio.

—Son imaginaciones tuyas, cariño —me susurraba Rachel cuando se escapaba de su habitación para meterse en la mía—. Tan sólo es un gruñón que quiere lo mejor para sus hijas.

—Voy a ser un jodido neurocirujano, Rachel. ¿Qué más quiere?

—Ha vivido toda su vida protegiendo a sus pequeñas. Ya verás cuando seas padre y tengas a algún jovenzuelo paseando por casa un arma de este calibre —decía ella, metiendo la mano bajo las sábanas y palpando el arma en cuestión.

Lo cierto es que la familia Robson era una piña. Rachel era la mayor y la más responsable de las dos hermanas. Una mente ordenada y racional, estudiando para

27

ser anestesista, siempre reconviniendo a la pequeña Kate acerca de todas las locuras que se le ocurrían a esta. Aura, la madre, era un espíritu alegre y parlanchín, una centella de un lado a otro de su cocina, preparando pan de maíz y cotilleando acerca de sus vecinos. Y luego estaba Jim, el patriarca, un virginiano de pura cepa, de los que aún sentían mareos por el viaje en el *Mayflower*. Sorbiendo su cerveza en el porche, irritado ante la presencia de aquel joven residente alto y moreno que decía ser el novio de su hija.

—¿Y qué noticias hay del Norte? —decía él siempre.

—Bueno, ya sabes, Jim, ahora la bandera ya lleva cincuenta estrellas.

Nunca se reía de mis patéticos intentos de bromear, y la cosa no fue a mejor después de la boda. Pero los dos nos esforzábamos, y las reuniones con los Robson eran casi agradables, aunque me hacían sentir incómodo. No sólo por la actitud de Jim, ojo. Sentía que no terminaba de encajar. La verdad es que esto de la familia no se me había dado nunca demasiado bien.

Yo soy huérfano y nunca conocí a mis padres biológicos. Hasta los nueve años mi hogar fueron varias casas de acogida, donde el resto de los niños no eran hermanos, sino rivales con los que peleabas por la comida y los recursos. Después me adoptó una pareja de Pottstown, Filadelfia. Él era médico rural, y ella su enfermera y ayudante. Murieron en un accidente de coche en mi segundo año de universidad, antes de que conociese a Rachel, dejándome huérfano por segunda vez. El choque me hizo perder todo aquel curso. Desde niño la pena había habitado en mi casa, pero durante años parecía haberse quedado escondida en un armario. El día de la muerte de mis padres volvió a salir, raspándolo todo con sus negras zarpas afiladas, y sólo Rachel había conseguido mantenerla a raya.

Ahora ya no está, y Julia y su familia son todo lo que tengo.

Así que desde hace quince años recorro una hora y media de camino cada tres domingos —además de los cumpleaños, Acción de Gracias, Navidad y Cuatro de Julio— hasta Fredericksburg. Aunque a la velocidad a la que había puesto el Lexus aquella madrugada, iba a llegar en la mitad de ese tiempo.

No recuerdo lo que marcaba el salpicadero, sólo que tenía el cuerpo rebosante de adrenalina y que casi me mato en el desvío de Falmouth. Habré tomado esa salida centenares de veces, pero aquella noche iba tan rápido que me la pasé. Pegué un frenazo en seco que dejó la mitad de mis neumáticos en el asfalto, y puse el coche marcha atrás en plena, I-95. No sé en qué diablos estaba pensando. Por suerte, era más de la una y la autopista tiene cuatro carriles, porque aquella imprudencia pudo haberme costado cara. Detrás de mí aparecieron un enorme tráiler, los faros en el retrovisor y una estridente bocina cada vez más cerca.

Justo antes de que chocásemos el conductor logró aminorar la marcha lo suficiente como para cambiar de carril. Su parachoques delantero pasó rozando el mío, y el rebufo de las veinte toneladas del camión agitó mi pequeño deportivo como un estornudo la llama de una vela.

Me detuve en el arcén entre la I-95 y la salida 133, luchando por recobrar la calma. Aquella manera de actuar era absurda y no le haría ningún bien a Julia. Había estado a punto de matarme

Y todo por una estúpida corazonada.

Hacía un par de semanas mis suegros habían pasado por casa a ver a la niña. Jim es el dueño de una pequeña cadena de ferreterías bastante conocida, Robson Hardware Repair. Seguro que han oído alguna vez el eslogan: «Hágalo usted mismo y tendrá al mejor empleado». Tanto la ferretería como el eslogan le van al pelo al bueno de Jim, que es duro como una piedra. La cadena tiene cinco o seis sucursales, aunque ninguna al norte de Arlington. Era difícil ver a Jim cruzar el Potomac, salvo en días como aquel, en que tenía una reunión en el D. C.

Aura anunció su entrada como de costumbre, con una discreción digna de una campana de bronce cayendo por unas escaleras. Dos veces.

—¡Juliaaaaa! ¿Dónde está mi tarrito de miel?

La niña llegó a toda velocidad, usando el final de su carrera para deslizarse sobre el parqué con los calcetines. Le echó los brazos al cuello y la cubrió de besos.

—¡Abuela! ¡Ven a mi habitación, quiero enseñarte algo! —dijo tomándola de la mano y arrastrándola.

Yo saludé a Jim y le ofrecí algo de beber, sabiendo de sobra que diría que no. Nunca probaba el alcohol cuando conducía. Se sentó en mi sofá mirando la decoración con desagrado. A Rachel le gustaban los muebles de líneas limpias y sencillas, algo que no iba con el carácter tradicional de su padre.

—Julia ha crecido mucho. Llevábamos más de un mes sin verla.

—Últimamente he tenido mucho trabajo —me defendí, molesto.

Reconozco que desde que Rachel murió habíamos espaciado un tanto las visitas, pero también me fastidiaba bastante ser yo quien tuviese que bajar siempre a la niña. Había la misma distancia desde Silver Spring a Fredericksburg que de Fredericksburg a Silver Spring. Pero no lo dije, por cortesía. Y también porque mi suegro me sigue intimidando bastante, qué diablos.

—Ese es precisamente el problema, David. Trabajas demasiado.

Curiosa frase viniendo de alguien que se había tirado media vida viajando de una de sus tiendas a otra, y que sabía de memoria hasta el último de los tornillos que tenía en stock.

—No comprendo a dónde quieres ir a parar, Jim.

—No es bueno para Julia que trabajes tanto.

A aquello no pensaba responder. Me encogí de hombros y le miré fijamente. No apartó la vista.

—Acabo de vender la cadena, David.

La noticia me pilló completamente por sorpresa. Jim se había ufanado siempre de que el día que la muerte viniese a buscarle le encontraría detrás del mostrador. Yo siempre me lo imaginé mirando con desaprobación el filo de la guadaña de la Parca y ofreciéndole una piedra de afilar de marca Bester.

—Pero, Jim..., esas tiendas... son tu vida.

Se revolvió incómodo en el asiento y se cruzó de brazos.

—Desde lo de Rachel apenas podía concentrarme en el trabajo. Llevo meses pensando en que la vida es demasiado corta, y en ella hay más cosas de las que ocuparse aparte de llaves Allen.

Esas eran exactamente las palabras que Rachel le decía siempre cuando estábamos sentados a la mesa, entre el puré de patatas y el pavo.

—Los de Ace Hardware han intentado comprarme el negocio muchas veces, ya lo sabes —continuó—. Hoy me he reunido con ellos y les he dicho que sí. No me han pagado tanto como me hubiesen dado hace cinco o seis años; las cosas están mal. Pero aun así me han dado más que suficiente para el resto de mi vida. Tengo sesenta y tres años, he trabajado como un animal durante medio siglo. Me he ganado el derecho a disfrutar de la jubilación y a cuidar de lo que más me importa.

—Eso es cierto, Jim. Has tomado una buena decisión. Enhorabuena.

El viejo meneó la cabeza, reuniendo tal vez el valor para lo que de verdad quería decir. Finalmente lo escupió a su estilo, duro y a la cabeza.

—No me has entendido, David. Quiero que Julia se venga a vivir con nosotros.

Le miré boquiabierto e hice un sonido ridículo, a medio camino entre la risa y la incredulidad.

—Debes de estar bromeando.

Pero no había ni rastro de humor en los ojos de Jim Robson.

—Será un alivio para ti. Te estoy haciendo un favor. Y es lo mejor para mi nieta.

—¿Estás insinuando que me alegraría de librarme de mi hija, Jim? —dije yo, intentando asimilar todo aquello, cada vez más enfadado.

—Washington no es lugar para una niña. La convertirán en uno de esos robots con uniforme. Una buena escuela pública en una ciudad pequeña le iría mejor.

Aquello me dolió especialmente. Rachel y yo había-mos buscado la mejor escuela para Julia desde el mis-mo momento en que supimos que estaba embarazada. Habíamos optado por una que primase el arte y la ale-gría por encima de la competitividad. Por cada plaza en ese colegio había doce solicitudes. Habíamos hecho colas interminables y pedido un favor tras otro a todos nuestros conocidos hasta que conseguimos que la ad-mitiesen. Y ahora venía aquel metomentodo a cuestio-narnos.

—Julia va a la Maret School, una de las mejores es-cuelas privadas del país, donde, por cierto, no llevan uniforme. Y desde luego no creo que seas tú quién para decirme cómo debo educar a mi hija.

—Piénsalo. Así tendría a alguien en casa al volver de la escuela, alguien que le prestase atención. Y comida de verdad, buena comida casera. Tiene las piernas dema-siado huesudas.

Me puse en pie y rodeé la mesa del sofá para acer-carme a él. Se levantó inmediatamente.

—Escucha, Jim. Por el respeto que te tengo, y por honrar la memoria de Rachel, voy a hacer como si esta conversación nunca hubiera tenido lugar —dije ha-ciendo un gesto con la mano, como quien ahuyenta una mosca—. Eres el abuelo de la niña, y nada más que eso. Serás bienvenido a esta casa siempre que quieras. Pero te ruego, si no quieres que eso cambie, que nunca vuel-vas a mencionar una barbaridad semejante.

Me aparté y él se volvió a sentar.

—Te arrepentirás de esto, David —masculló entre dientes, humillado. Yo ignoré aquella frase, deseando que aquella insensatez terminase cuanto antes.

—Será mejor que vaya a ver qué está haciendo Julia —dije desapareciendo escaleras arriba.

Al bajar, un rato más tarde, me extrañó no ver a Jim en el salón. Fui hacia la cocina y lo encontré allí, hablándole a Svetlana al oído. Ella asentía, muy seria. Cuando se percataron de mi presencia ambos se separaron algo azorados.

En el rostro de mi suegro había una expresión culpable.

En aquel momento no le concedí importancia a lo sucedido. La velada amenaza de Jim me pareció el fruto de la rabieta de un hombre acostumbrado a estar siempre en posesión de la verdad y a salirse siempre con la suya. Y el hecho de que estuviese hablando con Svetlana lo interpreté entonces como una mera demostración de autoridad tras haber sido herido en su orgullo. Me imaginé que estaría sermoneándola sobre qué clase de comida darle a su nieta, o sobre la calidad de los tomates de Virginia, que, dicho sea de paso, es magnífica.

Pero al llegar a mi casa una hora antes y no ver a Julia, al haber deducido que Svetlana no podía haberse marchado por sus propios medios, la amenaza me parecía muy real y el susurro al oído de la *nanny* alcanzaba proporciones de conspiración.

Mientras tomaba el último desvío antes de llegar a la casa de los Robson, la mente me bullía con las mismas preguntas que me había venido haciendo todo el camino.

¿Se habría atrevido Jim a llevarse a su nieta? ¿Cómo había conseguido la colaboración de Svetlana? ¿Le habría ofrecido dinero? No sabía cuánto le habían dado los de Ace Hardware por la venta de la empresa, pero creo recordar que Rachel mencionó hace años una oferta de varios millones de dólares. Aunque la venta se hubiese cerrado a la baja, Jim estaba en condiciones de pagarle a una joven extranjera sus estudios de doctorado. Cierto que era un cabezota inflexible y testarudo, pero ¿podía llegar hasta ese punto para salirse con la suya?

«*No puede ser tan estúpido* —pensé—. *Tiene que darse cuenta de que un plan así no puede salir bien. ¿Cree que voy a limitarme a mirar para otro lado mientras se queda con mi hija, como si fuera un cortacésped que nunca le reclamas al vecino al que se lo prestaste?*»

Llegué finalmente junto a la casa de mis suegros y aparqué el coche en la cuesta empedrada que llevaba al garaje, que quedaba a un lado de la propiedad, una finca rústica que la familia Robson poseía desde hacía cuatro generaciones. Habían sido pobres buena parte de ese tiempo —Rachel fue la primera Robson que logró ir a la universidad—, pero en orgullo no les ganaba nadie.

Caía una lluvia suave que no sirvió para atemperar mis nervios. Mientras me acercaba, me extrañó que el farol sobre la puerta principal estuviese apagado. Solían dejarlo encendido toda la noche, igual que un par de luces en la planta baja. Mis suegros creen que eso del cambio climático es un invento de Al Gore para vender libros.

Subí los escalones en dos zancadas, y ya tenía la mano en el aldabón para llamar cuando la puerta se abrió de golpe. Jim estaba allí, vestido sólo con una bata de cuadros. Me miró de arriba abajo y luego se hizo a un lado. No parecía sorprendido de verme.

—Pasa y no hagas ruido. Las dos están durmiendo arriba.

El alivio al escuchar aquellas palabras fue inmenso. De pronto el peso que traía en el pecho se aligeró, y pude respirar hondo por primera vez en horas. Me fijé en que tan sólo llevaba una zapatilla, y sus pies hacían un ruido extraño al caminar. Yo seguía estando enfadado, pero la imagen de las pantorrillas flacas y desnudas de mi suegro era lo bastante lamentable como para ahuyentar mis ganas de pelear.

Seguí aquellos talones agrietados y resecos hasta su estudio, el lugar donde cada noche se relajaba viendo un rato la tele mientras tomaba una cerveza antes de ir a dormir. Solo que aquella noche Jack Daniel's había sustituido a Budweiser en la alineación titular. Y por lo visto lo estaba dando todo.

El otro cambio era más inquietante aún: la televisión estaba apagada, y sobre el butacón de Jim había un marco de fotos grande, de plata. Era evidente que el viejo lo había tenido en las manos. De sobra sabía yo que el lugar de aquel marco no era el estudio de Jim, sino la repisa de la chimenea.

Lo cogió al sentarse y se sirvió otro dedo de whisky.

—Se la veía tan llena. Tan feliz, David.

Levantó la foto para enseñármela, pero no era necesario. Conocía bien los detalles de aquella imagen, porque muchas noches había tenido una copia de ella en las manos y bebido hasta quedarme grogui mirándola, al igual que el viejo. Al menos teníamos aquello en común.

Era una foto de nuestra boda. Rachel sostenía un ramo de flores en la puerta de la iglesia, y nos mirábamos. Yo no veía en su rostro la felicidad de la que hablaba Jim, al menos no una felicidad desbordante y exagerada. Veía la seguridad plena de haber encontrado a tu compañero de vida. Pero claro, yo no sólo había visto la foto, había estado al otro extremo de aquella mirada.

—Sin duda lo estaba, Jim. Creo que fue feliz durante todo el tiempo que estuvimos juntos.

Él ladeo la cabeza y se quedó dudando un momento, como si lo estuviera considerando. Su piel estaba tan reseca como el pergamino, y sus mejillas ocultas tras una telaraña de venitas rojas. Miró detenidamente el fondo de su vaso, como buscando allí la respuesta. Y luego lo vació de un trago.

—Sí. Sí, creo que tienes razón.

Se sirvió más. Hizo un gesto hacia mí con la botella, pero negué con la cabeza y él no insistió. Alguien tenía que tener la mente serena en aquel momento, y yo estaba agotado y demasiado nervioso como para ponerme a beber. Tan sólo quería coger a Julia y largarme de allí, pero no podía irme sin hablar con él, y además me rompía el corazón arrancar a la niña de la cama a aquellas horas de la noche. Mucho me temía que iba a tener que quedarme a dormir.

—Era tan dulce. Como una canción suave, *Oh sweet Rachel, oh my darling dear...* —tarareó durante un rato, cada vez más borracho y con la voz más torpe—. Era imposible enfadarla. Tan juiciosa.

—¿Crees que ella hubiera aprobado esto?

—A ella no le molestaba que su padre bebiese una copa de vez en cuando. No, señor.

—No me refiero a eso, Jim. ¿Dónde está Svetlana?

Me miró de hito en hito, con los ojos muy abiertos.

Las ojeras, que formaban un par de hamacas negras, se difuminaron por un instante en el macilento rostro.

—Pues en tu maldita casa, supongo. ¿Está Julia aquí? ¿La has traído?

No tuve que pararme a deducir si mentía. La expresión de sorpresa era abrumadoramente real. Y con ella me invadió una sensación de confusión. Me mareé y tuve que agarrarme al brazo del sillón.

—No, claro que no la has traído. Nunca la traes. Estas muy ocupado salvando vidas de otros, Dave —dijo, convirtiendo la voz en un susurro.

Yo apenas le escuchaba. Sus palabras eran puñales que se me clavaban en las entrañas, pero había algo mucho más importante. Respiré hondo e intenté interrumpirle.

—Jim...

—Las vidas de todos son importantes, pero no la de tu mujer, ¿verdad, Dave?

—Jim, cuando he llegado...

—El gran neurocirujano, la futura estrella, y no lo viste venir, ¿verdad, estrellita? No lo viste, no lo viste venir.

—¡Jim!

—¡¿Qué?!

—Jim, has dicho que estaban arriba. ¿Quién está arriba?

Se detuvo y pareció confuso durante un instante, como si sus oídos estuviesen captando el eco lejano de mi pregunta. Finalmente, esta pareció abrirse camino entre las brumas del alcohol.

—¿De qué estás hablando? Pues mi mujer. Y Kate, quién va a ser. Está de permiso. Y ha venido a ver a sus viejos, la buena de Kate. Ella sí sabe dónde está su corazón.

Para entonces tenía ya la lengua tan pastosa que apenas pude entender el final de la frase, que sonó a *dondstáshucrozón*, pero poco me importó, porque la intuición que me había llevado allí se había esfumado. Todo aquello había sido un enorme y desagradable malentendido. Julia llevaba varias horas desaparecida, y nadie la estaba buscando. Y para colmo yo estaba allí, a sesenta millas de mi casa, cuando tenía que estar hablando con la policía para que buscasen a Svetlana y a los cómplices que pudiese tener. De pronto la ansiedad y el miedo me inundaron de nuevo.

Me puse en pie y saqué el móvil. Marqué el 911 y me puse el auricular en la oreja.

Comunicaba.

Aquello no tenía ningún sentido. El número de emergencias no puede comunicar nunca. Una sensación extraña me atenazó el cuello, como una idea que no puedes recordar del todo o un grito en la distancia cuya naturaleza no terminas de identificar.

Algo no iba bien, y no sólo con Julia.

—Escucha, Jim..., necesito usar tu teléfono.

El viejo negó con la cabeza y se puso a su vez en pie tambaleándose.

—No te pongas a llamar ahora. Quiero hablar contigo.

—Es una emergencia. Hay...

En ese momento sonó la alerta de SMS de mi móvil. Miré la pantalla enseguida, creyendo que podría ser Svetlana, pero no era ella. El identificador estaba vacío. Ni siquiera ponía «desconocido». Estaba en blanco.

SAL DE AHÍ, DAVE.

Desbloqueé la pantalla y abrí el programa de Mensajes para ver quién lo había enviado, pero el texto que acababa de recibir no aparecía por ninguna parte. El más reciente era uno de un compañero del hospital, horas atrás.

—¿Qué dices de una emergencia, David? Para ti siempre han estado las emergencias por encima de tu familia. Sí, todos más importantes, el gran Cirujano Importante, sí, señor. Un mierda, eso es lo que eres.

Levanté la cabeza ante el insulto y fui a contestar, pero la alerta de mensajes sonó de nuevo.

NO HABLES MÁS CON ÉL.
NO LE DIGAS NADA ACERCA DE JULIA.

—Jim, si te callas un momento, yo te ex...

—¡No te atrevas a mandarme callar en mi propia casa! Ella estaba enferma, hijo de puta. Enferma, todo el tiempo, delante de tus narices. Delante de tus putas narices de sabelotodo yanqui.

No respondí. Estaba demasiado aturdido por todo lo que estaba sucediendo a mi alrededor para prestarle atención a las palabras de mi suegro, que bien pensado eran la única manera en la que un hombre como él sabía pedir auxilio. En aquel momento todo el odio, todo el rencor, todo el resentimiento que parecía haber conseguido expulsar y dirigir contra mí no encontró eco alguno, y por consiguiente volvió a él multiplicado por tres.

—Respóndeme, maldita sea —dijo, levantando el puño para pegarme. Tenía el rostro encendido por la ira y la borrachera.

Yo lo esquivé como pude echándome a un lado. Él trastabilló, se fue hacia delante y derrumbó la mesita auxiliar que había junto a su butacón. La bandeja con el whisky y los vasos cayó al suelo, y hubo ruido de cristales rotos.

La alerta de mensajes sonó de nuevo.

VUELVE A CASA, DAVE.
ALGUIEN TE ESTÁ ESPERANDO.

Me dirigí a grandes zancadas hacia la puerta, mientras la sensación extraña que había estado sintiendo se multiplicó. Todo parecía irreal a mi alrededor, y yo no era capaz de orientarme en la oscuridad. Iba tan deprisa que me golpeé la cadera con un mueble. Noté un dolor punzante en el costado, y abrí la puerta principal de golpe. La lluvia había arreciado hasta convertirse en una cortina de agua que había dejado los escalones de la entrada convertidos en una trampa resbaladiza. Volví a tropezarme, y esta vez caí de rodillas en el césped empapado.

«Toda la habilidad que Dios te puso en las manos te la sacó de los pies, Dave.»

La voz cristalina de Rachel resonaba en mi cabeza mientras me levantaba con los pantalones cubiertos de barro. Odiaba cuando ella se reía de mi torpeza. Hubiese puesto el grito en el cielo si me hubiese visto entrar en el Lexus de aquella guisa.

Yo hubiese cambiado todos los coches del mundo por oírla burlarse de mí, tan sólo una vez más.

—¡Vuelve aquí! —gritó Jim desde la puerta.

Apenas podía ver lo suficiente como para meter las

llaves en la cerradura del coche. La maldita pila del mando fallaba, y yo nunca me acordaba de cambiarla. De pronto la luz del exterior se encendió, y yo logré introducir la llave en su sitio. Me di la vuelta, agradecido, pero enseguida agaché la cabeza al ver venir hacia mí la botella de Jack Daniel's de mi suegro. Esta se estrelló contra la carrocería del coche, al lado del espejo retrovisor, partiéndose en mil pedazos y dejando una fea abolladura.

En aquel momento me llegó el cuarto mensaje, que fue el que terminó de ponerme los pelos de punta. Subí al coche y arranqué. Sin tiempo para dar marcha atrás hasta la carretera, di la vuelta sobre el césped. Jim bajó corriendo las escaleras y dio un golpe sobre el capó.

—¡Corre! ¡Corre! ¡Es lo único que sabes hacer!

La figura del viejo amenazándome con el huesudo puño en alto se mantuvo un par de segundos en mi retrovisor, pero apenas me fijé, pues en lo único que pensaba era en Julia y en el mensaje que acababa de recibir.

NADA DE POLICÍA.

4

No puedo recordar cómo fue el camino de vuelta a casa aquella noche.

Sé que estaba en un estado de confusión total, como jamás he sentido antes y no creo que nunca vuelva a sentir. La incertidumbre y la angustia se habían apoderado de mí, y manejaba el coche como un autómata, perdido en mis pensamientos. Las preguntas que había venido haciéndome en el viaje de ida habían sido sustituidas por otras nuevas, y eran mucho más inquietantes. Terribles visiones de en manos de quién podía estar Julia cruzaban por mi mente, a cual más espantosa, en un tráfico incesante y perturbador.

«Que esté bien. Por favor, por favor», repetía, intentando exorcizar aquellas imágenes.

Me pregunto a quién le suplicaba. Supongo que al Dios en el que no creo, y al que he acabado volviéndome tantas veces en busca de ayuda. Aquí, a dos celdas de donde yo me encuentro escribiendo estas líneas, hay un recluso que dice que en el corredor de la muerte no hay ateos.

Es fácil comprender por qué.

Cuando llegué a Dale Drive ni siquiera me molesté en meter el coche en el garaje. Lo dejé en el camino de entrada, abierto y con las llaves puestas. Bajé a toda prisa y entré en casa como una exhalación. Me quedé parado en el recibidor, con el aliento entrecortado —más por la tensión que por la breve carrera—, confuso y poniendo la alfombra perdida de barro, hasta que llegó un nuevo mensaje.

VE AL SÓTANO.

La puerta de acceso está entre el recibidor y la cocina, disimulada en la pared con el mismo papel pintado que el resto del pasillo. Tuve que tirar fuerte, pues siempre se atasca un poco.

Bajé las escaleras muy despacio. Los escalones crujían bajo mi peso. La madera era muy vieja, probablemente la misma de la construcción original. Nunca habíamos tenido tiempo ni dinero para cambiarla, y de todas formas tampoco bajábamos mucho. A mitad de descenso algo me golpeó en la cara. Era el cordón de la bombilla. Tiré de él, y la luz amarillenta llenó de sombras alargadas y rincones tenebrosos allí donde antes sólo había un muro de negrura.

Seguí bajando, consciente demasiado tarde de que horas antes, cuando había buscado a Julia, me había limitado a abrir la puerta del sótano, llamar a gritos y cerrarla, sin llegar a bajar. Un escalofrío me atenazó la espalda. Quizás había cometido un error fatal.

Cuando llegué al final de la escalera la bombilla parpadeó un par de veces y luego se apagó, dejándome completamente a oscuras. Había una caja con bombillas en una estantería al fondo, pero el sótano era bastante grande y a tientas no lograría cruzarlo sin romperme una pierna. Cogí el teléfono y abrí la aplicación que convierte la luz del flash en una linterna.

—¿Julia? —llamé, en un esfuerzo por calmarme. No sabía lo que esperaba encontrar, pero estaba muy muy asustado. Y no sólo por la niña, sino porque tengo un miedo cerval a la oscuridad. La estrecha isla de luz que brotaba del teléfono apenas paliaba ese temor.

Me acerqué a la estantería metálica donde guardamos los suministros eléctricos y otras cosas de poco uso. Me encontré con un obstáculo. Era la bici de Rachel, que estaba tirada en el suelo. Aquello me extrañó, porque nadie la había usado desde hacía más de un año, y tendría que haber estado en su soporte de la pared. Detrás había unas cajas, así que no podía saltar la bicicleta. Tuve que rodearla, pasando junto a la caldera.

Lo que vi me dejó sin aliento.

Ella estaba allí.

Nunca he tenido miedo, ni a la sangre ni a la muerte. Incluso diría que he llegado a sentir por esas cosas una atracción que otros calificarían de malsana. El recuerdo más nítido de esa atracción data de cuando yo tenía once años. Era el verano de 1989, se estrenaba una peli de Batman y los niños de nuestra calle corrían de un lado a otro con sus máscaras y sus camisetas con murciélagos, creyendo que ser un superhéroe huérfano justiciero era algo de lo más molón. Yo hubiera podido decirles un par de cosas acerca de no tener padres, pero estaba muy ocupado con mis cosas.

Por desgracia, el doctor Roger Evans, mi padre adoptivo, tenía una opinión muy firme acerca de relacionarse con otros chicos, y aquella tarde salió al patio trasero decidido a compartirla.

—David, ¿es que no vas a salir a ju...?

Se detuvo en mitad de la frase sorprendido.

Yo estaba en el suelo acuclillado. Frente a mí había un gato, uno de los de la señora Palandri, que vivía al final de la calle. En mi mano había un palo, y con él estaba ocupado alzando buena parte del intestino grueso del pobre bicho.

El doctor no se mostró ni horrorizado ni asqueado, sólo sorprendido.

Otro en su situación —yo mismo incluso si encontrase así a Julia— hubiese gritado, reaccionado visceralmente, cualquier cosa. Pero no el doctor Evans. Él era un hombre cuyo mayor placer consistía en irse al arroyo Nalgansett con una caña y pescar, quieto, durante horas.

Era un hombre paciente. Yo había tenido ocasión de probar los límites de esa paciencia cuando llegué a su casa, dos años atrás. Al principio la cosa no fue bien. Rompí cosas, recuerdos valiosos de familia. Me negué a comer. Insulté.

El doctor Evans y su esposa se limitaron a esperar. Unas semanas después de mi llegada, él subió a mi habitación y me dijo:

—Te has portado todo lo mal que has podido, y no te hemos echado. Ni lo haremos nunca. ¿No te parece que ya nos has probado lo suficiente?

El mismo tono de paciencia y sabiduría infinitas revestía su voz cuando al verme con el gato me preguntó:

—¿Lo has matado tú?

Yo negué con la cabeza y me puse de pie.

—Ya estaba así cuando llegué.

—¿Y qué haces con ese palo?

—Quería verlo por dentro. Quería ver cómo funciona.

Me miró durante un rato bien largo, con los brazos cruzados. En estos días esa frase me hubiese ganado un par de años de terapia y un millón de pastillitas rosas. Aquellos eran tiempos distintos, pero aun así él era un hombre listo. Sabía que de los niños que arrancan las alas a las moscas o le aplastan la cabeza a un gato con una piedra no se puede esperar nada bueno. Creo que buscaba en mi interés por el gato algo perverso o desquiciado, algo que nunca encontró. Cuanto más lo pienso, más convencido estoy de que aquella mirada fue uno de los momentos más decisivos de mi vida. Lo que llegué a ser sucedió en buena parte como resultado de aquel escrutinio.

Finalmente decidió que me creía. Se agachó junto al animal, le echó un buen vistazo y luego miró alrededor. Nuestro patio trasero estaba cercado por una alambrada que tenía más agujeros que la defensa de los Knicks. Y detrás de ella comenzaba un bosque. No muy grande, pero espeso.

—Habrá sido un zorro o un coyote. Acércame la pala.

Obedecí, pero lo que pasó después me sorprendió. En lugar de enterrar al pobre animal, como pensé que haría, lo colocó sobre la mesa del garaje. Extendió bolsas de basura y periódicos viejos, y luego me mandó traerle su maletín de médico. Era grande, de cuero ajado, tenía sus iniciales grabadas y pesaba un quintal. Me costó levantarlo hasta la mesa. De él sacó un bisturí y unas pinzas.

—Hacer daño a un ser vivo no está bien, pero esto ha sido un acto de la naturaleza. Es triste, pero puede ser una ocasión para aprender. —Dudó un instante antes de continuar—. ¿Sigues queriendo ver cómo es un animal por dentro?

Asentí.

—Entonces las cosas hay que hacerlas bien —dijo remangándose la camisa. Tenía los brazos fuertes y morenos, llenos de vello, y las manos grandes y hábiles.

Me senté junto a él mientras diseccionaba al animal. Lo hizo como hacía todo en la vida: despacio, delicada y respetuosamente. Me explicó someramente cómo eran los órganos internos, cuál era su funcionamiento y qué ocurría si alguno de ellos fallaba.

Hoy en día ya no se hacen disecciones en el colegio, ni siquiera con ranas, como en mis tiempos. En peores manos que en las que yo me encontraba esa puede ser una experiencia traumática. Incluso muchos años después, los chicos recuerdan los olores y los sonidos de una disección con repugnancia.

Yo sólo recuerdo el aroma a Old Spice y el timbre de voz, grave y seco, del doctor Evans. Aquella tarde se ganó el derecho a que le llamase *padre*, y me empujó por la senda de la medicina.

Veintiséis años después, frente al cadáver de Svetlana Nikolic, recordé aquel instante en que mi padre me enseñó a no temer ni a la sangre ni a la muerte. Respiré hondo e intenté analizar lo que estaba viendo.

La niñera estaba envuelta en un plástico grueso y transparente. Por debajo sólo sobresalían sus pies desnudos. Llevaba puesto un chándal azul de los que solía usar por casa, que a través del macabro envoltorio parecía mucho más oscuro, casi negro. Por la parte de arriba sobresalía la cabeza, en un ángulo antinatural. No hacían falta conocimientos de neurocirugía para deducir que le habían partido el cuello. Una ejecución instantánea y casi indolora, pero para la que hace falta una fuerza terrible, bastante más de lo que parece en las películas. Incluso en el caso de una universitaria serbia flacucha.

Lo peor eran los ojos.

Quienquiera que hubiese hecho aquello ni siquiera se había molestado en bajar los párpados, al contrario. Las pupilas miraban al frente, reflejando acusadoras la luz de la linterna. Colocadas en el ángulo exacto, extraño. Quien se acercase a la estantería tenía que rodear la barrera que formaba la bicicleta, justo para encontrarse con aquellos ojos.

Solté un suspiro de pura desesperación.

Quienquiera que hubiese matado a Svetlana era un hijo de puta muy enfermo, y tenía a Julia.

Entonces sonó de nuevo la alerta del teléfono. En la cerrada oscuridad del sótano, las tres alegres campanas resonaron amenazantes, como el aullido de una bestia desde las profundidades de una caverna.

CREO QUE YA ESTÁS LISTO PARA QUE NOS CONOZCAMOS, DAVE.

5

Aparqué con un frenazo en la calle adyacente al Marblestone Diner. Me bajé del coche hecho una furia, dispuesto a romperle la cara a quienquiera que se encontrase en el interior. Le sacaría el paradero de mi hija a golpes.

No llegué a doblar la esquina cuando algo me agarró por detrás y me estampó contra la pared. El cemento rugoso y descolorido estaba frío contra mi mejilla. Pero no tan frío ni tan duro como el metal que alguien apoyó en mi nuca.

—Ha sido usted invitado a una reunión *sivilisada*, doctor —dijo una voz con fuerte acento de Europa del Este—. Su anfitrión le ruega que mantenga compostura.

Intenté revolverme, pero el brazo que me apretaba contra la pared lo hacía con una fuerza que no admitía discusión.

—Podemos estar aquí tanto tiempo como *nesesite* hasta calmarse, doctor.

Noté que la furia burbujeante que me invadía se diluía, arrastrada por el miedo.

—Ya es suficiente —logré articular.

—Voy a soltarle, *entonses*. No se dé vuelta, camine *hasia* local y compórtese.

La presión sobre mi espalda desapareció, y yo me aparté de la pared. Podía intuirlas detrás de mí, dos sombras oscuras que había captado con el rabillo del ojo cuando me atacaron. No parecieron seguirme hasta la entrada, pero obedecí las órdenes sin rechistar. Me habían convencido de que aquel no era el momento de heroicidades ni estupideces.

No le vi al entrar. La cafetería tiene forma de L, y él estaba en la última de las mesas, enfrascado en la pantalla de su iPad. Pero cuando alzó la cabeza y nuestras miradas se cruzaron, el estómago se me encogió.

Diez minutos antes había estado mirando el rostro muerto de Svetlana Nikolic. Créanme, había mucha más vida en los ojos apagados de la niñera que en las dos piedras azules, frías y brillantes que me acechaban desde el fondo del local.

Se levantó cuando me acerqué y me tendió la mano. No hice ademán de estrechársela, pero el desconocido evitó el desaire convirtiendo su gesto en una elegante floritura, señalando el banco que estaba frente a él.

—Por favor, toma asiento, Dave. Espero que no te haya costado demasiado encontrar el sitio.

Junto al mensaje había adjuntas unas coordenadas de Google Maps que no necesitaba. Conocía bien el Marblestone. Está cerca de mi casa, paraba allí cada mañana a comprar el café antes de dejar a Julia en el colegio. Siempre me atendía Juanita, la camarera del turno de noche. Se acercó a nuestra mesa con su libreta en la mano y pareció sorprendida de verme allí a las dos de la mañana.

—Hola, doctor Evans. ¿Madruga o trasnocha?

La miré con extrañeza. Aquella normalidad, aquella indiferencia. No podía comprenderlas. ¿Acaso no se daba cuenta de lo que estaba ocurriendo? No, por supuesto que no. Quise hacerle un gesto para pedir auxilio, pero el extraño no me quitaba los ojos de encima.

Intenté aparentar normalidad.

—Es el final de un largo día, Juanita. Tráeme un café, si no es mucha molestia.

—Entre semana nunca viene nadie a estas horas, y menos en una noche como esta —dijo señalando a su espalda con el boli. El local estaba vacío a excepción de nosotros—. ¿Nada de comer?

Negué con la cabeza. Ya que no podía ayudarme, lo único que quería era que se fuese cuanto antes. Cuando se marchó, el hombre y yo nos dedicamos a estudiarnos mutuamente en silencio.

Era joven, más cerca que yo de los treinta. Tenía el pelo rubio y ondulado, y la piel blanca y suave. Los rasgos de su cara parecían cincelados en mármol, y sobre su mandíbula podrían partirse nueces. Llevaba un traje gris de tres piezas, lana fría de Field Tailors, sin corbata. Por cómo le caía en los hombros parecía hecho a medida, y debía de haberle costado tres o cuatro mil dólares.

No es que me interese demasiado la ropa —ese era el territorio de Rachel, que ahora había quedado bastante descuidado—, pero soy neurocirujano en una clínica privada. Vivo rodeado de esnobs que comentan estas cosas. Sí que tengo una afición por los relojes, aunque no pueda comprarme muchos. Y sabía que el Audemars Piguet de edición limitada que llevaba aquel hombre costaba más de medio millón de dólares. No era un reloj llamativo. El valor provenía del interior, que estaba hecho a mano y albergaba más de trescientas complicaciones. Pero su caja de titanio y su marca extranjera pasarían desapercibidas para cualquiera que no supiese del precio de aquella máquina.

Y esa era exactamente la idea.

Juanita trajo el café y le dedicó una sonrisa a mi acompañante, que este le devolvió, mostrando una dentadura de color blanco nuclear. Se parecía un poco al actor escocés ese que hace de Obi Wan en las películas nuevas de *Star Wars*.

—*Gracias, señorita linda* —dijo en español.

Juanita se ruborizó ante la galantería y se retiró detrás de la barra. El hombre la siguió con la mirada hasta que ella volvió a su sitio y se colocó los auriculares de su iPod en las orejas.

—El café aquí es excelente, ¿no te parece? —dijo alzando su propia taza.

El acento de colegio inglés y su aspecto de recién salido de las páginas de la revista *Town and Country* eran inmutables. Yo no podía creer que aquel hombre fuese el que había matado a Svetlana y mandado aquellos mensajes. Estaba confuso pero también furioso. Apreté los puños con fuerza bajo la mesa.

—¿Quién es usted? ¿Le envía mi suegro? —dije sabiendo que era absurdo antes de que las palabras terminasen de salir de mis labios.

—¿El ferretero? No me hagas reír, Dave.

No había el más mínimo rastro de humor en sus ojos de cadáver.

—Dígame dónde está mi hija o llamo ahora mismo a la policía —dije, alzando un poco la voz, sin poder contenerme más.

Él se inclinó ligeramente sobre la mesa y frunció el ceño.

—Dave, si vuelves a levantar el tono vas a obligarme a dispensarle a nuestra anfitriona el mismo trato que a Svetlana —dijo haciendo una breve seña hacia la barra—. Tendremos que marcharnos y tener esta conversación en un coche, incómodos, en lugar de en este espacioso local climatizado y a salvo de la lluvia. Perderemos todos, sobre todo los hijos de Juanita. ¿Me he expresado con claridad?

Hizo aquella exposición con una voz tan diáfana y neutra como un camarero que recitase el menú del día de memoria. Aquella gélida naturalidad era pavorosa.

Me quedé mudo por un instante, con la garganta reseca.

—¿Y bien? ¿Cuál es tu decisión? —me apremió.

—No alzaré la voz.

Él sonrió. No fue una sonrisa real. No había luz ni sentimiento en ella, tan sólo músculos cambiando de postura sobre la cara. Muy distinta a la engañosa mueca perfectamente estudiada que le había dedicado a Juanita. También más auténtica.

—Estupendo, Dave. Puedes llamarme señor White.

Volvió a extender la mano sobre la mesa. Esta vez no tuve más remedio que estrechársela. Era fuerte y fría al tacto.

—¿Qué es lo que quiere de mí? ¿Dinero? No tengo mucho, pero es todo suyo. Sólo dígame dónde está Julia.

—Dave, Dave, Dave. ¿Te parezco un hombre necesitado de efectivo?

—No, supongo que no.

—Y sin embargo... ¿quieres comprarme metiendo

unos pocos pavos en mi vaso, como haces con el sin techo ese de Kalorama Circle para calmar tu conciencia al bajarte del Lexus?

Me quedé helado. A veces íbamos de compras a un centro comercial donde un mendigo se paseaba con un cartel donde ponía «*Beterano de Guerra*» y una gorra de los 76ERS. Solía darle suelto, porque me caía bien.

—Usted no sabe nada de mí —dije ofendido.

—Estás en un error, Dave. Lo sé todo de ti. Sé más de ti incluso que tú mismo. Conozco cada una de tus aristas y tus facetas. El huérfano superviviente. El niño prodigio de la beca en la Johns Hopkins. «Un talento natural para la medicina», decía la *Pottstown Gazette*. Un largo camino desde que repartías periódicos en ese pueblecito de Filadelfia, ¿verdad?

Yo no dije nada, tan sólo revolví el café que no pensaba tomarme. Mi estómago era como un volcán puesto del revés.

—El marido cariñoso. El padre atento pero algo ausente. El vecino amable. El viudo doliente.

—Basta —susurré.

—El cirujano de manos mágicas. El compañero bromista. Tus colegas del Saint Clement's te llamaban *Listillo* Dave. Hasta que volviste de esas largas vacaciones tras lo de Rachel. Ahora te llaman *Siniestro* Dave, ¿sabes? No delante de ti, claro. Lo susurran en los vestuarios y por los pasillos. Y algunos anestesistas se cambian de turno cuando saben que les va a tocar una operación larga contigo. Les da mal rollo.

Yo lo sabía, por supuesto. O más bien lo sospechaba. Pero una cosa es intuir algo y otra es escucharlo del completo desconocido que acaba de secuestrar a tu hija.

Cada palabra que él decía, con su voz metálica y su marcado acento de colegio privado, era como un puñetazo en el plexo solar. Privado de réplica, sin fuerzas para hablar ni la opción de la violencia, era como una marioneta en manos de aquel psicópata.

—No me extraña, por otra parte —continuó—. No es que hayas sido la alegría de la huerta desde que Rachel se suicidó, ¿verdad?

—No hable de mi mujer, cabrón —conseguí articular.

—No me irás a decir ahora que te avergüenzas de ello. Pero si fue un final de lo más tierno. Y esas palabras que te dedicó en su nota de despedida. —Puso una repugnante voz de falsete—: «Mi dulce David. Estaremos juntos para siempre. Guarda cada una de mis sonrisas, y recuérdame como soy ahora...».

No pude soportarlo más y di una fuerte palmada en la mesa. Las tazas dieron un bote, y hubo un ruido de loza y de cubiertos. Incluso Juanita levantó la vista hacia nosotros, intrigada, pero luego volvió a sumergirse en su revista de cotilleos. Por suerte estaba demasiado lejos para poder oír lo que decíamos.

El señor White la controló con el rabillo del ojo y luego se inclinó hacia mí.

—No me harás repetirte mi advertencia de antes, ¿verdad, Dave?

Yo le ignoré. Estaba demasiado ocupado llorando. Me volví hacia la pared para ocultar mis lágrimas. Estuve así durante varios minutos.

Nadie conocía el contenido de aquella nota, salvo yo. Rachel no la había dejado junto a su cadáver, sino que me la había enviado por correo el mismo día en que se fue. Supongo que no quería que la policía ni nadie leyese aquellas palabras, que habían salido directamente de su corazón. Había dejado otra nota genérica explicando por qué lo había hecho, y eso fue todo. Yo nunca le había hablado de aquella carta a nadie, y la guardaba en casa, en un cajón de mi escritorio bajo llave. Escucharlas de boca de aquel malnacido era una blasfemia. Me sentí tan violado, tan desnudo e indefenso, que estuve varios minutos destrozado.

Cuando conseguí reponerme me sequé las lágrimas con el dorso de la mano y reuní las fuerzas para mirarle. Estaba sonriendo, y aquella sonrisa sí que era auténtica.

Lo sé porque daba un miedo mortal.

—De acuerdo, White, maldito hijo de puta chiflado. Ha demostrado que lo sabe todo. Usted tiene el control.

—Ahora empiezas a entenderlo, Dave.

—¿Qué es lo que quiere?

—Es muy sencillo. Si tu próximo paciente sale vivo de la mesa de operaciones, no volverás a ver nunca a tu hija.

Lo miré, muy asustado. Ahora comprendía todo aquello. Por qué alguien como el señor White, que parecía esculpido en dinero, había preparado una operación tan compleja y bien sincronizada. No la quería a ella, ni quería arrebatarnos el poco dinero que teníamos. Pero el precio del rescate era descomunal, inimaginable. El precio del rescate era la vida del hombre al que iba a operar dentro de tres días.

Para salvar a Julia, tenía que matar al presidente de los Estados Unidos.

6

—Así que es eso. Es usted un terrorista.

White meneó la cabeza y chasqueó los labios, como si el apelativo le resultara ofensivo.

—Para eso habría que tener una ideología o un credo, Dave, rasgos de los que carezco. No, amigo, yo soy un contratista externo, aunque eso tampoco llega a definirme muy bien.

Los ojos le brillaban, gesticulaba mucho con las manos para remarcar cada una de sus frases. A todo hombre le gusta hablar de su trabajo. Para un egomaníaco narcisista como el señor White, no poder proclamar a los cuatro vientos sus hazañas debía de ser una tortura insufrible.

—Digamos que soy un artista de la ingeniería social. Un cliente viene a mí con un problema y yo se lo soluciono.

—Pero... —tartamudeé—. Yo no soy un asesino. Busque a un soldado o un mercenario, alguien que sepa usar un arma.

—Lo del francotirador loco y solitario es tan de los años sesenta... Es un truco muy visto, ya lo hemos usado muchas veces. No, Dave, para algo así yo no sería necesario. Cualquier carnicero de tres al cuarto con tres balas y unos prismáticos podría organizar una chapuza así. Acabaría mal, claro. Seguramente con el tirador esposado a una silla haciendo..., ¿cómo diría? Incómodas declaraciones sobre la identidad de sus empleadores. Eso por no nombrar las caídas en bolsa, el pánico social, las tensiones en la escena internacional... Nuestro país está ya lo bastante hundido, un nuevo escándalo lo partiría por la mitad. Y nosotros somos patriotas y no queremos eso, ¿verdad, Dave?

—No, por supuesto que no —respondí automáticamente.

Se inclinó hacia delante y bajó aún más la voz, convirtiéndola en un susurro. En ese momento, en el hilo musical Joan Baez terminó de cantar *Hush Little Baby* y se arrancó con *Battle Hymn of the Republic*. Desconozco si fue una casualidad o si White lo había preparado, al igual que había dispuesto al milímetro hasta el último detalle de todo el repugnante asunto.

—Pero, mi buen doctor, una muerte natural sería perfectamente aceptable. El gran hombre ingresa en un hospital el viernes, en completo secreto. Nadie sabe de su grave enfermedad. Se le dispensan los mejores cuidados, pero fallece en la mesa de operaciones. Un valiente neurocirujano, alto y moreno, aparece ante las cámaras. Es un hombre hecho a sí mismo, un héroe americano, ejemplo de honradez. Comunica la noticia con lágrimas en los ojos, y el país llora con él. El vicepresidente pronuncia el juramento, también llorando, el mismo viernes por la noche, con la ayuda de Dios. El sábado el país está de luto, el domingo los noticiarios ensalzan la figura del nuevo comandante en jefe, cuyo nombre el 47,3 por ciento de la población no hubiese sido capaz de recordar dos días antes. Cuando Wall Street abre el lunes por la mañana, la situación está reconducida. Las fábricas siguen humeando, las madres llevan a sus hijos al colegio y hacen tarta de manzana. La democracia se ha salvado. Dios bendiga América.

Se llevó la mano al pecho, en una amanerada imitación del saludo a la bandera. En aquella cafetería, decorada al estilo años cincuenta con los colores rojo, blanco y azul, su discurso había sonado surrealista y desquiciado. Y al mismo tiempo absolutamente plausible. Se me hizo un nudo en la garganta al comprender la enormidad del lío en el que estaba metido.

—Es usted un loco, White —musité.

—Esa es una apreciación altamente incorrecta —dijo entrecerrando los ojos, molesto—. De hecho, soy una persona profundamente racional y equilibrada, que conoce muy bien las consecuencias de sus actos y los beneficios y perjuicios que se derivan de ellos. ¿Lo eres tú, Dave?

Me echó una larga mirada, mientras se masajeaba despacio las sienes, calibrando el efecto de su amenaza. Podía decírmelo más alto, pero no más claro.

Mi cuerpo me pedía a gritos marcharme de allí, alejarme de aquel psicópata. Pero no podía.

—¿Qué es lo que quiere que haga? ¡No puedo matarle así, sin más! —intenté defenderme, ganar tiempo, explicarle la imposibilidad de lo que me estaba pidiendo—. No es tan fácil. Habrá muchísimos ojos pendientes de cada uno de mis movimientos. Al menos otros dos neurocirujanos más conmigo, además de un anestesista y dos enfermeras. Habrá cámaras registrando mis movimientos, y medio Servicio Secreto observándome desde la cúpula del quirófano.

—Detalles, minucias —dijo extendiendo las manos con las palmas hacia arriba, como si aquellas fuesen preocupaciones sin importancia—. Déjame eso a mí. El jueves por la noche te indicaré el método. Estoy seguro de que será de tu agrado.

La seguridad en su tono era absoluta. Sabía muy bien que los barrotes de la jaula eran bien firmes. Pero yo, como el animal atrapado que era, intenté revolverme.

—Maldita sea, no puede pedirme que mate a un ser humano. He jurado no causar daño a nadie. Soy un médico, por Dios santo.

White suspiró y meneó la cabeza, remarcando el esfuerzo que hacía para mostrarse razonable.

—Escucha, Dave. Soy un hombre extremadamente paciente, en serio. Comprendo las dudas morales que te suscita el asunto. Me hubiese gustado tener una aproximación distinta, ofrecerte una gran suma de dinero y contar con tu participación voluntaria, al igual que con otros colaboradores. Contigo no ha sido tan sencillo. Tú eres un hombre íntegro. Te juegas tu carrera y comprometes los principios morales sobre los que has edificado tu vida. Eso es algo que respeto. No obstante, permíteme que te recuerde algo.

Se acercó el iPad, que estaba sobre la mesa, protegido por una carísima funda de piel de Louis Vuitton. Alzó la cubierta como una barrera entre él y yo y tecleó algo. Al cabo de un par de segundos bajó la cubierta y giró el dispositivo hacia mí.

La aplicación tan sólo mostraba un rectángulo negro que cubría tres cuartas partes de la superficie. Por debajo del rectángulo había tres hileras de botones grises sin ninguna etiqueta visible.

No entendía por qué me enseñaba aquello. Le hice un gesto de incomprensión.

—Ah, por supuesto. Hágase la luz.

Apretó una combinación de tres botones, y de pronto el rectángulo negro se transformó en blanco. Parpadeé sorprendido, mientras mis ojos se acostumbraban al resplandor. También lo hizo la lente que había al otro lado de la pantalla. Y entonces comprendí.

Era una retransmisión de vídeo en directo. Mostraba una especie de habitación, excavada en la tierra de forma basta. Unos travesaños de madera sin tratar aseguraban que la precaria estructura no se derrumbase. Las paredes rezumaban humedad, que brillaba con un resplandor enfermizo, reflejando la intensa luz de los focos. La imagen, en alta definición, permitía recrearse en cada pequeño detalle.

El agujero era pequeño. Debía de medir escasos metro y medio de alto por tres de ancho. ¿Cómo pude calcularlo tan deprisa?

Porque sé muy bien lo que mide mi hija.

Hecha un ovillo, en el centro de la ratonera estaba Julia. Llevaba su pijama de Bob Esponja, con los pantalones azul marino y la camiseta de ese amarillo chillón que todos los padres hemos aprendido a odiar. Pero el amarillo estaba cubierto de salpicaduras de barro y algo que tenía un sospechoso parecido con sangre reseca. Estaba descalza, salvo un único calcetín en el pie derecho.

Se abrazaba las rodillas con una mano, mientras que con la otra intentaba protegerse de la hiriente luz de los halógenos. Su precioso pelo rubio aparecía aplastado y sudoroso. Las lágrimas que caían de sus ojitos verdes formaban surcos de barro en las mejillas cubiertas de tierra. Los focos la habían despertado, y parecía desorientada, confusa y muerta de miedo. Abría la boca, pero ningún sonido salía de ella.

—Vaya, parece que el vídeo está silenciado. Permítame, por favor —dijo con la voz tan fría como si fuese el empleado de un Radio Shack mostrándole una pantalla de plasma a un cliente.

Hubo otras dos pulsaciones sobre el iPad.

El gemido desgarrador que brotó por los altavoces me rompió el alma. Era un llanto, inarticulado y confuso. El volumen estaba muy bajo, pero aun así me perforó los oídos con la misma intensidad de un picahielos.

Cerré los puños con fuerza.

—Eres un hombre inteligente, doctor —dijo el señor White, leyendo en mis ojos lo que iba a hacer—. No cometas ninguna tontería.

Lentamente, extendí los dedos. Era la única parte de mi cuerpo que no estaba tensa como la cuerda de una guitarra.

—El zulo está bajo tierra en una habitación hermética. Seis depósitos de oxígeno van renovando el aire —continuó White—. Contienen 21 345 litros. A cinco litros por minuto, es la cantidad exacta para que una niña de su peso respire hasta las seis de la tarde del viernes.

—¿Tiene... tiene comida?

—Por favor, Dave, ¿me tomas por un monstruo? —dijo, imprimiéndoles a sus palabras un tono de sorpresa, como si fuésemos amigos de toda la vida y mi duda le hiriese profundamente—. Sus necesidades de calor, hidratación, alimento e higiene han sido cubiertas. Algo incómoda, por desgracia, pero estará bien. Hasta la hora prevista, claro. A partir de ahí su bienestar depende única y exclusivamente de ti.

—¿Se da cuenta de lo que me está pidiendo?

—Por supuesto, Dave. Mi empleador confía plenamente en que le serviré un trabajo limpio y de calidad.

—Y luego se deshará de los instrumentos.

—No. Eso sería un grave error. Después del fallecimiento de nuestro comandante en jefe, recibirás un montón de atención, y tampoco podrías justificar la ausencia de la niña mucho tiempo. Julia estará en casa para el fin de semana, y nosotros nos olvidaremos mutuamente de nuestra existencia.

No me lo creí ni por un momento, pero me callé.

—Sigo sin comprender cómo espera que lo haga —dije meneando la cabeza.

—De los detalles me encargaré yo, Dave. Tú mantén el engaño y no dejes traslucir tus sentimientos. Recupera tu... famoso sentido del humor. Ahora vuelve a casa y piensa en lo que hemos hablado. Recibirás instrucciones muy pronto.

Levantó un dedo para llamar a Juanita. Esta dejó la cuenta sobre la mesa.

—No eras la primera opción de tu paciente —dijo cuando ella se fue—. Pero sí fuiste la mía.

Me puse en pie para marcharme.

—¿Por qué yo?

Me miró intrigado. Creo que no se esperaba aquella pregunta.

—Podría haber escogido a cualquier otro —continué—. Un anestesista, una enfermera. ¿Por qué a mí?

Pareció reflexionar durante un instante, mirándose

las uñas de perfecta manicura, al extremo de unos dedos largos y delicados.

«*Manos de cirujano*», pensé.

—Oh, porque tú lo sabes, Dave —dijo con voz suave—. Sabes que la muerte llega a todos, y eso es aceptable. Y también sabes lo difícil que es vivir con la culpa de no haber evitado lo evitable. Lo inaceptable es el remordimiento, una copa amarga que se bebe día a día.

Creo que apreté los dientes y cerré los ojos ante aquel último golpe. Sabía que si me quedaba allí bajo el escrutinio de su mirada de hielo, rompería a llorar otra vez, y no quería dar a aquella sanguijuela la satisfacción de humillarme de nuevo.

Intenté ir hacia la salida, pero su voz me detuvo.

—¿No te olvidas de nada?

—¿Qué?

Me volví hacia él, muy despacio. El señor White sonrió y levantó la nota que Juanita acababa de traer.

—Paga la cuenta, Dave. Y no te olvides de la propina.

7

Aquí en el corredor de la muerte hay un tipo a cuatro celdas de distancia, un tal Snow, que se pasa todo el día jugando al solitario. Dice que lo más importante para ganar es arrancar con buenas cartas. Si la mano de partida le sale mala, simplemente recoge sus naipes y comienza de nuevo, como si tuviese todo el tiempo del mundo. No es así. A Snow le quedan seis semanas, así que dentro de muy poco lo veremos caminar pasillo abajo.

Ese imperioso deseo de comenzar de nuevo, de borrar las cartas que el destino te ha repartido, es un sentimiento engañoso y perturbador. Todos lo hemos sentido alguna vez, aunque nunca es más acuciante, devastador y peligroso que cuando está alimentado por la culpa y el remordimiento. Entonces es capaz de volver loco a un ser humano. No es de extrañar que casi todos en este lugar acaben clínicamente chalados.

No existe el borrón y cuenta nueva.

La noche en que regresé del primer encuentro con el señor White y me arrastré escaleras arriba, hasta el cuarto de Julia, lo hice en un estado casi catatónico. Insensible, como cuando sales de la consulta del dentista con media cara dormida.

No recuerdo haberme subido al taburete blanco que mi hija usaba para descolgar la ropa de la percha. Debí de hacerlo, porque en algún punto me encontré aferrando una bolsa de plástico grueso de cierre hermético, de las que sirven para almacenar la ropa de fuera de temporada. Saqué de ella una vieja y desgastada sudadera universitaria, la llevé hasta mi cara y aspiré con fuerza. Aún retenía el olor de Rachel, esa mezcla de olor a desodorante, jabón de flores y piel limpia que ella dejaba en la prenda cada vez que se la ponía.

Entonces comprendí que jamás iba a volver a verla. Que no habría más tés en la cocina antes de dormir, ni más paseos bajo los árboles, ni más miradas cómplices por encima de la mesa de operaciones. La aplastante revelación vino acompañada de un sentimiento de aceptación. Todos aquellos meses de hosca y culpable tristeza, en los que me había convertido en un ermitaño malhumorado y adicto al trabajo, terminaron en aquel instante.

Porque comprendí.

Rachel Evans, de soltera Rachel Robson, recibió los resultados de su resonancia magnética cuarenta y ocho horas antes de suicidarse. Llevaba unos días con dolores de cabeza bastante fuertes, a los que ella restaba importancia y a los que yo no presté demasiada atención. No se moleste en juzgarme por ello, yo llevo haciéndolo mucho tiempo y bastante más duro que usted. En mi descargo diré que no hay nadie más ciego ante los problemas de salud de su familia que un médico. La respuesta a cualquier síntoma que presenten esposas e hijos es dar una aspirina y mandarles a dormir la siesta.

Rachel era una mujer con un umbral de dolor altísimo, que jamás se quejaba por nada y que dio a luz a Julia sin más ayuda química que un par de Coca-Colas light. Así que cuando se dio cuenta de que estaba tomando un bote entero de analgésicos diario, se asustó mucho. O al menos eso me dijo un compañero del servicio de neurología. Había acudido a ellos en secreto, y le habían hecho la tomografía mientras yo, ignorante de lo que sucedía, asistía a una función del colegio de Julia. A la misma hora en que yo veía a mi hija bailar disfrazada de mapache, a mi mujer le decían que tenía un glioblastoma multiforme en estadio IV. El cáncer cerebral más mortífero y, desgraciadamente, también el más común. Más de la mitad de los tumores en la cabeza son GBM, un asesino implacable para el que hay difícil cura.

—¿Cuánto me queda? —había preguntado Rachel al neurólogo con lágrimas en los ojos.

—Sin intervención, seis o siete semanas. Por desgracia, está muy ramificado y me temo que crecerá muy deprisa. En unos días afectará al área del lenguaje.

Ella lo comprendió enseguida. No sólo era una gran médico, también había intervenido en suficientes operaciones de neurocirugía para comprender el destino que le esperaba. Cómo iría perdiendo progresivamente sus facultades hasta dejar de ser todo lo que ella era. Y cómo en el camino sufriría enormemente y haría sufrir aún más a su familia.

—Tal vez David... —aventuró el neurólogo.

—No.

—Pero Rachel... Él ha conseguido algunos resultados con...

—¡No! No le dirás nada a David. Prométemelo. Guardarás el secreto hasta el lunes. Este fin de semana es nuestro aniversario y quiero celebrarlo sin que nada lo estropee.

Tal y como me admitirían después con la cabeza gacha, ellos se tragaron la mentira de Rachel y cerraron la boca. Al igual que se tragó otra mentira un compañero anestesista al que acudió un par de días después.

—Tengo una jaqueca terrible, estoy agotada. ¿Podrías ponerme una vía? El neurólogo me ha recetado un analgésico suave cada cinco horas y no me apetece pasármelas aquí. Y ya sabes que odio las agujas.

El anestesista la miró, reticente.

—¿No puede hacerlo tu marido en casa?

—David y yo no vamos a coincidir, él comienza el turno en un rato —mintió ella.

Así que Rachel se marchó del hospital con una vía puesta en el brazo izquierdo y se dirigió al Four Seasons, donde la tarde anterior había reservado una habitación con vistas. Extrajo de su bolsa de mano un sobre con una carta manuscrita, que dejó cuidadosamente colocada en la mesilla de noche. Programó el correo electrónico para realizar un envío automático al cabo de tres horas a la comisaría de policía, diciendo dónde podían encontrarla.

Después colgó del cabecero de la cama el cóctel de Propofol, Fentanilo y Vecuronio que había preparado en secreto en el hospital, se lo acopló en la vía intravenosa tan amablemente insertada por su compañero y se sumergió en el sueño plácido del que no iba a despertar jamás.

Visto en retrospectiva, el plan de Rachel había sido impecable. Aquella mañana había echado al correo la carta en la que se despedía de mí, la carta de la que yo jamás había hablado a nadie. Luego llamó al colegio para decir que Julia iba a faltar aquel día y se la llevó a jugar al parque y a comer pizza, helado y otras cosas prohibidas entre semana.

Le pregunté muchas veces a Julia por aquel día. Qué le dijo Rachel, si la abrazó, si le dijo algo fuera de lugar. Pero Julia recuerda muy poco o casi nada. Es curioso cómo la felicidad pura, sin adulterar, no deja poso en nuestros corazones, mientras que las aguas turbias de la tristeza manchan por doquier. Yo tengo grabado ese día a la perfección, hasta el último detalle. La niña sólo recuerda cómo Rachel le dijo que la amaba y que estaría con ella siempre.

—Mamá olía a fresas.

Cuando regresé del trabajo, mi esposa debía comenzar supuestamente su turno. Lo habitual en días como aquel era cambiar un par de besos apresurados mientras uno salía y el otro entraba, pero me sorprendió ver que ella estaba descalza, esperándome en el jardín delantero.

—¿Qué haces? —dije mirándola extrañado.

—Quiero sentir la hierba en los dedos de los pies.

—Vas a llegar tarde al trabajo, so vaga —protesté, sin saber que ella acababa de llamar a su jefe de servicio para avisar de que estaba enferma.

—Hoy no hay mucho lío. Tomémonos un té.

Pasamos un rato en confortable silencio. Cuando finalmente se marchó, me dio un abrazo largo y un beso interminable.

—Te quiero mucho, doctor Evans.

—Y yo a ti, doctora Evans.

Mientras iba camino del coche, le grité «Trae donuts al volver, si te acuerdas». Ella se detuvo y me sonrió por encima del hombro, su media melena agitada por la brisa. Quiero pensar que en aquel momento su determinación flaqueó por un momento, aunque fuese por esa prosaica petición. O tal vez es la mentira que me cuento a mí mismo para paliar la sensación de que las últimas palabras que le dije antes de marcharse fuesen tan mundanas.

—Te quiero —repitió ella—. Dale un abrazo enorme a Julia de mi parte.

La saludé con la mano mientras se marchaba, y esa fue la última vez que la vi con vida.

Cuando el policía alto y de grandes bigotes llamó a la puerta de casa a la mañana siguiente, yo no tenía ni la menor sospecha. Su mirada fija y escrutadora era capaz de agrietar los espejos, pero en aquel momento apenas reparé en ello. Sólo atendí, asintiendo con rostro pétreo, a su descripción de cómo una camarera había encontrado a Rachel al ir a arreglar la habitación.

—No es cierto —respondí.

—¿Quién es, papá? —dijo la niña desde lo alto de la escalera.

—Vuelve a la cama, cariño —grité—. Es alguien que se ha equivocado.

—Me temo que no es ningún error. ¿Tiene idea de por qué haría algo así?

—No es cierto —repetí. Las piernas se me aflojaron, y la voz del policía parecía venir desde muy lejos.

—En su carta dice que estaba enferma. ¿Sabía usted de su condición, doctor?

—Ella... ella... odiaba el dolor.

—¿Había algo en su actitud que le haya dado indicios de que pensaba suicidarse?

Recuerdo que caí de rodillas, incapaz de responder. La incredulidad, el asombro y la sensación de fracaso ahogaron en mi interior las respuestas que ambos buscábamos.

Respuestas que sólo ahora, abrazado a su vieja sudadera en la habitación de nuestra hija secuestrada, había alcanzado a comprender.

Rachel y yo éramos las únicas personas en el mundo. Nadie tenía lo que habíamos tenido nosotros y nadie lo tendría jamás. Era un amor especial y único. Todas las cosas que habíamos hablado, toda la sabiduría que habíamos pensado transmitirle juntos a la niña, todos los errores que habían cometido con nosotros nuestros padres y que no pensábamos cometer con Julia. Todo se había esfumado en un instante. Ella había decidido marcharse sin dolor, minimizando el nuestro en lo posible.

Había que ser muy fuerte, muy valiente, había que amar sin medida para tomar una decisión así. Muy pocas personas se atreverían a tomar el mejor camino para sus seres queridos, sin importar el coste o las consecuencias.

¿Y si Rachel me viese ahora, y si viese cómo he perdido a nuestra hijita? ¿Qué querría Rachel que hiciese para recuperarla?

«Equipo Evans. ¡Adelante!»

La voz de los tres coreando el grito de batalla familiar resonó en mi cabeza con fuerza. Dos décadas de entrega a la medicina, el sueño vital del niño que siempre quiso ser médico como su padre adoptivo, mi propia conciencia. Todo ello fue derruido en un instante por ese grito, como un castillo de arena por una ola fuerte.

Si había algo que el sacrificio de Rachel me había enseñado es que el bien de los que amas está por encima de todo. Si tenía que renunciar a mi integridad, a mi ética profesional, a todo lo que yo era, estaba dispuesto a hacerlo. Tendría que jugar al juego del señor White, pero no iba a hacerlo como un pelele en sus manos. Yo también iba a jugar mi propio juego.

—Lo haré, maldito hijo de puta. Lo haré —susurré en voz baja a una habitación vacía, en una casa vacía, en plena madrugada.

Y a los pocos segundos llegó un mensaje que me puso los pelos de punta.

YA LO SÉ.

53 HORAS ANTES
DE LA OPERACIÓN

En algún lugar de Columbia Heights

El señor White se reclinó en la silla, permitiéndose una lenta sonrisa de satisfacción. El cuero del asiento emitió un leve susurro, mientras la piel de White se deslizaba sobre él. Toda su ropa estaba pulcramente doblada sobre un carísimo galán de noche. Completamente desnudo, el resplandor plateado de los monitores confería un aire espectral a su figura, arrancando diminutos brillos a las gotas de sudor que perlaban su piel.

Hacía calor.

Se puso en pie y caminó hasta la cocina, con el eco de sus pies descalzos resonando en las paredes vacías. Apenas había muebles en el pequeño apartamento, sólo un colchón de látex en una esquina y una enorme mesa plana con ocho pantallas de 27 pulgadas montadas sobre brazos de acero atornillados a la madera. En aquella zona repleta de estudiantes de posgrado y jóvenes profesionales en su primer empleo, yendo y viniendo constantemente, el pulcro señor White pasaba completamente inadvertido.

Abrió la nevera y el aire gélido del interior enfrió su cuerpo desnudo, poniéndole la piel de gallina en algunos puntos. Cada una de las cinco hileras del aparato estaba llena a rebosar de *botellas de Hawaiian Punch. Un sabor en cada bandeja: Fruit Juicy Red, Wild Purple Smash, Lemon Berry Squeeze, Polar Blast y Island Citrus Guava. Repitió los nombres en voz baja, como un suave mantra, hasta que se decidió por el primero de ellos. Tomó una botella fría y la sustituyó inmediatamente por otra del mismo sabor que extrajo de la alacena. Un frigorífico completamente lleno consume menos energía que uno a medias. El señor White siempre pensaba en el medio ambiente.*

Regresó a su asiento y volvió a estudiar las pantallas, que mostraban imágenes de la casa de Evans. Las cámaras habían sido meticulosamente escondidas, aunque el propósito no era que el doctor no supiese que estaban ahí.

Muy al contrario.

Presionó una serie de teclas en el portátil que controlaba el sistema. Todas las pantallas mostraron la habitación de Julia, seis minutos atrás. El volumen amplificaba una respiración lenta y pesada, y el susurro del médico sonó como un viento fuerte.

—Lo haré, maldito hijo de puta. Lo haré.

La alerta del mensaje atronó por los altavoces. White apretó la barra de espacio y aumentó la imagen. El rostro de Evans apareció en los ocho monitores en el preciso instante en que leyó el mensaje. El gesto crispado, los ojos como platos.

«Así es, Dave. Ahora conoces el alcance de mi poder. No puedes escapar», pensó White, dando un trago de su refresco.

Miró con nostalgia la mascota en blanco y negro de la botella, el inconfundible Punchy. La corrección política le había quitado toda la gracia al personaje. Era mucho más divertido en los años ochenta, cuando preguntaba a sus víctimas si querían un golpe antes de atizarles un puñetazo. Cada vez que lo veía, sentado sobre la alfombra persa del salón de la casa de sus padres, el señor White estallaba en carcajadas.

Había sido un niño feliz. Mimado y solitario, como todos los hijos de banqueros de inversión neoyorquinos. Había tratado más con el servicio que con su familia de sangre, pero eso no le había supuesto ningún problema. Nadie le había golpeado, abusado de él ni causado graves traumas.

White era así.

Había nacido así, y no había nada que hacer al respecto. Lo supo con claridad a los ocho años, en el parque al que le llevaba la au pair *todas las tardes. Una niña tuvo una mala caída desde lo alto del tobogán y aterrizó sobre su brazo izquierdo, partiéndoselo. La punta del hueso roto desgarró la piel, asomando envuelta en sangre. La niña aulló de dolor y se puso en pie. Muchos niños se llevaron la mano al brazo, en el punto exacto en el que la niña se había herido.*

White no.

Aquel día comprendió que él era un ser único e independiente. Los límites de los seres humanos son imperfectos: sienten en su propio cuerpo el reflejo de las emociones de otras personas, ven sus emociones afectadas por las de otros. Viven sus vidas conectados a los demás por una especie de vasos comunicantes de sentimientos.

Él estaba libre de aquella imperfección.

Su falta absoluta de empatía lo ponía un escalón por encima de los demás. Podía leer las emociones ajenas e interpretarlas sin verse manchado por ellas. Aquella ventaja evolutiva era de lo más práctica.

Aprender a utilizarla fue un proceso mucho más complejo. White tardó años en descubrir que todos los seres humanos tienen una frontera entre la confortable zona de sus convicciones y miedos y el pantano peligroso de sus deseos y necesidades. Para conseguir la total sumisión de la voluntad había que empujarles fuera de la primera sin que se hundiesen en la segunda.

Hasta el punto de equilibrio.

Cada tipología de personalidad era distinta. Para alguien como el doctor Evans la violencia no era más que una nota al pie de página en el Post, *algo que no entraba dentro de los límites de su mundo. Al fin y al cabo, la naturaleza humana es una negación de la muerte, y la de un médico entregado sublima esa negación.*

Para obligar a un sujeto de tan firmes convicciones a ejercer la violencia había que destruir sus puentes, uno por uno. De forma controlada, hasta sumirle en la contradicción entre sus creencias y la realidad. Estableciendo un calendario con milimétrica precisión. Con alguien más visceral y menos íntegro que Evans hubiese acortado el tiempo de reacción.

El móvil de White vibró sobre la mesa. Al igual que el móvil de Evans, era un modelo muy especial. Había sido modificado utilizando tecnología punta, y la señal con la que funcionaba empleaba un sistema codificado con una clave de 128 bits. No se molestó en mirar quién llamaba. Una única persona en el mundo poseía aquel número: su empleador.

—*Ya ha comenzado.*

La voz al otro lado de la línea murmuró unas palabras de asentimiento. White apenas escuchó. Su mirada seguía clavada en los monitores.

Pulsó una tecla, devolviendo la imagen a tiempo real. El médico parecía dormido.

White frunció el ceño, intrigado. Nunca le había visto hacer algo como eso, aferrarse así a aquella sudadera. Se acarició pensativo el lóbulo de la oreja y anotó algo en su iPad.

Mañana iba a ser un día de lo más interesante.

8

Cuando llegué al hospital a la mañana siguiente, mi mente trabajaba a toda velocidad.

Al poco de recibir el terrorífico mensaje de White me había quedado dormido, rendido por el cansancio. Descubrir que habían sembrado de micrófonos mi casa y sabe Dios qué otras cosas me arrancaba escalofríos de la espina dorsal. Pero tras un turno de 36 horas y todas las emociones que hubo después estaba demasiado agotado como para hacer nada al respecto.

Fui dolorosamente consciente al despertar. Mientras me duchaba y me vestía sentí mi intimidad completamente invadida, como si un par de ojos oscuros y sucios me acechasen desde cada esquina. Nunca me habían gustado demasiado las películas y las series de espías, pero a Rachel le encantaban. Intenté recordar lo que había aprendido viendo *Homeland* y *Person of Interest,* aunque solía verlas con medio cerebro, la otra mitad inmersa en una novela o en el *Journal of Neurosurgery*. Casi todo lo que recordaba me parecieron chiquilladas o lugares comunes.

Entendía muy bien por qué White había mandado el mensaje en el momento en el que lo había hecho. Quería dejar claro que controlaba hasta el más leve susurro que saliese de mi boca. Pero aquella mañana tenía que ir a trabajar. Me había dejado muy claro que debía seguir mi rutina habitual y no llamar la atención en absoluto. Estaba seguro de que estaría controlando el teléfono de casa y el móvil. Pero ¿estaría controlando los teléfonos del hospital también? Lo dudaba mucho. Un celador me dijo una vez que había novecientas líneas en el edificio. A White le sería imposible pincharlas todas. A no ser que hubiese hackeado la centralita y se limitase a controlar llamadas a determinados números, como el 911 o el FBI. ¡Maldita sea, ni siquiera sabía si tal cosa era posible!

Justo en ese momento sonó mi móvil. El identificador de llamadas estaba en blanco.

Era él.

—Buenos días, Dave. Deberías apresurarte, hay un atasco en la 16.

—Gracias por el informe de tráfico —dije, con un tono que significaba algo muy distinto.

—Deja de mirar esa lámpara. No hay ninguna cámara ahí.

Me aparté de ella de un salto, volviendo la cabeza hacia todas partes.

—Tampoco en ese cuadro, ni en esa pared, Dave. O tal vez sí. Eso no te incumbe. No buscarás las cámaras ni los micrófonos. Si por casualidad te encuentras uno, lo dejarás en su sitio. No queremos perder el contacto, ¿verdad?

—Verdad —mascull é, tragándome la humillación.

—Ahora tienes que llamar al colegio de Julia y decir que está enferma, que no volverá hasta el lunes. Adelante, te espero.

Obedecí, usando la línea de casa. Cuando regresé al móvil, White estaba tarareando suavemente una canción que no conseguí identificar.

—Bien hecho, Dave. Tan sólo una cosa más: vas a pasar mucho rato en un edificio enorme lleno de teléfonos, de ordenadores y otras muchas cosas peligrosas para tu hija. Tendrás la tentación de usarlos para pedir ayuda. No caigas en ella. Puede que no lo entiendas, pero estoy vigilando. Siempre. Por más medios de los que eres capaz de entender.

Sonó el tritono en el teléfono. Me lo separé de la oreja. Acababa de llegar un mensaje con una foto. Al abrirla, vi a mi hija encerrada en aquel agujero infecto. Tenía los ojos cerrados y se abrazaba las rodillas, apoyando en ellas la cabeza, intentando dormir.

—Si no obedeces, Dave, esta será la última imagen que verás de ella. No lo olvides.

Colgó sin darme tiempo a responder. Yo me quedé mirando la foto de ella durante un segundo, pero de pronto desapareció.

Fui a buscarla como un loco a mensajes y al álbum de fotos, pero había sido borrada de ambos sitios. Solté una maldición, pero no sirvió de nada. Aquel malnacido tenía un control total de mi teléfono, tal y como me subrayó el mensaje que recibí al instante.

ES HORA DE TRABAJAR.

Maldiciendo de nuevo me subí al coche, intentando pensar.

• • •

Media hora más tarde, mientras bajaba a los vestuarios, mi mente era un hervidero. Intentaba considerar todas mis opciones, pero tenía varias cosas claras. Primero, White mentía. No podía vigilarme todo el tiempo, y menos en un lugar tan enorme como el hospital. Segundo, necesitaba contactar con alguien. Tercero, si me equivocaba o aquel con quien contactaba cometía un error, Julia estaba muerta.

Como le había visto la cara, probablemente me matarían a mí también. Aunque si perdía a Julia, poco me importaba lo que me hiciesen.

Fui hasta mi taquilla, pero en lugar de coger mi bata blanca y mi pijama azul, fui hasta el armario de suministros y agarré las prendas desgastadas y con olor a lejía barata que usan los residentes.

Todos los cirujanos somos personalidades tipo alfa. Tanto hombres como mujeres dentro de esta profesión luchamos por ser el macho dominante, el mejor. Estamos midiéndonosla todo el rato y eso incluye lo que llevamos puesto en el quirófano. Lo crean o no, se fabrican carísimos pijamas y gorros personalizados con los colores más extravagantes que se puedan imaginar.

Es nuestra manera de diferenciarnos de los residentes, de los enfermeros, de los médicos de planta y de todos los especímenes que viven por debajo de nosotros en la pirámide alimenticia. Nosotros estamos en lo más alto, y nos esforzamos mucho por dejarlo claro.

Yo no tenía que operar aquel día, pero necesitaba estar seguro de que no llevaba nada encima en donde White hubiese podido poner un micrófono o algún chisme electrónico. Me desnudé por completo y me enfundé el pijama y la bata blanca, genérica y sin mi nombre. No tomé el fonendoscopio ni nada que fuese mío. Parecía un vulgar residente.

La última decisión que me quedaba era si llevar o no el móvil y el busca.

Por suerte, llegaba tarde y apenas había nadie en el vestuario, porque durante unos instantes me quedé congelado, mirando aquellos dos dispositivos como un perturbado. Nunca me separaba de ellos, y llegaba a ponerme muy nervioso si a alguno le fallaban las pilas o el indicador de batería se ponía en rojo. Pero en aquel momento esos objetos significaban el mal.

Dejar el móvil en la taquilla significaba perder el contacto con White. Sabía que lo había manipulado de alguna forma, y necesitaba desprenderme de él. Pero perder el contacto con él podría ponerle nervioso y podría hacer daño de alguna forma a Julia como represalia.

Y no sólo eso. En aquel momento aquel pequeño trasto de sólo 112 gramos era mi único vínculo con mi hija. No podía arriesgarme. Me lo metí en un bolsillo de la bata y cerré la puerta de la taquilla.

El eco del sonido metálico resonó por el vestuario desierto mientras me dirigía a la salida.

Por desgracia, no había avanzado nada, y el trabajo del día se me acumulaba. No había desayunado, pero el estrés y los nervios me exprimían las tripas, era incapaz de probar bocado.

No obstante, no podía dejar traslucir ninguno de los sentimientos que me preocupaban. White lo había dejado muy claro: tenía que sonreír. Los suyos no eran los únicos ojos que me estarían vigilando en los próximos días.

J.G. Jurado

Entré en el ascensor y me encontré con uno de los de administración, un tipo masivo y risueño que me caía muy bien. Enseguida noté en sus ojos ese primer síntoma de rechazo que experimentaban todos al verme desde el suicidio de Rachel.

—¿Qué tal, Mike?

—Ya ve, doctor, luchando contra la anorexia —dijo palmeando su enorme vientre.

—Veo que tienes dominada a la muy cabrona —reí.

Mike rió conmigo, muy sorprendido al verme bromear de nuevo.

—Nos vemos luego —le dije al salir.

—Seguro que me ve usted a mí primero —bromeó él, riendo incluso después de que se cerraran las puertas.

Di un par de pasos fuera del ascensor y tuve que detenerme un instante. Las luces, el movimiento, los teléfonos sonando, los carritos y las camillas rodando por el pasillo, las enfermeras cotilleando en una esquina, la jefa de residentes pastoreando a todos aquellos chavales de habitación en habitación, el olor a desinfectante. Toda aquella actividad a mi alrededor, todos aquellos elementos que formaban el caos al que yo llamaba *hogar* me resultaban ajenos.

Me sentía lejos, a mil años luz de todos aquellos estúpidos que no comprendían lo que me sucedía. Si se enterasen de que habían secuestrado a Julia musitarían un «Oh, Dios mío, eso es horrible» y luego menearían la cabeza antes de volver a casa a besar a sus familias y pensar que todo aquello no podía sucederles a ellos. Tal y como hicieron con Rachel. Como mucho me evitarían discretamente durante unos meses, una reacción natural para que tu mala suerte no se les pegue. En los hospitales somos muy supersticiosos, y los cirujanos más.

Una enfermera pasó a mi lado y me saludó con una gran sonrisa, que yo le devolví ordenando a mis músculos faciales que se moviesen.

La tremenda incongruencia entre la alegría despreocupada de aquella mujer y la angustia que yo experimentaba era desesperante.

Me forcé a recomponerme y a seguir hasta el puesto de enfermeras. Saludé con la cabeza al pasar.

—¿Alguna novedad?

—Han llamado de Estocolmo, no sé qué de un Nobel que querían darle —dijo Sandra, la jefa del turno de día.

—Diles que paso, ahora se lo dan a cualquiera.

Sandra rió, también sorprendida de que respondiese a la broma. Me sentí un poco culpable. Entre médicos y enfermeras siempre ha existido una soterrada lucha de clases. Ellas creen que hacen todo el trabajo, mientras nosotros nos llevamos todo el mérito y nos dedicamos a mandar. Nosotros... Bueno, podemos ser bastante despreciables. Yo siempre había intentado evitar esa actitud, aunque me di cuenta de que con mi mal humor de los últimos meses ese propósito se había esfumado, haciendo miserables las vidas de todos a mi alrededor.

Aunque la angustia tomó de nuevo el control.

—Voy a mi consulta a preparar la ronda. Hoy voy muy atrasado.

—Espere, doctor, hay un tema que quería consultarle. —Sandra rebuscó debajo del mostrador y colocó entre ambos la carpeta donde se guardaba la programación de quirófanos para los próximos días.

Me incliné sobre ella y di un respingo al ver el nombre que había subrayado. Un nombre sobre el que no me interesaba que se hiciesen demasiadas preguntas.

—Se trata de R. Wade. Tenemos su historial clínico, un método de pago y toda la ficha en orden, excepto el número de la seguridad social. Cuando he intentado buscarlo en el ordenador me ha dado error. Y en el número de teléfono que tenemos salta siempre el buzón de voz.

Por supuesto que nadie contestaría. R. Wade, un varón negro nacido en Des Moines el 4 de agosto de 1961, no existía. Su número de teléfono y su dirección habían sido aportados por el Servicio Secreto. El quirófano estaba reservado durante toda la mañana del viernes, y el otro que teníamos en aquella planta había sido programado para una revisión de equipos informáticos que nunca se produciría. Tan sólo tres personas en todo el edificio conocíamos la identidad del paciente: el director del hospital, mi jefa y yo. Había sudado tinta para lograrlo, en un lugar donde la intimidad no existe. Y aquello no era nada comparado con los juegos malabares que tendríamos que hacer en las cuarenta y ocho horas siguientes.

Teníamos que evitar a toda costa que se supiese quién iba a operarse allí. Porque si se enteraba una persona se lo acabaría contando a un amigo, y este a su mujer. La mujer a su mejor amiga, que lo colgaría en Twitter... La intervención podría cancelarse o cambiar de fecha. Y eso sería la muerte de Julia.

—Seguro que sólo se habrán confundido en una cifra —dije, intentando sonar despreocupado—. Rellena la ficha de admisiones con el que tienes y ya lo cambiaremos después.

—Pero, doctor, esto es muy irregular. Y si la aseguradora...

—Créeme, Sandra. Este paciente no tiene problemas de liquidez. Ni el más mínimo.

Ella me miró sorprendida, pero no dijo nada. De pronto fuimos conscientes de la proximidad entre nosotros y me aparté. Ella se recogió un poco un pelo en un gesto azorado y retrocedió también.

—Me temo que necesito resolverlo, doctor. Usted ha estado llevando al paciente desde el principio, ¿verdad? ¿No podría...?

No tenía la calma ni la energía necesarias para llevar bien aquella situación.

—Pues si tanto te urge llama a Meyer —el director del hospital— y háblalo con él. ¡Vino recomendado por él, maldita sea!

Ella se revolvió, incómoda. *Siniestro* Dave había vuelto.

Yo me largué corriendo y me encerré en el despacho, sintiéndome mal por haberla tratado así, pero necesitaba estar a solas unos minutos para lograr serenarme.

Me dejé caer en la silla de golpe. Aquella reacción exagerada no ayudaba a mantener en secreto la identidad del paciente. La mañana no podía haber empezado peor, y aún iba a empeorar mucho más.

9

No pude quedarme demasiado en mi cueva. Tenía que salir a ver a mis pacientes. Aquel día no me tocaba estar con los residentes —gracias a Dios por los pequeños favores—, pero la ronda era inevitable. Había tomado ya una decisión: buscaría un móvil y me las ingeniaría para hacer una llamada a la única persona en el mundo que podía ayudarme.

El problema era si ella estaría dispuesta a hacerlo.

A eso de las 10:30, una hora más tarde de lo habitual, logré reunir la presencia de ánimo suficiente como para salir. A mediodía tenía un compromiso ineludible, así que no podía retrasarme ni un minuto más.

Comencé por el señor Melanson, un abogado retirado que iba por su quinta esposa. El aneurisma debía de habérselo causado ella, una rubia cuyo cuerpo sin duda tenía que puntuar en la escala de Richter. Si estar buena fuese ilegal, aquella mujer tendría un montón de pistolas apuntándole en todo momento. Por lo pronto, ahora tenía a un par de residentes, un celador y al marido de otra paciente formando corro a su alrededor junto a la máquina de café.

—Buenos días, Roger.

—¿Qué está haciendo mi mujer? —me espetó. Tenía un aspecto curiosamente más joven con el vendaje postoperatorio cubriendo su cabeza calva.

—Está seduciendo a unos cuantos chicos malos junto a la máquina de café.

—Maldita sea, y yo aquí postrado. ¿Cuándo diablos va a soltarme, doc?

No hace ni cinco días, Melanson estuvo en mi quirófano con un aneurisma en la arteria cerebral media que literalmente explotó en mis manos mientras lo estaba clipando. La sangre de aquel viejo peleón me había cubierto la máscara, las gafas y el mandil mientras yo, jurando en arameo, las pasaba putas para hacerle un *bypass* arterial y salvarle la vida. De no haber intervenido a tiempo y correctamente, este hombrecillo delgado, vivaz y de ojos traviesos sería una maceta que sorbería líquidos por una pajita y los perdería en un pañal.

—Ese aneurisma estuvo a punto de matarle. Tenga un poco de calma. ¿Tanta prisa tiene?

Mientras comprobaba sus constantes, aproveché para echar un vistazo disimulado a la mesilla de noche al lado de la cama del paciente. Necesitaba hacerme con un teléfono móvil sin que nadie se enterase. Tendría que tomarlo prestado temporalmente. Y el de Melanson no se veía por ninguna parte.

—Tengo ganas de buscar a una nueva señora Melanson, doctor. A la de ahí fuera ya le ha llegado la hora.

—¡Será la sexta! ¿No ha tenido ya suficientes?

—La séptima, en realidad. Hubo un asuntillo de un par de días en Las Vegas que nunca contabilicé en mi registro oficial. Y mientras sigan firmando mis acuerdos prematrimoniales blindados, habrá unas cuantas más.

Solté una carcajada involuntaria.

—Bueno, le veo bien, Roger. Así que si pasado mañana no hay sorpresas le daremos el alta. Pero sólo si me promete que pospondrá la búsqueda un mes o dos.

—Prometido —dijo haciéndose una cruz sobre el pecho—. Pero que quede claro que si ella me encuentra a mí, no respondo.

Me choqué con la futura exseñora Melanson en la puerta. Se limitó a mascullar un «Hola» mientras cotilleaba el Facebook en su teléfono. Debí de mirarlo con ojos de deseo porque ella, malinterpretando la dirección que seguían mis ojos, se pegó un farisaico tirón del escote hacia arriba.

Meneando la cabeza, salí al pasillo.

Los tres siguientes en mi lista eran casos bastante sencillos, a los que daría el alta esa misma semana. Pero todos ellos estaban acompañados de familiares y amigos, y no hubo forma de hacerme con un móvil. Maldiciendo en voz baja el desempleo, que daba a la gente tantas horas libres, doblé la esquina y entré en el Ala Warton.

Aquella zona especial de neurocirugía había sido remodelada en 2010 gracias a los fondos aportados por Josephine Warton, una multimillonaria agorafóbica y bastante misántropa cuyo único propósito era separarse del resto de los ricos millonarios cuando recibía tratamiento por sus ataques epilépticos. En la práctica, el ala Warton consistía en una única habitación con una recepción amueblada con pésimo gusto y un pequeño puesto de enfermeras que casi siempre estaba desierto. Una zona ultraexclusiva dentro de un hospital exclusivo.

El viernes tendría un ocupante bastante famoso. Irónicamente, en aquel momento el paciente que se recuperaba en ella era un producto muy diferente de la sociedad: el pobre Jamaal Carter.

La jefa de servicio Wong había dado orden de acomodarle allí para tenerlo alejado de los pacientes de pago. A él y a su séquito, un grupo ecléctico de adolescentes de minoría étnica sin orientación académica definida. Es decir, pandilleros.

Eran cuatro, sentados en los sofás de la zona de estar, con los pies encima de una horrorosa mesa de mármol rosa con pies de bronce. A su espalda, el retrato de Warton —quien había especificado en su testamento que debería presidir siempre aquella sala— fruncía el ceño en una clara muestra de desaprobación. A la buena señora, fiel discípula de Ayn Rand, le hubiera horrorizado que atendiésemos a Jamaal Carter *pro bono* en su ala. A mí no me preocupaba demasiado. Este hospital había ganado 128 millones de dólares el año pasado. Podíamos permitírnoslo.

Y respetar el codicilo de la vieja bruja no era una prioridad para mí. Nos había tratado a todo el personal peor que si fuéramos esclavos, así que cada vez que veía aquel cuadro me entraban ganas de conducir hasta el cementerio, abrir el panteón Warton y golpearle en el cráneo con su propia tibia.

Tres de los cuatro pandilleros se levantaron cuando llegué y empezaron a hablar a la vez.

—Ya era hora de que viniese un médico a ver a Jamaal. ¿Qué clase de negocio lleváis en este tugurio, colega?

—Hey, doc. Si hay un problema de pasta o algo, me lo dice, ¿vale?

—Dígale a Jamaal que estamos aquí. El poli ese no nos deja pasar.

Señalaba a un agente veterano que, cómodamente atrincherado en su silla tras un ejemplar del *Post*, custodiaba la puerta de la suite Warton. Ver allí a aquel representante de la ley me provocó un vacío en la boca del estómago. Todo mi cuerpo me pedía correr hacia él, engancharle por el uniforme y obligarle a ayudarme. Estaba luchando contra ese sentimiento cuando me llegó un mensaje.

PIENSA BIEN LO QUE HACES.

Apreté los puños con fuerza dentro de los bolsillos de la bata e intenté escuchar mis propios pensamientos por encima del parloteo de los pandilleros. ¿Cómo podía saber White lo que ocurría? Era imposible que hubiese colocado cámaras o micrófonos allí. El Servicio Secreto había estado revisando aquella zona discretamente la semana anterior, y volverían a hacerlo mañana.

Aquello me confirmó lo que llevaba sospechando desde la noche anterior: el hijo de puta debía de estar usando el micrófono de mi teléfono para espiarme. Mientras lo llevase encima, podría oír todo lo que se decía a mi alrededor. Y probablemente controlaba la cámara también. Eso complicaba mucho las cosas.

De pronto me fijé en uno de aquellos chavales, el único de los cuatro que había permanecido en su asiento a mi llegada.

—¿Qué le pasa a tu colega? —pregunté.

Tenía los ojos fijos en la mesa de mármol, estaba demacrado y el labio inferior le temblaba.

—A T-Bone no le pasa nada, doc —se apresuró a decir uno de ellos, el que parecía el jefe—. Entre ahí y encárguese de Jamaal.

Deduje que el chico estaría hasta arriba de crack —grave error— y me metí en la suite, dolorosamente consciente de que la hora se aproximaba y de que no había conseguido mi objetivo. Saludé al policía, que gruñó al verme pasar, sin levantar la vista de las páginas de deportes.

Tenía previsto estar allí cuatro minutos, pero se transformaron en veinte por culpa de Mama Carter, el ser humano más persistentemente agradecido que me he encontrado jamás.

—Buenos días —dije al entrar—. Soy el doctor Evans.

—¿Es usted? —gritó una señora que ocupaba el asiento de visitantes, a la cabecera de la cama—. ¿Es usted quien curó a mi pequeño? ¡Aleluya! El Señor guió sus manos para salvar al bueno de Jamaal, bienaventurado sea el dulce Jesús.

Corrió hacia mí y comenzó a besarme las manos, haciéndome sentir terriblemente incómodo. Debía de medir un metro y medio, pesar ochenta kilos y tenía un rostro dulce como la miel. Era la abuelita ideal, salvo por el exceso de besos.

—Rece conmigo, dele las gracias al buen Señor por ese don para curar —insistió ella.

Me he encontrado muchas veces con esa actitud. Muchos pacientes dan las gracias a Jesús por salvarlos en la mesa de operaciones y te envían a sus abogados cuando las cosas salen mal. Los médicos podríamos vivir sin el agradecimiento si las demandas fuesen dirigidas también a Jesús.

—Lo hago, señora...

—Soy Mama Carter. Soy la abuela de Jamaal. Mi hija murió. Ahora está sentada a la derecha de Jesús, y cada noche toma con él buen pan de maíz y chuletas. Eran su comida favorita, y la pobre niña era una santa. Ahora cuida de todos nosotros, le envió a usted a sanar a mi pequeño.

Conseguí rodearla para alcanzar la cama de Jamaal. Vestido sólo con el pijama del hospital parecía mucho más pequeño y frágil. Su rostro aniñado estaba vuelto hacia la ventana, como una paloma que mirase hacia una libertad inalcanzable. Cuando llegué a su lado se dio la vuelta. Tenía un pie esposado al armazón de la cama, que tintineó ligeramente. Su abuela se apresuró a cubrirlo con la sábana. La futilidad de aquel pequeño gesto me desgarró el corazón.

—¿Cómo lo llevas, chaval?

Él me miró con sus enormes ojos marrones y se encogió de hombros. La cara se le torció de dolor.

—No debes mover los brazos. ¿Sabes que tenías un balazo en la espalda?

—Sí, me lo han dicho las enfermeras y los polis que han venido esta mañana. No recuerdo mucho de anoche. Pero me acuerdo de su voz, hablándome. ¿Usted me quitó la bala?

—Mira mi dedo fijamente y síguelo con la vista. Ahora mueve los dedos de las manos. Buen chico. Los dedos de los pies... Bien. Sí, sí fui yo quien te operó. Estuviste a un pelo de quedarte en una silla de ruedas para toda la vida, Jamaal. Deberías tenerlo muy presente antes de andar con esos tipos de ahí fuera.

—Son mis hermanos de sangre —dijo envarándose. Le hubiera quedado muy machote si no hubiese soltado un gallo.

—Ya, bueno, no he visto que ellos hayan sangrado demasiado.

—Jamaal quiere darle las gracias. ¿Verdad, Jamaal? —intervino Mama Carter.

El joven asintió y apartó la vista.

—Mañana le trasladarán al MedStar —le dije a la abuela.

—¿No puede quedarse aquí?

—Me temo que no, señora. Necesitamos la habitación.

Seguramente la señora Carter entraría en shock si supiese quién sería el próximo ocupante de aquella cama.

—Me gusta este lugar —dijo señalando alrededor, las paredes forradas con madera de palosanto y las lámparas de Tiffany—. Tengo algo de dinero ahorrado de mi pensión, ¿no podrían...?

Unos gritos afuera me ahorraron el mal trago de explicarle a la señora Carter que cada noche en la suite Warton costaba 27 500 dólares. La puerta se abrió de golpe y el policía asomó la cabeza, muy alterado.

—Doctor, será mejor que salga. Aquí hay algo que va terriblemente mal.

Crucé la puerta a la carrera. Los tres pandilleros rodeaban al cuarto, al muchacho que no se había levantado cuando yo entré. Estaba tumbado en el suelo, luchando por respirar.

—¡Apartaos, apartaos, joder!

Tenía el pulso tan débil que apenas fui capaz de encontrarlo. A aquel muchacho le quedaba apenas un hilo de vida. «*Maldita sea* —pensé—. *Justo lo que necesitaba ahora.*»

—Usted —dije señalando al policía—. Vaya a esa puerta y grite «Código azul» tan fuerte como pueda.

—Yo tengo que quedarme vigilando...

—¡Vaya, maldita sea! Ese chico no irá a ninguna parte.

No le di la oportunidad de replicarme y me di la vuelta para atender al herido.

Me di cuenta de que tenía sangre en las manos. Abrí la cazadora del chaval, revelando una camiseta de béisbol completamente empapada.

—¿Qué le ha pasado? —grité mientras apartaba la ropa.

—Eh... Estaba bien. T-Bone estaba...

—Tu amigo se va a morir, tío. Será mejor que espabiles.

Bajo la camiseta, un vendaje hecho apresuradamente con ropas desgarradas y cinta de embalar se había convertido en un desastre sin paliativos. Aquella chapuza no hubiese sido capaz ni de contener un arañazo provocado por unas zarzas. Apreté con todas mis fuerzas para detener la hemorragia, intentando ganar unos preciosos segundos para el chaval.

—¿Ha sido un balazo?

—Una... una puñalada —tartamudeó una voz a mi espalda—. No hemos dicho nada para no meterle en problemas. ¡Creímos que estaría bien!

En ese momento llegó el equipo de código azul, arrastrando el carro de paradas con un estrépito infernal y apartando a los pandilleros a empujones. Eran tres, dos hombres y una mujer, los cabrones más duros de todo el hospital. Eran nuestro mejor equipo de resucitación, acostumbrados a reírse en la cara de la muerte. Tenían acero en los brazos y hierro en la voluntad. Y verlos arrodillarse a mi lado supuso un alivio enorme.

—Herida de arma blanca en la caja torácica, sólo entrada. Pulso bajo mínimos. Lleva muchas horas perdiendo sangre.

—Maldito imbécil. ¡Mónica, la epinefrina!

Iba a retroceder, dejando a T-Bone en mejores manos que las mías, cuando vi que sobre la moqueta, en el confuso bosque de rodillas, había un móvil. En un gesto apresurado, me lo guardé en el bolsillo de la bata.

Me di la vuelta para ver si alguien se había fijado en lo que acababa de hacer, pero todos parecían bastante ocupados. El policía contemplaba atónito la escena mientras pedía refuerzos por radio, seguramente para detener a los otros pandilleros, que se habían convertido de repente en testigos de un intento de homicidio y quién sabe qué más. Y estos, dudando entre su lealtad a sus amigos y la prudencia, optaron por la segunda. Salieron al pasillo del hospital sin mucho disimulo, seguidos por el veterano agente que apenas podía con su cinturón. No tenía demasiadas dudas sobre quién llegaría primero al ascensor.

Miré el reloj de mi móvil. Eran las 11:53.

Apenas tenía tiempo. Bajé corriendo al vestuario, mientras me limpiaba apresuradamente los restos de sangre que aún tenía sobre los dedos en un trozo de gasa que había cogido del carro de paradas, y me desnudé. Dejé mi móvil y el busca en la taquilla y me metí con el del pandillero en las duchas. Era un modelo prepago que debía de tener un par de años. Recé una oración en silencio para que tuviese suficiente saldo para una llamada.

Conteniendo el aliento, marqué el número de la persona en cuyas manos residía la única esperanza de mi hija.

KATE

Cuando vio en la pantalla aquel número desconocido, Kate Robson enarcó una ceja. Muy pocas personas tenían su teléfono, y todas ellas estaban almacenadas en la memoria de su Blackberry.

Pulsó el botón de rechazar llamada y se reclinó de nuevo en el balancín del porche, enfrascándose de nuevo en la lectura de su novela. Hacía un día espléndido en la finca de sus padres, y no le apetecía perderlo con alguien que seguramente se habría equivocado de número.

Como todos en el Servicio Secreto, la agente especial Robson jamás apagaba aquel dispositivo. Era tan habitual en su trabajo ver interrumpidos los días de descanso que, tras nueve años en la agencia, apenas se inmutaba cuando ocurría. Mientras estaban en activo, los agentes tenían que soportar unos horarios de trabajo brutales. Como resultado, en sus álbumes familiares había un montón de sillas vacías en las fotos de fiestas de cumpleaños, graduaciones y demás eventos importantes.

Kate no sabía lo duro que sería el empleo cuando, a

punto de comenzar su penúltimo año en la Facultad de Derecho en Georgetown, pidió la admisión en el Servicio Secreto. Fue un impulso patriótico lo que la indujo a rellenar los formularios una semana después de los atentados del 11 de septiembre. No pensó demasiado en ello durante los meses siguientes, hasta el punto de que cuando al año siguiente recibió la llamada de un supervisor para que se presentase a una entrevista casi se había olvidado del asunto.

Había pasado por el largo proceso de admisión sin demasiadas esperanzas, pero a medida que iba superando filtros, cada vez se entusiasmaba más con la idea, precisamente por lo difícil que resultaba acceder al puesto. Si había una manera de interesar a Kate Robson por un desafío era precisamente remarcando su dificultad.

Finalmente, después de una batería infinita de análisis de orina, sesiones en el polígrafo, pruebas atléticas y de tiro al blanco, Kate recibió una llamada poco antes de graduarse.

—Ha sido usted admitida en el Servicio Secreto, Robson.

—¿Puedo graduarme antes de incorporarme? No me gusta dejar las cosas a medias.

—La apuntaré para el FLETC en septiembre. No haga que me arrepienta con usted —fue la seca respuesta del supervisor antes de colgar.

Y así fue como la joven Kate, con la tinta de su título de derecho aún fresca, subió a un coche a finales de agosto de 2003 rumbo al CITP, el programa de entrenamiento genérico para todo agente federal de los Estados Unidos. Once horas de viaje hasta Glynco, Georgia, en las que no logró sacar del retrovisor la mirada acusadora de su padre, que había soñado para su hija pequeña un futuro como abogada, presionándola para matricularse en una carrera que a ella no terminaba de gustarle.

—Mira a tu hermana, con su sueldo como anestesista allá arriba en la gran ciudad. ¿De verdad vas a desperdiciar tu vida trabajando para el gobierno?

Kate no discutió, hubiese sido tiempo perdido. Hacía tiempo que se había dado por vencida en la batalla dialéctica sobre la guapa, fantástica y perfecta Rachel. Por la noche lavaría el desplante con whisky.

Se limitó a darle un beso a sus padres y conducir.

Catorce semanas allí y otras dieciocho en el SATC, el programa específico del Servicio Secreto. Ocho meses durísimos en lo físico y en lo mental, que culminaron con una ceremonia multitudinaria y un salario ridículo. Pero para Kate eso era lo de menos. El auténtico orgullo era llevar una placa que sólo otras trescientas mujeres en Estados Unidos podían llevar. Se sentía como una entre un millón. Y lo era.

La Blackberry volvió a sonar y Kate la miró intrigada. Era el mismo número. Volvió a colgar. La mañana era demasiado perfecta, y ella necesitaba relajarse.

Se estiró en el balancín, con sus largas y bien torneadas piernas brillando bajo el sol. Tenía un cuerpo fibroso y duro, quizás un poco por debajo de su peso ideal para una persona tan alta y con un trabajo tan exigente como el suyo. Su madre meneaba la cabeza cada vez que la veía e intentaba embutir dentro de su estómago cantidades ingentes de pastel de carne y tomates rellenos. Kate, sintiéndose culpable, trataba de quemarlos trotando por los caminos pedregosos y cubiertos de vegetación que rodeaban la finca. El aire allí era tan fresco y limpio que borraba todas sus preocupaciones. Nunca se cansaba de henchir los pulmones con la fragancia de Virginia.

No había tenido muchas ocasiones de llenarlos en los últimos nueve años. Había sido asignada a la oficina de Cleveland al terminar la instrucción, donde sus misiones habían estado dedicadas sobre todo a la lucha contra la falsificación y el fraude. Aunque el gran público tiene en mente la imagen del Servicio Secreto como la de los guardaespaldas del Presidente, la realidad es que gran parte de su labor es la de acabar con el fraude monetario. Crímenes electrónicos, impresión de billetes falsos, clonado de tarjetas de crédito... Ese era el día a día de la agente Robson, que tras arrestar al vigésimo camarero acusado de copiar los datos de la tarjeta de un cliente del bar empezó a preguntarse si había hecho bien orientando su vida y su carrera en aquella dirección.

Luego vino el traslado a la oficina de Boston, donde Kate fue asignada eventualmente a servicios de protección de miembros del gobierno, comenzando por el secretario del Tesoro. Al principio las misiones eran esporádicas, pero poco a poco su profesionalidad y su dureza inquebrantable fueron granjeándole el respeto de sus superiores. A los protegidos les gustaba ver a la agente especial Robson, alta como una modelo y cuya poderosa figura inspiraba respeto. Con el pelo permanentemente recogido en un moño tan apretado como sus labios, era la viva imagen del misterio.

Era una fachada que a ella le gustaba cultivar. Sus compañeros varones podían permitirse excesos que a las mujeres les estaban vedados. Un exceso de carne alrededor del cinturón, una copa de más tras una jornada de veinte horas, un poco de compañía —de pago o no— entrando a hurtadillas en la habitación del hotel... Esos lujos eran inadmisibles para las agentes femeninas, que estaban doblemente cuestionadas.

—Eh, Robson, he oído que las chicas tenéis que mear cada tres cuartos de hora. ¿Y si viene Osama cuando estás en el baño?

—No vendrá, está ocupado tirándose a tu madre, payaso.

Ese era el intercambio habitual durante el curso de entrenamiento y durante sus primeros meses. Jamás dio el menor signo de que le afectase, aunque muchas noches sus frustraciones y su rabia empapaban la almohada. Pero luego empezó a correr la voz de que en las evaluaciones de Robson sus resultados en el tiro al blanco eran de 100 sobre 100.

Las balas no tienen sexo.

Y por fin, tras siete largos años de trabajo, fue asignada a la oficina de Washington, entrando a formar parte del destacamento que protegía a la Primera Dama. El orgullo y el chorro constante de adrenalina compensaban el enorme incremento de estrés y el agotamiento. Cada vez que la protegida se acercaba a la valla de separación para estrechar las manos del público, Kate empleaba toda su energía en escanear las caras entre la multitud. Sus ojos, protegidos por gafas de espejo, analizaban cada postura, cada mínimo gesto, en busca de alguien que no encajase, algo que no estuviese bien. Esa prenda suelta y gruesa en un día de demasiado calor. Ese rostro demasiado alegre o demasiado triste. Esas manos en los bolsillos... Siempre al límite entre la responsabilidad de que la imagen de Renaissance (el nombre en clave de la protegida) no se viese dañada por un exceso de celo y la obligación de protegerla por encima de todo.

Se puso en pie y comenzó a estirar los músculos de las piernas, flexionando las rodillas a un lado y a otro. Llevaba puesta una camiseta rosa con un unicornio y un arcoíris, un vestigio arqueológico de sus años de instituto que hubiese sido el blanco de las burlas de sus compañeros del Servicio Secreto.

El móvil sonó de nuevo.

Soltando un taco, Kate interrumpió el calentamiento. Tres veces en menos de cuatro minutos. Maldita sea, habría que aclararle a aquel pesado que se había equivocado para que dejase de molestar.

El fastidio se transformó en sorpresa cuando escuchó la voz al otro lado del teléfono. Era la última persona cuya llamada esperaba recibir.

—Kate, soy yo.

—¿David? ¿Por qué llamas a este número? —respondió con frialdad.

«Por qué me llamas, en general. Esa es la pregunta», pensó.

—No hay tiempo para explicaciones. Necesito tu ayuda, Kate. Julia te necesita.

10

Estaban esperándome a dos manzanas del hospital con cara de pocos amigos, apoyados en un sedán negro. Eran dos, vestidos de azul y de gris respectivamente. Debían de haberles dado una foto mía para que me reconociesen porque Traje Gris, al verme, hizo gestos para que me apresurase al tiempo que se señalaba la muñeca.

—Bonito reloj, ¿es nuevo?

—Llega tarde —gruñó él.

—Lo lamento, casi se me muere un paciente.

Tras la llamada a Kate y la ducha, me había puesto un pijama y una bata limpios. Al ir a coger mi móvil de la taquilla, la pantalla había parpadeado un par de veces y luego se había apagado. Intenté encenderlo de nuevo, pero el botón no me respondió.

—¿No podría haberse puesto algo más discreto? —dijo uno de ellos señalando mi ropa.

Me encogí de hombros.

—Es lo malo de salvar vidas, agente. Suele haber cierta pérdida de sangre.

Intercambiaron miradas, visiblemente molestos. Les habían ordenado una recogida discreta, en una calle poco transitada, y el sujeto en cuestión se presentaba de aquella manera. Lo hubiese sentido por ellos si no hubiese estado muerto de ansiedad y cagado de miedo.

—Está bien, suba —dijeron, abriéndome la puerta trasera del coche—. Creo que llevo algo en el maletero. Y, por Dios santo, quítese esa bata.

Traje Gris se puso al volante. Traje Azul me arrojó un chándal de los marines y se sentó a mi lado. El pequeño detalle de que yo fuera sin ropa interior no pareció importarle demasiado, ni yo le di demasiadas vueltas mientras me cambiaba. Seguía obsesionado por el hecho de que mi iPhone se hubiese apagado solo. No era cosa de la batería, ya que estaba casi al máximo. Estaba seguro de que había sido cosa del señor White, pero ¿por qué? ¿Había acaso descubierto la llamada que le hice a Kate? Y si era así, ¿había condenado a muerte a mi hija con aquella decisión?

Las preguntas me atormentaban como un animal rabioso devorándome los pulmones. Debieron de reflejarse en mi cara, porque Traje Azul me miró con severidad y se quitó las gafas de sol.

—¿Va todo bien, doctor?

Aquellos ojos negros parecían atravesarte como lanzas al rojo vivo, reduciendo tu alma a escombros y rebuscando tus secretos inconfesables entre los restos. O eso le pareció a mi mente ansiosa y culpable. Tenía que tranquilizarme y poner buena cara. Lo último que necesitaba era que aquellos gorilas del Servicio Secreto informasen a sus superiores de que el hombre que iba a operar al gran jefe mostraba una conducta alterada.

—Claro que sí. Es sólo que aún sigo intentando digerir la cena de anoche. Demasiados jalapeños. Igual sería bueno que abriesen una ventana, agentes —dije, refugiándome en la diarrea verbal como siempre que estoy nervioso.

Deben entender que durante la primera parte de mi infancia crecí rodeado de abusones de distintos tipos. Siempre pensé que un buen chorro de palabras me servía como distracción, como la tinta a un calamar. Tengo una fea cicatriz en el hombro con forma de F como prueba de que me equivoco, y un par de dientes postizos. El bueno del doctor Evans sénior tuvo que renunciar a muchas cervezas para poder pagar esos dos implantes cuando me adoptó.

Traje Azul asintió despacio, no muy convencido.

—Doctor, ahora debo pedirle algo que va a resultarle incómodo.

Le miré intrigado.

—Esa es una frase poco habitual en un agente del Servicio Secreto. Es más propia de mi proctólogo.

—Necesito que se tumbe en el suelo del coche, por seguridad. El camino hacia su punto de encuentro es un secreto, y usted no tiene autorización para conocer su ubicación.

—Ya sé dónde está la Casa Blanca, agente. Es el edificio grande ese de Pennsylvania Avenue.

—Doctor..., no vamos a la Casa Blanca.

—Me da igual a donde vayamos, no vais a colocarme en el suelo como si fuera una puta alfombrilla.

El conductor del coche frenó a un lado de la calzada, y Traje Azul se movió del asiento de atrás al de delante. No repitieron la orden, se limitaron a estar parados allí, mirando por la ventana, como si yo no existiera.

A pesar de que el orgullo me hacía hervir la sangre, no tenía mucho margen para discutir. Había citado a

Kate a las cuatro en el Saint Clement's, y no podía retrasarme. Así que, a regañadientes, me tumbé en el suelo del coche, que se puso de nuevo en marcha.

Me pregunté si el lugar al que íbamos estaría demasiado lejos. Y si era así, ¿qué sucedería si no llegaba a tiempo a la cita con Kate? ¿Me atrevería a llamarla de nuevo poniendo en riesgo a Julia?

Cada vez más nervioso, decidí que tenía que bloquear aquellos pensamientos sobre sucesos que en aquel momento escapaban a mi control. Intenté serenarme recordando la primera vez que había ido a encontrarme con mi paciente tres semanas antes, sin intuir la cantidad de problemas en los que iba a verme envuelto...

11

Si le hubiese dado una respuesta más modesta al hombrecillo de la pajarita... Aquel fue otro de los instantes clave de mi vida, pero en ese momento estaba demasiado lleno de adrenalina para darme cuenta. Acababa de salir de una compleja operación para extirpar un meningioma del tamaño de una pelota de golf y disfrutaba uno de esos momentos henchidos de divinidad de los que los neurocirujanos gozamos a veces y de los que no hablamos a nadie. No caminas, flotas sobre los pasillos mientras vas a darle la buena nueva a los familiares, como un ser todopoderoso capaz de devolver la vida. Tras la muerte de Rachel sólo me mantenían en marcha dos cosas: el amor de Julia y aquella breve y brutal sensación de poder. Ahora, cuando todo ha terminado, debo confesar avergonzado que cultivé mucho más la segunda que la primera. Otra entrada en mi lista de cosas de las que arrepentirme.

Había acabado de hablar con la familia y me disponía a marcharme a casa cuando el hombrecillo de la pajarita llamó a la puerta de mi consulta. Tenía la piel acartonada, gafas de concha cabalgando una nariz ganchuda y un aire inconfundible de profesor.

—Doctor Evans, ¿podría hablar un momento con usted? No tengo cita previa.

Me alargó una tarjeta donde ponía su nombre y su título universitario, que a petición suya no puedo desvelar. Le invité a sentarse y compartimos un poco de educada charla intrascendente antes de que se animara a entrar en materia.

—Me gustaría que echase un vistazo a esta resonancia magnética, si es tan amable —dijo abriendo un caro maletín de cuero y pasándome un sobre bastante manoseado.

Saqué cuatro enormes hojas de material transparente y las coloqué sobre el panel luminoso. Hice una mueca al ver aquella irregular masa gris y reconocer la forma de mi más odiado y viejo enemigo.

—Glioblastoma multiforme frontoparietal. Uno particularmente hijo de puta, al parecer. ¿Qué índice de crecimiento tiene?

—Compruebe las fechas. Las cuatro están hechas con dos semanas de diferencia entre cada una.

Las ordené cuidadosamente siguiendo los números colocados debajo del nombre.

—¿Quién es el paciente?

—El marido de una antigua alumna mía. Una mujer brillante y excepcional.

—¿Y el médico que hizo el diagnóstico inicial?

—Preferiría no decirlo. Verá, ella necesita una segunda opinión, y no le era posible venir a hablar con usted.

Estudié las resonancias durante un buen rato. Por supuesto que necesitaba una segunda opinión. Quería que alguien le dijese que era todo un error, que el cáncer que iba a matar a su marido no era más que un fallo de la máquina, o que se estaba reabsorbiendo solo, o que había una terapia experimental en Suiza que podía hacer que desapareciese por arte de magia.

Pero no había fallos, ni reabsorciones, ni terapias alternativas. Aquello era una sentencia de muerte.

—Bueno, quienquiera que sea este R. Wade tiene suerte, si es que se le puede llamar así. El crecimiento no parece especialmente rápido. Por desgracia, las buenas noticias terminan aquí. Probablemente perderá la facultad del habla antes de un par de meses. Y estará muerto antes de un año.

El hombrecillo se limpiaba las gafas con un pañuelo de seda a juego con la pajarita. Parecía ausente, como si ya hubiese escuchado aquello más veces. Lo dobló con sumo cuidado y se lo colocó en el bolsillo de la chaqueta. Luego parpadeó miope un par de veces, se colocó las gafas y me miró a los ojos.

—¿Le operaría usted?

Y aquí fue donde la jodí.

—Claro que sí. Aunque el riesgo será grande, y el resultado no muy espectacular. No podré comprarle mucho tiempo.

—¿Y qué hay de las habilidades del lenguaje?

—Creo, y es una estimación condicionada, que puede extirparse la zona del tumor respetando el fascículo arqueado y el área de Wernicke.

—¿Condicionada?

—A ver al paciente, estudiar sus síntomas y seguir el protocolo como es debido. Entiendo que usted quiera hacerle un favor a una amiga, pero esta no es manera de hacer las cosas.

Él asintió con calma. Era lo que esperaba escuchar.

—Muchas gracias, doctor Evans. Ha sido usted muy amable.

A la mañana siguiente mi jefa me llamó a su despacho. Mi consulta suele ser un sitio extremadamente ordenado, un hábito que mi padre adoptivo me inculcó con el ejemplo y un montón de noches castigado sin cenar. La mesa de Stephanie es un desastre de papeles, revistas médicas e informes laborales. Ella estaba parapetada detrás de aquella muralla de celulosa, golpeándose los dientes con un boli.

—Vamos a ver a Meyer —dijo poniéndose en pie nada más verme llegar.

—¿Al Príncipe de las Tinieblas? ¿Qué demonios ocurre, Stephanie?

—Dímelo tú.

Tuve que seguirla casi a la carrera hasta el ascensor. Pese a tener las piernas muy cortas, mi jefa las mueve a gran velocidad cuando está enfadada, y en aquel momento estaba de un humor de perros. No tenía ni idea de lo que estaba pasando, y si hay algo que Stephanie odia es no saber lo que sucede.

Subimos hasta la planta de las moquetas, los ficus, el ambientador de pachuli y el saxofón de Kenny G en el hilo musical. Yo iba allí pocas veces, pero siempre me hacía la misma pregunta: cómo alguien podría aguantar más de un par de horas trabajando bajo aquella combinación de elementos sin volverse loco. La respuesta era obvia: no se puede. Todos los ejecutivos del hospital son esquizofrénicos que dedican cada minuto del día a hacer nuestra labor más eficiente y los precios más competitivos. Y donde digo eficiente me refiero a barata, y donde digo competitivos me refiero a obscenamente caros.

La secretaria de Meyer nos hizo pasar, y este nos estaba esperando tras una mesa de caoba tan grande que se podría jugar al tenis en ella. Robert Meyer era el clásico producto de un MBA de universidad de élite, lleno de arrogancia y de ideas que quedaban muy bien en la memoria anual y fatal en los quirófanos. ¿Quieren saber cuándo se fue a la mierda la sanidad en este país? Cuando quitaron de la dirección a los médicos y pusieron a contadores de judías como Meyer al frente del negocio. Y si no pregúntense por qué una resonancia magnética cuesta una cuarta parte menos en Francia que en el hogar de los valientes.

—Doctora Wong, doctor Evans. Pasen, por favor. David, creo que ya conoce a...

Junto a él estaba el hombrecillo de la pajarita, que me estrechó la mano con gesto tímido. Tras las presentaciones, el visitante explicó quién era el paciente al que representaba.

—Quiere que le opere usted, David.

Todos me miraron.

Stephanie con asombro y una envidia rayana en el odio. Meyer con codicia desmedida, calculando mentalmente cómo iba a aprovechar aquel tremendo golpe de suerte. Y el hombrecillo con tranquila expectación.

Yo sentí que la cabeza me daba vueltas. Por suerte, estaba sentado, si no hubiese dado un poco profesional traspié.

—¿Por qué yo?

—Se le explicará todo en su momento. Lógicamente

el proceso llevará implícitas unas inconvenientes medidas de seguridad y de confidencialidad.

—Las asumiremos de buen grado —se apresuró a decir Meyer—. ¿Verdad, David?

Sé reconocer una orden cuando me la dan, y además estaba demasiado atónito como para protestar.

—Por supuesto.

—Bien dicho. El doctor Evans es nuestra gran estrella.

Sonreía con una enorme ristra de dientes y me dio un par de palmadas en la espalda. Disimulaba a la perfección el hecho de que nos llevábamos fatal. Él pensaba de mí que era un rebelde y un blando. Lo que yo pienso creo que ya lo he dejado claro.

—¿Entonces podría verle hoy? —dijo el hombrecillo de la pajarita.

—Está... ¿está aquí? —pregunté estúpidamente.

Nuestro visitante sonrió ante mi ingenuidad.

—Como le he dicho, doctor Evans, habrá ciertas medidas extraordinarias.

Una hora más tarde cruzaba por primera vez la entrada de servicio de la Casa Blanca.

Es una sensación extraña y surrealista que el hombre más poderoso del mundo te pida ayuda, pero lo es aún más el entrar en su casa a escondidas, como una amante escurriéndose de la vista de los vecinos.

—Todos los periodistas están en la rueda de prensa, Doc. Pero por si acaso le vamos a llevar por un camino poco ortodoxo —me dijo el agente al que acompañaba.

Cruzamos un patio interior y un pasillo de servicio

bien iluminado. Luego otro patio interior inundado por un olor a buena comida y ruido de preparación de alimentos, hasta una sala con palmeras colocadas en grandes macetas de alabastro. Durante el camino nos cruzamos con un par de miembros del personal de mantenimiento y con guardias uniformados, nada más.

—Espere un momento —dijo el agente.

Asomó la cabeza por una puerta lateral, y luego por otra después de esa. Finalmente continuamos por un enorme pasillo cubierto por alfombras rojas con ribetes dorados. Pasamos junto a una puerta con un cartel de bronce con letras negras que decía «Oficina del médico», aunque no nos detuvimos allí, sino en la siguiente puerta.

—Esta es la sala de Mapas —anunció el hombre secamente—. Esperaremos aquí.

Aunque el lugar estaba repleto de sitios donde sentarse, permanecí de pie en el centro de la habitación. El agente se quedó junto a la puerta, con las piernas abiertas y el grueso cuello de toro alzado hacia el techo. Esa pose de tipo duro y silencioso la había visto en un millar de películas, y me pregunté si él se limitaba a copiar el modo en el que se suponía que debía colocarse un agente o era algo natural.

Estuve tentado de preguntárselo, pero me contuve. Antes de la muerte de Rachel me gustaba tratar de arrancar una sonrisa de los labios de la gente con la que me encontraba. Una broma, una anécdota, un comentario ingenioso. Ella me veía esforzarme con camareros, recepcionistas y taxistas, y me asignaba puntos en función de la dificultad y del logro alcanzado. Créanme, jugar a eso en Washington era deporte de riesgo. No conozco otro lugar en el mundo donde sus habitantes hayan convertido la antipatía en un arte.

Por aquel agente, Rachel me hubiese dado la puntuación máxima. Pero ella ya no estaba, y yo había perdido las ganas de jugar, así que me limité a cotillear a mi alrededor. Estaba apabullado por lo que me rodeaba. Los cuadros, las alfombras, las antigüedades; madera, plata, raso. Todo en aquel lugar estaba destinado a impresionar a los visitantes.

Mis anfitriones estuvieron impresionándome durante un largo rato, al cabo del cual entró en la sala un hombre calvo de unos sesenta años, de anchos hombros y manos firmes y callosas.

—Capitán Hastings, jefe del personal médico de la Casa Blanca. Venga, doctor Evans.

Lo seguí hasta la puerta contigua, en la que atravesamos una pequeña recepción con dos puertas. La primera llevaba a dos consultorios que el doctor me mostró orgulloso. En el segundo, el que estaba pegado a su despacho, una vieja lámina que representaba una sección del corazón y los pulmones colocada sobre la camilla llamó mi atención y me acerqué a examinarla.

—¿Le gusta? —preguntó Hastings con voz amable.

—Había una igual en la consulta de mi padre. Lo sé porque tenía el mismo error tipográfico en la vena subclavia.

Hastings sonrió y dio un par de golpecitos sobre el error con un dedo largo y huesudo.

—Es un recuerdo de tiempos mejores. Más toscos y más humanos.

Yo asentí. Me gustaba aquel hombre. Me recordaba

mucho al viejo doctor Evans. En aquel momento le eché muchísimo de menos.

—¿Cuál es su especialidad, capitán?

—Medicina Interna. Es un requisito esencial del cargo desde hace años.

—¿Pertenece usted al ejército?

—A la Armada. Cada uno de los cinco cuerpos militares aporta un médico a los dieciocho acres. —Al ver mi mirada algo desconcertada se apresuró a añadir—. Es el término con el que conocemos cariñosamente al complejo. —Hizo un gesto señalando alrededor—. Venga, pongámonos cómodos.

—¿Lleva usted esto solo? —pregunté, extrañado de ver todo tan vacío.

—Claro que no. He ordenado al resto del personal acudir a un simulacro de protección esta mañana. Quería que usted y yo hablásemos a solas.

—Cualquiera diría que se avergüenzan de mí, doctor Hastings.

Nos sentamos en un despacho amplio pero atestado. Un escritorio de caoba embutido en una estantería repleta de libros ocupaba el centro de la estancia, bañada por la luz que entraba desde el Rose Garden. Pero el auténtico protagonista era un esqueleto sonriente que colgaba de un antiguo perchero reconvertido en soporte.

—Ese es Fritz. Un recuerdo de los días en los que empecé. Lo gané jugando al póquer al oficial médico en Pearl Harbor, quien a su vez se lo había ganado a su jefe en Corea. Él juraba y perjuraba que eran los restos de un nazi caído en Berlín al final de la guerra.

—¿Y usted lo cree?

—Es demasiado bajito.

—También había nazis bajitos. Al menos uno —dije alzando la mano derecha con el codo flexionado, en una inconfundible imitación.

Hastings esbozó una mueca maliciosa.

—Bueno, eso sería justicia poética. ¡Los huesos de Adolf colgando de un perchero en la Casa Blanca!

Ambos reímos con ganas.

—Celebro que tenga usted buen humor, doctor Evans. Es una característica que los militares apreciamos mucho, pese al estereotipo. Sin buen humor no se podría realizar un trabajo como este.

—Muchas horas extra, supongo.

—Se queda usted corto. Cuando alguien me pregunta mi cargo lo primero que escucho son suspiros de envidia. La gente sólo tiene una imagen de fiestas, viajes y poder. Pero la realidad es bastante más amarga. Vivimos por y para esta Administración, doctor Evans. Viajamos con el paciente al Culo del Mundo o a Mierdistán cuidando de que duerma, de que beba agua embotellada, de que el calor no lo derrote en mitad del cuarto discurso del día. Y todo ello en turnos de dieciocho horas, solventando todas las cefaleas y torceduras de tobillo que puedan ocurrir a la corte de majaderos que forman el personal político y los periodistas. Y siempre, siempre tememos lo inevitable: el momento en el que alguien se levantará de entre la multitud con un revólver en las manos y hará realidad la peor de nuestras pesadillas.

—¿Ha dicho inevitable?

—Entre los agentes del Servicio Secreto hay un viejo dicho sobre el asesinato del Presidente: «No digas "si," di "cuando"».

—Vaya, podrían ganar la medalla de oro al optimismo.

—Es su manera de prepararse. Hasta ahora hemos tenido suerte. ¿Recuerda la granada que le lanzaron al anterior?

Asentí. El texano estaba dando un mitin y el artefacto cayó junto a la tribuna, pero no llegó a explotar.

—Pues esa es una entre decenas de amenazas que se gestionan cada día y de las que no hablamos, siempre que puedan mantenerse en secreto —continuó Hastings con el rostro ensombrecido—. Antes o después la suerte se nos acabará. Vivimos con el tiempo prestado, y sólo luchamos porque no suceda en nuestra guardia.

Hubo un momento de silencio incómodo. Ambos teníamos que abordar la cuestión, pero Hastings no terminaba de atreverse, así que fui yo quien dio el primer paso.

—¿Por qué estoy aquí?

—Está aquí en contra de mi voluntad, doctor Evans —dijo el médico, mirándome a los ojos con una expresión en la que bailaban el disgusto y las disculpas—. Ha sido siempre potestad de la Armada cuidar de la salud del Presidente. Si por mí fuera, a mi paciente le atendería el cirujano jefe del Hospital Naval de Bethesda.

—He oído hablar de él, es un gran médico. Ha operado a varias celebridades. ¿Por qué no es él el que está sentado en esta silla?

Hastings se inclinó sobre el escritorio y bajó la voz hasta convertirla en un susurro ronco.

—Porque la Primera Dama hizo con muchos otros la misma jugada que con usted. Envió a un acólito con las resonancias para evitar que el cargo del paciente pesase más que el diagnóstico.

No me sorprendió demasiado, al fin y al cabo, el hombre de la pajarita ya me lo había anticipado.

—¿Incluso con los médicos de la Armada?

—Esos fueron los primeros a los que acudió. Todos dieron al paciente desconocido por desahuciado. Dijeron que el riesgo era demasiado grande para operar.

—Fui... —vacilé un momento—. ¿Fui yo el único que dijo que era factible?

Hastings meneó la cabeza y jugueteó con los papeles de su mesa antes de responder.

—No. Hubo otros.

—Entonces..., ¿por qué me escogieron a mí?

El médico no llegó a responderme, porque en ese instante se abrió la puerta y Hastings se puso de pie de un salto. No como un muñeco de resorte de esos que vienen en una caja, sino como una de esas tiendas de campaña instantáneas que se montan de golpe.

Yo me volví hacia la puerta y también me puse en pie. Aunque nunca he sido coqueto, me descubrí abrochándome la chaqueta y tirando de los faldones de forma instintiva.

—Vaya, es un placer conocerle, doctor Evans.

Estaba allí, tendiéndome la mano con elegancia. Alto —unos centímetros más que yo, y eso que soy bastante grande—, carismático, investido de autoridad. Estaba tan acostumbrado a verle por televisión que tuve la sensación automática de que nos conocíamos de toda la vida. O tal vez esa sea una ventaja evolutiva de ciertas personas, su capacidad de generar ese sentimiento instantáneo de familiaridad y cercanía para afectar a tus defensas, igual que las raíces de los eucaliptos segregan un veneno que impide a otras especies crecer a su alrededor.

—Lo mismo digo, señor.

Me adelanté a saludarlo, un poco atontado por el aura presidencial, y recibí un apretón de manos fuerte y cálido, enérgico y seco. Venía en camisa, con ella remangada hasta la mitad del antebrazo, la corbata roja ligeramente ladeada y una expresión cansada.

—Doc, ¿podría darme un Tylenol?

Hastings desapareció en el consultorio, solícito, y el agente del Servicio Secreto que había junto a la puerta dio un par de pasos hacia delante sin quitarme la vista de encima. El Presidente se volvió hacia él y le dijo:

—Estaré bien, Ralph. Vaya a la sala de descanso.

—Señor, el visitante no ha pasado el filtro de seguridad. El AEAC me ha ordenado que...

—Ralph.

La primera orden había sido dada con una sonrisa amable. La segunda llevaba acero en el tono. No había lugar a equívocos. Aquello era el verdadero poder, y no emanaba sólo del cargo, sino de la persona que lo ostentaba. Daba un poco de miedo y a la vez otro sentimiento que no llamaré *envidia,* pero quedaba cerca.

El agente inclinó la cabeza y salió del consultorio.

En cuanto la puerta se cerró, el Presidente se desplomó en la silla que yo había estado ocupando un minuto antes y se masajeó las sienes. Las arrugas de sus ojos apretados dibujaban dos enormes árboles muertos en el rostro negro y habitualmente sereno.

—Tenga, señor —dijo Hastings, regresando con analgésicos y un vaso cónico de papel. El Presidente se tomó los medicamentos e hizo una bola con el vaso. Volvió a cerrar los ojos y echó la cabeza hacia atrás durante más de un minuto, hasta que volvió a mirarnos.

—Lo siento —dijo. Parecía molesto consigo mismo por aquella muestra de debilidad.

—¿Cuántas está tomando al día? —pregunté.

—Seis o siete.

—¿Los dolores de cabeza son constantes o intermitentes?

—Intermitentes. Cuando aparecen son muy intensos, pero no duran mucho. Ayer no me dolió en absoluto, pero el día anterior fue un infierno.

—¿Era usted propenso a los dolores de cabeza antes?

—No especialmente. Después de una noche en la que duermo menos de cinco horas suele presentarse alguno, pero no como estos.

—¿Fue ese el primer síntoma?

—Un dolor de cabeza horrible. En aquel momento me pareció el peor de mi vida. Me equivocaba.

Asentí comprensivo. La frase «tengo el peor dolor de cabeza de mi vida» es una que todo marido, esposa, hijo y hermano debería traducir automáticamente por «programemos una cita con el neurólogo». He perdido la cuenta de las veces que un paciente ha llegado a mis manos demasiado tarde porque un dolor de cabeza revelador se enmascaró con analgésicos varios meses. Consumir un bote de 80 tylenoles en una semana debería alertar a cualquiera, aunque sorprendentemente los idiotas prefieren ignorar el problema. Muy poco sorprendentemente, se mueren.

—¿Cuándo fue eso?

—Hace cuatro semanas —respondió Hastings—. Hicimos la primera resonancia aquella misma noche.

—¿Dónde? No me dirán que tienen una máquina de resonancia magnética aquí...

El Presidente y Hastings se miraron indecisos. El primero negó con la cabeza imperceptiblemente.

—No podemos especificarle dónde, doctor. No acudimos a Bethesda por razones obvias. Hubiese sido mucho más difícil contener una filtración.

Guardaron silencio. Hastings sacó el sobre con las resonancias y me las pasó. Yo busqué la última y la alcé. La luz dorada y tenue que entraba por las cortinas desde el jardín le daba un aire bucólico y surrealista a aquella sentencia de muerte en blanco y negro.

—¿Quién las hizo, entonces?

—Yo mismo —dijo Hastings.

—Sólo un puñado de personas conocen esta situación, todas con la acreditación de seguridad máxima, excepto sus jefes, doctor Evans. Y así debe continuar.

—Comprendo, señor. ¿Ha habido más síntomas aparte del dolor de cabeza? ¿Vómitos, alteraciones del campo visual?

—Veo bien, y no he tenido náuseas.

Aquello era normal. Cada paciente era un mundo, y el tumor que en algunos accionaba el reflejo del vómito, ceguera o jaquecas horribles, en otros no producía ni el más leve síntoma. Durante tu carrera como neurocirujano aprendes algo fundamental: no debes dar nada por sentado. Y lo aprendes a base de ver rareza tras rareza. Una vez atendí a mediodía a una mujer que había recibido un balazo en el cráneo durante un atraco y comió en casa con su familia dos días después. La bala entró por el entrecejo y salió por la parte de atrás del cráneo sin causar ningún daño. Pero esa es otra historia, y yo estoy curado de espantos. Lo que me alarmaba era la posibilidad de que al presidente de los Estados Unidos le faltase información.

—¿Cuánto le han explicado del problema, señor? —dije yo, mirando a Hastings.

—Le he hecho un resumen somero —dijo el otro, mirándose la punta de sus zapatos—. Se ha negado a tratar esto de otra forma que no sea la del secretismo. Existen otras complicaciones de índole política que...

—Hastings —le reprimió el otro.

El pobre capitán cerró la boca tan deprisa que temí que se hubiese mordido la lengua.

—Señor Presidente —me apresuré a intervenir—, el glioblastoma multiforme es un tumor irregular. No es como una pelota, compacto y definido, sino como un pulpo. Es como un alien dentro de su cabeza, replicándose a sí mismo, reclutando sangre de todos los vasos sanguíneos que encuentra y avanzando sin piedad. No hay manera de hacerlo retroceder de forma significativa mediante tratamiento sin afectar gravemente a su cuerpo y a su desempeño en el cargo.

—Pero queda la cirugía, doctor Evans.

Meneé la cabeza.

—Usted va a morir. Va a morir muy pronto, y no hay nada que ni yo ni nadie pueda hacer para remediar eso. Tan sólo puedo cambiar el «muy pronto» y convertirlo en «pronto».

El otro asintió.

—Soy muy consciente de ello.

—Puedo operar el tumor. Puedo eliminar una buena parte de él, la suficiente como para retrasar el procedimiento y comprarle unos meses.

—Entonces hágalo.

—También podría matarle. El tumor ha avanzado hasta el fascículo arqueado, en la frontera entre el área de Wernicke y la de Brocca. Será una operación larga y compleja, de tres a seis horas como mínimo. Y al llegar a ese punto nos lo jugaremos todo. Un leve error y le convertiré en un brécol con piernas.

—Todo eso ya se me ha explicado, doctor. Y también que es algo que va a suceder de todas formas.

—Si no se le opera, antes de dos o tres meses perderá la capacidad de comprender conceptos y verbalizarlos. O la capacidad de hablar. O las dos cosas a la vez.

—Y si me opero puedo perderlos de golpe antes que eso.

—Exacto.

Sobrevino un silencio, pesado y desagradable como una manta empapada. El Presidente se echó hacia delante, con la mano en el mentón, mirando al suelo, con los hombros cargados y la espalda encorvada. Hasta hace unas semanas era indestructible, un rey entre los hombres. Ahora se veía obligado a afrontar su mortalidad como un humano más, con la carga añadida de las exigencias que su trono le suponía.

—Voy a hacerlo.

Cerré los ojos, abrumado por un instante, y respiré hondo antes de contestar.

—De acuerdo. ¿Cuándo?

—¿Qué tiempo de recuperación necesito?

—Nueve o diez días de hospitalización, si todo va bien.

—Ese margen de tiempo es inaceptable.

—Bueno, eso dígaselo a Dios —dije muy despacio.

Volvió a enmudecer durante un buen rato. Casi podía escucharle calcular, recordar sus compromisos, anticipar los movimientos de sus rivales. Qué hacer y qué decir.

Cómo presentárselo a la opinión pública. Y todo ello sin asistentes, de memoria. Estaba inclinado frente a mí, los codos sobre las rodillas y el mentón sobre las palmas, su cabeza a dos palmos de la mía. Tenía una forma curiosa vista desde arriba, ligeramente oblonga, con el pelo muy corto y prematuramente encanecido. Para mí era sencillo ignorar el cuero cabelludo, la piel y el hueso, que no eran más que estorbos en mi camino al problema. Por un instante me imaginé apartando las partes externas de la estructura, seccionando la duramadre y revelando el kilo y medio de tejido cerebral que tomaba las decisiones más importantes del país y muchas de las del mundo. En mitad de ese kilo y medio de sustancia gelatinosa, unos pocos gramos descontrolados libraban una guerra sin enemigos y un único vencedor posible.

—No puedo antes de tres semanas —dijo el Presidente—. Hay compromisos ineludibles antes. ¿Es asumible?

—Sí, señor. Aunque le aviso de que en ese periodo es probable que los síntomas se agraven. Hay una medicación que podrá ayudar con eso —dije anotándola en un papel y tendiéndosela a Hastings.

—Muy bien —dijo este al leerla—. Me encargaré de tomar las medidas oportunas para reservar un quirófano en Bethesda a nombre de un paciente anónimo.

Di un respingo de incredulidad al oír aquello.

—Disculpe, pero no voy a operar en Bethesda —dije sacudiendo la cabeza.

—Es un hospital de referencia, doctor Evans. Y dispone de los mejores equipos, además de poder garantizar la privacidad de...

—No siga, por favor —le interrumpí—. Sé cuáles son

los argumentos objetivos, pero antes respóndanme a una pregunta: ¿por qué yo, y no otro de los que dijeron que sí?

—Ha operado 234 glioblastomas en los últimos cuatro años —dijo el Presidente—. De ellos, 61 afectaban a la zona del habla, y 39 se recuperaron sin problemas.

—Esos datos son confidenciales —dije, molesto—. No tenían ningún derecho a...

—Tiene usted el segundo mejor promedio del país, doctor. Sus profesores de la universidad dicen que tiene un talento natural y en la residencia... —empezó a decir Hastings.

Alcé un par de dedos, definitivamente enfadado.

—Dejé hemipléjicos a dos pacientes en el mismo periodo por complicaciones en su tallo cerebral. Dos. Otros once glioblastomas quedaron vegetales. ¿Esos no los cuentan? —bufé.

—No veo a dónde quiere ir a parar, doctor —dijo el Presidente con frialdad.

—Esta es una operación sumamente difícil. No se trata sólo de mi habilidad, ni bastará con citarle mis números al tumor como si fuera un bateador de los Yankees. Necesitaré suerte, suerte y concentración. Si hago la intervención en un quirófano que no es el mío y con un equipo que no es el mío, estaré nervioso. Y eso afectará al resultado final.

—Doctor, seguro que hay una manera de que usted se adapte a... —intercedió Hastings.

—No, no la hay, capitán. Es el presidente de los Estados Unidos, por Dios santo. Me están ustedes arrojando encima la mayor responsabilidad que le puede caer a un médico. No la aceptaré a la ligera. —Me giré hacia el

Presidente—. No crea que le pido operar en mi propio hospital para sentirme superior, para colmar un complejo de inferioridad o por diversión. Lo hago porque de lo contrario me cagaré de miedo. ¿Lo comprende?

Él reflexionó unos segundos, y yo deseé con todas mis fuerzas que dijese que no. La situación era demasiado complicada, y yo tenía que pensar en Julia. El riesgo de que todo saliese mal era tan grande, las oportunidades de pifiarla tan estratosféricas, que el improbable logro de completar aquella operación con éxito se me antojaba una quimera.

—Lo comprendo. Pero no puedo aceptar operarme en un hospital de élite. Precisamente yo, que tanto he luchado por una sanidad pública de calidad. La opinión pública se cebaría con el caso durante meses —respondió, y yo suspiré aliviado.

Me había dado la excusa que necesitaba.

—Entonces será mejor que lo dejemos aquí.

Los tres nos pusimos en pie. Le estreché la mano al Presidente a modo de despedida y Hastings me acompañó fuera del consultorio médico.

—Siento lo sucedido —le dije cuando estábamos en el ancho pasillo de las alfombras rojas.

—No se preocupe. Entiendo sus razones, y en su caso hubiese actuado igual.

Hastings se equivocaba, por supuesto. Era un hombre afable y tranquilo, con la resistencia y lealtad de un caballo percherón. Si el Presidente decía «salta», él estaba en el aire antes de escuchar la segunda sílaba. Alguien con ese carácter jamás podría ser neurocirujano, así que su comprensión era un gesto tan amable como vacío.

—¿Va usted a acompañarme a la salida o debo esperar a alguien?

—En realidad, doctor Evans, antes de que se vaya me gustaría presentarle a una persona muy especial.

Volvimos a la sala de Mapas, y allí estaba ella.

Sentada al borde de un sillón de terciopelo con las piernas cruzadas por los tobillos, tecleando en su iPad, tan absorta que no oyó los educados golpes de Hastings en la puerta. Alzó el rostro cuando entramos y se puso en pie para saludarme. Tenía un porte aún más impresionante en persona, con un aire aristocrático en el rostro de ébano pero una calidez en la voz que desmentía su apariencia.

—Buenos días, doctor Evans.

Murmuré una respuesta educada, aunque ella no pareció escucharla, pues se volvió para interrogar a Hastings:

—¿Cómo ha ido?

El médico carraspeó suavemente, indeciso sobre cómo dar la noticia.

—Verá, el Presidente no quiere dar su brazo a torcer sobre el hospital, y el doctor Evans pide que se haga en el Saint Clement's.

—¿Puedo preguntarle por qué?

—Por una razón médica de peso: necesitaría estar en mi elemento. Y una razón política no vale nada ante eso —contesté.

—Doctor Evans, ¿si consiguiera hacer cambiar de opinión a mi marido haría usted la operación?

—A decir verdad, señora, en estos momentos me

pregunto si todo este asunto no me viene demasiado grande.

Ella sonrió, una sonrisa triste y espontánea, una sonrisa auténtica.

—Todo esto nos viene grande a todos, doctor. La primera noche que dormimos en esta casa la pasé llorando, de alegría y de miedo. Sé lo que significa tener encima de los hombros una carga mayor de la que se puede soportar.

—Hay quien está hecho de la pasta adecuada para el trabajo, señora.

—Gracias por expresarlo de forma tan educada.

Ella se detuvo un instante, mirando por encima de mi hombro, evocando un recuerdo o tal vez eligiendo sus palabras con cuidado antes de continuar.

—¿Sabe por qué seleccionamos al neurocirujano de la forma en que lo hicimos, doctor Evans? Cuando operaron de la rodilla a Bill Clinton, hace diez años, hubo literalmente una cola de cirujanos a la puerta del quirófano. Todos ellos querían decir que habían operado al Presidente, y cada uno hizo una pequeña tarea en aquella operación. No veían más allá del cargo. Nosotros —le tembló un poco el labio al usar el pronombre, y por un instante creí que estaba a punto de llorar— no somos así.

—Emplearon su poder e influencia para escoger lo mejor posible, señora. Tampoco veo excesiva diferencia con el caso que me plantea.

—No, doctor. Atendiendo a los fríos números, podríamos haber escogido a Alvin Hockstetter. Creo que lo conoce bien.

Escuchar el nombre de mi antiguo jefe de residentes

en la Johns Hopkins me produjo un escalofrío. Aquel hombre aún seguía asustándome incluso después de más de cinco años sin verle. Era una manipulación obvia, y los tres lo sabíamos, pero era una en la que no podía resistirme a caer.

—¿También le mostraron las resonancias?

La primera dama asintió.

—Y se mostró dispuesto a operar —añadió.

Por supuesto que lo hizo. Alvin Hockstetter era el cerdo más arrogante y pretencioso que había conocido jamás. También era un genio autopromocionándose y seleccionando con infinito cuidado a sus pacientes, a los que no veía más que como un conjunto de células. Hockstetter no creía en el alma y consideraba las enfermedades como meros reajustes de la rueda de la vida. En cierto sentido tenía razón. A escala biológica, el cáncer no es un error, sino una de las muchas maneras en las que la naturaleza nos borra de la faz de la tierra para que dejemos sitio a los que vienen detrás.

A escala humana, ese maldito hijo de puta era el mismo enemigo que había matado a mi mujer.

—Señora, dígame por qué estoy aquí, entonces.

—Una de las agentes del Servicio Secreto que me protegen escuchó por accidente una conversación con el hombre que lo visitó a usted en la consulta. En esa conversación se citó su nombre y ella me dijo que le conocía.

Aquello me dejó atónito. Sólo podía referirse a una persona, pero llevaba muchos meses sin hablar con ella. Tanto ella como mi suegro seguían culpándome por lo sucedido.

—¿Kate Robson? Pero...

—La agente Robson es una mujer admirable. Cuando mencionó que eran parientes, le pregunté qué clase de médico era usted. Me dijo que no lo sabía, pero que era una buena persona. Y eso es todo lo que yo necesito saber.

Aquella demostración de serena humildad fue toda una lección. Las excusas con las que enmascaraba mi propio miedo se habían terminado. Ya sólo quedaba una cosa que decir.

—Y yo también, señora. Operaré a su marido.

12

No sabría decir cuánto tiempo pasé en el suelo de aquel coche, con las piernas doloridas de llevarlas apretadas contra el asiento delantero y el coxis destrozado.

Traje Gris y Traje Azul eran los chóferes más aburridos del mundo. Ni siquiera tenían música puesta, supongo que para que no me hiciese una idea del tiempo transcurrido. Me pidieron el teléfono móvil, se cercioraron de que lo tenía apagado y luego lo guardaron en la guantera.

—Se lo devolveremos cuando le dejemos de nuevo en el hospital.

Al cabo de un rato muy largo —diría que entre tres cuartos de hora y una hora, pero es sólo una suposición—, yo tenía calambres en las piernas y una pegajosa sensación de angustia y de aburrimiento cuando el coche abandonó la autopista y rodó varios minutos por carreteras secundarias. Luego entramos en un camino de tierra, en el que permanecimos otro trecho, aumentando el dolor de mis posaderas. Desconozco si hubo algún bache en el que no cayese el sedán, pero si lo hubo sería porque Traje Gris no lo vio. Juraría que el muy cabrón fue buscándolos todos, uno por uno.

Las ruedas rascaban la gravilla, transmitiendo una incómoda vibración a mis articulaciones y a mis dientes. De pronto el coche aminoró ligeramente la velocidad y volvimos al asfalto. Unos segundos después, la luz del día desapareció y el coche se detuvo.

—Ya puede incorporarse, doctor. Siento las molestias —mintió Traje Azul.

Agarrándome como pude al asiento delantero, logré incorporarme. Tenía los miembros entumecidos y los sentidos embotados. Estábamos completamente a oscuras, sin otra iluminación que la que provenía del salpicadero, en un lugar extraño. Parecía un garaje, pero las paredes estaban demasiado juntas.

De pronto varias luces se encendieron, deslumbrándonos con un resplandor azulado, y yo me cubrí los ojos con las manos. Sonó un largo chasquido metálico cuyo eco permaneció durante unos segundos en el fondo de mis oídos, y todo el coche empezó a moverse.

Estábamos en un ascensor. Sin botones ni letreros, sólo planchas de acero desnudo. El viaje duró un par de minutos, en los que me dediqué a frotarme las pantorrillas para recuperar la circulación. Cuando nos detuvimos, la pared que había delante del coche se alzó despacio, revelando un garaje de reducidas dimensiones. Había espacio para una veintena de coches, aunque las plazas, marcadas con pintura roja sobre el brillante suelo gris, estaban todas vacías.

Traje Gris aparcó en la más cercana a la única puerta que se veía en el garaje. Ambos bajaron del coche y yo hice lo propio.

—Por aquí, doctor.

La puerta se abrió cuando llegábamos, y nos encontramos con un corto pasillo que culminaba en otro ascensor, que tampoco tenía cuadro de mandos. Tras un breve viaje hacia abajo, aparecimos en mitad de una enorme sala rectangular bastante desordenada. Había cajas y papeles por todas partes, y lo que parecían ser restos de mobiliario de oficina. El lugar estaba iluminado por focos en las paredes que creaban romos triángulos de luz y muchas zonas de oscuridad entre ellos. En el ambiente flotaba un desagradable olor a polvo y a cerrado.

—¿Dónde cojones estamos?

Traje Gris se encogió de hombros.

—Vigile dónde pone los pies, doctor. Esta parte está un poco descuidada.

Recorrimos un camino que hendía en dos el desorden como una herida. Al otro lado de la sala había varias puertas y otro ascensor en la esquina contraria a la que habíamos llegado. Al pasar por una de las puertas, me quedé clavado en el suelo, boquiabierto. En el interior había una réplica polvorienta del Despacho Oval, reproducida a la perfección, tal y como la había visto un millar de veces en la televisión. Incluso la ventana que había tras el escritorio simulaba la luz del día de forma tan convincente que me hizo dudar de que me encontraba a muchos metros bajo tierra.

Un carraspeo de mis alegres acompañantes me devolvió a la realidad, y bajamos en el último ascensor. Este daba a un pasillo separado por paredes de cristal, con varias habitaciones parecidas a las de un hospital. Al fondo, dividido por paneles de acero hasta media altura, había varios consultorios. En uno de ellos, con la puerta abierta y hablando por teléfono, estaba el Presidente.

Me pregunté cómo era posible que su móvil tuviese cobertura allí abajo, aunque la propia existencia de aquel lugar ya planteaba suficientes preguntas.

Iba a entrar en el consultorio cuando la puerta se cerró, o eso me pareció en un principio. En realidad alguien se me había puesto delante. Era un tipo realmente grande, y la ropa parecía comprarla dos tallas por debajo de la suya. Qué demonios, el mundo le quedaba dos tallas más pequeño.

—Doctor Evans, soy el agente especial McKenna, jefe del destacamento del Presidente.

No me tendió la mano.

Yo tampoco.

Nos miramos durante un par de segundos, disfrutando de esa instantánea animadversión mutua que a veces —pocas por suerte— se produce entre dos completos extraños. Tenía la cabeza rapada y una fina perilla pelirroja que enmarcaba unos labios casi inexistentes. El cráneo le brillaba bajo los halógenos y todo su cuerpo gritaba «ex-Navy Seals».

Asentí despacio.

—Un placer.

—Ha sido usted invitado a estas instalaciones por expreso deseo del Presidente. Todo lo que tiene que ver con ellas es alto secreto, y se le pide a usted discreción. Entiendo que podemos confiar en su silencio.

«Si tú supieras.»

—Agente, la confidencialidad de la relación entre médico y...

—Ya, ya conozco el rollo ese —me interrumpió.

—Entonces no sé para qué pregunta.

Los ojos de McKenna soltaron un relámpago de despecho, y el círculo perfecto de su perilla se rompió en una leve mueca de desagrado.

—Tiene usted razón, doctor. Tal vez deba empezar a fiarme más de mis propias intuiciones.

Había visto demasiados documentales de National Geographic como para tragarme aquella exhibición de macho alfa. Y menos de un tipo cuya chaqueta aún apestaba a sopa minestrone.

—¿Ha terminado de mearme en la pierna o ya puedo ir a ver a mi paciente?

Un leve gruñido me anunció el error que acababa de cometer. Normalmente a los matones les suele desconcertar mucho que no te dejes intimidar por ellos, básicamente porque son idiotas. Cuando el primer y único truco que conocen les falla, entran en barrena. Pero McKenna no era imbécil en absoluto, y mi negativa a achantarme sólo logró irritarle más. Hizo un gesto imperceptible con los brazos, y el traje se quejó del *overbooking* de músculos en su interior.

Yo tragué saliva, pero no me aparté.

Si aquello hubiese sido un bar, el muy bestia habría terminado usándome de fregona. Pero la voz de su jefe interrumpió nuestra escena de amor y evitó la posibilidad.

—¡Doctor, pase, por favor!

El agente se hizo a un lado, el rostro de nuevo pétreo.

—Nos vemos mañana, doc —me susurró McKenna al pasar a su lado—. Será divertido.

No tuve tiempo para preguntarme a qué diablos se refería, porque el Presidente ya caminaba hacia la puerta para saludarme.

—Espero que no le incomode que nos veamos aquí. Creo que encontrará todo lo necesario.

Omití que tenía las rodillas aún doloridas del viaje.

—¿Dónde demonios estamos, señor?

—Mi predecesor construyó todo esto. La alerta terrorista en aquellos años estaba por las nubes, y había indicios que nos hacían pensar que podía estallar una bomba sucia en Washington. Este lugar se ideó para albergar al Presidente y su gabinete en el caso de un ataque así. Instalaciones hospitalarias completas, suministro de agua y comida...

—La cosa se abandonó un poco, ¿no? —dije pasando el dedo por un mostrador lleno de polvo.

El Presidente se encogió de hombros.

—El dinero no es infinito, doctor. Cuando me hice cargo de la Administración tuve que elegir, y este lugar no era tan importante. Hay otros iguales. Lo importante es que tenemos esto —dijo señalando a su espalda.

Como si hubiese podido no fijarme en el gigantesco cilindro metálico que ocupaba media estancia. Era una máquina de resonancia magnética. Una alemana, de las buenas, de las de seis millones de dólares. Algo antigua, debía de tener ocho o nueve años. Probablemente no tuviese las últimas actualizaciones de software, pero eso sería un contratiempo menor. El cerebro humano ha evolucionado muy poco en los últimos dos mil siglos, así que la imagen sería lo bastante precisa.

Le pedí al Presidente que se desvistiese.

—Ya sé cómo va, nada de objetos metálicos, no tengo pinzas en la cabeza, no necesito manta, gracias —dijo intentando bromear, algo nervioso.

Me invadió una absurda, extraña sensación de irrealidad cuando desapareció tras un pequeño biombo. Mientras yo encendía la máquina escuchaba al otro lado el ruido de sus prendas, dobladas cuidadosamente.

Cada paso que daba dentro de aquella historia me alejaba más y más de la cotidianeidad de la profesión médica, del medio ambiente en el que había aprendido a moverme y en el que todo estaba bajo mi control. Tenía una sensación casi física de estar dentro de una película.

Sólo que en aquella trama, al menos para el hombre que tenía enfrente y para los gorilas de fuera, el villano era yo. Si tuviesen el más mínimo indicio de lo que ocurría, los motivos que me impulsaban no les importarían en absoluto. Me arrojarían contra el suelo y me esposarían. Y Julia moriría.

Yo no podía permitir que eso ocurriera.

Cuando mi paciente emergió de detrás del biombo, ataviado con un pijama de hospital, lo miré de arriba abajo, sorprendido. Físicamente había experimentado una mejoría, sin duda debido al inevitable descenso en su actividad que se había producido en las últimas dos semanas. Sabía que apenas había salido del Despacho Oval, y que incluso algún columnista había comentado extrañado aquella reducción en la agenda del Presidente. Usualmente, en su segundo mandato todos los ocupantes de la Casa Blanca descubrían de pronto que tenían un avión enorme a su disposición y se empeñaban en usarlo lo máximo posible. Sin embargo, en aquella época del año, que debería ser la de mayor ajetreo, el Presidente había adelgazado sus comparecencias públicas al mínimo imprescindible.

Se le veía más entero, incluso había ganado algo de peso. Me pilló observándole y se palmeó la tripa.

—Lo sé, mi mujer me lo comentó ayer. Llevaba mucho tiempo sin ver crecer esto.

Asentí educadamente.

—Túmbese, señor.

Se colocó sobre la alargada bandeja de la máquina, dando un respingo cuando sus piernas desnudas tocaron la fría superficie.

—¿Seguro que no quiere la manta?

Negó con la cabeza.

—No, pero agradecería unos tapones. Nunca he soportado los ruidos demasiado fuertes.

Sobre una mesa cercana había una caja de tapones de cera, que le alargué a mi paciente.

—Intente estar lo más quieto posible —dije, y entré en el pequeño cubículo de cristal donde estaba el panel de control de la máquina.

Durante los 38 largos minutos que le llevó a la máquina completar su trabajo, mi mente se vio oscurecida por los más negros pensamientos. Estaba atrapado como una rata en un agujero oscuro, y mi animadversión por quien me había puesto en la situación imposible de tener que matar a mi paciente se fue trasladando poco a poco a este último. Mientras los enormes cilindros del interior de la máquina excitaban los millones de átomos de hidrógeno del interior del cerebro del Presidente para poder captar una imagen perfecta de cada uno de sus tejidos, el resentimiento crecía en mi interior. Encajonado en aquel cubículo, decenas de metros bajo tierra y sin margen de actuación, me sentía profundamente encerrado.

Claustrofóbico.

Siempre he sentido miedo de las situaciones de las que no puedo escapar, supongo que fruto de haber sido hijo del sistema. Cada vez que la de servicios sociales me llevaba a una nueva casa de acogida, con la mano bien firme sujetando la parte de atrás de mi cuello, yo temblaba. Allí estaba, encerrado con extraños que no me querían a mí, sino al cheque del gobierno que llegaba cada mes mientras me cuidasen. Todos eran iguales, allá donde estuviesen. La misma mirada oscura y hueca, las mismas manchas de pizza grasienta en la camisa de él, los mismos dedos amarillos de nicotina en ella, los mismos huérfanos perdidos abarrotando los pasillos. En cuanto me instalaba, permanecía en las habitaciones que estaban más cerca de la puerta si hacía demasiado frío para quedarme fuera. Odio la lluvia. Odio las paredes. Odio que elijan por mí.

Cuando mis padres adoptivos me llevaron a su casa, me porté como un demonio salido del infierno. Sólo por si acaso. Ellos tuvieron la paciencia infinita de entenderme y me obligaron a tomar la segunda decisión más valiente de mi vida. Me obligaron a quererlos.

La más valiente —y la mejor— fue casarme con Rachel. En estos tiempos de divorcios rápidos puede parecer una minucia, pero yo no soy de los que retiran la palabra una vez empeñada. Para alguien a quien le aterra el compromiso, aquello fue enorme.

No podía olvidarme de que hacía unos cuantos años yo había pronunciado el juramento de que nunca causaría daño a otros.

De pronto la imagen a medio formar en la pantalla me hizo fruncir el ceño. Aquello no era bueno.

Cuando la bandeja se retiró con un zumbido, mi paciente se incorporó y comenzó a frotarse los brazos y las piernas para recuperar el calor y la movilidad.

—Maldita sea, ha sido agobiante.

Asentí despacio. Estaba deseando salir de allí, pero aún tenía que comunicarle las malas noticias, algo que no me hacía demasiada gracia. Pero si había alguien acostumbrado a anticipar ese tipo de cosas en los rostros de los demás era él.

—Ha crecido, ¿verdad?

—Ha aumentado el ritmo de crecimiento, señor. No es nada bueno.

Él estuvo un instante callado,

—No es tan terrible, ¿no? Al fin y al cabo, sólo quedan unas horas para la operación.

—Cuanta más cantidad haya de tejido tumoral en su cerebro, más difícil será para mí extraerlo todo, señor. Eso aumentará las posibilidades de que se reproduzca antes. O de que en el proceso le convierta a usted en una versión color canela de una lechuga.

Soltó una de sus características risas nasales, esas que había visto en un millar de discursos. Pero la oscura media sonrisa que me dedicó era nueva, un lado del Presidente que no mucha gente veía.

Se levantó y fue detrás del biombo. A los pocos segundos regresó con un paquete de Marlboro y un mechero.

—¿Usted fuma?

—No. Y según su jefe de gabinete, usted lo dejó hace seis meses.

—Me temo que en eso no hemos sido muy sinceros con los votantes —dijo encendiendo un pitillo y sentándose en la camilla.

Estuve tentado de decirle que aquel no era lugar para fumar, pero de todas formas era su puñetero búnker. Y acababa de darle una noticia por la que todo el mundo tendría derecho a fumarse un cigarro.

—¿Un político mentiroso? Espere mientras contengo mi asombro.

—¿Por qué odia a los políticos?

—No les odio, es sólo que no estoy particularmente excitado por el hecho de su existencia.

Encogió un poco los labios, divertido por la situación, olvidando por unos instantes lo que estaba sucediendo. No solían hablarle así.

—¿No le caigo bien, doctor?

—En realidad voté al otro candidato.

No era verdad, qué demonios. Pero no hay que dejar que se lo crean.

—Doctor, sé que está enfadado por todo eso. Porque le haya arrastrado hasta aquí y porque se estén haciendo las cosas de forma irregular. Podría contarle decenas de situaciones en las que he tenido que romper las normas en los últimos años. Seguro que algunas ya las sabe o se las imagina. Últimamente todo sale en Twitter. Demonios, si hasta cuando fuimos a por Osama había un tipo tuiteándolo.

—No sigo mucho Twitter, señor. Aunque sé que Justin Bieber tiene más *followers* que usted.

Soltó el humo de la calada que estaba dando con una

risotada y al hacerlo se atragantó. Dio un par de toses rápidas y nerviosas.

—Antes creía que esta mierda me mataría. Pero no va a ser el caso.

—Probablemente no.

Apagó el cigarro en un periódico viejo que había sobre la mesa del consultorio.

—Doctor, lo siento. Sé que cree que debería haberme operado hace un par de semanas, y que todo esto podría haberse hecho de otra forma. Créame, no es cierto.

«Sí, si es cierto, estúpido capullo. Si lo hubieras hecho, White no habría secuestrado a mi hija», pensé. Pero en lugar de decirlo, sonreí de forma bobalicona.

—No estoy en política por afán de gloria personal, sino por hacer lo que es justo —prosiguió—. Hemos logrado muchas cosas en todo este tiempo, pero hay mucho más por hacer. El proyecto de ley tributaria Kyle-Brogan, por ejemplo. Si lo logramos haremos retroceder el poder del uno por ciento en este país.

Meneé la cabeza. Todo el mundo había oído hablar de la Kyle-Brogan en los últimos meses. Todo el mundo parecía tener una opinión formada acerca de ella, aunque según el *Post* el borrador del proyecto de ley tenía 800 páginas y dudaba que nadie se la hubiese leído entera. Si se aprobaba sería un logro mayúsculo, el que definiría para la historia a aquella Administración. Pero yo como médico tenía que cuestionarme algo bien distinto.

—¿Y eso merece su vida, señor?

—Es una buena pregunta. Yo mismo se la hice a mi mujer el día en que usted y yo nos conocimos en la Casa Blanca. Ella...

La voz le tembló, y se detuvo, conteniendo la emoción.

Estoy acostumbrado a que los pacientes se abran y cuenten sus intimidades en mi consulta. Todos acaban haciéndolo antes o después, incluso los más fuertes o reservados. Porque necesitan creer en mí, en ellos mismos, en sus propias posibilidades. Todos tienen algo que explicar sobre sí mismos, algo que decir, y el hecho de ver la muerte de cerca acucia esa necesidad.

Como si mi mano fuese a ser más precisa porque ellos mereciesen vivir. Como si me correspondiese a mí juzgarlo o tuviese la potestad de cambiar las cosas.

—Ella —logró continuar el Presidente, al cabo de un rato— pasó mucho tiempo mirando por la ventana, sin contestarme. Y al cabo de un rato se dio la vuelta y me miró de frente, justo aquí. —Se señaló los ojos con dos dedos—. Me habló con voz fría y calmada. Dijo que si podía realmente marcar la diferencia, si lograba dejar un mundo mejor para mis hijas hijas, entonces habría merecido la pena el riesgo. Así que por eso estoy tomando estas...

Alcé la mano, y él se detuvo extrañado.

—Espere, señor. ¿Es consciente de que ha repetido una palabra?

—No lo he hecho —dijo entrecerrando los ojos.

—Sí lo ha hecho, señor. Repita conmigo esta frase: «Mis hijas tienen un perro pequeño».

Tardó un instante en responder.

—Mis hijas hijas tienen un perro pequeño.

—¿Es consciente de que la ha repetido ahora?

—No —dijo. Y había una nota de terror en sus ojos.

—Diga «hijas», por favor.

—Hijas hijas.

—Ahora separe la palabra en sílabas, por favor.

—Hi-jas —dijo haciendo una pausa enorme entre las dos sílabas.

—Bien. Ahora todo seguido.

—Hijas hijas. Por favor, no más, doctor. Es humillante.

Un ramalazo de compasión se llevó por delante el resentimiento, y por un instante me avergoncé. Había presionado demasiado a mi paciente.

—¿Ha ocurrido antes esto, señor?

El Presidente negó con la cabeza firmemente. Pero luego terminó asintiendo.

—¿Qué significa? —preguntó.

—El tumor comienza a conquistar su área del lenguaje, señor. En pocos días usted perderá la facultad del habla.

Noté un apretón en el antebrazo. Cuando bajé la mirada, me encontré con la enorme y fuerte mano del hombre más poderoso del mundo agarrándome con desesperación. Y en el rostro, tras la máscara de dignidad que pese a todo lograba hacer prevalecer, el miedo ardía como una hoguera.

—Sálveme, doctor. Por favor. Tengo mucho que hacer aún.

13

Cuando los agentes del Servicio Secreto me dejaron sobre los muy aristocráticos adoquines de Kalorama a un par de manzanas del hospital, parpadeé asombrado por el choque de normalidad. Como si nada hubiese sucedido, como si todo aquello no hubiese sido más que un mal sueño.

Pero no lo era. Mi culo seguía dolorido por dos trayectos en el suelo del coche, la manga de mi bata blanca seguía arrugada en el punto en el que la mano del Presidente me había aferrado con la fuerza de un gato hidráulico.

Y Julia seguía en poder de un psicópata sin entrañas.

Al pensar en White saqué el teléfono del bolsillo, dispuesto a encenderlo, pero no hizo falta. La pantalla estaba iluminada, y cuando la miré me dio un vuelco el corazón. Porque no mostraba el aburrido fondo azulado que venía preinstalado con el teléfono, sino el otro. El que yo había quitado un par de meses atrás porque me resultaba demasiado doloroso mirarlo. Aquel con la foto de Julia y Rachel compartiendo un helado de fresa.

Había más helado en la camiseta de Julia que en el cucurucho.

Me quedé conmocionado por un instante. El cabrón malnacido era capaz de jugar con mis recuerdos y sentimientos como si fuesen piezas de ajedrez. Ni siquiera me había enviado uno de sus mensajes y ya había conseguido atenazarme de nuevo por el cuello sin remisión con aquella imagen. Estaba recordándome lo que había en juego. Como si pudiese dejar de pensar en ello.

Me obligué a apartar la mirada del rostro de diablillo feliz de Julia o de la expresión pretendidamente enfadada de Rachel, y la fijé en la hora del teléfono.

Pasaban las cuatro de la tarde. Llegaba tarde a mi cita.

Las piernas me temblaron y fui repentinamente consciente del agotamiento. Apenas había comido o bebido nada en las últimas veinticuatro horas, y un par de horas de sueño agitado no ayudaban demasiado. Si continuaba en aquel estado corría el peligro de cometer algún error fatal, y en aquellos momentos no me lo podía permitir. Dudé entre apresurarme a la cita o desviarme a tomar un bocado, y finalmente sacrifiqué unos minutos para pasar por mi despacho a buscar dinero.

Por mucho que rugiese mi estómago, había una razón aún más importante para retrasarme: necesitaba una coartada. Mi teléfono, aquel maldito artilugio infernal, no podía acompañarme allá donde iba, o White me descubriría al instante. Coloqué el aparato encima de mi mesa mientras sacaba un par de billetes de veinte de la cartera. Intentando fingir despreocupación, me asomé a la puerta y le grité a la compañera del despacho de al lado que iba a por algo de comer, que si quería algo de la cafetería. Confiando en que el despiste pareciese casual, cerré la puerta y caminé hacia el ascensor lo más deprisa que pude.

—¡Doctor Evans! —me avisó Carla, la jefa de enfermeras del turno de tarde—. Ha llamado la doctora Wong preguntando por usted insistentemente. Y también Meyer.

—Estoy muerto de hambre. No tengo tiempo para esas mierdas ahora —dije sin volver la cabeza.

No me hacía falta mirarla para saber que se había quedado con la boca abierta. Carla era una abeja reina. Una de las que, cuando se retiran a la sala de descanso para comer lo que cada una de las enfermeras ha llevado cocinado de casa, mira fijamente a aquella que ha traído un plato cuyo olor le molesta y le recrimina, suave y bajito, hasta hacerla llorar. Nadie le lleva nunca la contraria.

Carla no me caía bien, por lo que procuraba tratarla con la extrema cortesía que reservo para la gente desagradable. La salida de tono le resultó completamente inesperada, y por un breve instante su confusión me hizo sentir un poco mejor. Fue un alivio breve y mezquino, que se volvió contra mí mientras tomaba el ascensor y bajaba hasta la triste y solitaria cafetería. No estaba precisamente cumpliendo las órdenes de White de ser educado y volar bajo el radar. Para colmo, mi jefa me echaría la bronca por haber desaparecido tantas horas, haberme saltado la ronda con los estudiantes y Dios sabe qué más.

La visión de los alimentos colocados bajo la fría luz fluorescente no contribuyó a mejorar las cosas. Nunca comía en la cafetería si podía evitarlo, como la mayor parte del personal del Saint Clement's. Aquellos restos orgánicos flotando en grasa eran cualquier cosa menos comestibles. Lo único bueno de que aquella cafetería estuviese en un hospital de élite es que si te daba un infarto después de tragar aquello, la unidad de enfermedades coronarias estaba a pocos metros.

Estaba mareado y débil de inanición, pero no podía retrasarme más. Cogí apresuradamente un puñado de barritas energéticas y una Coca-Cola —nunca nada cocinado allí, bajo ninguna circunstancia— y pagué a la aburrida cajera. Le dediqué una sonrisa, intentando en parte corregir mi mal humor de antes con la jefa de enfermeras, pero no recibí nada a cambio. Ningún pensamiento parecía perturbar el espacio tras su rostro inexpresivo.

No utilicé el ascensor. Los de aquel lado del edificio sólo bajaban de la primera planta si usabas una llave que yo no poseía. En lugar de eso descendí por las escaleras situadas junto al quiosco de prensa y regalos engullendo desesperadamente una de las chocolatinas con cereales y fruta. El azúcar inundó mi torrente sanguíneo confiriéndome una energía que sabía que iba a necesitar. Llegaba muy tarde, así que descendí los cuatro tramos de escalera a toda prisa, algo nada inteligente llevando los ridículos zuecos del hospital. No había mes en que en traumatología no atendiesen a un compañero por caerse por las escaleras mientras consultaba la ficha de un paciente o por ir distraído con el móvil. Aquellos escalones de granito tenían los bordes desgastados e irregulares tras más de siglo y medio de uso. Las bandas antideslizantes que la dirección del hospital colocaba insistentemente nunca agarraban bien, se despegaban y formaban nudos, convirtiéndose en trampas pegajosas que causaban más accidentes de los que evitaban.

El Saint Clement's es como una anciana dama victoriana. Aparentemente hermoso por fuera, con sus hermosas enredaderas trepando por el ladrillo rojo y sus grandes ventanales. Pero por dentro es una vieja zorra traicionera, llena de manías, de problemas y de secretos. Los más inconfesables transcurren en el subsótano, separado de las escaleras por una puerta que debería estar cerrada con llave, pero que nunca lo está. El director anterior a Meyer fue el último que se molestó en hacer cumplir aquella norma, que yo sepa. Colocó una cerradura y avisó a todo el personal de que únicamente los empleados de mantenimiento y el personal de la morgue podrían acceder allí. A la mañana siguiente la cerradura había aparecido perforada con un taladro, lo que es irónico si tenemos en cuenta el uso que los fogosos internos le dan a los oscuros pasillos y discretos recovecos del subsótano.

El director, un metodista reformado, mandó llamar a un cerrajero y envió a todos un memorando quejándose del vándalo que había destrozado la propiedad del hospital. En su nota insistía en que el personal debía guardar la compostura y «abstenerse de emplear las zonas menos transitadas del hospital para prácticas indecentes, impropias del decoro debido a nuestra profesión y a esta centenaria institución». La cerradura apareció destrozada al día siguiente, y al otro, y al otro. Y así hasta veinte mañanas en las que el cerrajero se hizo de oro. La vigesimoprimera noche el vándalo se volvió creativo y trajo una sierra circular para recortar un gran pedazo de puerta alrededor de la cerradura. Para alivio de todos salvo del cerrajero, el director cejó en su empeño de mantener al personal alejado de su necesario desfogue nocturno.

Nadie se había molestado en arreglar el agujero de la puerta. La enorme herida en la madera se había vuelto oscura con el tiempo, pero seguía conservando los bordes astillados, como descubrí de la peor manera al empujarla a toda prisa. Acariciándome el antebrazo en el punto en el que me había rascado la piel, miré a mi alrededor, intentando recordar el camino. La morgue quedaba a la derecha, en el lado más conocido de aquel laberinto de luces desvaídas. De frente estaba la lavandería y el área de procesamiento de desechos médicos, un lugar siniestro con un montón de pegatinas de peligro biológico donde había que estar muy loco para entrar. Y a la izquierda, bastante más lejos, estaban los generadores y el cuarto de calderas. Dicen los médicos más veteranos que debajo de este hay una entrada a un segundo subsótano, mucho más grande, que lleva cerrado desde hace décadas. Si eso es verdad, no quiero ni imaginar los horrores que pueden acechar allí abajo. En esta planta, a pesar de las toneladas de raticida que los celadores vierten por cada esquina, los roedores campan a sus anchas. Si te detienes unos minutos en silencio en mitad de un pasillo los oyes en el espacio entre los muros y las decenas de tubos humeantes, chillando y correteando.

Pero yo en ese momento lo único que era capaz de escuchar era mi propia respiración entrecortada, corriendo ya sin disimulo por los pasillos. Me equivoqué dos veces de camino en una intersección, pero por fin logré orientarme de nuevo.

Llegué a la puerta del cuarto de calderas con la lengua fuera y un punzante dolor en el costado. Mientras intentaba recobrar el aliento con las manos apoyadas en las rodillas, escuché un ruido a mi espalda.

—Llegas tarde, David.

Allí estaba Kate, vestida con una chaqueta de cuero y unos vaqueros. Tenía la espalda apoyada contra la pared y los brazos cruzados. Me miraba fijamente, con sus ojos oscuros, profundos y afilados. Ojos de yegua en cara de gata, ojos que ven demasiado. La mandíbula fuerte y recta apuntaba en mi dirección, ligeramente levantada. Estaba agotada y cabreada, por mencionar sólo la superficie. La marea de sentimientos que bullía debajo, desde la muerte de Rachel e incluso antes, era demasiado compleja. Yo lo sabía, y ella sabía que yo lo sabía, lo cual hacía todo más lioso y agotador. Nos habíamos distanciado desde entonces, y ella no había visto a Julia más que en las escasas ocasiones en que habíamos coincidido en casa de mis suegros. Eso también era doloroso, porque ambas se adoraban. Eran igual de impetuosas, cariñosas e irreflexivas.

—Lo siento, Kate. Lo siento de verdad —dije con un nudo en la garganta. A medias por la carrera, a medias por lo que iba a suceder.

Ella asintió despacio, creyendo que me refería a haber llegado tarde. Nada más lejos de la realidad.

—¿Y bien, David? ¿Qué demonios es eso tan importante como para arrastrarme hasta aquí desde Virginia?

Inspiré hondo, preparándome para su reacción.

Porque en cuanto abriese la boca, iba a destrozarle la vida.

14

—Julia ha sido secuestrada.

La expresión de sorpresa de Kate fue mayúscula. Se separó de la pared y caminó hacia mí.

—¿Qué dices? ¿Estás seguro?

—Completamente —dije mirándola fijamente. Quería escoger mis palabras con cuidado.

—¿Cuándo ha sido?

—Ayer por la noche, entre las nueve y las once.

—Maldita sea, ¿y no has avisado aún a la policía? ¡El FBI tiene que entrar en acción cuanto antes, David! —Sacó el teléfono del bolsillo de la cazadora y comenzó a marcar—. Tengo un amigo allí que...

La tomé del antebrazo, deteniéndola.

—No, Kate. Me han dicho que no lo haga.

—Es lo que dicen siempre, maldita sea. Si por ellos fuera... Joder, tenemos que llamar cuanto antes.

—No puedo, Kate.

Se separó de mí con un tirón y volvió a marcar en el teclado del móvil. Había un tono de alarma en su voz que jamás había oído antes, como si las palabras huyesen de su boca desesperadas. En alguien que solía ser sólido como una roca, aquello era inaudito y sobrecogedor.

—¡Las primeras horas son cruciales! Y tú tienes que reunir todo el dinero en efectivo que puedas. ¿Te han dicho ya cuánto quieren?

—No quieren dinero, Kate. Y no vas a avisar a nadie.

—No hay cobertura aquí abajo. —Alzó el teléfono y lo agitó, en ese gesto inútil que hacemos todos intentando que crezcan en la pantalla las barras mágicas que nos conectan con el resto del mundo—. Tenemos que subir y llamar cuanto antes.

—Ya sé que no hay cobertura, Kate. Por eso te he traído aquí, donde nadie pueda vernos ni oírnos.

Ella dejó de agitar el móvil y giró la cabeza hacia mí, muy despacio. Tenía los ojos entrecerrados, y en ese momento me di cuenta de lo increíblemente paranoico que sonaba lo que acababa de decir y lo sospechoso de mis actos de las últimas horas.

—David, ¿es esto verdad? ¿Le ha pasado algo a Julia, algo que quieras contarme?

No sería el primer viudo conmocionado que perdía la cabeza y hacía algo terrible, algo drástico e imperdonable para facilitar su propia salida de este mundo. Por eso muchos maniacodepresivos se llevan por delante a su familia.

—No, Kate, es que...

—David, ¿dónde está Julia?

Tardé unos instantes en responder. Y cuando lo hice fue de la peor manera posible.

—Yo..., todo esto es culpa mía, Kate. Ojalá puedas perdonarme —dije adelantando la mano hacia ella.

Kate también tendió su mano, pero en lugar de tomar la mía, me la dobló por la muñeca y aprovechó la inercia para hacer girar mi cuerpo y aplastarme la cara contra la pared. Medía siete pulgadas menos que yo y pesaba veinte kilos menos, pero me redujo en menos de un segundo. No intenté revolverme porque quería convencerla de que no estaba loco, aunque tanto daba lo que yo quisiese. Con aquella presa que hacía sobre mi brazo, podría dislocarme el codo con una leve presión.

—Dime dónde está la niña o juro por Dios que te rompo el brazo, David. Hablo en serio.

Ella apretó un poco mi brazo, y yo resoplé de dolor.

—¡Se la han llevado, Kate! ¡Suéltame ya, joder! ¡Así no la ayudamos!

Nos quedamos quietos durante un instante interminable. Podía escuchar a las ratas bullendo a pocos centímetros de mis orejas, y el gorgoteo de los residuos flotando dentro de los tubos de desagüe. La pared olía a cal y a humedad.

Finalmente me soltó y retrocedió un poco.

—Gírate.

Obedecí, frotándome el hombro y la cara en los puntos en los que había tocado la pared. Ella estaba muy cerca, escudriñándome, buscando en mi cara indicios de que mentía. Estaba demasiado cerca, y por extraño que pareciese, aquello me hizo sentir aún más incómodo que la maniobra inmovilizadora a la que me había sometido antes. Yo tenía la boca pastosa y acetona en el aliento, así que procuré respirar por la nariz hasta que ella retrocedió por fin.

—Lo siento, David. Me he puesto nerviosa.

—¿Me crees ahora?

Kate puso los brazos en jarras, sin quitarme la vista de encima.

—Creo que Julia ha desaparecido y que no has sido

tú. Pero sé que no me estás diciendo toda la verdad, David.

—Lo haré con una condición. Quiero que me escuches hasta el final. Si después sigues queriendo llamar al FBI, no te lo impediré.

Ella lo consideró un momento y luego asintió.

—Empieza a hablar.

Y eso hice.

Comencé por la operación de Jamaal Carter, conté cómo había llegado a casa y no había nadie. Y cómo había un penetrante olor a lejía en la habitación de Svetlana.

—Lo han hecho para borrar el rastro de ella. Cualquier resto de ADN, o sangre si es que hubo pelea.

—No, no la hubo. Ahora llegaremos a eso, pero ella está muerta.

—Llevaba poco en tu casa, ¿no? Debía de trabajar con los secuestradores.

Asentí y le expliqué cómo había ido a toda velocidad hasta la casa de sus padres en Falmouth, cómo había discutido con Jim y cómo este había perseguido mi coche bajo la lluvia.

—Esta mañana tenía un resfriado y un humor de perros. Tendría que haber sabido que era por tu culpa. Eres el único que conozco que es capaz de sacarle así de sus casillas.

—Eso decía siempre Rachel.

Hubo un silencio desagradable y Kate apartó la mirada.

—Háblame de ese mensaje que recibiste.

J.G. Jurado

—Me citaba para encontrarme con alguien en una cafetería a la que suelo ir a diario. Allí estaba él.

Hice una pausa y tragué saliva. Iba a decirle su nombre a alguien por primera vez. Todo lo que le había contado a Kate rompía por completo las normas que él me había impuesto. Pero de alguna forma el pronunciar su nombre en voz alta era el pecado definitivo, incluso en la profundidad del subsótano del Saint Clement's.

—El señor White.

Se lo describí con todo lujo de detalles, a él y a sus acompañantes. O al menos lo que había podido percibir de ellos, que no era mucho. Pero al parecer lo que sabía del jefe tampoco era gran cosa.

—Tiene un aspecto demasiado común, David. Y a no ser que esté fichado, sin una foto o sin un nombre auténtico eso no nos sirve de nada. ¿Para qué demonios quería verte cara a cara? No es el comportamiento habitual.

Le hablé de la conversación con White. De su voz educada y peligrosa. De sus ojos de tiburón y de sus ademanes controlados. Del iPad con el que controlaba el zulo donde mantenían a Julia.

—Y después de enseñármelo... me dijo lo que querían.

Kate, que escuchaba atentamente con la cabeza ladeada y dando ligeros golpecitos con el pie en el suelo, se detuvo de pronto y se volvió hacia mí muy muy despacio.

Tenía los ojos muy abiertos, y había terror en ellos.

—David... ¿Qué te han pedido, David?

Se lo dije.

—No.

Retrocedió hacia el pasillo.

—Kate.

—No —repitió, meneando la cabeza—. Tengo que informar al jefe de mi destacamento. Tenemos que poner a salvo al Presidente ahora mismo.

—No puedes hacerlo, Kate. Si lo haces matarán a Julia.

—¡David, soy una agente del Servicio Secreto! ¡Hay un complot para matar al Presidente, joder! ¡Y tengo al puto asesino delante!

—Es tu sobrina, Kate. Sólo tiene siete años.

Ella se detuvo, muy quieta durante un par de segundos. Puso los ojos en blanco, me dio la espalda y se dobló sobre sí misma, vomitando en el suelo de pura tensión. Con un brazo apoyado en la pared, su cuerpo se agitó varias veces, mientras el vómito salpicaba el empeine de sus botas de cuero con tacón.

La contemplé de lejos mientras intentaba recomponerse, sintiendo la pena y la rabia que la embargaban. No podía consolarla, a pesar de que todo mi cuerpo me pedía acercarme y abrazarla, pero hubiese sido contraproducente. Una de las primeras cosas que aprendí como médico es que hay muchas más formas de dañar a las personas que de ayudarlas. Por triste y cínico que suene, hay menos posibilidades de equivocarse no haciendo nada.

A pesar de ello, y como soy un imbécil, le puse una mano en el hombro. Kate se desasió bruscamente, y yo retrocedí. Me estaba bien empleado.

Me inundó una profunda compasión por ella. Sé bien lo que es recibir una noticia que pone tu mundo patas arriba. El corazón se detiene por una fracción de segundo, como si te hubiesen robado un latido, porque tu cuerpo reacciona antes que tu mente, y le gustaría detener el tiempo en ese preciso momento. Pero el mundo no va a pararse aunque tu corazón lo haga, así que sigue latiendo, y la información llega a tu cerebro. Si eres inteligente —y Kate lo era, y mucho—, en ese momento lo que acaban de decirte se convierte en una chispa eléctrica que hace parpadear una bombilla. La luz revela una habitación oscura y llena de pesadillas, un cuarto que siempre había estado ahí pero en el que no te atrevías a entrar. Tu vida ya no transcurrirá en la sala de estar donde ponías los pies en alto mientras un alegre fuego bailaba en la chimenea. No, tu vida ahora tendrá lugar en esa húmeda y lóbrega celda. Y hay más sombras tras las paredes, sombras que no te atreves a nombrar.

Nada va a ser lo mismo. Y eso es inaceptable.

Así que te niegas a aceptarlo. Atacas la información desde todos los ángulos posibles. Si es incuestionable, tu mente busca a toda velocidad opciones que te permitan seguir en la sala de estar, lejos de la celda tenebrosa. ¿Por qué creen que las noticias de los accidentes mortales se dan en persona? Se sorprenderían de la de veces que un policía tiene que evitar que una persona se pegue un tiro diez segundos después de comunicarle que su esposa o marido no volverá esa noche, ni ninguna otra.

Cuando sabes que no hay opción, cuando sabes que la nueva realidad es inamovible, tu cuerpo reacciona de nuevo, por segunda vez. Kate lo había hecho doblándose sobre sí misma y vomitando. Cuando se incorporó golpeó las tuberías varias veces, arrancando de ellas sonidos tan huecos y metálicos como su propia frustración, soltando maldiciones hasta que descargó toda la rabia.

Después se apoyó en la pared y me miró, llorando.

—Maldito seas, Dave. Maldito seas por obligarme a elegir.

En algún lugar de Columbia Heights

El señor White consultó la hora en la esquina superior derecha de su monitor principal y torció el gesto con fastidio. El doctor Evans ya llevaba fuera más de cuarenta minutos, algo que estaba por completo fuera de sus hábitos de comportamiento. Por supuesto, toda la situación en la que se hallaba inmerso era completamente excepcional, pero el patrón de personalidad de David predecía que ante una situación de crisis se aferraría de forma aún más estricta a su rutina.

Los patrones de personalidad que White empleaba para manipular a sus sujetos constaban de una serie de tablas y diagramas de flujo. Tras un estudio preliminar del sujeto, los patrones se configuraban siguiendo una completa gama de tipologías.

Estas herramientas eran infalibles. No las había encontrado en un libro de psicología, ni tampoco en ningún manual. Había sido él mismo quien las había configurado a través de años de estudios, de observación directa y sobre todo de una despiadada, quirúrgica comprensión de la naturaleza humana. Si White mostrase sus resultados a la comunidad científica, sería aclamado como un genio. Al menos hasta que alguien pregun-

*tase por los métodos que había seguido para llegar a sus conclu-
siones, o lo que hacía con ellas.*

*Su falta total de escrúpulos le había permitido experimentar
con sujetos reales. Muchas vidas habían sido arruinadas para
configurar aquellos diagramas. Para White eran la auténtica
razón de su existencia. Vivía para modificarlos, ajustarlos y ex-
pandirlos.*

*Había comenzado a elaborar sus patrones de personalidad
en la Facultad de Psicología de la Universidad de Stanford. Las
clases le parecieron aburridas, como si los profesores hablasen a
cámara lenta. Leyó la mayor parte de la bibliografía de toda la
carrera antes de concluir su primer año. Al comenzar el segundo, le presentó a su tutor el borrador del primer patrón. Había identificado los rasgos de personalidad de un individuo
concreto, y había identificado los factores o gatillos que lleva-
rían a ese individuo a cometer un acto determinado.*

*—Las emociones son cambios que preparan al individuo
para la acción —le dijo al profesor—. Si generamos en el sujeto
las emociones adecuadas, podemos orientar sus actos de forma
externa. Como un mando a distancia.*

*El profesor le había mirado horrorizado. Hizo trizas las ho-
jas que White le mostraba y le echó una tremenda bronca.*

*—La psicología no es esta aberración. ¡Es el estudio de la
experiencia humana para mejorarla, no para imponerse a los
demás! Esto es absurdo, inútil y peligroso.*

*White apenas escuchó el final, porque se marchó del despa-
cho dejando al profesor con la palabra en la boca. Ya había
previsto aquella reacción. Había previsto mucho más que eso.*

*Once días después el profesor, un hombre de familia feliz y
bonachón, amante del vino y la poesía, se suicidaba en el salón
de su casa, delante de su mujer y de sus tres hijos. Los detectives
que examinaron el caso se mostraron perplejos: aquella muerte*

no tenía sentido alguno. El hombre no tenía deudas, ni problemas con las drogas o con el juego. Buscaron amantes y trapos sucios en el armario, sin éxito. Finalmente dieron carpetazo al asunto, para frustración de su familia y amigos.

White sonreía. Había previsto aquello también. El modelo de personalidad que había llevado al despacho era el del propio profesor. Los días siguientes los había dedicado a explotar las debilidades del hombre hasta conducirlo a su muerte. No estaba del todo satisfecho, no obstante. Había calculado que podía obligarle a cometer suicidio en menos de ocho días. El retraso sin duda se debía a imperfecciones en el modelo del patrón de personalidad del sujeto, defectos que podían ser corregidos con el tiempo. Para ello harían falta nuevos especímenes.

La universidad no tenía nada que ofrecerle ya. Abandonó los estudios y viajó por Europa y por Asia, aumentando su biblioteca de tipologías humanas y desarrollando su sistema para controlarlas, para llevar al extremo a gente de lo más insospechada. Un obispo italiano, un voluntario de una ONG en Bombay, una monja de clausura danesa, una maestra de primaria vietnamita. Un terrorista vasco, un narcotraficante corso, un corredor de apuestas ilegales sueco, la madame del burdel más exclusivo de Moscú. Todos ellos habían sido sujeto de sus experimentos sin saberlo, todos ellos habían acabado muertos por su propia mano o la de otros después de cometer actos terribles.

Pero para White no era suficiente. Él quería dibujar el mapa completo de la voluntad humana. No sólo para tener el mando a distancia definitivo, como se justificaba a sí mismo. En el trasfondo de aquel proceso existía el secreto deseo de comprender su propia naturaleza. Él era un monstruo, y lo sabía. Y como todos los monstruos era presa de su propia soledad, una soledad particular. Si conseguía dominar las emociones y la empatía de otros, podría tal vez entender aquellas que le faltaban, ese gran hueco en el centro de su corazón que sólo llenaba con vanidad, consiguiendo un logro tras otro.

Pero para ello necesitaba dinero. Los padres de White habían transigido al principio con sus «años sabáticos» por Europa, aunque habían terminado cansándose y cerrándole el grifo. Así que White no había tenido más remedio que poner sus peculiares habilidades a disposición de hombres con menos escrúpulos aún que él.

Su primer cliente había sido un capo de la Camorra napolitana que buscaba desesperadamente a cierto escritor que había publicado un revelador libro sobre las actividades de su clan. White le dijo que pusiese un millón de euros sobre la mesa y él le daría la cabeza del escritor a cambio. El mafioso se había reído, pues muchos hombres antes que White habían intentado localizar al escritor y habían fallado. Pero como no tenía nada que perder, aceptó.

Seis semanas más tarde, un policía uniformado entraba en un oscuro restaurante del peligroso barrio de Scampía, en Nápoles. Llevaba una maleta Samsonite azul, con asa y ruedas. Fue hasta el fondo del local, donde dos enormes gorilas le impidieron el paso. Él se dirigió al hombre gordo y calvo detrás de ellos, que comía raviolis con hojas de salvia fritas a la luz de las velas.

—Su amigo americano me ha encargado que le dé esto. El código de apertura es 1-6-1 —dijo el policía, sin poder ocultar su miedo.

El mafioso hizo un gesto y el policía se marchó. Uno de los gorilas abrió la maleta y alzó su contenido a la luz temblorosa de la llama. El capo arrugó la nariz ante el olor, pero acto seguido terminó sus raviolis de un humor excelente. Horas después, una cuenta numerada en las Islas Caimán, propiedad de una empresa fantasma cuyo único accionista era el señor

White, recibía una transferencia de un millón de euros libres de impuestos.

Este se felicitó a sí mismo por la operación. Le hubiese gustado poder acceder al escritor y haberle convencido para que se entregase por sí solo. Aquello hubiese sido un auténtico triunfo. Pero su arte aún estaba en formación, así que había tenido que conformarse con emplear a dos escoltas y a una secretaria judicial, todos ellos consumidos inevitablemente en el proceso.

Pero a pesar de ello, White era feliz. Había encontrado un modo de aunar su pasión con la consecución de sus necesidades materiales. Durante los primeros años tuvo que buscarse los clientes, pero con el paso del tiempo y la llegada de los resultados, estos terminaron haciendo cola para conseguir sus discretos, carísimos y muy eficaces servicios. No sólo los criminales buscaban contratarle, sino también las ramas más oscuras de las agencias de inteligencia de todo el mundo. Con estos White tenía un cuidado extremo, manteniendo siempre un triple cortafuegos entre el cliente y él. Muchos de los testaferros a los que enviaba fueron torturados y asesinados intentando averiguar la identidad del contratista sin éxito.

A White esto le importaba poco. Lo único que le preocupaba era poder escoger qué encargos aceptar y cuáles no, en función de cuáles le permitirían aumentar y perfeccionar sus herramientas y diagramas.

Había llegado a convertir estas herramientas en infalibles... hasta ahora.

White abrió la aplicación en su iPad que controlaba el equipo de música y reprodujo su canción favorita, la que escuchaba una y otra vez compulsivamente mientras elaboraba los patrones de sus sujetos. First we take Manhattan, *de Leonard Cohen.*

Tarareando bajito, White cambió de aplicación por la del álbum de fotos, y buscó la carpeta de David Evans. Había más de un millar, todas ellas tomadas entre el día en que el neurocirujano había aceptado operar al Presidente y aquella misma mañana. White esbozó una mueca irónica al advertir que en alguna de ellas se veía incluso a los investigadores del Servicio Secreto que habían seguido a David para asegurarse de que fuese trigo limpio.

Se detuvo en la última foto que había hecho, una captura de pantalla de la cámara que había instalado en un enchufe de la cocina. En ella David observaba pensativo el hueco en la silla alta frente a él, el asiento en el que cada mañana se sentaba su hija. Hasta aquel momento todo había ido según el plan. Había tenido que romper el contacto durante el tiempo que David había pasado con el objetivo, pero eso, aunque molesto, era inevitable. Todos los sistemas de control funcionaban de nuevo.

Sólo que no había nada que controlar. El neurocirujano había dejado el móvil sobre la mesa de su despacho y llevaba ausente ya cuarenta y siete minutos.

El patrón indicaba que él no se ausentaría tanto rato. El patrón indicaba que nunca se separaría del teléfono.

Por supuesto, aquellos eran actos perfectamente normales en otra persona, en otra situación. Pero no en esta, no en David. El patrón decía que no, y el patrón siempre acierta.

«¿Me he equivocado contigo, David? ¿Vamos a tener que jugar más duro?»

Echó un vistazo a la pantalla que mostraba lo que sucedía en el zulo donde guardaban a Julia Evans. La niña estaba sentada, meciéndose adelante y atrás, con los ojos fijos en un punto de la pared ante ella.

«Necesitas control, David. Control y motivación.»

White buscó su teléfono e hizo una llamada a uno de sus peones.

—*Soy yo. Tengo el presentimiento de que algo no marcha bien. Necesito que vayas a la cafetería y le eches un ojo al buen doctor.*

15

Dejé pasar un par de minutos en silencio mientras Kate se serenaba. Yo no dije nada para disculparme, no pedí perdón por involucrarla en el secuestro de Julia, ni tampoco me quejé de la injusticia de lo que nos estaba sucediendo. Incluso si, al precio que fuera, lográbamos salvar a Julia, todo estaba ya arruinado. Allí mismo, en aquel subsótano, nuestras carreras profesionales habían quedado destruidas para siempre. A mí me echarían del colegio de médicos y a Kate del Servicio Secreto. Eso si no acabábamos en la cárcel. Habíamos conspirado para cometer un delito de encubrimiento, que en el caso de Kate comportaba además el de alta traición.

Y sin embargo lamentarse no iba a servir de nada. El señor White nos había sucedido, como el cáncer o una tormenta en alta mar. Pensar «¿por qué me está sucediendo esto a mí?» —número uno de los grandes éxitos de la autocompasión— era absurdo. Por mucho que Kate me acusase de obligarla a elegir, yo no tenía elección alguna. Y ella tampoco.

Teníamos que proteger a Julia por encima de todo.

• • •

Cuando Kate se repuso lo suficiente como para mirarme de nuevo a la cara, algo había cambiado dentro de ella. Fue un cambio sutil, y me habría pasado desapercibido si no lo hubiese estado esperando. Pero estaba allí, escondido detrás de sus ojos, aunque en aquel momento no supe identificarlo.

Tampoco tuve tiempo. Kate comenzó a hablar en un tono frío y profesional. Una vez asumido lo que iba a suceder, la parte de su cerebro que se dedicaba a esto tomó el control. Me preguntó fechas, lugares, detalles. No apuntó nada de lo que le dije, pues no podía quedar constancia en ninguna parte de lo que yo le contaba. Simplemente se limitó a recordarlo.

—David, quiero que comprendas una cosa —me dijo—. Yo he recibido una formación básica como agente federal además de la específica del Servicio Secreto, pero no tengo ninguna experiencia en secuestros.

—No acudas a nadie más, Kate. Tienes que prometérmelo.

—Ese es precisamente el problema, David. Que estoy sola. Esto no va a salir bien.

—¿Tienes una alternativa mejor? ¿Confías lo bastante en alguien como para contarle lo que le ha sucedido a Julia sin que antes de una hora lo sepa todo Washington?

Ella se miró la punta de las botas, buscando una respuesta que los dos sabíamos de antemano.

—No. Esto es demasiado gordo. Quien lo destape será famoso. Y Julia sólo será una nota al pie de página de su informe. No puedo contar con nadie.

—Yo puedo ayudarte —interrumpí.

—No, no puedes. Eres el padre de la niña, no tienes

entrenamiento y además si me ven cerca de ti sospecharán enseguida. No podemos descartar que haya alguno de ellos vigilándote.

—No sólo eso. Ellos... le han hecho algo a mi teléfono. Controlan las llamadas que hago, y creo que también pueden escuchar las cosas que digo. Y son capaces de enviarme mensajes a partir de las alertas en pantalla.

—Es como si el dispositivo se hubiese convertido en un esclavo de un operador remoto —asintió pensativa—. De esta forma a los secuestradores no les es necesario colocar un localizador, dispositivos de escucha y cámaras de vigilancia sobre el sujeto. Todo eso ya lo hace tu iPhone por ellos. Deben de activar de forma permanente el micrófono de manos libres, la cámara y el chip GPS. Ni siquiera tienen que molestarse en ponerle pilas, qué demonios. Ya lo hace el propio sujeto espiado muy amablemente, recargando la batería cada noche.

—Ahora que lo dices, la batería se me gasta mucho antes últimamente...

—Por todos los servicios que tienen activados sin que te des cuenta. Los muy cerdos...

—¿Eso te dice algo de ellos?

Kate se mordió los labios con preocupación.

—Para empezar, que son muy buenos. Y que saben muy bien lo que hacen. ¿Dices que tu móvil se apagó antes de subir al coche con los agentes que vinieron a buscarte?

—No fue un apagado normal. La pantalla hizo un parpadeo extraño.

—No sé cómo lo hicieron, pero sé por qué. Hay una serie de contramedidas electrónicas que rodean al Presidente. Algunas son de dominio público, como los disruptores de frecuencia que evitan que alguien active una bomba por control remoto al paso de la comitiva presidencial. Y otras son secretas, como un aparato que escanea la habitación en la que él se encuentra en busca de dispositivos de vigilancia. Por eso apagaron el móvil, porque de haberlo tenido encendido les hubiésemos descubierto.

—Así que hay algo dentro de él que no es normal.

—Si pudiera echar mano de ese teléfono y llevarlo a mis compañeros de delitos informáticos sabríamos mucho más de estos tíos en cuestión de horas. Hackear un aparato de esa forma es un trabajo muy muy difícil. No hay mucha gente en el mundo capaz de hacer algo así, y no puede hacerse sin dejar rastro. Pero llevarme tu móvil está descartado. Si al menos...

—¿Qué?

—Me sería de utilidad saber si has perdido de vista el teléfono por algún periodo de tiempo largo, si lo mandaste al servicio técnico o algo.

Me quedé pensando un momento, intentando hacer memoria.

—Hará un par de semanas me desperté una mañana y el teléfono no se encendía. Llamé a Apple y me enviaron uno nuevo aquel mismo día. Yo hice una restauración desde mi copia de seguridad y no pensé más en ello.

—Entonces no modificaron tu teléfono. ¿Recuerdas al mensajero?

—No, porque... —Me di una palmada en el muslo de pura frustración, al comprender lo que había sucedido—. Fue Svetlana quien recibió el paquete.

—Tranquilízate, David.

—¿Cómo quieres que me calme? ¡Acogí a esa mujer bajo mi techo! ¡Le dejé al cuidado de mi hija, por Dios!

—Tampoco es que tú hayas prestado nunca mucha atención a lo que sucedía en tu propia casa, ¿verdad? —dijo ella sin poder contenerse, con los ojos encendidos.

Yo parpadeé ante el ataque. Allí estaba, por fin. La conversación que nunca habíamos tenido, la que siempre quedaba pendiente entre nosotros. Todo lo que ella quería decirme y yo rehuía responder, flotando en el metro y medio de oscuro pasillo que nos separaba, lacerante y ominoso, como un ave de negras alas. Acechando en los finales de frases, agarrado al reverso de las palabras, engordando alimentado por mi culpa y su resentimiento. Teníamos que hacerle frente, antes o después. Pero no era el momento, así que me limité a intentar ahuyentarla.

—Adelante, vamos. Cúlpame de esto también, si eso te hace sentir mejor. Pero el sarcasmo no va a devolverle la vida a tu hermana. Ni tampoco a Svetlana. Asesinaron a uno de los suyos, sin necesidad. Sin piedad. ¿Qué no le harán a mi hija, que encima les estorba?

Kate resopló y apartó la vista. Finalmente decidió cambiar de tema.

—Está bien, empecemos por el principio. ¿A qué hora está programada la operación del Presidente?

—A las nueve de la mañana del viernes.

Ella sacó su teléfono y programó un temporizador. Me mostró la pantalla.

40:19:11

—Tengo poco más de cuarenta horas para localizarla.

Nos miramos en silencio. No hacía falta remarcar la enormidad de la tarea.

—Es una cantidad de tiempo ridícula, Dave. Lo sería incluso para un equipo completo de agentes del FBI con todos los recursos del mundo a su disposición.

—Si ellos entraran en juego lo único que recuperaríamos sería un cadáver.

Ella asintió. No quedaba más remedio que continuar.

—Esta mañana, cuando te despertaste..., ¿bajaste al sótano?

Meneé la cabeza.

—¿Para ver si el cuerpo seguía allí? No, no tuve valor —reconocí, avergonzado.

—Dudo mucho que hayan dejado el cadáver allí abajo. Si se molestaron tanto en limpiar la habitación de ella fue por una razón muy clara.

—La niñera es el único vínculo con White.

—Exacto. Así que no nos iban a dejar todo un cuerpo como regalo. Esforzándose tanto en eliminar las pistas nos han marcado el camino a seguir.

—¿A través de Svetlana?

—Tengo que seguir sus huellas. En algún punto estas nos llevarán a White o a su círculo.

—¿Y cómo pretendes hacerlo?

—Tengo que ir a tu casa, David.

Al escuchar aquello me dio un vuelco el corazón. La noche que había pasado prácticamente en blanco, pensando en cuál iba a ser mi siguiente movimiento, en cómo iba a lograr traer a Julia de vuelta sin cometer un asesinato, había dejado factura. Después de recibir el mensaje de White en el que me dejaba claro que había oído mi susurro, cada sombra de mi propia casa me parecía albergar un enemigo. Estaba seguro de que habían plantado dispositivos de vigilancia y sabe Dios qué más dentro de ella, y que con eso se aseguraban conocer todos mis movimientos.

—Kate, allí han puesto cámaras. White me lo dejó muy claro esta mañana cuando me llamó. Podía verme, y si entras allí sabrá que hemos hablado. Y Julia morirá.

—Piénsalo, David. Tenemos dos únicas pistas que pueden conducirnos a White. El teléfono es demasiado arriesgado. Sólo nos queda buscar en tu casa algún rastro de Svetlana.

—Es muy peligroso —dije, resistiéndome a ceder, aunque sabía que ella tenía razón.

—Es el único modo. Tendré que encontrar una forma de entrar. Pero en algo tienes toda la razón: no podemos volver a vernos hasta que todo esto concluya.

—¿Y cómo nos comunicaremos?

—Desde luego, no por ese móvil desechable que le sacaste al pandillero. Tendrás que llevarte mi teléfono personal —dijo mientras manipulaba una Blackberry algo anticuada—. Le he quitado el sonido y la vibración, aunque la pantalla se sigue iluminando cuando alguien llama. Tendrás que tener mucho cuidado con eso para que White no te descubra. Escóndela bien y compruébalo de vez en cuando.

—¿Desde dónde me llamarás?

—Compraré otro móvil esta tarde —dijo alargándome la Blackberry. Cuando fui a cogerla, me tomó por la muñeca y clavó sus ojos en los míos.

—Una cosa más, David. Por respeto a la memoria de mi hermana, y porque amo a Julia con toda mi alma, voy a ayudarte a traerla de nuevo a casa. Pero quiero dejar mi posición muy clara. No sé lo que pasará de aquí al viernes, pero sí sé lo que no va a pasar. Ocurra lo que ocurra, no voy a dejar que cedas al chantaje de White. Si no hemos logrado recuperarla antes de que este contador llegue a cero, haré una llamada y te sacarán del quirófano. ¿Me has comprendido?

Su voz era fría, transparente y aguda como un puñal de hielo entre las costillas. Quise discutir, quise apelar a la sangre y a la responsabilidad que ambos compartíamos sobre la niña. Pero sabía que ya le estaba pidiendo demasiado. Y en aquel momento necesitaba ganar tiempo, por encima de todo. Así que todo lo que dije fue:

—He comprendido.

Entonces me soltó. Me inundó una terrible desazón, pues por fin supe identificar cuál era el cambio que había visto en los ojos de Kate.

Yo ya no era alguien de su familia que le había fallado.

Ahora era un sospechoso.

16

Kate desapareció pasillo adelante. Yo le di tres minutos de ventaja, para evitar que alguien la viera y la relacionase conmigo. Cuando salí del tramo de escaleras que conducía a la puerta del subsótano, algo llamó mi atención al otro extremo del *hall* de entrada al hospital. Junto a la puerta había un hombre bajo y fornido. Manos grandes, cráneo afeitado y brillante, chaqueta negra y amplia. De esas que dejan sitio de sobra para que no se note que llevas una pistola.

Me escondí apresuradamente tras la esquina del quiosco. Era absurdo, una reacción visceral. No podía estar seguro. No le había visto más que de noche, por el rabillo del ojo. Pero lo sabía. De algún modo lo sabía.

Aquel era el matón de acento extranjero que me había aplastado contra la pared en el exterior del Marblestone Diner la noche anterior. Y ahora estaba allí, con un ojo en la puerta de la desierta cafetería y otro en la entrada, bloqueando mi camino hacia los ascensores. Sostenía unas flores como camuflaje, como si viniese a visitar a alguien al hospital. Pero su mirada contaba una historia distinta.

*«Has tardado demasiado, maldito imbécil —*pensé*—. Y*

*White le ha mandado para comprobar qué hacías. ¿Acaso creías
que se iba a conformar con vigilarte sólo con la cámara del móvil, con todo lo que hay en juego?»*

Me aplasté contra la estantería acristalada del lateral
del quiosco intentando fusionarme con las portadas de
Globe, People y *National Enquirer*, ignorando que mi rostro
estaría impreso en la portada de todas ellas una semana
después. El cristal ofrecía una exigua protección. Sólo
con que el matón diese dos pasos hacia delante me vería,
y el hecho de estar en aquella posición no haría más que
confirmar sus sospechas. Ni siquiera podía echar mano
de mi teléfono para simular que había buscado un rincón privado para hablar con alguien, porque se suponía
que estaba sobre la mesa de mi despacho.

*«¿Habrá visto a Kate? ¿Sabrá quién es? Tienen que saberlo,
si me están espiando desde hace tiempo TIENEN que saberlo. Tienen que haber visto fotografías de ella. Si saben que está aquí se
acabó para Julia. Si sospechan que no he ido a comer...»*

Volvió la cabeza en mi dirección y yo me aparté de la
esquina desde la que espiaba, muerto de miedo, sintiéndome pequeño y ridículo, escondiéndome en mi propio
hospital. De pronto ya no tenía treinta y ocho años, no
era un neurocirujano reconocido, no medía metro noventa. Volvía a tener ocho años y me ocultaba detrás de
una alacena de la cocina, esperando a que los chicos ma-
yores con los que compartía espacio en la enésima casa
de acogida encontrasen una diversión mejor que buscar
al nuevo para pegarle una paliza. Han pasado tres décadas y aún recuerdo el tacto rugoso y desgastado del lateral de aquel mueble comprado en un mercadillo, el olor
a barniz mal secado aplicado por los dueños de la casa,
el ruido rasposo de mi jersey contra la madera mientras

los abusones tiraban de mi pie para sacarme de mi escondite.

La base de aquel miedo antiguo y del que estaba sintiendo tras el quiosco era la misma. Y sin embargo la causa era completamente diferente, porque ya no tenía miedo por mí mismo, sino por Julia. Ser padre transforma el temor propio en el temor de que alguien a quien amas pueda desaparecer. Y por eso yo no podía fallar.

«*¡Piensa, piensa, piensa!*»

En ese momento fue cuando se cruzó una de las mujeres de la limpieza y tuve la idea.

Estaba a cinco o seis metros de mí. Tan lejos que podía haber estado en Texas. Imposible acercarme a ella sin quedar al descubierto. Intenté hacerle señas, pero no me vio, enfrascada en remover el polvo con su escoba.

—¡Eh, aquí! —susurré, sin éxito.

«*La he visto antes, lleva años en el hospital.*»

Me había cruzado con ella un millar de veces. ¿Cómo se llamaba? ¿Como demonios se llamaba? Desde donde estaba no alcanzaba a leer la etiqueta de su identificación. Pero la había escuchado hablando con sus compañeras en el ascensor. Marcela, o Laura, era un nombre hispano...

—Amalia —dije, recordando de repente—. ¡Amalia!

Ella se dio la vuelta y se acercó a mí empujando su carrito de la limpieza. Uno de esos grandes, con un contenedor de basura en la parte central.

—Es Amelia, doctor. ¿Qué se le ofrece? —dijo ella sonriendo con amabilidad.

—Tengo un problema que no le puedo explicar —dije llevándome la mano al bolsillo y sacando el dinero que había sobrado de mi almuerzo. Uno de los billetes de veinte, y un par de dólares sueltos. Los saqué hechos una pelota, sin separar la espalda de la estantería de cristal, y se los puse en la mano. Ella me miró con extrañeza—. Escuche, Amelia, voy a hacer algo que le va a parecer muy extraño. Sólo le pido que por favor se olvide de lo que va a ver, ¿de acuerdo?

Amelia se encogió de hombros, mientras se guardaba el dinero en el bolsillo.

—Se sorprendería de las cosas que he llegado a ver aquí, doctor.

Me asomé lo bastante para comprobar que el matón no miraba hacia nosotros y sólo entonces me atreví a dar un paso hacia Amelia. Para su asombro, me agaché y comencé a rebuscar dentro del contenedor de basura.

—Retiro lo dicho. Eso sí que no lo había visto nunca —dijo ella.

No le presté atención, pues estaba demasiado ocupado buceando entre el contenido de las papeleras de la planta baja del hospital. Aparté ejemplares del *Post*, latas chorreantes y envoltorios pringosos hasta dar con lo que necesitaba.

Una bolsa para llevar de Starbucks.

Estaba bastante arrugada y uno de sus lados estaba empapado de algo que confiaba que fuese café, pero si la colocaba pegada a mi cuerpo no se notaría. Volví a colocarme tras la estantería y la abrí. Dentro había un vaso vacío y media rosquilla mordisqueada. Saqué la rosquilla y me la puse en la boca, sosteniéndola entre los dientes sin llegar a morderla.

—Dios mío, querido. ¿Tan mal les pagan ahora, doctor? Si quiere puedo devolverle los veinte pavos.

Negué con la cabeza y le guiñé un ojo. Intentaba ser simpático, pero con aquella rosquilla ajena en la boca pareció la mueca de un desequilibrado. Amelia puso los ojos en blanco y se alejó empujando su carrito.

Yo caminé hacia el centro del *hall*, intentando mantenerme en la periferia de la visión del matón. Desde donde estaba controlaba perfectamente la puerta, así que no creería que yo venía de la calle. Pero aquel era un hospital grande. Podría pensar que había empleado la entrada de urgencias, aunque nadie que trabajase allí daría toda la vuelta al edificio para salir. Pero eso él no podía saberlo a no ser que tuviesen allí a otro tipo vigilando, o al menos en eso confiaba yo desesperadamente.

Fue entonces cuando me vio.

Yo aparenté indiferencia. Caminé hacia los ascensores, despacio, sintiendo su mirada sobre mi oreja derecha, sosteniendo la bolsa de forma que el logo verde de la sirena quedase orientado hacia él, como un escudo protector. Me di cuenta entonces de lo ridículo que parecería con la rosquilla entre los dientes, así que me obligué a pegarle un buen bocado. Por el extremo por el que la mordí aún conservaba la saliva de su dueño anterior. Había algo pegado en la parte inferior, pegajoso y deslizante, quizás un pedazo de servilleta o tal vez del ticket de compra.

Repetí para mis adentros lo que había aprendido en la Facultad de Medicina acerca de los ácidos del estómago y lo buenos que eran destruyendo gérmenes, mientras ignoraba todo lo que sabía acerca del herpes, la mononucleosis y la meningitis. Me obligué a tragar el bocado y sus añadidos, mientras enfilaba el ascensor, dándole la espalda al matón.

—Hola, David —me saludó Sharon Kendall, una de las anestesistas con las que solía operar. Iba en mi misma dirección, leyendo el historial de un paciente—. ¿Tienes quirófano hoy? No te he visto en la lista.

—No, nada hasta el viernes. La jefa me va a dar descanso.

—Qué suerte. Hoy tengo tres, por suerte, son sencillas. Y mañana día libre. Llevaré a los niños al cine.

—¿Un jueves?

—Me da igual si duermen un par de horas menos. Si no dejan de taladrarme los oídos con que los lleve a ver la nueva de Pixar, me suicido. —Se dio cuenta entonces de lo que acababa de decir y se llevó la mano a la boca—. Oh, lo siento, David. No quería...

—No tienes por qué.

—Era sólo una forma de hablar.

—No te preocupes.

El ascensor llegó, escupió una docena de personas, y ambos entramos. Me di la vuelta, más preocupado de ver qué pasaba con el hombre calvo de la cazadora de cuero que por los comentarios de la doctora Kendall. Me di cuenta de que ella había tomado la sequedad de mis respuestas como señal de que me había ofendido, pero poco podía yo hacer al respecto. Estaba demasiado ocupado intentando vislumbrar aquella cabeza afeitada entre las espaldas de todos los que habían salido del ascensor. Seguí mirando mientras las puertas se cerraban, pero era inútil.

Ya no estaba allí.

17

Cuando regresé, se desató el apocalipsis.

Primero la jefa de enfermeras irrumpió muy digna en mi despacho, abrazando su preciosa tableta de notas y pisando fuerte. Sacó un folio de la tableta y me lo colocó encima de la mesa a modo de venganza antes de salir con más humos aún. Era una copia de la página del reglamento del hospital relativo al uso de buscas, con un par de líneas subrayadas. Aquellas que especificaban que los médicos titulares, o sea, yo, tenían «obligación de llevar encima el dispositivo en todo momento de su jornada laboral», y lógicamente «de responder a todos los avisos».

Sólo entonces me di cuenta de que me había dejado el busca en la taquilla, algo que no me había pasado jamás en todos mis años en el hospital. Con todo el follón de la llamada de Kate y el viaje para ver al Paciente, había cometido un error estúpido.

Cogí mi teléfono. No había llamadas perdidas, pero en cuanto lo tuve en la mano comenzó a sonar. No había número de identificación, lo que ya me indicaba con quién iba a tener el dudoso placer de hablar. Me invadió el mismo sentimiento de angustia que sentía siempre que hablaba con él, pero esta vez multiplicado por la incertidumbre de mi reunión con Kate.

Descolgué.

—Hola, Dave. ¿Estaban buenos los dónuts?

—¿Qué es lo que quiere, White?

—Quiero saber si estaban buenos los dónuts, Dave. Respóndeme.

Hubo una pausa.

—Sí, estaban buenos.

—Tienen que ser unos dónuts realmente excelentes, Dave. Y el café tiene que ser mágico. ¿Cuál es tu favorito de Starbucks, Dave?

Odio profundamente el café de Starbucks, pero a Rachel le encantaba, así que mencioné el de ella.

—Moka frapuccino con extra de crema. Doble de azúcar.

—No es mala elección, no es mala en absoluto, Dave. ¿Quieres saber lo que es una mala elección?

Su voz se había convertido en un susurro frío y acerado que me puso los pelos de punta.

—Adelante —alcancé a decir.

—Una mala elección es marcharte del hospital dejando tu teléfono móvil sobre la mesa. Podrían habértelo robado, y eso hubiese sido un gran inconveniente.

—Escuche, necesitaba tomar el aire, estoy...

—Eres un tipo listo, Dave, ¿verdad?

—No sé qué tiene que ver eso con...

—Eres alguien que sabe sumar dos y dos.

Hubo otra pausa. Decidí dejar de intentar explicarme. Cuantas más explicaciones diese, más falsas sonarían.

—Supongo.

—Por tanto, sabes que pasa algo con tu teléfono. Es normal, Dave. No puedo culparte por ser un tipo listo. Pero si fueses de listillo entonces sí que podría culparte. Sólo que no serías tú quien pagaría. Eso lo entiendes, ¿no?

—Lo entiendo.

—Bien. Ahora quiero que me respondas a una pregunta. Quiero que lo hagas con la verdad. Si me mientes lo sabré enseguida, ¿de acuerdo?

Dentro de mi alma, en algún rincón, algo se rompió. Apenas hizo ruido, como un vaso de cristal metido en un pañuelo y luego pisoteado. Aquella frase, exactamente la misma frase, era la que yo usaba con Julia cuando había cometido una travesura. Un brick de zumo derramado en el cuarto de juegos; un muñeco de los Angry Birds contrabandeado dentro de la mochila del cole, a donde tienen prohibido llevar juguetes; unos calcetines sucios debajo de la cama. Trastadas sin importancia, de las que salía un mayor bien ya que servían para aumentar la confianza y el vínculo al ser confesadas.

«Maldito hijo de puta manipulador», pensé. Pero dije:

—Es usted quien manda, White.

—¿Has hablado con alguien, Dave? ¿Acerca de tu... especial situación?

Mi hija es una mentirosa pésima. Lo heredó de mí. Siempre que la confrontas con la verdad, sus labios se estiran inevitablemente en una sonrisa que acaba convirtiéndose en un pataleo al sentirse pillada. A mí me pasaba siempre con Rachel. Cuando me preguntaba si había sacado la basura, o pagado la factura del gas, o si había vuelto a comprar uno de esos ridículos rasca y gana con los que a veces picaba en el Seven Eleven. Me miraba a los ojos con media sonrisa que inevitablemente me hacía sonreír a mí también. Era tan buena en eso que a veces lograba que me riese incluso cuando era inocente, algo que me enfurecía profundamente.

—No, no lo he hecho —dije muy serio.

—Dave, sería taaaaan comprensible. En serio. Sales del hospital, vas a la cafetería andando para que te dé el aire. Por el camino te encuentras a un compañero que te deja gustoso su móvil para hacer una llamada rápida. O quizás ha sido en la cola del café, a una amigable mamá que le hacía ojitos a tu bata de médico. Tal vez, sólo tal vez, tendrías la tentación de llamar a la policía. Pero eso sería una estupidez, no conoces a nadie y en caso de involucrarlos sabes que aparecerían con sus muy sutiles corbatas, unos maestros del disfraz. Así que no, no lo harías.

—He hablado con un dependiente mal pagado y bastante maleducado al que le he pedido el café y los dónuts y he dedicado un rato a reflexionar, White. Nada más.

Mi voz sonó firme, aunque noté el temblor de mi mano izquierda al decirlo. No podía verme, sabía que no podía verme, pero aun así me metí la mano en el bolsillo de la bata y la apreté contra mi muslo hasta que dejé de temblar.

—No, no llamarías a la policía. Pero tal vez, sólo tal vez, tendrías la tentación de llamar a tu cuñada. Prevenirla. Eso también sería una estupidez. Porque si algo sucediese, cualquier imprevisto de última hora... Bueno, eso sería malo. Y no queremos eso.

—Por supuesto.

—Pero, claro, podría perdonártelo si me dijeses la

verdad. Estaríamos a tiempo de arreglarlo, te lo prometo. Así que, por última vez, Dave. ¿Has hablado con la agente Robson?

Un escalofrío me recorrió la espalda. Si mentía y White me descubría, si sabía algo que yo no sabía, si yo había pasado algo por alto..., todo habría terminado. Y si decía la verdad, Kate estaba lista. La encontrarían y la matarían.

Pero Julia estaría a salvo.

Por un momento tuve la tentación de escupir la verdad, traicionar a Kate y comprar para mi hija unas preciosas horas más de vida. El ojo invisible e omnipotente de White llenaba todos los rincones. El riesgo de que él ya estuviese al tanto de mi petición de ayuda era demasiado grande. Y había prometido que la perdonaría. Sólo tenía que decir la verdad.

Así de bueno era aquel cabrón.

—No, no he hablado con Kate. Por lo que sé está en casa de sus padres.

De nuevo un silencio, este mucho más largo. Yo me mordí la cara interna del carrillo hasta que noté el sabor de la sangre inundando mi boca. Finalmente White volvió a hablar.

—El juego continúa, doctor.

Y colgó.

Me dejé caer en la silla, tembloroso por el estrés y la humillación que acababa de soportar. Mi espalda era un manojo de nudos. No podía soportar ni un solo sobresalto más. Dejé el teléfono despacio sobre la mesa, mirándolo como un cervatillo asustado miraría los faros del coche que va a embestirle. White no me había descubierto, aunque el consuelo —si es que había alguno— que se derivaba de ello era minúsculo.

Mientras intentaba serenarme, dudé si debía contarle a Kate lo que había sucedido, prevenirla de que White sospechaba que ella podía estar implicada, pero enseguida caí en la cuenta de que no podía comunicarme con ella hasta que me diese su nuevo número. Podría llamarla al teléfono del trabajo, pero me había prevenido sobre ello. Ahora no sólo teníamos que tener cuidado con los secuestradores, también con el Servicio Secreto. En aquellas primeras horas, ambos mantuvimos la ingenua fantasía de que todo podía salir bien. De que podríamos librarnos de aquella pesadilla.

Apenas había logrado reducir mis pulsaciones a su ritmo normal cuando sonó el teléfono de mi despacho. Descolgué automáticamente, aliviado de poder huir unos instantes centrándome en el trabajo.

—Evans, neurocirugía.

—Soy Wong. ¿Dónde diablos te has metido toda la tarde?

—He ido a atender al Paciente, jefa.

—Con el móvil apagado y sin responder al busca..., maldita sea, Evans.

—Han sido exigencias de los acompañantes —mentí, al menos en parte—. Y créeme, allá donde me han llevado no hubiese funcionado ni siquiera el busca.

—Bueno, ahora eso da igual. Estoy en el despacho de Meyer. Necesito que vengas cuanto antes.

Había algo extremadamente preocupante en la voz de la doctora Wong.

—¿Qué sucede, Stephanie? ¿Qué ha pasado?

—Tú limítate a venir, Evans.

No me quedó más remedio que tomar el ascensor hasta la última planta. A esas horas, casi todas las luces de aquel nivel estaban apagadas y los despachos cerrados. Los ejecutivos no son aficionados a quedarse hasta tarde, ni mucho menos. El hilo musical estaba apagado, y mis pasos amortiguados por la gruesa moqueta me daban la sensación de flotar por el pasillo desierto.

Al llegar frente a la puerta del fondo entré sin llamar, algo que cabreaba mucho a Meyer. Una inmadura muestra de rebeldía que apenas tuvo efecto, ya que la secretaria del director no estaba en su puesto.

Al otro lado me esperaban las miradas espesas y acusadoras de Meyer y Wong. Mi jefa estaba sentada de brazos y piernas cruzadas, muy seria. Meyer estaba sin chaqueta, con las mangas remangadas por encima de los codos. Estaba estirado en la silla, con las manos detrás de la cabeza. Grandes manchas de sudor oscurecían la carísima camisa.

—¿Qué es lo que has hecho, Evans? —dijo mi jefa.

—No entiendo a qué te refieres.

—No lo entiende. Dice que no lo entiende —dijo Meyer apartando la mirada de mí y clavando la vista en el techo.

—Han llamado de la Casa Blanca —aclaró Wong. Luego se detuvo, como si le costase un esfuerzo enorme continuar.

—¿Y qué han dicho?

Mi jefa siguió hablando, casi sin mover los labios.

—La has jodido, David. No vas a hacer la operación.

De pronto sentí como si el suelo bajo mis pies se hundiese de golpe, y yo me precipitase hacia un abismo enorme. Seguía de pie sobre la moqueta, pero por dentro estaba cayendo, luchando desesperadamente por agarrarme a algo que me sirviese de asidero.

Y entonces llegó el mensaje.

MAL JUGADO, DAVE.

KATE

Desde donde estaba apenas podía ver el tejado.

La tarde terminaba, y un cielo plomizo y perturbador parecía a punto de colapsar sobre la casa de los Evans. Las nubes colgaban pesadas y densas, conteniendo el aliento.

La agente especial Kate Robson las imitaba, respirando muy despacio, intentando concentrarse. Hacía tres años que no vigilaba una casa, y en la época en la que lo hacía siempre estaba junto a un compañero y al menos un par de unidades de apoyo de las fuerzas locales. Tenían contacto permanente por radio con la central, y sobre todo, cuando se acercaban, se aseguraban muy bien de que los sospechosos tuviesen muy claro quién estaba aporreando su puerta.

Desde que había comenzado a proteger a la Primera Dama, su preparación exhaustiva de cada uno de los escenarios en los que tenía que intervenir estando de servicio se realizaba con mapas, fotografías y visitas previas. En los casos más complejos empleaban simulacros virtuales realizados con un poderoso y potente software que recreaba hasta el último detalle de los lugares que iban a visitar, contando con al menos tres rutas alternativas. El programa incluso reproducía los interiores de los edificios a la perfección a partir de los planos de la construcción y de las fotos que tomaban los agentes destacados en avanzadilla semanas antes del evento.

Kate nunca había trabajado así, con tanta incertidumbre y tan pocas cartas en la mano. Y lo que era peor, con la vida de su sobrina en juego.

Comenzó a elaborar mentalmente una lista de las cosas que no podía hacer, pero terminó saturándose. Todo lo que se le ocurría estaba fuera de su alcance. No contaba con equipo ni con tiempo para iniciar una acción camuflada, no podía acercarse directamente a la casa, pues no sabía si las cámaras apuntaban también hacia afuera, no podía saber si había alguien más vigilando en la distancia... Terminaba antes haciendo la lista de lo que sí podía hacer.

Su primera baza era el conocimiento de la casa. Aunque llevaba muchos meses sin visitarla, sabía de memoria su disposición. Acceder sería relativamente sencillo. Hacerlo sin ser vista sería otro cantar.

Pasó un coche junto al suyo y Kate se encogió instintivamente en el asiento, hasta que se dio cuenta de que aquella actitud era más sospechosa que estar simplemente sentada en el coche. Llevaba un Ford Taurus negro perteneciente a la flota del Servicio Secreto, con el que supuestamente debería volver al trabajo al día siguiente. Los agentes los usaban con casi total normalidad como coches particulares al finalizar su turno, uno de los escasos beneficios de su trabajo. El «casi» incluía un pequeñísimo detalle: nadie que no perteneciese a la agencia podía subir al coche. Esas eran las estrictas normas del Servicio Secreto, lo cual en esencia significaba que si tenías familia, estabas obligado a comprarte otro vehículo.

Ese no era el caso de Kate, para quien la frase «formar una familia» era una idea borrosa en su proyecto vital. Una aspiración inalcanzable, algo que deseaba mucho pero que no se veía capaz de conseguir. Como subir al Everest o ganar la lotería del Estado.

El Taurus impecable era una buena prueba de ello. Si subía a la Dodge Ram de su padre, tornillos sueltos por la alfombra se le metían en el dibujo de las suelas. Si subía al Prius de Rachel sabía sin necesidad de mirarse que al bajar tendría que sacudirse las migas que se le habían quedado pegadas en el fondillo del pantalón, porque Julia no destacaba precisamente por su pulcritud.

La vida mancha. La familia pesa.

Sacó el Nokia desechable que acababa de comprar en T-Mobile, a pocas manzanas de allí, y lo enchufó al conector del mechero usando un cable que le había costado más que el propio teléfono. Tardó un par de minutos en tener batería suficiente como para iniciarse. Cuando lo hizo, envió al móvil que le había prestado a David un mensaje.

YA HE LLEGADO. TE IRÉ CONTANDO.

Volvió a estudiar fijamente la casa. Era una preciosa propiedad de cuatro dormitorios de estilo colonial, con el exterior pintado de gris azulado. Había una pendiente cubierta de césped que ocultaba parcialmente la parte de atrás si llegabas desde una tranquila calle lateral, que era donde Kate estaba aparcada en aquel momento. Desde la valla blanca que separaba la finca de la calle hasta la puerta trasera habría unos veinte metros. Calculó rápidamente el tiempo que le llevaría recorrer aquella distancia cuesta abajo. Unos cuatro segundos, más o menos. Cuatro segundos en los que estaría expuesta a cualquiera que estuviese vigilando la casa. A las cámaras no. Si su plan funcionaba podría acercarse sin ser vista, aunque no dispondría de mucho tiempo.

En las reuniones preparatorias del Servicio Secreto, a las opciones más arriesgadas en un escenario se les asignaba un porcentaje de fallo, conocido coloquialmente como PC, o Posibilidad de Cagarla. Cualquier PC superior al 15 por ciento era inmediatamente desestimado. Considerando lo poco que sabía sobre los secuestradores de Julia, el PC de su plan era de un 60 por ciento, y eso siendo optimista.

Dio una palmada rabiosa en el volante. Cada hora que pasaba reducía sus posibilidades de encontrar a Julia antes de la hora límite. Necesitaba entrar en aquella casa. No quedaba más remedio que seguir adelante con el plan.

A su alrededor los sensores automáticos de las viviendas habían comenzado a encender las luces exteriores de las casas, creando islas de luz en el suave índigo del atardecer. Kate consultó su reloj. Anochecería en pocos minutos, así que le convenía esperar.

Sin poder evitarlo echó mano a su cartera y sacó una pequeña foto que había robado el día anterior del álbum de su madre. Había sido tomada después de un partido de lacrosse cuando ambas estaban en secundaria. Como siempre, el uniforme de Rachel estaba impoluto, mientras que el de su hermana era una ruina de manchas de césped y sudor. La sonrisa de Rachel parecía dibujada por el pincel de un gran maestro italiano, la de Kate era la mueca de un animal salvaje. La pequeña se apoyaba en su palo con la mano derecha, con el brazo izquierdo por encima del hombro de Rachel y sostenía el palo de ella con la mano izquierda, en un gesto protector.

Así había sido siempre. Rachel había nacido el 4 de enero de 1978, destinada a ser la hija que Aura Robson había deseado siempre. Pero Jim quería un varón, un heredero fuerte en el que mirarse. Así que en diciembre de aquel mismo año llegó el segundo vástago, que acabó naciendo sin el anhelado pedazo de carne entre las piernas.

La niña había llegado al mundo pisando fuerte, y el vientre de su madre no fue una excepción. Complicaciones durante el parto obligaron a los médicos a practicarle a Aura una histerectomía. Cuando supo el sexo de su hija y que nunca habría un Jimmy Robson, el duro virginiano ni siquiera esperó a que el bebé saliese de Maternidad. Subió a su coche y pasó toda la noche bebiendo en un bar de carretera. Cuando unos amigos lo llevaron a casa dos días después, conoció por fin a su hija pequeña.

Kate dio un trago de agua a una botella que llevaba un par de días en el compartimento del lateral de la puerta. Tenía un regusto a ropa sin lavar. Un sabor de segunda mano que le recordó mucho al escaso afecto que le profesaba su padre.

Jim, a su modo, había acabado queriendo a aquella niña que le presentaron cuando se le pasó la borrachera.

Pero siempre hubo algo que le impidió amarla del todo. Ella siempre sería la que había robado la energía y la fuerza vital que su madre debía haber legado a su muy deseado hermano.

Los niños, en contra de la opinión general de los adultos, no son imbéciles. Son capaces de percibir sentimientos complejos desde muy pequeños. Y una brecha de decepción tan grande como la que tenía que atravesar el amor de Kate para alcanzar a su padre no iba a ser una excepción.

¿Cómo compites contra un ser humano que nunca ha llegado a existir, contra una idea, contra un anhelo? La respuesta es obvia: no puedes. A pesar de todo, Kate había crecido dispuesta a ser el niño Robson. Su carácter indomable era un constante dolor de cabeza para todos, pero allá donde más quedaba de manifiesto era en la relación con Rachel. Habían crecido juntas, tan cerca la una de la otra como puedan estar dos hermanas. Y sin embargo eran completamente opuestas. Rachel era una belleza tranquila y serena como un lago de montaña, Kate era como un rayo nervioso. Desde que comenzaron el colegio fueron a la misma clase, y la pequeña se erigió en guardiana y protectora de la mayor.

Kate fue la que se comió un ciempiés cuando Rachel, que había perdido un ridículo juego infantil, no se había atrevido. Kate fue la que irrumpió en el despacho del señor Eckmann para sustituir el examen de matemáticas que le había salido mal a Rachel. Kate fue la que sacó la cara por su hermana cuando las pillaron haciendo novillos en sexto grado.

Por la noche, de un lado a otro del dormitorio que compartían, viajaban confidencias susurradas, hasta que ambas se quedaban dormidas. Había hablado con ella de los hoyuelos, de fiestas, de chicos y de canciones. De cómo las dos cuando creciesen vivirían en la misma casa y tendrían un par de maridos estupendos. La habitación olía a chicle, a goma de borrar y al suavizante barato de mamá. Y cuando una vez Rachel, tras mucho rato llorando, le contó a su hermana que Randall Jackson se había propasado durante una sesión de besuqueos bajo las gradas, Kate no lo dudó un instante. Salió de la cama, se calzó unas botas, se subió en pijama a su bici y pedaleó hasta casa de los Jackson. Tiró piedrecitas bajo la ventana de Randall y cuando el sobón apareció en el porche, le rompió dos dientes de un puñetazo.

El padre de Randy devolvió a Kate a casa y habló con sus padres. Hubo palabras tensas, pero Kate no soltó prenda, cruzada de brazos en el sofá, sobre las razones que le habían llevado a partirle la boca al capitán del equipo de fútbol. La situación no se calmó hasta que Rachel bajó las escaleras, encogida de miedo en su camisón, y lo confesó todo.

—Lamento el comportamiento de mi hijo. Le ruego que me disculpe, Jim. Tenga por seguro que recibirá un castigo adecuado —dijo el señor Jackson, retorciendo su gorra entre las manos, avergonzado.

Jim lo vio partir desde la puerta sin decir una palabra. Cuando el ruido del motor se desvaneció en la noche, se volvió hacia Kate mostrándole la cadena de seguridad de la bici que ella se había enrollado en los nudillos antes de golpear a Randy.

—¿Era esto necesario?

—Pesa trece kilos más que yo —respondió Kate, encogiéndose de hombros.

Jim se guardó la sonrisa para sus adentros, pero Kate sabía que había obrado bien. Ahora, tantos años después, a punto de cometer la mayor locura de su vida, su opinión sobre el asunto no había cambiado ni un ápice.

Por supuesto que era necesario.

Para proteger a tu familia se llega hasta donde haga falta.

Kate respiró hondo y abrió la puerta del coche.

18

—¿Cuándo ha sido eso?

—Hará un par de horas.

La doctora Wong evitaba mirarme a los ojos, y yo supe enseguida que había algo más.

—¿Qué es lo que sucede, jefa?

—¿Qué es lo que sucede? —interrumpió Meyer, soltando una carcajada que sonó a serrucho viejo mordiendo madera seca—. ¿De verdad está preguntando eso? Le acogimos aquí, doctor Evans. Le dimos una plaza en el Saint Clement's y la oportunidad de demostrar que podía ser un médico de referencia. Incluso a pesar de su... historial.

—¿De qué diablos está hablando?

Meyer abrió un cajón y dejó caer sobre la mesa una carpeta de color rojo, las que usaban en recursos humanos para el control del hospital. No me hizo falta mirar el nombre pegado en la solapa para saber que era la mía. Muy propio de una rata como él sacar a colación el pasado en un momento así.

—Ah, el historial. Es jerga ejecutiva para «aquellos sucesos del pasado que me convienen para sostener mi argumento». Supongo que no se va a referir a mi porcentaje de intervenciones realizadas con éxito.

Meyer parpadeó varias veces, asombrado.

—Sé de los problemas que tuvo en el Johns Hopkins con el jefe de neurocirugía, pero...

—No, no lo sabe.

El parpadeo de Meyer derivó en sonrisa enfermiza, como si un par de monos de dedos finos estuviesen tirándole de la comisura de los labios. Estaba muy poco acostumbrado a que le interrumpiesen, y menos para llevarle la contraria.

—¿Disculpe?

—No sé lo que pone en ese papel, pero créame, no se acercará ni remotamente a la verdad. Yo no tuve ningún problema con el doctor Hockstetter, el problema lo tiene él con la humanidad. En cualquier caso, no sé a qué viene eso ahora.

El director hizo una pausa y luego volvió a comenzar. Es de esos tipos que si les interrumpes vuelven a repetir todo el argumento desde el principio, por si acaso te has olvidado de lo que te ha dicho seis segundos antes.

—Sé de los problemas que tuvo en el Johns Hopkins con el jefe de neurocirugía, pero mi predecesor decidió ignorarlos. Lo normal es que después de un tropiezo como ese su carrera hubiese retrocedido un par de años. Que hubiese terminado arreglando cabezas de campesinos en Dakota del Norte, o algo así. En lugar de eso, el Saint Clement's le acogió. Le dimos la oportunidad de empezar de cero. Mi predecesor supo ver el potencial, no hay duda. Pero el potencial no es nada sin una adecuada supervisión y sin mano izquierda.

—¿Está insinuando que hemos perdido la oportunidad de operar al Paciente por mi culpa, Meyer?

—¿Qué si no? No hemos tenido ningún problema en

todo este tiempo desde que vinieron a nosotros. Hoy usted se va, desaparece durante unas horas para verle y de repente llaman de la Casa Blanca para decirnos que el Saint Clement's ya no es el hospital elegido. Es usted el único que ha tenido contacto con él, así que es el único que la ha podido pifiar.

No me lo podía creer. ¿Estaba celoso?

—¿Eso es lo que le fastidia? ¿No haber podido ver al Presidente? No se ha perdido nada.

—El potencial no es nada sin juego en equipo. Y usted no es un jugador de equipo, Evans. Dilapida los recursos del hospital, siempre encuentra cualquier resquicio legal para ponerse del lado de los pacientes. Muy especialmente si estos no tienen dinero. Como ayer mismo con el pandillero que dejaron en nuestras urgencias los paramédicos.

Stephanie me miró en ese momento y alzó sus casi invisibles cejas; era su modo de decir «Te lo advertí». El hospital había perdido a su paciente estrella de la década, una oportunidad única para figurar en los libros de Historia. Ahora que esa posibilidad se había esfumado, necesitaban un chivo expiatorio. Poco importaba si el Presidente había acudido a nosotros por mí, lo importante era por quién dejaba de estarlo.

Meyer me detestaba a su insulsa y fría manera, pero para él esa emoción era algo accesorio mientras sirviese a su objetivo. Ahora tendría que explicar esto a la junta de gobierno del hospital, y ya tenía a mano un culpable y una excusa: el doctor manirroto. Iría a por mí con todo lo que tuviese a mano, y lo más cercano era el caso de Jamaal Carter.

—Atendí a un ser humano, Meyer.

—A un alto coste. No dirijo una casa de caridad, ni su sueldo lo pagan estas frivolidades.

—No, mi sueldo lo pagan las facturas de seis y siete cifras que usted les pasa a los clientes. Después de que yo les haya salvado la vida.

Meyer se inclinó hacia delante con el rostro encarnado de furia y de vergüenza.

—¿Se cree que es el único médico con talento de este país? ¡Ahí fuera hay una legión de mocosos que saben clipar un aneurisma igual de bien que usted, y que tienen claras sus prioridades! ¡Le cuesta dinero a este hospital, Evans, y lo sabe! Le hemos tolerado sus estupideces de los últimos meses porque, al fin y al cabo, ha perdido a su mujer y...

Al escuchar eso no pude contenerme. Un impulso de ira me consumió por dentro, devorando mi natural timidez y mi predisposición al diálogo como un lanzallamas arrasaría una pared de papel. Puse ambas manos sobre su escritorio y mi cara a pocos centímetros de la suya.

—Escúcheme bien, Meyer. Si vuelve a meter a mi mujer en esto, le juro por Dios que le haré tragarse sus propios dientes.

—¡David, basta! —gritó Stephanie poniéndose en pie.

—Me ha amenazado. Lo has oído, ¿verdad? ¡Eres testigo!

—Y lo volveré a hacer. Si vuelve a mencionar a mi esposa, no me importa si termino recetando analgésicos en Alaska. Le partiré la cara.

Meyer no cedió al principio. Su mente trabajaba a toda máquina, casi podía oírle pensar ahí dentro. Al cabo de unos instantes tragó saliva, se echó hacia atrás y levantó las manos en un gesto de conciliación.

—Está bien, está bien. No hay necesidad de sacar las cosas de quicio. Podemos hablar esto como personas civilizadas.

Yo sacudí la cabeza y quité las manos de su mesa, sin creerme ni por un momento su actuación. Los dos habíamos ido demasiado lejos, y aquella conversación distaba mucho de terminar ahí. Las consecuencias iban a ser muy severas para mí tan pronto cruzase la puerta y Meyer dejase de temer por su integridad física. Pero en aquel momento ya no me importaba mi futuro en el Saint Clement's, al menos mientras estuviese garantizado hasta el viernes a las nueve de la mañana.

Tenía que lanzarle una zanahoria. Algo que pudiese morder y que me permitiese ganar tiempo. Por mucho que me asquease aquel capullo, necesitaba evitar una confrontación con él, y sobre todo que pospusiese su venganza unos días.

—Sé perfectamente lo que quiere, Meyer.

—Quiero lo mejor para este hospital.

—No. Quiere salir en la tele. Quiere su rueda de prensa el viernes por la tarde, quiere ser el que lo haga público delante de toda América. Quiere sus quince segundos en *prime time*.

Me miró en silencio. Yo había dado en el clavo, y los dos lo sabíamos, aunque él nunca lo admitiría en voz alta. Para un burócrata gris y sin verdadero talento como él, un hijo de papá que nunca había logrado nada por sí mismo, aquello era un sueño. Salir en la tele, el vellocino de oro de los mediocres.

—Puedo arreglarlo —continué—. No sé lo que ha

ocurrido esta tarde, pero puedo conseguir que el Paciente vuelva a confiar en nosotros.

—Ha sido el jefe del servicio médico de la Casa Blanca el que ha llamado. Un tal Hastings. Yo hablé con él —dijo la doctora Wong.

—Hastings quería que yo practicase la operación en Bethesda. Yo me negué —dije mirando desafiante a Meyer, a ver qué pensaba ahora de mi falta de juego en equipo. No hizo ningún comentario al respecto. Era inútil, ya se había formado una opinión de mí, que para ser justos no estaba demasiado lejos de la verdad. Pero podía hacerle creer que aún me importaba—. La Primera Dama intercedió con su marido, y todo se arregló. Ella es la clave.

—¿Puede pasar por encima de Hastings y llegar hasta el Presidente?

—Eso creo.

Meyer hizo un tejadillo con las manos bajo su barbilla y sonrió. Seguramente estaba pensando en qué traje iba a ponerse para la rueda de prensa.

—Arréglelo. Consiga que se opere en mi hospital y estaremos en paz, Evans. Pero si no lo logra me temo que la junta directiva exigirá responsabilidades.

En aquel momento lo único que me apetecía era presentarle mi dimisión para que esa operación jamás se hiciese en el Saint Clement's. O mejor aún, saltar por encima de su mesa y borrarle esa expresión de la cara a golpes, pero con la vida de Julia en juego no me lo podía permitir.

Ya tenía lo que necesitaba de él, así que asentí y me marché.

$$\bullet \quad \bullet \quad \bullet$$

—¡Evans, espera!

La doctora Wong salió corriendo detrás de mí por el pasillo. No me detuve, aunque no es fácil dejar atrás a mi jefa, ni aun estando tan cabreado como yo estaba.

—El muy cabrón me ha despellejado ahí dentro, y no es que hayas sido de mucha ayuda.

—Él tiene razón, Evans. Te había avisado de que la junta se había quejado de tu actitud respecto a las operaciones *pro bono*. Podrías haber levantado un poco el pie del acelerador. No puedes estar siempre con la guardia alta.

Por supuesto que Meyer tenía razón. Me habían avisado en varias ocasiones, pero el tipo no dejaba de ser un mierda desalmado y codicioso. Claro que yo no había ayudado demasiado. Antes ya era bastante liberal con los recursos, pero desde la muerte de Rachel había perdido el norte. El sentimiento de culpa actuaba como un gigantesco imán en mi brújula moral.

—Ya estuve con la guardia baja una vez, y mira de lo que me sirvió.

—Salvando a unos cuantos pobres no vas enmendar lo de tu mujer, Evans. No hay nada que enmendar. Todos la vimos, andando por los pasillos como si tal cosa, ni el más mínimo indicio de que estuviese enferma. Yo misma tuve varias operaciones con ella justo antes de su diagnóstico, horas y horas de pie en las que estaba tan concentrada y aguda como siempre. Nadie podía haberlo visto venir.

Puede que de verdad lo pensase, pero sus palabras me sonaron a huecas, a un intento de congraciarse conmigo después de haberme traicionado con el director. Además, de recuperar la operación para el Saint Clement's, ella estaría allí también. Conmigo en el quirófano, por supuesto. Y por la tarde dando entrevistas.

De pronto todo el mundo quería un pedazo del Paciente. Habían olido la sangre en el agua y daban vueltas en círculos, afilando los dientes. Creo que hasta aquel momento no comprendí del todo la preocupación de la Primera Dama por escoger al médico correcto para la intervención. Quería evitar precisamente aquella clase de comportamiento, lo que hacía aún más incomprensible su decisión de dejarme fuera a aquellas alturas de partido.

—Muchas gracias, doctora Wong —dije sin volverme a mirarla—. Ya puedes volverte con Meyer a practicar sonrisas delante del espejo. Dicen que el azul es el color que mejor queda en la tele.

Alcanzamos el ascensor, y yo pulsé tres o cuatro veces el botón hasta que las puertas se abrieron, deseando desaparecer de la planta ejecutiva cuanto antes.

—Evans, te conozco muy bien —dijo ella a mi espalda mientras las puertas del ascensor se cerraban, separándonos—. Eres un neurocirujano de la hostia, uno de los mejores del mundo, pero también un ingenuo y un cabezota. No lo eches todo por la borda ahora que estás tan cerca. Piensa en tu hija cuando hagas esa llamada.

«Si tú supieras.»

KATE

La noche se había cerrado sobre Silver Spring. Una suave llovizna perlaba de minúsculas gotas la espalda de Kate mientras esta rebuscaba en el maletero hasta encontrar lo que necesitaba: una bolsa de lona negra del tamaño de un bolso de mano.

La puso dentro de su cazadora, bajo la que se ocultaba también la cartuchera de su SIG Sauer P229. Cruzó la calle y caminó por la acera con tranquilidad, como si fuese una residente más volviendo a casa tras un largo día. Rebasó la casa, comprobando discretamente que no hubiese nadie cerca, y saltó la valla blanca.

Usando el pequeño cobertizo del jardín como protección, corrió pendiente abajo hasta alcanzar la pared de atrás de este. La hierba estaba empapada por efecto de la lluvia, y en los últimos metros estuvo a punto de caerse. Terminó frenando contra la estructura de plástico usando el hombro derecho. Pegada a la pared, llegó hasta la puerta del cobertizo. Las luces del jardín no se habían encendido, pues los Evans, muy concienciados con el medio ambiente, no usaban temporizadores ni sensores, sino que las conectaban manualmente cuando estaban en casa. Aun así el tenue resplandor que llegaba del patio de los vecinos trazaba una difusa sombra de Kate contra el césped. La casa más cercana estaba bastante lejos, y no había muchas posibilidades de que la viesen irrumpir en la propiedad de su cuñado. Pero podrían verla y avisar a la policía, que mandaría un coche patrulla. En cuyo caso los secuestradores pensarían que había sido David quien les había avisado. Eso no podía ocurrir.

«Tengo que abrir esto cuanto antes.»

El cobertizo estaba cerrado con un candado, pero no un buen Master, sino una guarrería de importación comprada en Home Depot. Al viejo Robson le hubiese dado algo sólo de verlo. Kate tardó menos de cinco segundos en forzarlo usando el clip de sujeción de un boli. Ventajas de tener un padre ferretero.

Entró cerrando la puerta tras de sí, pero no encendió la luz, en lugar de eso sacó su linterna para orientarse en el pequeño habitáculo. Apartó un saco de fertilizante y encontró la manguera del riego automático. Los Evans tenían aspersor eléctrico, que se conectaba al enchufe instalado dentro del cobertizo. Desenchufó el aspersor y sacó de debajo de su cazadora la bolsa de lona. Abrió la cremallera y extrajo un aparato de color gris oscuro, provisto de tres antenas y de un transformador con selector de voltaje. Aquel era el inhibidor de frecuencia estándar que se instalaba en las residencias temporales o en los coches de los protegidos cuando corrían riesgo de sufrir un ataque con coche bomba. Bloqueaba cualquier señal electromagnética en un radio de cincuenta metros a la redonda. Radio, teléfonos móviles, GPS, todo. En el caso del Presidente, se empleaba un todoterreno cargado de maquinaria especializada que provocaba una burbuja de

200 metros en torno a la caravana presidencial. Las únicas señales que podían atravesar esa barrera eran los teléfonos de las personas autorizadas y las comunicaciones del Servicio Secreto.

Kate colocó las antenas del inhibidor en posición vertical, cambió el selector de voltaje de 12 a 110 v, lo conectó a la red eléctrica y esperó ansiosa a que las seis luces pasasen de un naranja parpadeante a un estable verde lima. Sacó la BlackBerry del trabajo y el Nokia recién comprado. Ambos mostraban el aviso de NO SERVICE. Aquel inhibidor era mucho menos sofisticado que el todoterreno especial.

Apagó la linterna y entreabrió la puerta del cobertizo, mirando hacia la casa. Si la intuición no le fallaba, las cámaras de White tenían que estar conectadas mediante una tarjeta SIM, enviando sus imágenes empleando su propia conexión. Un profesional no las conectaría al propio Internet de la víctima, pues era demasiado fácil detectarlas y el flujo de datos dependería del operador. Kate hubiese podido comprobarlo de forma muy sencilla si tuviese el detector de dispositivos ocultos que solía usar en la agencia, pero el suyo se había roto la semana anterior y los del departamento técnico no le habían enviado uno de repuesto aún.

No quedaba más remedio que jugársela. En aquel momento los secuestradores ya sabían que algo no iba bien. Estarían mirando a unos monitores llenos de ruido blanco, preguntándose qué había ocurrido. Y a pesar de que sabían que David estaba en el hospital, sería cuestión de tiempo que enviasen a alguien.

En el mejor de los casos dispondría de unos pocos minutos.

—Aquí vamos —susurró, como hacía siempre antes de comenzar una misión. El mantra servía tanto para darse ánimos como de encantamiento para alejar la mala suerte.

Abrió la puerta y corrió hacia la casa. Llegó hasta la parte trasera en pocas zancadas. Se agachó junto a la pared cubierta de hiedra y rebuscó en el parterre de buganvillas la piedra falsa donde David le había dicho que guardaban la llave de la puerta de atrás. No fue capaz de localizarla en la oscuridad, pero antes de seguir buscando probó a girar el pomo, que se abrió a la primera.

«Típico de David —pensó Kate—. *No les habrá costado demasiado llenar tu casa de micros, desde luego.»*

La puerta trasera daba a una terraza cubierta de suelo de madera, con un par de sofás enfrentados y una mesa de metal, donde los Evans solían pasar las tardes jugando al backgammon mientras Julia correteaba por el jardín.

Allí era donde había sucedido. Aquella noche en que Rachel trabajaba hasta tarde y ella había bebido una copa de más.

Kate apartó la vista. La mera evocación del recuerdo la hacía sentir culpable. Él había sido un caballero en todos los sentidos y no se había vuelto a hablar del asunto, pero las cosas ya no habían vuelto a ser igual entre ellos.

Abrió la puerta corredera de cristal y entró en el salón. No pudo evitar mirar la repisa de la chimenea. La foto de la boda de Rachel y David era la misma que estaba en el salón de sus padres. Kate había estado en unas cuantas bodas y visto unas cuantas novias. Siempre se convertían en maestras de ceremonias y princesas de su propia fiesta. Pero no su hermana, para la que toda aquella gente no estaba allí. Sólo estaba su recién estrenado marido.

David tenía los ojos verdes y el pelo negro azulado. Un pelo digno de una canción, había dicho Rachel. En los últimos meses las sienes se le habían vuelto plateadas, y pequeñas arrugas se marcaban en el rostro fuerte y anguloso. Tras la muerte de su esposa, David había envejecido cinco años de golpe, como si ella fuese su único vínculo con la alegría.

«*La querías* —pensó Kate, sintiéndose a punto de llorar—. *La querías de verdad, y eso hace todavía más difícil perdonarte, David. Ojalá alguien me mirase alguna vez como os mirabais vosotros dos. Si yo tuviese a alguien a quien quisiera de ese modo, no permitiría que le sucediese nada.*»

Junto a la de la boda había una foto enmarcada de David con su hija. Estaban en un parque. Ella iba subida sobre sus hombros y él tenía la boca muy abierta y una expresión cómica mientras simulaba que iba a morderle la rodilla. Julia se partía de risa.

«*Pero es un padre estupendo, capaz de darle en un solo día muchos más besos y abrazos a Julia de los que nos daba papá a nosotras en todo un año. Un hombre despistado y un poco desastre, cierto. Podría pasar más tiempo con la niña, cierto. ¿Qué padre hoy en día no peca de lo mismo? Pero cuando están juntos no existe nada más en el mundo. Julia lo mira con una admiración infinita, el sol sale y se pone con su padre. Y David se esfuerza. Se aprende de memoria los nombres de cada personaje de la tele, le cuenta cuentos. A su torpe manera, pero realmente intenta acercarse a ella.*»

Se apartó de la repisa de la chimenea moviendo la cabeza. Los sentimientos contradictorios parecían pelearse por su corazón, tirando de él en varias direcciones a la vez.

«Tengo que dejar de sentirme así. Vamos, concéntrate, Kate. Tenemos que encontrar rastros de ella. Puntos de apoyo, pistas.»

—Necesito saber cómo era ella, David. Necesito una foto.

—No tengo ninguna —había respondido él—. Hice alguna la semana pasada en la que salía ella jugando con Julia, pero aún no las había pasado al ordenador.

—Tenemos que pensar en alguna forma en la que me la puedas mandar desde el teléfono.

—No podría aunque quisiera. Toda la biblioteca de fotos del iPhone ha sido borrada. Fue lo primero que se me ocurrió comprobar anoche cuando aún creía que era ella la que se había llevado a Julia.

Kate cruzó el salón y la cocina y llegó hasta el cuarto de Svetlana. Aún persistía el olor a lejía en todas las superficies. David no mentía cuando dijo que tenían que haber restregado obsesivamente hasta el último rincón de la habitación. Revisó la cama, la cómoda, sacó los cajones de esta y miró debajo. Escudriñó el suelo del pequeño armario empotrado, la mesa y la papelera.

Vacía.

Como todo lo demás.

Intentó visualizar a Svetlana en aquella habitación. Durmiendo, estudiando o fingiendo que lo hacía. Tumbada en la cama, mirando al techo, planeando cuál sería su siguiente movimiento. Cómo ganarse la confianza de una familia destrozada por el dolor tras la muerte de Rachel. ¿La habrían amenazado los secuestradores o lo habría hecho por dinero?

«Claro que en el pecado llevaste la penitencia, Svetlana. Esto es todo lo que ha quedado de ti: olor a lejía.»

Fue hasta el vestíbulo de la entrada, donde se camuflaba la puerta del sótano bajo la escalera que llevaba al piso de arriba. Bajó los crujientes escalones de madera empleando la linterna bien apuntada al suelo para no caerse, evitando que el haz de luz se acercase a las ventanas. No quería encender ninguna bombilla que alertase a los secuestradores de que había alguien más en la casa.

Echó un vistazo en la parte trasera. Las bicicletas estaban colgadas de la pared, no bloqueando el paso, y el cadáver de Svetlana había desaparecido. Allá donde David afirmaba que la había visto la noche anterior no había nada, salvo de nuevo el olor a lejía. Tocó la pared con los dedos. La vieja pintura de las paredes del sótano aparecía húmeda y algo descascarillada en el lugar donde el cadáver debía de haber estado apoyado.

En ese momento un rectángulo de luz entró a través de las estrechas ventanas del sótano. Kate ladeó la cabeza, escuchando, y se puso inmediatamente alerta. El coche no pasó de largo, como habían hecho un par de ellos en el rato transcurrido desde que había entrado. Las ruedas se detuvieron a pocos metros. El motor se apagó y se escucharon unos pasos sobre la calzada.

Ya estaban allí.

19

El móvil comenzó a sonar antes de que entrase en el despacho. Lo cogí mientras cerraba la puerta y me apoyaba contra ella.

—No he tenido nada que ver con esto.

—Dave, en estos momentos me resulta muy difícil creerte —dijo White con la voz tan vacía de emociones como un contestador automático. Me provocó escalofríos—. Has estado toda la tarde reunido con el Paciente a solas, y ahora resulta que sucede esto.

—Escuche, ya ha oído lo que ha pasado con mis jefes. No sé qué es lo que ocurre, no han dado ninguna explicación. Estoy tan sorprendido como usted.

—No me importa. Ahora mismo eres una herramienta inútil, Dave. Y yo soy un hombre increíblemente pragmático. Así que...

Colgó.

Así de rápido, de fácil, de aséptico. Así de delgada era la línea que separaba a mi pequeña de la muerte: un clic en una máquina.

Me quedé helado, incapaz de reaccionar. Había pasado en pocos minutos del miedo al asombro, del asombro a la rabia y de la rabia de nuevo al miedo. Esa montaña rusa de emociones estaba destrozando mis nervios. Me pregunté si todo aquello formaba parte del plan de White para manipularme y someterme aún más a sus designios. Yo era como una de esas bolas de la máquina de *pinball*, lanzada a una pendiente deslizante, en permanente caída libre. Podía marcar algún punto, pero carecía de movimiento por mí mismo. Con aquel clic vino la certeza de que no importaba lo que hiciese, lo lejos que llegase en aquel juego: antes o después la bola caería.

White nunca nos dejaría escapar con vida.

Claro que hay una cualidad inherente a una bola de *pinball*: son de acero. Y por más golpes que les des, las palas y las membranas de la máquina no pueden destruirla. Para salvar a mi hija tenía que aceptar ir a donde me llevasen los golpes. Mientras la bola siguiese en juego, Kate tendría oportunidades de encontrar a Julia.

Había cortado la llamada, pero yo sabía que White seguía allí, escuchándome.

—Espere. Espere, por favor —me oí suplicar—. Sé que puedo reconducir la situación. Puedo arreglarlo si me ayuda.

Guardé silencio y esperé. White tardó más de un minuto en volver a llamar, pero finalmente el móvil sonó de nuevo.

—¿Qué es lo que quieres, Dave?

—Si llamo a la centralita de la Casa Blanca me llevará horas conseguir que me pasen con el jefe del servicio médico. Y puede que él no quiera hablar conmigo. Necesito su número directo.

—¿Y qué gano yo proporcionándotelo?

—Hemos llegado demasiado lejos con esto, White.

Seguro que no tiene ni tiempo ni recursos para montar otro... operativo, o comoquiera que llame a esto.

Hubo un sonido de teclas. Unos segundos más tarde me dio dos números, el de un fijo y el de un móvil.

—No llames desde tu terminal. Usa el de tu despacho. ¿Me has comprendido?

Había algo en la señal, algo que podrían identificar si llamaba a un teléfono oficial como el de la Casa Blanca. Me pregunté si las contramedidas electrónicas podrían hacer algo más que detectar que mi línea estaba siendo intervenida por White. Tal vez detectar a dónde llevaba esa señal.

—De acuerdo —respondí.

—Una cosa más, David... No habrá nadie en tu casa, ¿verdad?

«Mierda. White sabe que algo sucede. ¿Qué has hecho, Kate?»

—¿Qué? No, claro que no.

—Estupendo, entonces no hay de qué preocuparse, ¿verdad? —dijo con voz falsamente jovial—. Tienes diez minutos para convencer a Hastings y recuperar a tu paciente. De lo contrario, hemos acabado.

Volvió a colgar.

Dudé cuál debía ser mi siguiente paso. ¿Debía tratar de avisar a Kate o seguir adelante con las órdenes de White?

«Sería una estupidez intentar ponerme en contacto con ella inmediatamente. Seguro que ahora White está observando, escuchando, marcándome más de cerca que nunca. Debo actuar como si yo no supiese nada acerca de una intrusión en mi casa», pensé.

Tecleé el móvil de Hastings, pero me saltó el buzón de voz. Colgué sin dejar mensaje y llamé al número fijo. Lo dejé sonar hasta que la llamada saltó a una centralita.

«Ya es muy tarde. ¿Y si se ha marchado a casa? ¿Y si no vuelve ya hasta mañana, y apaga el teléfono mientras tanto? No, no es posible, ningún médico haría eso. Tiene que haber otra razón.»

Volví a marcar otra vez. Finalmente alguien descolgó el auricular.

—Cuerpo médico. Al habla Hastings.

—Capitán Hastings, soy David Evans

—¿Doctor Evans? —sonaba sorprendido, y también culpable—. ¿Cómo ha conseguido este número?

«Buena pregunta. Me lo ha dado un asesino psicópata que quiere que mate a tu jefe.»

—Lo busqué en Google. Dígame, ¿qué está pasando?

—¿No... no se lo han dicho sus jefes?

—Sí, me han dicho que me están dando la patada. Hubiese sido un detalle que me hubiese usted llamado personalmente, capitán.

—Lo lamento, doctor Evans. No lo pensé bien.

«Y de paso te ahorraste el marrón de tener que comunicarme tú la noticia.»

—Sinceramente, estoy bastante sorprendido. ¿Puede explicarme el porqué de la decisión?

—No estoy autorizado a comentar las decisiones de mis pacientes con usted, doctor.

—Se esforzó mucho por llevarme a la Casa Blanca y me convenció para involucrarme con un paciente y una operación con los que yo no quería tener nada que ver. Y ahora me dejan fuera con una simple llamada.

—Doctor, por favor. Entienda mi posición. Ni siquiera debería estar hablando con usted.

—Yo ni siquiera debería haber estado esta tarde un kilómetro bajo tierra.

El capitán se puso repentinamente alerta. Casi pude escuchar cómo cuadraba los hombros.

—Si pretende revelar ese conocimiento adquirido en el ejercicio de su profesión estaría faltando a la ética. Y de paso haciéndole un flaco servicio a su país, doctor Evans.

—No pienso revelar nada, capitán, no soy imbécil. Sólo le estaba recordando que yo he ido más allá de lo que mis obligaciones me exigían. Le estoy pidiendo la misma cortesía profesional.

Hastings soltó un largo suspiro.

—Está bien. Le contaré lo que ha sucedido si prometa hacerme un favor. Necesito la resonancia magnética que le ha practicado hoy al Presidente. Creo que la tiene usted.

—Un momento.

En el pantalón llevaba el pendrive con la resonancia del Paciente. Aquella petición me dio pie para hundir mi mano en los bolsillos y colocar el móvil de Kate en el primer cajón de mi escritorio mientras fingía buscar el pendrive. No sabía si White había colocado alguna cámara en mi despacho, así que tenía que ser lo más cauteloso posible. Usando el rabillo del ojo intenté teclear a toda velocidad en la Blackberry. No disponía más que de unos pocos segundos.

—¿Doctor Evans? ¿Está ahí?

—Sí, sí, un segundo.

—Debo marcharme, Evans.

TEN CUIDADO, KATE. CREO QUE SABEN QUE HAY ALGUIEN EN MI CASA. DAVID.

—La estoy buscando. Aguarde.

Apreté el botón de ENVIAR y saqué la mano del cajón, conteniendo el impulso de respirar aliviado. Esperaba que el mensaje ayudase a poner a Kate sobre aviso, aunque ella ya sabía que su presencia en la casa podía levantar sospechas. Lo que podía estar sucediéndole a mi cuñada me estaba volviendo loco, pero en aquel momento debía concentrarme en Hastings.

—Aquí la tengo, capitán —continué, fingiendo encontrar el pendrive al fin—. Se la enviaré con mucho gusto, al igual que el resto de la información.

—No es necesario, hace una hora envié al cirujano a recogerla, debe de estar al llegar. Le ruego que colabore con él, doctor Evans.

—Está bien. Sólo dígame qué ha sucedido.

—La Primera Dama ha cambiado de opinión. Habló con otro médico que la convenció de que él era la opción más segura.

—¿Cómo dice? Pero si ella...

—Usted tiene una hija, ¿verdad? ¿Qué haría si la niña estuviese enferma?

—Haría lo mejor para ella. Al coste que fuera —dije tras una pausa.

—Pues eso es lo que ha ocurrido.

—Quiero hablar con la Primera Dama —dije, elevando el tono demasiado. A Hastings no le gustó.

—La Primera Dama está en una recepción oficial con el primer ministro francés. No puede atenderle.

—Pero si sólo...

—Escúcheme, doctor Evans —me interrumpió Hastings, bruscamente—. La familia ha tomado una decisión, y no hay nada que pueda usted hacer al respecto. Acéptelo con dignidad.

Y sin más, colgó el teléfono.

No podía creerlo. Me habían dejado fuera, sin darme ni siquiera opción a defenderme. Estaba conmocionado, pero la sorpresa que sentía no era nada comparada con la que me aguardaba al leer el siguiente mensaje de White.

BIEN HECHO, DAVE. TODO ESTÁ SALIENDO SEGÚN LO PREVISTO.

KATE

Cuando vio la silueta del subfusil, comprendió que era verdad. Se dio cuenta de que hasta aquel momento no había creído del todo la historia de David. No porque le pareciese implausible, pues su día a día consistía en lidiar con amenazas potenciales e intentos de asesinato contra el Presidente —más de diez el año anterior, de los que la opinión pública no se había enterado—. Tampoco por ser enrevesada. Al contrario, su experiencia le decía que a menudo son las historias simples y que mejor encajan las que más veces acaban siendo mentira.

No, no lo había creído del todo porque no quería creer que fuese cierto.

Y sin embargo allí estaba la silueta de alguien desconocido, recortándose contra uno de los cristales translúcidos que hacía las veces de pasaluz junto a la puerta. Y en sus manos, la amenazante sombra de un arma. Había otro hombre junto a él, o al menos eso dedujo Kate, ya que alguien estaba forcejeando con una llave en la cerradura.

La agente contemplaba la escena asomada a la puerta del sótano, y por un instante dudó si volver a bajar e intentar salir por uno de los ventanucos, pero decidió que era una opción demasiado arriesgada. Tardaría en alcanzarlos y tendría que romperlos para salir, ya que eran de cristal fijo. El riesgo de que la descubriesen era demasiado alto. Tampoco podía quedarse en el sótano. Unos segundos más y estaría atrapada dentro, sin ningún lugar donde esconderse.

«No puedo arriesgarme a salir por las ventanas, no sin visibilidad. No sé cuántos hay ahí afuera.»

Sin pensarlo más caminó agachada hacia el salón, pisando con cuidado para no hacer ruido. Sacó su arma con delicadeza y la sostuvo en posición de combate, en ángulo de 45 grados y apuntando al suelo. La usaría si no le quedaba más remedio, pero tenía que evitar a toda costa un enfrentamiento con los intrusos.

«No pueden verme aquí. Si no regresan, Julia muere. Si me encuentran, Julia muere.»

A su espalda escuchó el ruido de la puerta de la calle al abrirse. Kate notó cómo su respiración se hacía más lenta y tranquila. La angustia y las dudas que la consumían en los últimos tiempos se esfumaron. Sus hombros se enderezaron, sus oídos se agudizaron, el pulso comenzó a bombearle en el cuello despacio pero con fuerza, como un batería manco tocando una marcha fúnebre.

«La única solución es desandar lo andado y desaparecer. Sin una maldita pista, mierda.»

Recorrió los tres metros que la separaban de la terraza cubierta. Tal vez no fuese tan malo el que hubiesen aparecido los secuestradores. Si conseguía salir de allí inadvertida, podía seguirlos, o en el peor de los casos apuntar su matrícula.

«Tendremos a Julia de vuelta durmiendo esta misma noche

en su cama, en lugar de en un agujero. Lo único que debo hacer es llegar hasta mi coche.»

Abrió la puerta corredera, despacio para no hacer ruido. El riel iba muy duro, y Kate no tuvo más remedio que dejar el arma en el suelo y apoyar las dos manos sobre el cristal para conseguir que se moviese. Tras ella sonaban los pasos pesados de uno de los intrusos, aún en el pasillo. La abrió lo suficiente para deslizarse afuera, cogió el arma y cerró la puerta tras ella. Consiguió apartarse del cristal cuando el otro ya entraba en el salón.

«Bien. Ahora la puerta de la terraza y ya está. Estarás a salvo.»

Se apartó de la puerta que daba al salón y caminó en cuclillas, pegada a la pared de la casa. La puerta estaba a sólo cuatro metros, en el otro extremo de la terraza. La cubierta estaba formada por una separación de madera a media altura y seis grandes ventanas de cristal.

Justo en ese momento, el hombre de dentro encendió la luz del salón. Un rectángulo de luz iluminó el espacio que acababa de abandonar Kate hacía escasos segundos. Y al otro lado apareció el rostro de un hombre, que gritaba a través de la ventana en un idioma extranjero.

«¡Mierda!»

Kate se apretó contra la pared, sin más protección que la sombra de la mesa de metal. Comprendió que lo único que la había salvado de ser vista había sido el resplandor de la luz del salón, que había cegado al hombre de fuera y creado para ella una zona de oscuridad. Se arrastró hacia la zona de los sofás, notando cómo su cuerpo desplazaba ligeramente las sillas sobre la madera y rezando para que no lo notasen.

El hombre de dentro también estaba gritando, aunque no tan alto y con voz mucho más grave. Algo debió de ordenarle al de fuera, porque este abandonó el lugar donde estaba y se dirigió a la puerta.

Kate encogió el cuerpo como pudo y aferró más firmemente el arma. Notó que una gota de sudor le resbalaba lentamente por la espalda, y redujo su respiración al mínimo. Tenía miedo, pero no estaba nerviosa. Escondida entre el sofá y la pared, a merced de dos o más enemigos, sola y con todas las posibilidades en contra. Y a pesar de ello el chorro de adrenalina que corría por sus venas la hacía sentir viva y poderosa, como hacía mucho tiempo que no se había sentido.

Las suelas de los zapatos del intruso de fuera resonaban con fuerza sobre la tarima de la terraza. Debía de llevar zapatos de piel con suela de madera. El repiqueteo se detuvo junto a Kate, y esta notó un escalofrío. El matón estaba tan cerca de ella que hubiese podido tocarlo con sólo extender el brazo. Le daba parcialmente la espalda mientras hurgaba con las manos en un paquete de tabaco. Ella escuchó con toda claridad el ruido del papel de celofán al abrirse, el golpeteo de las yemas de los dedos sobre la parte superior para sacar un cigarro, el rascado de la cerilla sobre la caja. Olió el fósforo, la primera calada del tabaco, la grasa del arma. Vio la dureza del rostro, las manos enormes y encallecidas cubiertas por guantes de látex, la inconfundible forma gruesa y ovalada bajo el cañón del subfusil.

«PP-19 Bizon. Fabricación rusa, cara y muy poco común fuera de sus fuerzas especiales y elementos muy peligrosos de las mafias de Europa del Este. Munición de 9 mm Parabellum. Menor potencia de impacto que mi MP5, pero capaz de crear una

auténtica cortina de fuego. 64 disparos por cargador, el triple de lo normal.

»*Si te pilla, esa bestia puede partirte en dos.*»

De haberse hallado en idéntica situación en cualquier misión normal, ella se hubiese puesto en pie, hubiese colocado su pistola contra la sien del sospechoso por sorpresa y le hubiese detenido allí mismo. Pero aquella no era una misión normal ni ella podía actuar de forma convencional. Sólo podía rezar por que el intruso continuase su camino hacia el salón. Sin volverse hacia su precario escondite. Tan sólo con que encendiese las luces la descubriría.

«*Por favor. Camina. Camina.*»

El hombre hizo un movimiento brusco y el corazón de Kate dio un vuelco. Pero no se volvió hacia ella, sino que entró en la casa.

«*Ahora. Ahora o nunca.*»

Kate salió por el lado contrario del sofá y se arrastró hacia la puerta. El intruso la había dejado entreabierta, así que la agente pudo escurrirse por el hueco sin hacer ruido. Sintió un escalofrío cuando su cuerpo entró en contacto con la hierba empapada, pero no se atrevió a levantarse. No podía correr hacia la carretera, porque no sabía si habría alguno más afuera. Y había algo mucho más urgente: no podía irse sin desconectar el inhibidor, o terminarían descubriéndola.

En lugar de marcharse se arrastró hasta el cobertizo. Cerró la puerta tras ella y tiró del cable del inhibidor, apagando la máquina. Al cabo recibió un mensaje de David, enviado veinte minutos antes.

• • •

TEN CUIDADO, KATE. CREO QUE SABEN QUE HAY ALGUIEN EN MI CASA. DAVID.

«¿Ah, sí? Gracias por la información, genio.»
Se dejó caer entre el contenedor de reciclado y la máquina cortacésped, con la ropa chorreando y tiritando por el frío y la tensión.

20

Aún estaba intentando digerir el mensaje de White cuando la persona que más odiaba en el mundo abrió la puerta de mi despacho.

Para ser justos ese título le correspondía al secuestrador de mi hija y a todos los que le ayudaban. Pero el doctor Alvin Hockstetter había ostentado orgullosamente la corona durante tantos años que costaba colocarlo en segundo lugar.

Recuerdo con absoluta nitidez la primera vez que le vi, en la sala de conferencias de la Johns Hopkins, el mejor hospital de Baltimore, del país y probablemente del mundo. Era mi primer día como residente, y yo era uno más de la veintena de jóvenes que quería ver a la eminencia, al «pionero del cerebro», como le había bautizado la revista *Time*. Era de estatura mediana pero imponente, y cuando pasó a mi lado para subir al atril yo me sentí como un monigote desgarbado, todo codos y rodillas, al lado de aquel dechado de lo que en aquel entonces tomé por elegancia.

Alvin Hockstetter tenía por cejas dos orugas enroscadas, dedos finos al extremo de brazos largos y macizos, una barriga tan prominente como su ego. Trepó a la tarima con una agilidad que desmentía su rechonchez y nos miró desde detrás de su sonrisa aceitosa durante unos segundos, hasta que estuvo seguro de que tenía nuestra completa y total atención.

Comenzó a hablar, con su ensayada voz de barítono que sacaba de muy dentro del pecho, y dijo una de las frases más inteligentes que he escuchado jamás.

—¿Saben cuál es la diferencia entre Dios y un neurocirujano? Que Dios sabe que no es neurocirujano.

Todos nos removimos en las sillas y soltamos una carcajada nerviosa. Algunos de nosotros habíamos crecido en pueblos del Medio Oeste temerosos de Dios, y aunque podíamos ser más o menos devotos, aquello sonaba a blasfemia. También era la descripción más precisa de un neurocirujano que puede hacerse.

—Es divertido, pero no es un chiste. Se encuentran ustedes en el templo sagrado de la medicina, el Vaticano de los hospitales. Neurocirugía es su Capilla Sixtina. Nosotros, mis queridos novicios, estamos aquí para corregir los errores de Dios.

Pulsó una tecla en el mando que llevaba disimulado en la mano y la pantalla tras él cambió, mostrando una resonancia de un paciente sano y una de un paciente con un tumor cerebral.

—¿Alguno de ustedes podría recordarnos qué es la angiogénesis?

Ninguno levantó la mano, aún demasiado intimidados por la figura de Hockstetter como para atrevernos. Aguardamos como los pingüinos al borde de una cornisa helada, confiando en que sea otro el que salte al agua el primero para ver si hay tiburones.

—Venga, anímense. Acabamos de destetarles de la facultad, aún tienen que tener frescos los conocimientos. Usted. Y por todos los santos, baje la mano. No estamos en el parvulario, aunque ustedes aún huelan a pañales.

—Angiogénesis es el proceso de formación de nuevos vasos sanguíneos a partir de vasos preexistentes —dijo una de mis compañeras, bajando la mano azorada.

—Exacto. Un proceso esencial de la vida. Y el arma fundamental del cáncer.

Cambió la imagen de la presentación para centrarse de nuevo en la del paciente sano, sólo que ahora mostraba un vídeo de esa misma resonancia. La perspectiva se acercaba, cambiando a una reproducción en 3D de las neuronas. Una de ellas era de color más oscuro que las de alrededor.

—Ahí la tienen, mis novicios. El mayor error de su Creador. Una célula, minúscula, insignificante. Dañada. Cualquier otra en su situación activaría la apoptosis, la muerte celular, desintegrándose y disolviéndose en el organismo. Sin embargo, ese proceso ha fallado, y la célula ha decidido que no va a suicidarse. Y no sólo eso, ha comenzado a replicarse.

La célula oscura y mutada se transformó en dos, después en cuatro, luego en ocho. La cámara fue hacia atrás para poder captar el aumento exponencial del tumor.

—Este proceso se detendría enseguida sin la angiogénesis, mis novicios. Este astrocitoma apenas crecería un par de milímetros antes de quedarse sin oxígeno para seguir comiendo y respirando. Pero en este diseño supuestamente inteligente hay muchos fallos. Muchas cosas que no deberían salir mal salen mal.

En la imagen las células reclutaron vasos sanguíneos, robando la energía vital del organismo, creciendo descontroladamente. El asalto no concluía con devorar el órgano en el que crecían, sino que se extendía con la colonización de otras áreas a través del torrente sanguíneo, la temida metástasis. Aquella animación era aterradora, incluso para mentalidades endurecidas que lo habían interiorizado a nivel intelectual como las nuestras. Por debajo subyace el miedo visceral a que algún día te ocurra a ti lo mismo que estás viendo en pantalla.

—Así las estúpidas células que querían ser inmortales acabaron causando la muerte del organismo que las sustentaba. Fin.

Hockstetter pulsó una tecla y la presentación se detuvo, mostrando de nuevo el logo del hospital.

—Mis queridos novicios, ustedes han estudiado durante años para optar a un puesto en esta sala. Hasta hoy han acumulado datos en su cabeza, pero es en este preciso instante cuando comienza su educación. Comenzarán respondiendo a la pregunta «¿qué es el hombre?».

Hubo alguna mirada de soslayo, que a Hockstetter no le pasó desapercibida.

—Como es el primer día, atenderé su inmaculada corrección política. De acuerdo, ¿qué es el ser humano?

—Un primate de la familia de los homínidos —dijo un chico de la primera fila.

—No está mal, querido novicio, seguro que en Zoología sacaría unas estupendas calificaciones. No, hablo de qué es lo que somos de verdad.

Nadie respondió, acobardados por el tono sarcástico de Hockstetter.

—Somos una máquina llena de tubos, motores y válvulas. Y las máquinas deben tener un propósito.

—La supervivencia —apuntó alguien.

—Correcto —dijo Hockstetter, logrando sonar tan sorprendido como si una vaca acabase de mugir la *Quinta Sinfonía* de Beethoveen—. Somos máquinas de supervivencia. Especialmente en su caso, mis queridos novicios. Y ahora miren, miren a su alrededor. ¿Qué es lo que ven?

—Competidores —dijo uno.

—Para una máquina de supervivencia, otra máquina de supervivencia no relacionada forma parte del entorno, como una nube o una roca. Sólo se diferencia de estos en que otra máquina reacciona, porque está imbuida de la misma trascendental misión: conservar sus genes inmortales. A cualquier precio. Lo cual nos permite cobrar elevadas facturas a las compañías de seguros... y mantener al pueblo americano discutiendo sobre quién debería pagarlas en lugar de plantearse por qué son tan altas.

Hubo risas por toda la sala, la energía compartida y cómplice de aquellos que tienen la mano ganadora y lo disfrutan sin rubor.

—Nuestro cerebro tiene un solo objetivo: la supervivencia a toda costa. Y para conseguirlo suple la información que le falta con fantasías y fabulaciones. Como la existencia de una vida después de la muerte. Para nuestro cerebro es más importante contarnos una historia consistente que una historia verdadera. ¿Han discutido alguna vez con sus novias? —Risas de nuevo—. Entonces ya saben a qué me refiero. ¿Preguntas? —dijo haciendo un gesto ampuloso con el brazo.

—¿Está diciendo que el cielo es un mecanismo de defensa del cerebro? —intervino un chico, con aire bastante ofendido.

—La obviedad de esa pregunta le hará acreedor de unas cuantas horas de guardia extra. Siguiente.

Los residentes cerraron la boca y bajaron las cabezas. Yo había escuchado fascinado todo el sermón, que me pareció tan provocador como ofensivo. Sin poderme contener, levanté la mano.

—Si no somos más que máquinas que permiten que los genes hagan copias de sí mismos, si nuestras alegrías no son más que reacciones químicas, si la vida no se creó con algún fin, ¿por qué seguir viviendo?

—Vaya, veo que tenemos un novicio con más de medio cerebro. ¿Cómo se llama?

—Evans —respondí orgulloso. Qué poco me imaginaba yo que si me había preguntado mi nombre no era para distinguirme, sino para marcarme. Le gustaban poco los que pensaban, todo lo que quería era un ejército obediente y servicial.

—Muchas personas reaccionan con desagrado a estas afirmaciones. Les molesta que los saques de su preciosa burbuja de ignorancia. A mí me parece un grave error. Sólo cuando no tienes ataduras puedes vivir por completo.

—Pero entonces la existencia es una condena.

—Piense en Sísifo, el mortal condenado por los dioses griegos a empujar una enorme roca montaña arriba. Tan pronto como llegaba arriba, la roca rodaba por el lado contrario. Y así toda la eternidad. Pero no puedo sino imaginar a Sísifo feliz. Porque dentro de los límites de su condena, no había dioses.

A mi espalda sonaron murmullos de aprobación. ¡Cómo nos dejamos engañar por el nihilismo de mercadillo de Hockstetter en aquellos primeros días! Éramos jóvenes y no habíamos leído ni reflexionado de verdad sobre la vida. Para él todo se reducía a lo físico, pero yo digo que se puede aprender mucho más sobre la condición humana durante veinte minutos en urgencias que durante veinte meses en la residencia de Neurocirugía con el doctor Hockstetter.

—Por desgracia, dentro de los límites de su condena —continuó, señalándonos a nosotros—, sí que existe un Dios, y ese soy yo.

—Mi querido David —canturreó Hockstetter desde la puerta de mi despacho—. ¿Cómo te encuentras?

—Buenas tardes, doctor —respondí, sin devolverle el tuteo ni molestarme en contestar a su pregunta. Lo primero porque elijo muy bien a quién trato con familiaridad, y lo segundo porque a él no le importaba en absoluto. Incluso decir su nombre me resultaba desagradable. Hockstetter. Suena a que alguien se está aclarando la garganta.

No fue una sorpresa verle allí. Desde el momento en el que me dijeron que alguien me había sustituido imaginé que tenía que haber sido él.

Se acercó a mi mesa. No nos dimos la mano, ni yo me levanté para recibirle.

—Es un placer verte después de tantos años. Me complace enormemente ver que te has adaptado a tu nueva...

ubicación —dijo mirando en derredor—. Muy amplio y espacioso, se nota que os tomáis las cosas con calma. Afortunados vosotros que podéis.

Traducción: «Tu despacho es más grande que el mío porque estás en un hospital inferior, de baja exigencia». No iba a dejarme amedrentar por una técnica tan burda.

—Bueno, es a usted a quien debo la suerte de estar aquí. No crea que no lo tengo presente.

—Mi querido ex novicio, dicen los sabios que el rencor es odio que se prolonga eternamente. Es una manera muy insana de vivir. Sobre todo teniendo en cuenta que fueron tus errores con la señora Desmond los que provocaron tu despido disciplinario del hospital.

Sonreí despacio, tristemente. Había vivido en mi cabeza muchas veces el momento en el que podría echarle en cara lo que me había hecho. Él y yo solos, sin consecuencias. Y ahora que podía no tenía ganas, ni energía.

—Sabe perfectamente lo que pasó con la señora Desmond, doctor Hockstetter. Usted la cagó, delante de otras seis personas. Todos ellos le tenían demasiado miedo como para llevarle la contraria.

Había sido una operación larguísima en una mujer de mediana edad con un mieloma múltiple en la columna vertebral. Yo llevaba ocho meses en el servicio, y para entonces las diferencias entre Hockstetter y yo eran irreconciliables. Ya no era sólo que viésemos la cirugía, la medicina e incluso la vida de formas diametralmente opuestas, sino que directamente no soportábamos el olor del otro. Todos los residentes de cualquier especialidad médica deben forjar su carácter en la dureza de su profesión, incluyendo la humillación por parte de sus superiores. Pero todo tiene un límite.

Él había intentado echarme del programa en tres ocasiones, aunque no tuvo su oportunidad de oro hasta la intervención de la señora Desmond. Yo fui quien preparó el área para la cirugía, exponiendo la columna de la paciente para poder eliminar el tumor. A él fue a quien se le fue la mano con un corte impreciso —muy impropio de él, hay que admitirlo— que dejó a la paciente hemipléjica. Adivinen a quién echó la culpa Hockstetter, ante el silencio de mis compañeros.

Yo quería que todo el asunto fuese a juicio, para que los que estuvieron allí tuviesen que contar la verdad a la fuerza, pero el muy cabrón de Hockstetter convenció a la señora Desmond de que no presentase una demanda, porque iba a destrozar la carrera de un pobre e inexperto joven. La pobre mujer estaba tan agradecida de que le hubiesen salvado la vida que no le importó que el resto de ella tuviese que transcurrir en una silla de ruedas. La junta disciplinaria del hospital no fue tan benévola. No les interesaba que la fama de su cirujano estrella recibiese ni la más leve mancha, así que me pusieron en la calle.

Por suerte, el antiguo director del Saint Clement's conocía los métodos de Hockstetter y me permitió terminar la residencia allí. Lo que iba a ser una prueba de unos meses se transformó en un contrato a largo plazo. Yo había salido bastante bien librado, dadas las circunstancias. Hockstetter era un gran neurocirujano el 99 por ciento de las veces, pero cuando fallaba, lo hacía a lo grande, y le venía bien tener cerca residentes desechables. Muchos otros que habían trabajado con aquel tipejo habían servido como pantalla para sus cagadas y no habían caído de pie. Una compañera de mi promoción había dejado la medicina después de que Hockstetter le endilgase una mala praxis. Ahora regentaba una tienda de aspiradoras en un centro comercial a las afueras de Augusta.

—Pobre David, ¿aún sostienes tu ridícula teoría auto-exculpatoria?

—Algún día uno de los chavales que usa como carne de cañón le fallará. No puede engañar a todo el mundo siempre.

Hockstetter sonrió, pero no era una de esas muecas de «caramba, mira lo que está haciendo mi perro en tu césped» que solía poner años atrás. Había perfeccionado el gesto hasta convertirlo en una perfecta sonrisa de anuncio.

—Me temo que no vamos a encontrar temas para una charla ligera, mi querido ex novicio. He venido como cortesía profesional para asumir la transferencia de los datos de cierto paciente.

—Ha venido para regodearse, doctor. Sea sincero por una vez. No le matará. Probablemente.

La sonrisa le ondeó levemente en la cara. Luego inclinó la cabeza hacia atrás, como si yo le hubiese insultado gravemente.

—David, he acudido a ti de buena fe, en lugar de pedirte que me enviases el historial por FedEx. Me gustaría suavizar las cosas entre nosotros. Es cierto que no fui el mejor jefe del mundo, pero ha pasado el tiempo suficiente como para que las heridas cicatricen, ¿no?

Me hubiese gustado golpearle con una réplica ingeniosa, del tipo «no si fue usted el que operó» o «dígaselo a la señora Desmond», pero en aquel momento no estaba encerrado en una celda minúscula sin ventanas, con tiempo para pensar la siguiente línea, tal y como estoy ahora mientras escribo esto. Así que me limité a poner la carpeta del paciente entre ambos, con el pendrive encima, y cruzarme de brazos. Ardía en deseos de preguntarle cómo había logrado convencer a la Primera Dama de cambiar de cirujano, pero no me atrevía a mostrar un interés desmedido. Y sin embargo necesitaba saberlo. ¿Cuál era realmente el plan de White? ¿Y dónde encajaba yo en todo aquello? Si realmente quería que fuese Hockstetter el que operase al Presidente, ¿por qué llevarse a Julia? ¿Estaría White chantajeándole a él también? Si era así, desde luego, no lo parecía.

—Aquí tiene. Sólo dígame una cosa: ¿va a operar en el hospital militar de Bethesda? —me atreví finalmente a preguntar.

Hockstetter se encogió de hombros mientras hojeaba el historial del paciente.

—Habría que ser muy caprichoso o un médico muy inseguro para no aceptar las condiciones especiales que tiene un caso como este. Por cierto, ¿qué clase de aproximación tenías pensada para el área de Broca?

Me quedé boquiabierto ante su descaro.

—No estará pidiéndome en serio mi opinión, ¿verdad, Hockstetter?

—No, en realidad no.

Caminó hacia la puerta, pero cuando ya tenía la mano en el pomo se dio la vuelta y me miró.

—¿Sabes qué, David? Tienes razón en una cosa. En

realidad sí que he venido para regodearme. Tan pronto como supieron que estaba dispuesto a hacer la operación, te pegaron una patada en el culo. ¿Quién querría a un cirujano de segunda, pudiendo tener al jefe de neurocirugía de la Johns Hopkins? —Levantó la carpeta en el aire y la ondeó con gesto burlón—. Una vez más, se demuestra que puedo quedarme con todo lo que tú posees.

Se marchó, dejando la puerta abierta.

Yo me quedé mirando a mi móvil, que me acechaba desde la superficie de la mesa.

—Muy bien, White. ¿Y ahora, qué?

La respuesta no se hizo esperar.

TENEMOS QUE HABLAR.
EN EL MARBLESTONE A LAS 23.

KATE

La larga espera fue una tortura.

Kate aguardaba, la espalda contra la pared del cobertizo y la pistola apuntando a la puerta, repasando una y otra vez lo sucedido, dudando de si había cometido un error al meterse en aquella ratonera. Esperar allí la estaba poniendo aún más nerviosa. Subir la loma hasta la carretera sin saber si había alguien más esperando era una locura. Se planteó contestar el SMS de David, para ver si podía contarle algo, pero no quería perder ni un instante la concentración.

De pronto hubo un sonido carraspeante, una tos de fumador. Y enseguida al otro lado de la puerta se escuchó una voz, esta vez hablando en inglés. Kate pegó el oído contra la pared del cobertizo y consiguió distinguir las palabras del intruso.

—No, no he podido llamarle antes. No, no, línea de móvil no *funsionaba*. Ya, ya comprendo. Habrá sido fallo de la operadora. Ya le dije que *Verison* era grande porquería.

Silencio.

—Le he dicho que ya hemos mirado completo. Dejan y mi hermano dan vueltas por *vesindario*, no vehículos sospechosos, nada de furgonetas, nada.

Silencio.

—Sí, sí, yo comprendo. Registraremos otra *ves* toda casa. Pero aquí no hay nadie. Lo sé porque puse trampa *siega* con pelo pegado con saliva en puerta fuera, pelo cae si abres puerta y pelo seguía mismo sitio, ¿usted comprende?

Otro silencio.

—Sí, recuerdo Estambul. No culpa mía entonces.

Un nuevo silencio, esta vez más largo.

—Usted es el que paga —dijo el intruso con voz muy tensa.

«Van a registrarlo todo de nuevo. Si ven el candado abierto, entrarán. Puedo abatir al primero, pero los demás no serán tan estúpidos. Dispararán a través de las paredes del cobertizo, y estaré lista. Este plástico endeble no detendría ni a un mosquito.»

Pero Kate no podía hacer nada salvo esperar con el dedo en el gatillo.

Afuera, la llovizna se convirtió en verdadera lluvia. Las gotas rebotaban con fuerza en el techo del cobertizo, como balas cayendo dentro de un cubo de playa. Kate creyó escuchar en dos ocasiones cómo un coche se ponía en marcha, pero no logró estar segura.

Nadie entró en el cobertizo ni escuchó más ruidos en el jardín. El tiempo se estiró y se desvaneció en aquella asfixiante oscuridad, que le hizo pensar en Julia y en el calvario que debía de estar sufriendo. Esperó durante dos horas que se le hicieron eternas, sintiéndose inútil e impotente. Se dio cuenta de que toda la preparación, toda la energía que desprendía, toda la fuerza de su posición dependía fundamentalmente de la actitud de los demás. Ella era la agente especial Robson, del Servicio Secreto. Anunciar eso a un sospechoso provocaba un miedo instantáneo, porque ella no era sólo una mujer fuerte con una pistola, era la cara de Leviatán. Tocarla a ella era tirar de la capa de Superman, o escupir al viento. Nadie juega con el Servicio Secreto.

Sin embargo, actuando a escondidas y con miedo no era más que el familiar asustado de una víctima. Comenzaba a dudar de si seguirle la corriente a David no había sido más que un tremendo error.

Finalmente decidió que era imposible que los intrusos continuasen en la casa. Se puso en pie, con los músculos doloridos por haber estado tanto rato en la misma postura. Flexionó los brazos y las piernas varias veces antes de salir. Debía desentumecerlos para lograr alcanzar la carretera lo más rápido posible.

Estaba abrumada por la magnitud de su fracaso. Su plan había sido un desastre. Se marchaba sin haber logrado registrar el lugar a fondo, pero ahora volver a encender el inhibidor de señal y entrar en la casa estaba completamente descartado. Aquel truco no volvería a funcionar, levantaría demasiadas sospechas.

Recogió el aparato e iba a atravesar la puerta cuando una idea cruzó por su mente y se dio la vuelta. En el cobertizo estaba el contenedor de reciclado de los Evans, donde guardaban en tres compartimentos separados el aluminio, el plástico y el papel. En Silver Spring el camión de reciclado pasaba una vez por semana.

«Tal vez se les haya pasado por alto. Vamos, por favor. Sólo necesitamos un pequeño golpe de suerte...»

Levantó la tapa y sacó la bolsa azul del compartimento de papel. Pesaba muy poco.

«No es gran cosa, pero es menos que nada.»

Abrió la puerta, volvió a colocar el candado en su sitio y corrió de vuelta hacia su coche, bajo la lluvia, preguntándose si entre aquel puñado de papeles habría algo que le conduciría hasta su sobrina secuestrada.

Marblestone Diner, Silver Spring

El señor White observó a David Evans entrar en el local. Lo que vio le causó una agradable sensación de triunfo. El hombre que tenía a pocos metros era completamente distinto de la persona a la que se había enfrentado un día antes. Su actitud había cambiado, sus ojos no reverberaban con la angustia y la furia de ayer.

David era capaz de mantener la calma en medio del caos, pero huía de la confrontación. Nunca peleaba si podía evitarlo, se escudaba en su sentido del humor y en su superioridad intelectual. Aquellos eran obstáculos que White había allanado con severa contundencia mediante sus acciones de las últimas horas.

El ser humano está naturalmente predispuesto a ayudar a las crías de su especie porque al nacer son muy débiles, y se siente responsable de paliar esa debilidad. Por eso el llanto de los bebés es insoportable, especialmente en espacios cerrados como los aviones.

El vínculo de David con su hija había alimentado la necesidad de colaboración del neurocirujano, pero seguía siendo necesaria una presión intensa para romper sus condicionamientos profesionales.

Sin embargo, White seguía teniendo dudas. Las reacciones de David seguían sin ser las esperadas. Definitivamente, aquel hombre le obligaría a escribir una nueva entrada en su lista de tipologías. Se preguntó si no estaría él equivocado y habría más como el doctor Evans ahí fuera. Hombres que cuestionasen sus patrones de la personalidad actuales. Quizá podrían formar juntos una categoría común. La mera idea le provocaba un estremecimiento de anticipación, pero al mismo tiempo le irritaba. No le gustaba equivocarse.

Se obligó a centrarse. Lo más importante en aquel momento era recuperar el control sobre su herramienta. White no se esperaba lo sucedido con Hockstetter, y cuando había escuchado las palabras de la doctora Wong anunciando que David no iba a hacer la operación, se había sentido temporalmente acorralado, sin opciones. Pero tras una reflexión concluyó que aquel escollo podría ser una buena forma de aumentar el control sobre David. Sólo tenía que hacerle pensar que todo lo sucedido formaba parte de su plan. Con las mentiras adecuadas la ilusión de omnipotencia del sujeto no se veía alterada. Había que tocar las teclas correctas en su cerebro.

Volver a colocarlo en el punto de equilibrio.

Estaba a punto de cumplirse una década desde que White había iniciado su lucrativo negocio. En aquellos primeros meses había descubierto algo fascinante: que los hechos de dominio público, las noticias y los titulares de los periódicos no se dividían en verdades y mentiras. Sólo quedaban mentiras fáciles de consumir.

Era lógico, al fin y al cabo. Nadie quiere la verdad, porque esta suele ser enrevesada y desagradable. Los humanos asumían como ciertas las falsedades más peregrinas simplemente porque venían envueltas en un bonito paquete. Los girasoles no siguen al sol, ni la Gran Muralla china se ve desde el espacio, ni usamos sólo el 10 por ciento de nuestro cerebro.

Lo mismo podía decirse de Julian Assange, la crisis econó-mica, el movimiento Occupy Wall Street, la renuncia de Bene-dicto XVI, la muerte de Osama bin Laden o el atentado de la maratón de Boston. La verdad tras la fachada oficial era pro-fundamente inconveniente. El propio White había estado invo-lucrado en alguno de esos hechos, moviendo en la sombra piezas que habían cambiado el panorama del mundo. En muchas oca-siones, contratado por el mismo hombre que le había encargado este trabajo, un hombre al que nunca había visto en persona pero que había hecho mucho por iluminarle. Alguien que ba-saba su inmenso poder en la confianza de otros, y al que debía algunas de sus más valiosas creaciones. Aunque nunca antes había cazado una pieza tan grande y valiosa como la que iba a cobrarse el viernes a las nueve de la mañana.

White elucubró si aquella necesidad de asumir la parte por el todo tan propia de los seres humanos podría jugar en benefi-cio suyo en aquel momento. La herramienta estaría más que dis-puesta a afrontar el peligro al que iba a verse expuesta si creía que aquello había formado parte del plan desde el principio.

Tendría que tocar de oído en las próximas horas hasta enca-rrilar la situación. Ver cómo las apuestas subían le llenaba de una emoción que no había sentido antes. La planificación abso-luta era algo que daba mucha seguridad, pero restaba diversión a sus proyectos. Asesinar al Presidente por medio de David Evans era una elección arriesgada, pero sin duda mucho más estimu-lante que las otras cuatro que había barajado.

Había que colocar de nuevo al cirujano en el centro exacto del balancín. Ese que nunca se mueve por muy altos que vuelen sus lados.

21

—Un Hawaiian Punch, por favor. Lemon Berry Squeeze.

—¿Y para usted, doctor?

—Un café sólo, Juanita. Doble, por favor.

La camarera sonrió y fue a por las bebidas.

—Escogí este restaurante para nuestros encuentros porque tienen Hawaiian Punch —dijo White—. No es fácil de encontrar fuera de los supermercados. Hoy en día todo es Coca-Cola o Pepsi. Si la gente supiese lo que están financiando cada vez que se beben uno de esos brebajes infernales...

—No me vendrá ahora con una teoría conspiranoica, ¿verdad?

White me miró con aire divertido.

—Por supuesto que no. Las conspiraciones no existen.

La llegada de Juanita con la bandeja atemperó un poco el ridículo que me acababa de hacer sentir.

—Los seres humanos son muy simples —continuó White, juntando el pulgar y el índice hasta hacer un círculo—. Fíjate en la camarera, Dave. Sueña con ser como Mariah Carey, sueña con conocer a Simon Cowell. Cuando llega a casa maldice sus tobillos hinchados.

Juanita se había retirado detrás de la barra y seguía *American Idol* con una actitud rayana en la devoción, moviendo los labios al compás de las canciones del programa. Era demasiado tarde para que la emisión fuese en directo, debía de haberlo grabado esperando a tener una noche tranquila. Como el día anterior, estábamos solos en el local.

—Quizás cante como los ángeles —respondí yo.

—Es posible, Dave. Pero no se trata de eso. En el mundo existen millones de personas con talento que viven sus vidas en silenciosa desesperación, atrapados en oficios de mierda. ¿Por qué unos van en metro y otros en su avión privado? Es una cuestión de carácter. De querer realmente lo que deseamos.

—Algo me dice que su charla tiene que tener algún sentido. Pero no veo cuál es.

—Yo sigo teniendo un problema, Dave. Sigo necesitando a alguien que elimine a mi objetivo.

—Pero... ¿Y Hockstetter?

—Hockstetter no forma parte activa de esta operación.

Mis siguientes palabras fueron tan egoístas que me causa vergüenza sólo recordarlas, pero me he jurado a mí mismo que contaría la historia como sucedió.

—Escuche, Hockstetter es su hombre. El mundo tampoco se perderá nada si él desaparece. Presiónele a él y devuélvame a Julia.

—Negativo. No hay una vía de entrada ni tiempo material. Tendrás que hacerlo tú, David. Al viejo estilo. Ese era el plan desde el principio.

—El plan..., ¿qué plan? No, un momento...

—Sencillo, Dave. Fui yo quien informó a Hockstetter

de la identidad del paciente. Y él llamó desde Baltimore al hombre de la pajarita y le dijo que quería hacer la operación.

Abrí mucho los ojos y tardé unos instantes en digerir lo que acababa de decirme.

—¿Qué? Pero... ¿por qué? ¿Por qué complicarlo todo de esta forma?

White cogió uno de los sobrecitos de edulcorante de color rosa del recipiente que había a un lado de la mesa y jugueteó con él entre los dedos durante un rato antes de responder.

—¿Por qué te hiciste neurocirujano, David?

La respuesta políticamente correcta a esa pregunta era «porque me interesa el cerebro, la última frontera de la ciencia». Pero la respuesta sincera, la que nunca había admitido en voz alta ante nadie que no fuese Rachel, era la que White ya sabía. Así que lo dije de todas formas.

—Porque es la disciplina de los mejores.

—Y tú tienes mucho que compensar, mucho que demostrar —asintió complacido—. Y ahora cuando se te pone frente al reto definitivo con el paciente definitivo te obligo a perder... No sé, David, algo me dice que incluso la motivación de salvar a tu hija podría fallar en el último momento.

—Eso es absurdo, White. No voy a fallarle a Julia —dije a toda prisa. Pero la voz de mi conciencia no lo tenía tan claro. ¿Acaso no le había fallado a mi propia esposa por el trabajo? ¿Qué diferencia habría?

White me apuntó con el dedo, pero no con agresividad, sino con indulgencia.

—Atrévete a decirme que no has intentado pensar un plan para librarte de mí y recuperar a tu hija.

Le estudié en silencio. Aquella suavidad en los gestos, aquella tersura en la voz... la había visto antes, y anunciaba que un guiso venenoso hervía tras los ojos azules de White. No quise arriesgarme a provocarle, así que opté por la verdad.

—Es cierto —dije encogiéndome de hombros.

—¡Ajá! —Hizo un gesto de triunfo—. Cuanto más se acerque la hora de la operación, más dudas tendrás. Suplicarás, maquinarás, intentarás algo. Desiste, Dave. Yo ya he pensado en todo.

—Ya lo sé. Créame, White, si se me hubiese ocurrido un plan seguro para recuperar a Julia y meterle a usted entre rejas, ahora mismo yo estaría abrazando a mi hija y usted agachado recogiendo pastillas de jabón. Pero no puedo correr ese riesgo. No voy a correrlo.

—Quizás. Pero aún no estoy convencido de tu compromiso. Así que quiero que te ganes esa operación.

Sus palabras sonaban a ciertas, pero dentro de mí una intuición me decía que me estaba mintiendo, palpitando como un músculo agarrotado y contracturado. No era tan omnipotente y omnisciente como quería hacerme creer, ni tenía todo calculado. Había variables que escapaban a su control, pero su inmenso ego se resistía a admitirlo, y White representaba el papel de ser superior hasta sus últimas consecuencias. Ahora podía ver con claridad que la jaula en la que nos había encerrado tenía grietas. Él no sabía nada de lo que estaba haciendo Kate, ni había podido anticipar lo de Hockstetter. Aquellas vulnerabilidades, por pequeñas que fuesen, nos daban a Julia y a mí una oportunidad que podía utilizar contra él. Pero la pregunta era:

—¿Cómo?

Me di cuenta de que había dicho la última palabra en voz alta, pero por suerte White pensó que se refería al método de desbancar a Hockstetter.

—Usa tu imaginación, Dave. Pero date prisa.

—¿Y qué hay de sus matones? ¿Han hecho demasiadas horas extra este mes?

—Eso sería demasiado fácil. Tienes que implicarte tú, David, o el ejercicio será inútil.

—No sé si seré capaz. Esto no es como amañar una operación. No tengo ni idea de qué hacer.

—Ya se te ocurrirá algo.

Aquello era un callejón sin salida. Tal vez White me estuviese mintiendo al afirmar que la implicación del globo inflado de mi ex jefe había sido cosa suya, pero desde luego que se había apropiado de la idea de obligarme a luchar por la operación y por la oportunidad de salvar la vida de Julia. Llevaba casi veinticuatro horas sin verla, y durante todo aquel tiempo el dolor y la ansiedad de su ausencia habían ido minando mi esperanza. Necesitaba saber que estaba bien.

—Quiero verla.

White negó con la cabeza.

—Negativo. Tal vez como premio si consigues despejar al doctor Hockstetter de la ecuación.

—Le he dicho que quiero verla.

El psicópata no respondió, sólo me contempló con sus ojos de tiburón. Yo le sostuve la mirada un instante antes de fijarla en el iPad que reposaba en la mesa junto a él.

—Te estás planteando arrebatármelo, ¿no es así, Dave? Sería tan fácil, tan indoloro. Sólo tienes que alargar el brazo y ya será tuyo. Eres más alto que yo, tienes los hombros más anchos. No te costaría demasiado.

Noté un cosquilleo en las palmas de las manos mientras el dispositivo que controlaba el zulo donde estaba Julia parecía aumentar de tamaño, crecer hasta desarrollar su propia gravedad. Hice un movimiento imperceptible hacia él.

—Voy a pinchar la burbuja de tu fantasía, Dave. Esta maravilla está bloqueada por tres claves de acceso. Si fallas al introducir una sola de ellas, la información se borrará en el acto. Pero no sin antes enviar una pequeña señal a un lugar que conoces. ¿Quieres saber qué mecanismo activará esa señal?

—No. En realidad no —dije con voz seca y áspera como un barril de clavos.

—Voy a demostrártelo igualmente. Será instructivo y motivador. Además, me has pedido ver a tu hija, ¿no? Tal vez he sido un poco duro al negarte esa pequeña merced.

Levantó la funda del iPad para ocultar la pantalla de mi vista y tecleó algo en ella. Cuando le dio la vuelta al dispositivo, allí estaba de nuevo la interfaz que me había enseñado el día anterior.

—Observa atentamente, David.

Apretó un botón. La imagen pasó del negro absoluto a retransmitir la señal de vídeo en directo de lo que sucedía en el interior del zulo. Julia estaba junto a la esquina, hurgando con los dedos en la pared del habitáculo. Cada poco rato se volvía y dejaba algo en el suelo. Tardé unos instantes en comprender que estaba separando las piedrecitas más grandes de la tierra para alguna clase de juego. Me sorprendió que mi hija fuese capaz de jugar en un momento así. Julia era una niña muy dulce que solía ahogarse en un vaso de agua.

—La mente humana es flexible, Dave —dijo White, adivinando mis pensamientos—. Cuando la trasladas de un contexto seguro a uno amenazador, al principio sufre un choque. Pero con el tiempo, intenta amoldarse a la nueva situación, redefine el nuevo contexto como seguro para minimizar el trauma. Pero, claro, siempre pueden surgir nuevos desafíos que lo hagan todo más difícil.

Apretó un nuevo botón.

De los altavoces del iPad surgió un pequeño zumbido y luego un chasquido. Julia pareció oírlo también, porque se giró hacia la fuente del sonido, que quedaba a la izquierda de donde ella estaba arrodillada, fuera del encuadre de la imagen. Al principio parpadeó extrañada y entrecerró los ojos intentando ver a través del resplandor de los focos.

De pronto hubo un sonido lacerante, desgarrador, inhumano.

Había un poco de retardo entre el sonido y la imagen, y tardé un par de segundos en comprender que era mi hija la que profería aquel chillido de puro terror. Retrocedió, sin dejar de chillar a aquella amenaza desconocida.

—¿Qué le está haciendo, hijo de puta? —dije, levantándome. Mis manos se habían cerrado en dos puños apretados. Pero no conseguí incorporarme del todo. Una enorme manaza empujó mi hombro hacia abajo. De pie junto a mí se había colocado el mismo matón a quien había visto esa tarde en la entrada del hospital. No le había visto entrar. Usando su cuerpo para ocultarla de la vista de Juanita, sacó una pistola y me la colocó en el cuello.

—Sin bromas, ¿eh, doctor? —dijo. No era el mismo

de la noche anterior, este tenía un acento mucho más marcado, y su voz sonaba nerviosa y enfadada.

Yo intenté revolverme, pero el cañón de la pistola me presionó aún más fuerte la yugular y la mira se me clavó en el mentón. La mano del matón seguía anclándome al asiento como si estuviese hecha de cemento.

—Calma. Mira vídeo.

Impotente, no me quedó más remedio que obedecer.

En la imagen del iPad, Julia se había apretado contra la pared. En el suelo, cerca del centro de la habitación, había una forma oscura y alargada.

—*Rattus norvegicus.* Un animal interesante. 25 centímetros de largo, 600 gramos de peso, dientes largos y afilados —dijo White.

La rata actuaba de una manera extraña. No se movía, su cabeza apuntaba directa al pie descalzo de Julia. Mi hija, con los brazos extendidos, había dejado de chillar y miraba a la repugnante alimaña con los ojos muy abiertos.

—No suelen atacar a los seres humanos. A no ser, claro, que lleven días sin comer, encerradas en una jaula de metacrilato con perforaciones microscópicas. El olor de tu hija durante este tiempo las ha debido enloquecer.

La rata se abalanzó sobre Julia, corriendo en diagonal, pero la niña se apartó colocándose de espaldas a la cámara. La inercia del movimiento la hizo perder el equilibrio, y la rata corrió hacia ella, buscando clavar aquellos dientes amarillos y repugnantes en la piel de mi hija. Intenté revolverme de nuevo, pero sólo logré que el cañón de la pistola se hundiese un poco más en mi cuello, apretándome la tráquea.

—Déjela, cabrón. Sólo tiene siete años, hijo de puta —logré articular.

El matón me obligó a inclinarme hacia delante, con la cara casi tocando la mesa, hasta que la pantalla llenó mi visión. Una gota de sudor me resbaló por la nariz y cayó en la pantalla del iPad, formando un diminuto arcoíris de píxeles.

—Sssh, Dave, que te lo pierdes —dijo White—. Esto es mejor que el *National Geographic*.

Julia se hizo a un lado, justo a tiempo, pero la rata logró engancharse en la pernera de su pantalón. Chillando de nuevo, Julia se puso en pie y agitó la pierna, pero la rata estaba bien agarrada y no soltó la presa. Con un gruñido que sonó aún más animal que la propia rata que la atacaba, Julia lanzó una patada al aire. El algodón del pijama cedió con un rasguido, y la alimaña se estrelló contra la pared. Cayó sobre su lomo, moviendo las garras en el aire. Sin darle tiempo a levantarse, Julia dio un paso hacia ella y dejó caer el pie derecho sobre el cuerpo oscuro y repugnante.

Una, dos, tres veces.

Hubo un silencio sólido y desagradable, y luego mi hija se dio la vuelta y su rostro entró en el encuadre. Sus ojos refulgían como ascuas bajo los focos, y su boca formaba una espiral salvaje y primitiva. No parecía mi Julia, sino una cría de una raza antigua, nacida en tiempos oscuros.

Entonces el encantamiento se rompió, y la pobrecilla se echó a llorar. Dando pequeños hipidos, se alejó cojeando hasta el otro extremo del zulo, lo más lejos posible de la masa sanguinolenta en que se había convertido la rata.

—¡Bravo! Una defensa realmente remarcable y un experimento de lo más interesante. Estaba deseando llevarlo a cabo desde hace años —dijo White, genuinamente alborozado.

Era nauseabundo.

El matón retiró la mano de mi hombro y la pistola de mi cuello. Me incorporé en el asiento, respirando trabajosamente.

—¿Has visto, Dave? Hace un día era una niña aterrorizada, hace un par de minutos una víctima indefensa. Pero cuando la ocasión lo ha requerido ha sido capaz de hacer lo impensable. La mente es flexible, ya te lo dije. Esto te servirá como ejemplo.

Yo no respondí. Seguía mirando el iPad, ahora con la pantalla en reposo. Aquel instrumento tenía el control sobre la vida y la muerte de mi pequeña. Y no podía arrebatárselo de ninguna forma. Con un escalofrío, recordé cómo Julia había cojeado al volver a su rincón. Seguro que la rata había hincado sus dientes infectos en la planta del pie antes de morir, o tal vez se había rasgado la piel al aplastarle la caja torácica. Si así era, el riesgo de contagiarse con un hantavirus o con la rabia era elevadísimo. Intenté recordar cuál era el periodo de incubación de aquellas enfermedades, pero mi cerebro estaba en blanco. Sólo había espacio para algo en él, y era odio.

Odio puro, absoluto y sin destilar hacia el hombre que tenía enfrente.

—Si vuelve a hacer algo como eso, le mataré, White —susurré—. Aunque sea lo último que haga.

El psicópata meneó la cabeza con suficiencia.

—Tengo más ratas, más de cincuenta. Tan desesperadas y muertas de hambre como esa, Dave. Si te atreves a joderme, si caigo en manos de la policía, si vuelves a dejarte el teléfono olvidado encima de la mesa de tu despacho..., abriré la tapa de metacrilato que las separa de tu hija. Y el sistema lo grabará todo y mandará automáticamente el archivo de vídeo por e-mail a los abuelos con el asunto «Mirad lo que me ha pasado por culpa de papi».

28 HORAS ANTES
DE LA OPERACIÓN

KATE

Lo primero que hizo al despertar fue mirar el temporizador con la cuenta atrás en su teléfono.

28:06:03

«Doce horas malgastadas, y no he descubierto una mierda.»

Pensó en su sobrina, en cómo cada una de las inspiraciones que tomaba la acercaba más a la muerte a medida que se agotaba el suministro de oxígeno del zulo donde se hallaba. La mente de Kate, su mente consciente, tomó el control de su respiración, y durante un par de minutos no pudo pensar en otra cosa que en hinchar los pulmones y exhalar el aire. Si dejaba de hacerlo, la respiración se detenía. Cuando era una niña le gastaba bromas a Rachel con eso. Le decía que no pensase en respirar, o no podría dejar de hacerlo y moriría. Rachel se asustaba, respiraba cada vez más deprisa y se mareaba, para disgusto de su madre.

«Todo esto es culpa mía.»

Kate se desperezó, tratando a partes iguales de devolver la movilidad a sus agarrotados músculos y de sacudirse aquella angustiosa sensación de encima. Estaba desnuda salvo por un tanga deportivo. El resto de su ropa, apestando a sudor y manchada de césped, estaba hecha un guiñapo a los pies de la cama. Había sucumbido al cansancio durante un par de horas, pero a las cuatro de la madrugada su reloj interno la había despertado, como cada día. Su turno empezaba a las seis, pero hoy no iba a presentarse, por primera vez en once años de servicio.

No encendió las luces para ir a la cocina. Le gustaba caminar en la oscuridad y no tenía apenas muebles en el escaso recorrido entre el dormitorio y la nevera. Nunca cocinaba, pues consideraba una pérdida de tiempo absurda manchar sartenes para un solo comensal. Una suerte, porque sobre la ridícula encimera apenas había espacio para la cafetera y el contenido de la bolsa que había cogido en casa de los Evans. Encendió la cafetera y reanudó el estudio de los papeles, con el ruido del goteo y la promesa de la cafeína por toda compañía. Allí se ocultaba algo, lo sabía. Pero tenía que encontrarlo.

«Fui yo la que lo empezó todo.»

El apartamento estaba en North Randolph Street, una calle plana y anodina, con tan poca personalidad como el resto de Arlington. Pagar 2500 dólares al mes por una cama, un sofá y una tele de 42 pulgadas le parecía a Kate un crimen mayor que muchos de los que había tenido que investigar. Pero el edificio tenía un garaje, y era una bendición no tener que ponerse a buscar un sitio donde aparcar al regresar del trabajo, o tener que meterse en el metro a las cinco de la mañana. Su sueldo anual rozaba las seis cifras, así que se lo podía permitir, pero para Kate no era cuestión de dinero, sino de sentido común. Habiendo crecido en una granja, aquel espacio minúsculo la ahogaba como una camisa tres tallas más pequeña. Y también, para qué negarlo, había heredado algo de la tacañería selectiva y maniática del viejo Jim Robson. Pero eso no lo admitiría ni siquiera bajo tortura.

«Si no le hubiese hablado de David a la Primera Dama.»

Había roto todas las normas al hacerlo, pero creía estar obrando correctamente. Iban a bordo de la limusina presidencial, apodada cariñosamente *la Bestia* por el Servicio Secreto, de camino a la inauguración de una exposición en el Smithsonian. La Primera Dama hablaba por teléfono en la parte de atrás. Normalmente empleaba un tono de voz normal en presencia de los agentes del Servicio Secreto, como todos hacían al cabo de unos pocos meses. Los agentes eran tan reservados que los protegidos tendían a considerarlos receptáculos vacíos, como si la información que entraba en sus oídos se esfumase sin dejar rastro.

—Lo sé, Martin. Pero no es cuestión de eso —había dicho ella en voz baja. Y Kate había seguido controlando el tráfico desde su asiento en el lado del copiloto. Solo con la siguiente frase hubo algo que llamó su atención—. No necesito a un buen neurocirujano, necesito uno en el que pueda confiar. Tendrás que abordar uno por uno a Colchie, a Hockstetter, a Evans...

Y en ese momento Kate giró la cabeza involuntariamente. No mucho, sólo unos pocos centímetros. Pero el movimiento no le pasó desapercibido a la Primera Dama, que apretó el botón que subía el panel de separación entre la zona del conductor y la de los pasajeros.

Kate se maldijo por su torpeza, pero no pudo hacerlo durante mucho rato. Instantes después la furgoneta frenó junto a la puerta del museo y Kate tuvo que bajarse de la limusina y enfrentarse a una nube de flashes y a los gritos de júbilo de los simpatizantes.

Aquella misma tarde, ella la mandó llamar. Estaba junto a la pista de tenis, viendo jugar a sus hijas, con los brazos cruzados y la mirada perdida, a mundos de distancia. Kate carraspeó con delicadeza para que ella se percatase de su presencia.

—Agente Robson —la saludó ella, muy seria.

—Señora.

—Antes en la limusina ha escuchado una conversación privada.

Kate no respondió.

—No necesito recordarle que la divulgación de cualquier información reservada conllevaría la expulsión inmediata de la agencia y posibles cargos criminales —prosiguió su protegida.

—Señora, si duda de la lealtad del Servicio Secreto a estas alturas, es que no ha aprendido nada en los últimos años —dijo Kate.

El tono era educado, las palabras duras. Décadas de entrega total a la política habían entrenado a la Primera Dama para absorber los ataques más sutiles con diplomacia. Pero aquel no era un día normal ni un asunto normal. Sus hombros temblaron, como si tuviese frío, aunque el día era caluroso.

Consolarla era impensable, así que Kate fingió no darse cuenta de que estaba llorando.

—Está bien. Estoy bien —dijo la Primera Dama cuando logró recomponerse—. Siento haber sido tan brusca,

Kate. Sé que es usted leal, y mis hijas la adoran, ya lo sabe. Usted y Onslow son sus agentes preferidos. Por la noche cuando cenamos siempre están diciendo: «Yo me pido a Kate, tú te la llevaste la semana pasada, mamá».

—Son una niñas estupendas —dijo Kate con una sonrisa.

—Sí que lo son, ¿verdad?

Durante un par de minutos solo se oyó el golpeo de las raquetas y el botar de las pelotas sobre la cancha. Kate observó a las dos hermanas con nostalgia y pensó en sus días de juegos con Rachel. Se ponía hecha una furia y dejaba de jugar cuando creía que no podía ganar.

—En realidad me alegro de que me escuchase. Necesito desesperadamente contárselo a alguien, a una mujer. Todos los que lo saben son hombres, y abordan los problemas como hombres. Los esquivan o los embisten. Usted no está casada, ¿verdad?

Alta y fuerte como era, y soltera recalcitrante, Kate se había ganado una injusta fama de lesbiana entre sus compañeros que le preocupaba bien poco.

—Por ahora me he librado, señora.

—Pero seguro que entiende a qué me refiero.

—Eso creo, señora.

Hubo un nuevo silencio.

—El Presidente está enfermo, Kate. Como si no tuviésemos suficientes problemas, suficientes quebraderos de cabeza. Como si no fuese bastante tener que sonreír mientras capeamos cada crisis, cada intriga, cada estéril lucha de poder. Se ponen en pie cuando entramos, pero están pensando en cómo sacar partido de nosotros antes de que terminen los aplausos. Si descubren lo que él tiene...

Kate se mordió el labio inferior durante unos segundos antes de contestar. Sabía que era un error. Y sin embargo lo hizo.

—Señora, lamento haberme comportado antes de forma poco profesional. Me di la vuelta involuntariamente porque mencionó usted a mi cuñado.

—¿Su cuñado es neurocirujano?

—El doctor David Evans, en el Saint Clement's.

—¿Es un buen médico?

—No tengo ni idea, señora. Pero es una buena persona.

«Si me hubiese estado callada, Julia estaría durmiendo en su cama ahora mismo.»

Era otro de los síes condicionales que debía añadir a la larga lista de su propia vida.

Pero si no fuese Julia, habrían secuestrado al hijo de alguien. Otro niño inocente que no tendría una tía agente federal para tratar de rescatarlo. El viejo Jim Robson siempre decía que las cosas sucedían por una razón. Tal vez por eso le había tocado a Julia. Para que ella la rescatase.

«Bueno, Dios, si estás escuchándome, puedes meterte tus razones donde te quepan», pensó Kate, dándole el primer sorbo al café humeante.

Kate y su Hacedor aún no habían hecho las paces desde lo sucedido a Rachel. A aquellas horas de la mañana y sin apenas dormir, era poco probable que la situación fuese a cambiar.

«Necesito una señal. Un indicio. Algo a lo que agarrarme. Tiene que estar aquí», pensó mientras barría con los ojos los papeles extraídos de la basura una y otra vez.

Le dio un largo trago a la taza de café. Aún no se había enfriado lo suficiente, y el líquido bajó ardiente por su garganta, abrasándola. No ayudaría nada a su incipiente ardor de estómago, pero serviría para espabilarla.

Había desechado cartones y embalajes. Y formado con el resto tres pilas frente a ella. Una de folletos publicitarios, otra de facturas, otra de papeles aparentemente sin importancia.

Nada.

Tomó la libreta de notas e hizo rápidos apuntes de lo que sabía de Svetlana Nikolic. Para empezar, aquel no era su verdadero nombre, con total seguridad. Había accedido desde su portátil a la base de datos de Seguridad Nacional y no había encontrado ningún registro de ella como visitante. O había entrado en el país de forma ilegal o con un alias. Si hubiese podido abordar el caso como una investigación antiterrorista normal con los recursos necesarios, habría acotado la búsqueda a un número de días previo al momento en que se había presentado en casa de David y después buscado en todos los aeropuertos de la Costa Este a una mujer de sus características. Incluso así hubiese llevado cientos de horas de trabajo de una docena de agentes, sin resultados garantizados.

Por ese lado la investigación estaba en un callejón sin salida.

Su siguiente pista había resultado infructuosa. Kate creyó que el número de teléfono del director de tesis de Svetlana que esta había facilitado como referencia podría ser de ayuda. David, obviamente, no recordaba el número, pero le había dado las claves de acceso web de su operador de telefonía móvil y el día aproximado de la llamada. No costó demasiado encontrarlo en el histórico de facturas, era uno de los pocos teléfonos no habituales. La línea estaba desconectada. Una búsqueda por Internet le descubrió que pertenecía a una centralita virtual, seguramente un servicio situado en la India, que recibía llamadas fingiendo ser quien quisiese el cliente. Podía contratarse algo así por diez pavos al mes más uno extra por cada llamada. Proporcionar cobertura a la niñera falsa había costado once dólares.

«¿Cómo pudiste ser tan ingenuo, Dave?»

Otro punto muerto.

Era absurdo. Los secuestradores no sólo se habían preocupado de asesinar a Svetlana, sino que habían eliminado cualquier rastro de su existencia. La habían hecho desaparecer de la faz de la tierra, como si nunca hubiera existido.

Su cuñado también había mencionado la conversación entre Svetlana y Jim Robson, que era lo que le había hecho conducir hasta su casa en plena noche. Aunque Kate no creía que hubiese nada al final de ese hilo, estaba tan desesperada que estaba dispuesta a tirar de él con tal de arrojar alguna luz sobre lo ocurrido. La pregunta era cómo hacerlo sin despertar las sospechas de su padre.

Aún era demasiado temprano para llamar al viejo, pero no para otra llamada que debía hacer urgentemente.

Marcó el número de su superior.

—McKenna —respondió una voz dura al segundo ring.

—Estoy enferma, jefe.

—No, no lo estás.

Kate se sobresaltó tanto que estuvo a punto de tirar la taza de café al suelo. ¿Sabía algo McKenna?

—Tengo una gripe intestinal, señor.

—Robson, no has estado enferma en toda tu vida, joder. ¿Tienes que pillar un virus justo hoy? Tenemos el informe táctico de lo de mañana.

—Estoy mal de verdad. Me ha dado duro —dijo, con voz normal. Sabía que la manera más fácil de pillar a alguien que miente sobre su salud para no ir al trabajo es lo mal que casi todo el mundo finge voz de enfermo.

—¿Sabes cómo me estás jodiendo, Robson? Mañana tenemos un operativo muy especial y muy peligroso. Tengo que destacar a un equipo muy selecto de hombres, la salida es secreta y además todos los civiles se han vuelto locos en la Casa Blanca. Llevo aquí desde las dos de la mañana.

—Lo siento, señor, pero de verdad que no estoy en condiciones.

—Robson, dime cuántos *ochentaycuatros* llevamos en lo que va de mes.

La ley 18 84 prohíbe a los estadounidenses atentar contra la vida del Presidente. Siempre que sea posible, los intentos de asesinato contra el Presidente se resuelven fuera de los focos, con acciones rápidas y juicios a puerta cerrada, para no alentar la aparición de imitadores. Esa política incluye oscuros eufemismos para los magnicidas en potencia, y uno de ellos es *ochentaycuatros*.

—Tres —admitió Kate, cada vez más nerviosa.

—El último logró colar un rifle a setenta pasos de Renegade, Robson. Ellos cada vez son más y nosotros menos. Mañana es la salida más jodida del año, y lo sabes. No puedes dejarme tirado.

—Puede llevar a otro al informe táctico, señor.

—¡No, Robson, no puedo! Renegade me ordenó específicamente que solo doce personas supiesen de la salida de mañana, y ya le parecían muchas. Y Rennaissance me dijo que una de ellas tenías que ser tú. ¿Quieres que despierte a Renegade y le diga que tengo que meter en el ajo a alguien más?

—Lo... lo siento, señor. Intentaré recomponerme lo antes posible. Iré esta noche a leer el informe táctico por mi cuenta.

—Esta noche, una mierda. Cuatro horas, Robson. Bájate a la farmacia, cómprate una botella de Pepto Bismol tamaño familiar y preséntate aquí antes de las diez. Ya tendrás tiempo de ponerte mala mañana cuando acabe el servicio. Mira qué suerte, es un hospital. Seguro que el listillo de tu cuñado te hace descuento.

—Pero, señor...

Su jefe colgó antes de que ella pudiese añadir nada más.

Kate se quedó inmóvil, con el teléfono aún en la oreja y el cuerpo en tensión, atenazada por el dilema.

Una orden directa del supervisor Eric McKenna era tan tajante como si estuviese escrita en piedra por el dedo de fuego de Dios. A nadie se le ocurriría discutir una llamada como esa. Si te pide que vayas a trabajar enfermo, con fiebre y diarrea, simplemente lo haces. No hay otra opción.

Si ella fuese una agente menos comprometida, problemática y respondona, ignorar la orden de presentarse allí en tres horas supondría una sanción, pero no levantaría sospechas. Pero teniendo en cuenta que David iba a operar al Presidente y las circunstancias que rodeaban a la intervención, aquello era impensable. Y ella era lo contrario de problemática. Tantos años de leal servicio y cumplimiento se volvían ahora en su contra.

Si no se presentaba, sospecharían. Podrían mirar con lupa a David y descubrirlo todo.

La frustración y la ansiedad que se cocían a fuego lento en su interior desde hace horas llegaron a un punto de ebullición.

—¡Joder! —gritó, barriendo con el brazo los inútiles papeles de la encimera. La taza de café iba incluida, y se hizo añicos contra el suelo.

Frustrada, Kate se agachó para recoger el desastre cuando vio algo que le llamó la atención. Pegado a la goma del sobre de uno de los folletos publicitarios había un pequeño rectángulo de papel doblado que se le había pasado antes por alto.

Al desdoblarlo y leerlo se le aceleró el corazón.

Allí estaba, por fin, la pista que necesitaba.

22

Resumen de la noche del miércoles al jueves: bebí hasta perder el sentido.

Salí del Marblestone furioso, pero el combustible se agotó muy deprisa. Las imágenes que había visto en aquella pantalla se llevaron un pedazo de mi alma, uno bastante grande. Conduje de vuelta a casa, me arrastré hasta el sofá y agarré una botella de whisky. Conciliar el sueño era impensable. Enfrentarme a mis propios pensamientos, imposible. Necesitaba desesperadamente el alivio de la inconsciencia, sumergirme en la negrura por unas horas. Así que tomé un atajo.

El sol me despertó cerca de las ocho.

Yo estaba sobre la alfombra, boca abajo. Parpadeé varias veces, intentando contener la migraña que me estaba licuando el cerebro. El brazo derecho me dolía bastante. Me remangué la camisa y me encontré con tres líneas rojizas, casi rectas, de un palmo de largo. Eran arañazos muy profundos y recientes.

«¿*Cómo diablos me he hecho esto?*»

Tenía que haber ocurrido la noche anterior. Había

restos de sangre seca en la camisa. Pero no recordaba nada después de haber empezado a beber.

A la luz de la mañana, el resto de los acontecimientos de la noche anterior se había desdibujado un tanto. El alcohol y la resaca les habían conferido una pátina neblinosa, como una pesadilla de segunda mano. Pero enseguida un mensaje de White volvió a afilarle los dientes a la realidad.

BUENOS DÍAS, DAVE.
¿QUÉ TAL TU FLEXIBILIDAD?

El móvil estaba junto a mi cabeza, apoyado verticalmente contra el sofá, de forma que pudiese verlo con claridad... y White a mí. La batería estaba cargada. Quienquiera que fuese el que lo había hecho no había sido yo.

«Han irrumpido aquí esta noche, revoloteando a mi alrededor mientras estaba inconsciente. Mirándome tendido en el suelo, como una marioneta. ¿Os habéis reído, cabrones? ¿Habéis disfrutado?»

Le mostré el dedo medio al teléfono antes de recogerlo. Entonces me fijé en algo que había en el borde del sofá. Era una mancha de zumo de uva, el favorito de Rachel. Recordé el día, meses atrás, en que a mi mujer se le había vertido un poco, y Julia, siempre servicial, había corrido a frotarla con una servilleta, convirtiendo una salpicadura pequeña y nítida en un borrón púrpura. Nunca nos acordamos de limpiarla.

Mientras conducía hacia el hospital, intentando trazar un plan para hundir a Hockstetter y recuperar mi puesto en el centro del escenario, aquella mancha secuestró mis pensamientos. Un resto insignificante, que podía eliminarse con un poco de espray, se había aferrado a la existencia más que el amor de mi vida.

«Ha sobrevivido a mi mujer. No va a sobrevivir a mi hija.»

Me duché y me afeité en el Saint Clement's, lejos de las cámaras de White. Mientras me vestía, eché un ojo a la televisión, siempre encendida en el vestuario. En la CNN, el Paciente aparecía dándole la mano al director de la NSA, el general no sé cuántos. Ambos tenían la sonrisa congelada. Al parecer habían coincidido en un evento en la Casa Blanca en el que el Presidente había anunciado la posibilidad de cambios en la agencia, «destinados a un futuro más libre para los ciudadanos americanos». En los fragmentos que emitieron del discurso, el Presidente se trabucó una vez, y en otra repitió dos veces seguidas la palabra *americanos.* Los comentaristas se preguntaron por qué.

Sólo yo sabía la verdad: el tumor del Presidente empeoraba cada vez más.

Me vestí a toda prisa. Quería estar presentable en mi ronda de las 9:30 para ver a los pacientes. Todos ellos evolucionaban favorablemente, lo cual le concedió un alivio momentáneo a mi angustia, pero no servía de gran ayuda.

Hasta que leí el último nombre en la lista que me habían dado.

—¿Por qué sigue Jamaal Carter aquí? —pregunté a Sandra en el puesto de enfermeras.

—En el MedStar no pueden admitirle hasta mañana, así que le pedí permiso a la doctora Wong. Dijo que lo iba a recortar de su sueldo, doctor Evans.

—No fabrican tijeras tan pequeñas.

—Con el mío le podemos dar un par de aspirinas.

Y eso con suerte. El Saint Clement's cobra cada analgésico suministrado al paciente a 1,50 dólares más impuestos. La farmacia del hospital los compra a menos de un centavo, así que echen cuentas de si no se podían permitir tener al chaval allí una noche más sin armar tanto escándalo.

Además, la presencia de Jamaal acababa de darme una idea descabellada. Podría funcionar si lograba hablar con él a solas. Pero para ello tenía que superar un enorme obstáculo.

Mama Carter.

He conocido a unos cuantos fanáticos religiosos en mi vida. Aquí en el corredor de la muerte hay uno que todos los días canta un himno a las 2:34 de la mañana. Uno diferente cada día. Tiene una voz hermosa, casi femenina. Le he visto sólo al pasar por delante de mi celda, ya que no nos dejan interactuar entre nosotros. Pero cada día tenemos derecho a media hora de «esparcimiento» por turnos en un patio de dos metros cuadrados rodeado de enormes muros de hormigón. Si estiras un poco el cuello, arriba puedes ver un pedazo de cielo azul.

Cuando nos sacan para el esparcimiento, todos nos estudiamos. Queremos ver la pinta que tiene alguien que va a morir. El cantor de himnos es un muchacho delicado, de brazos pálidos y delgados surcados de venas azules. Cuesta creer que estrangulase a nueve ancianas con sus propias manos. Decía que quería enviarlas al cielo cuanto antes.

Mama Carter no había matado a nadie, que yo supiera, pero lo sucedido a su nieto había transformado su ya enorme fe en algo tangible y sólido. Cuando entré en su habitación la encontré rezando, de rodillas junto a la cama de su nieto. Carraspeé para que supiera que estaba allí.

—¿Usted cree en Dios, doctor Evans? —dijo ella, levantándose.

Esta vez no hubo besos ni aleluyas.

—Yo creo en hacer las cosas lo mejor posible sin esperar una recompensa —respondí.

—Ayer me dijo que rezaba.

—Lo hago. Normalmente cuando tengo un problema. Pero no sé si mis plegarias llegan a alguna parte.

—Yo he rezado durante mucho tiempo para que protegiese a mi pequeño Jamaal. Y mis plegarias han sido respondidas.

El pequeño Jamaal retorció su metro ochenta en la cama, haciendo resonar las esposas contra el barrote al que estaba sujeto.

—Eh, doc, ¿cree que me podrán quitar esto? Se me duerme la pierna.

—Me temo que antes tendrás que responder ante un juez, colega. —Entonces recordé al pandillero apuñalado—. ¿Qué tal está T-Bone?

—Vivirá. Le han llevado a otro hospital, pero no sé cuál.

Miré por el rabillo del ojo a Mama Carter. Quería hablar a solas con Jamaal, pero para eso necesitaba librarme de su abuela.

—Señora Carter.

—Por favor, llámeme Mama, doctor Evans.

—Debo pedirle que salga un momento.

Ella me miró y convirtió su boca en una raya recta y firme.

—Lo siento, pero no voy a ninguna parte.

—¿Disculpe?

—A mi hijo Leon, el padre del chico, le hicieron lo mismo. Me separaron de su lado para que la policía pudiese hablar con él. El detective también me pidió que saliese un momento. Leon lleva en la cárcel dieciséis años. Así que me quedo donde estoy.

—Señora, ¿se ha fijado? —dije tirándome de las solapas de la bata blanca—. No soy policía.

—Podría llevar una grabadora.

—Señora... Mama... Necesito hablar con Jamaal a solas. Créame, no es de él de quien vamos a hablar.

—Le creo, doctor. Parece usted un buen hombre. Hay mucha tristeza en sus ojos, pero también la dulce luz de Nuestro Señor.

—¿Nos dejará, entonces?

—Ni en broma. Podría haber micrófonos en la habitación.

Contuve a medias un bufido de exasperación.

—De acuerdo, Mama. Como usted quiera. Jamaal, necesito una pistola.

—¡¿Qué?! —dijo el chaval incorporándose un poco en la cama, con los ojos muy abiertos.

Por suerte, ver *The Wire* y *Breaking Bad* habían expandido mi vocabulario.

—Una pipa, una nueve, una herramienta —dije, intentando sonar duro—. Como diablos lo llames.

—¿Y a mí qué me cuenta, doc?

—Quiero que me digas dónde puedo encontrar una.

—Paso, tío. Estás chiflado —dijo, meneando la cabeza.

—¿Tengo que recordarte que si caminas es gracias a mí, chaval?

La abuela se interpuso entre ambos con las manos extendidas.

—Ni se te ocurra responder, Jamaal.

—Mama, necesito la ayuda de su nieto.

—Ya sabía que quería incriminarlo. Intenta que diga algo comprometido.

—Le prometo que no, Mama.

—No le creo. ¿Para qué necesita un arma alguien como usted?

—Eso no puedo decírselo.

—Entonces aún peor. Porque va a hacer algo ilegal.

—No voy a involucrar a Jamaal en nada.

—Eso dice ahora.

—Mama...

—Salga de aquí antes de que llame al policía que hay en la puerta. Pídale a él la pistola, no al negro del sureste.

Cogí a la señora Carter suavemente por los hombros y la miré a los ojos.

—Escúcheme, Mama. No voy a hacer daño a su nieto. Pero necesito un arma.

—Quien a hierro mata, a hierro muere, dice el Señor —dijo ella, rehuyendo mi mirada.

—Tampoco voy a matar a nadie. La necesito para arreglar una injusticia, no puedo decirle más. Necesito que me crea, Mama. Antes ha dicho que había bondad en mis ojos. Necesito que mire en ellos y que me crea.

Mama finalmente levantó la vista y la unió con la mía.

De cerca, su rostro amable mostraba todos los rasgos de la edad. El infortunio y la miseria habían escarbado surcos en su rostro, pero no en su alma ni en su dignidad. Tenía las escleróticas amarillentas e inyectadas en sangre y los mofletes hinchados. Rondaría los setenta, así que sabía bien lo que era ir en la parte de atrás del autobús, usar retretes sólo para negros y luchar por lo que le correspondía. Había vivido una vida de incertidumbre en la que el premio más esquivo es la certeza, y yo le estaba pidiendo que me regalase su confianza. Para ella era una heroicidad confiar en el blanco rico.

—Los caminos del Altísimo son misteriosos —dijo al cabo de un rato apretando los labios entre frases—. Voy a meditar sobre ello mientras me siento en aquella silla sin escuchar nada de lo que se diga en esta habitación.

Asentí con la cabeza, admirado y agradecido, y me volví hacia Jamaal.

—Chaval, empieza a hablar.

KATE

Kate comprobó la dirección una vez más antes de bajar del coche. Allí estaba: el cruce de la calle 25 con Greenmount Avenue, en Baltimore.

Había sabido que aquel papel era importante desde que lo tuvo en la mano. Era un ticket de gasolinera arrugado, de lo más común. Pero la hora y el lugar le hicieron sospechar al instante. Era imposible que Dave estuviese en Baltimore a la una de la tarde un día entre semana, cuando se suponía que debía encontrarse en el hospital. Le hubiese gustado llamarle o enviarle un mensaje para comprobarlo y evitar seguir una pista falsa, pero era demasiado arriesgado. Y tampoco tenía más indicios que investigar.

El recibo marcaba 24,71 dólares, por tanto, debía haber repostado unos siete galones. Quienquiera que fuese había pagado en efectivo, así que Kate no podía estar segura. Pero su intuición le decía que aquel pedazo de papel había pertenecido a Svetlana.

Se estremeció de frío al salir. La cazadora de cuero apenas le ofrecía protección contra el aire fresco de la madrugada. Se subió las solapas, aunque no le sirvió de gran cosa.

La luz amarillenta del amanecer proyectaba una sombra deforme y alargada de Kate sobre el suelo cuarteado de la acera. Había aparcado a dos manzanas de la gasolinera para poder estirar un poco las piernas y hacerse una idea general del barrio. No mejoró en mucho lo que ya sabía de Greenmount. Aquella era una de las zonas más peligrosas del país. Había profusión de edificios abandonados por todas partes, convertidos en casas de crack y refugios de vagabundos. No se veía un alma por las calles, sólo el silencio se escurría entre los edificios desiertos, a lomos del viento gélido.

Los comercios de la zona se ahogaban ante la falta de clientes. Las posibilidades de sufrir un crimen violento si paseabas por allí de noche eran de una entre nueve. De día las cosas eran algo más tranquilas, pero ciertamente no era un barrio en el que detenerse por gusto.

«*¿Qué estabas haciendo aquí, Svetlana?*», se preguntó Kate, mirando alrededor.

Una chica tímida, delgada y minúscula. Una mosquita muerta, según Dave. Una mosquita muerta que había resultado ser el topo de un asesino psicópata de la peor clase: de los que nadie sabe que existen.

«*Aun así no era lugar para ella. ¿Estabas de paso hacia otro sitio?*»

Si era así, Kate no tendría nada. Contuvo el impulso de salvar corriendo los últimos metros que la separaban de la gasolinera y salir de dudas de una vez por todas. Para obtener información de un testigo potencial nunca puedes parecer desesperado. Si es hostil, lo usará en tu contra. Si es un buen ciudadano, tendrá tantas ganas de ayudarte que probablemente se invente la mitad de lo que diga, incluso sin darse cuenta.

Cuando vio a Rajesh Vajnuli, Kate comprendió que el encargado de la gasolinera sería de los segundos. Era un tipo tan servicial y eficiente que parecía capaz de estar en dos lugares al mismo tiempo. Tenía que languidecer en aquel lugar desolado, sin clientes por los que desvivirse. Cuando Kate le mostró su placa y quedó claro que no era uno de ellos, su entusiasmo no se mitigó ni lo más mínimo. La tradicional desconfianza del inmigrante hacia las fuerzas del orden brillaba por su ausencia.

—¿De verdad es del Servicio Secreto? —dijo Vajnuli, con su voz chillona y un acento que se revolcaba en las eses como un niño en la nieve recién caída—. ¿Igual que en aquella serie, ya sabe, la de Jack Bauer?

—No, ese era de la UAT. Una agencia inventada.

Kate se enfrentaba a aquella clase de preguntas constantemente. Cuando un acto público era avisado con antelación, un agente podía pasar horas cara a cara con el público que esperaba al Presidente. La gente se aburría, y la única distracción era el tipo de traje y gafas de sol que aguantaba firme a pocos metros de ellos. Desde que estaba en el servicio de la Primera Dama ya no le tocaban esa clase de asignaciones. Así que ya no tenía que responder tan a menudo vaguedades sobre el Área 51 o el asesinato de Kennedy.

—¿La UAT no existe? —dijo el otro, perplejo.

—Me temo que no.

—¿Está de broma? ¿Y si alguien quiere hacer explotar una central nuclear? ¿Quién nos defiende de las amenazas terroristas?

—El FBI, la CIA, la NSA y otras treinta y tres agencias más. Escuche, señor Vajnuli...

—Llámeme Rajesh.

—Señor Vajnuli, necesito que me preste atención. Mire este recibo —dijo, alargándoselo—. Su nombre está impreso en él. ¿Fue usted quien atendió a esta clienta?

—Sí, eso pone aquí, ¿ve? Pero no estoy seguro de quién es...

—Una chica joven, de veinticuatro años. Delgada, pómulos marcados, acento de Europa del Este.

—Oh, sí. Fue hace unos días. Estuvo aquí, yo la atendí.

—¿Sabe cómo se llama? ¿La había visto antes?

—No, señora, lo siento.

—Me gustaría ver sus grabaciones de seguridad.

Vajnuli se inclinó hacia adelante con aire confidencial.

—Verá, no se lo diga a nadie, pero el sistema de guardar grabaciones es muy caro. Así que sólo tenemos las de las últimas veinticuatro horas. Sólo para que la policía vea quién nos ha atracado.

«Por supuesto que no las guardáis. Porque eso hubiese sido demasiado fácil», pensó Kate, masajeándose el puente de la nariz.

—Ya, y ese día no le atracaron, ¿verdad?

—No, está siendo una temporada buena. Llevamos más de un mes sin ningún atraco. Casi como en mi Bombay natal.

—Y seguro que no se acordará de ella.

—Al contrario, agente Robson, tengo una memoria excelente, y mucho más para las chicas guapas —dijo levantando una ceja dos veces. O intentándolo, al menos, ya que apenas sobresalían por encima del cristal de las gafas, gruesos como botellas de Coca-Cola.

Kate enarcó a su vez las cejas, pero no en respuesta al

coqueteo de Vajnuli, sino sorprendida por el adjetivo que el encargado había empleado.

—¿La definiría usted como guapa?

—Oh, por supuesto. No tanto como usted, claro. Era bajita y muy delgada, pero llevaba un vestido suave de algodón azul y lo rellenaba en las partes adecuadas, ya me entiende. E iba muy maquillada. Por eso me llamó la atención. Por aquí no es normal.

—Tampoco que pagase en efectivo, ¿no?

—Ahí se equivoca, señora. Muchos de mis clientes suelen echar gasolina a diario. Vienen con un par de pavos o con un billete de cinco, y así van tirando. Alguno hay que tiene que llevar la tele a la casa de empeños a mitad de semana para pagar la gasolina o la comida.

—¿No hay nada más que pueda contarme?

—¿Qué ha hecho, ha atracado un banco, o algo?

—No estoy autorizada a revelar esa información —dijo ella, haciendo un gesto ambiguo con la mano, un viejo truco que había aprendido en sus días de investigadora de fraudes. Podría significar cualquier cosa, su única finalidad era satisfacer la curiosidad del testigo momentáneamente y que siguiese hablando.

Vajnuli se mordió el labio varias veces antes de continuar.

—Bueno, fue muy educada. Eso lo recuerdo.

—¿Al pagar?

—No sólo eso, también me pidió permiso para dejar el coche en el parking de la gasolinera. Está ahí para los clientes del túnel de lavado, pero qué narices..., el túnel lleva roto un año y no parece que la empresa quiera invertir dinero en arreglarlo. No creo que tarden en cerrar este sitio.

Kate miró por la ventana. Desde el mostrador había una buena vista del hueco reservado para los coches, tan sólo un par de rayas pintadas sobre el asfalto.

—Me pidió que le echase un ojo —continuó el encargado—. Le dije que sí, claro. Aunque si se lo hubiesen llevado, lo máximo que habría podido hacer yo hubiese sido decirle luego cuántos fueron. Hay un dicho en mi país: «Nunca te interpongas entre el oso y su miel».

—Es un dicho muy sabio. ¿Sabe cuánto tardó la chica en regresar?

—No, no lo sé. Media hora, una hora, no me fijé. Estoy ocupado, ¿sabe? —dijo levantando un libro más grueso que el brazo de Kate titulado *Visiones avanzadas de física cuántica*—. Tengo un doctorado que convalidar.

—Ya veo. Gracias por su ayuda.

—¿No va a dejarme una tarjeta con su número de teléfono? Ya sabe, por si recuerdo algo y tengo que ponerme en contacto con usted urgentemente —sugirió el encargado, haciendo bailar sus cejas de nuevo.

—No será necesario, señor. Que tenga un buen día.

Kate salió de la tienda. El ruido de la puerta automática al cerrarse la salvó de la despedida del muy decepcionado Vajnuli. Afuera, el aire cortante de la mañana venía cargado del olor pesado y pegajoso de la gasolina.

«Un vestido suave de algodón.»

«Muy arreglada.»

Había tardado cincuenta minutos en llegar hasta Baltimore. Si estaba aquí a la una, tenía que haber salido de casa a mediodía. David siempre llevaba a Julia al colegio de camino al hospital. Svetlana les habría preparado el desayuno y luego habría tenido el campo libre para acicalarse.

¿Por qué una supuesta estudiante recatada que siempre usaba ropa informal se arreglaría y conduciría sesenta kilómetros un día entre semana? ¿Tendría una entrevista de trabajo a espaldas de David? Entonces, ¿cuál era su verdadero papel dentro de la casa? ¿Era posible que ella no formase parte de la trama?

«No, ni de coña. Porque ella le dio el teléfono de su director de tesis. Era un teléfono amañado. Ella tenía que saberlo.»

Lo que realmente le desconcertaba era esa descripción de Svetlana. El encargado de la gasolinera era un joven salido y solitario, dispuesto a tirarle los tejos a toda mujer que hiciese sonar el ding dong de la puerta.

Kate era una mujer hermosa a su manera. Su cuerpo duro y fibroso irradiaba una energía especial, pero en eso era mala juez de sí misma. Cuando se miraba en el espejo de su dormitorio sólo era capaz de fijarse en los codos puntiagudos y en la celulitis que empezaba a acumularse debajo de las nalgas y que las carreras diarias no conseguían eliminar.

«Hay que estar muy desesperado para ligar con una agente del Servicio Secreto», pensó.

Probablemente el encargado sólo era un pervertido que se emocionaba con cualquier cosa. Pero aun así la descripción de David de Svetlana estaba en las antípodas de aquella percepción.

¿Podía ser que él no se hubiese fijado en la niñera? ¿Un hombre sano y heterosexual que no se fijase en una veinteañera con buenas tetas metida en su propia casa? Incluso a pesar del duelo, lo que Kate sabía acerca de la naturaleza masculina le indicaba que algo así no era posible.

«Excepto si hablamos de David, ¿verdad? El que nunca

tuvo ojos para nadie que no fuese Rachel desde el mismo momento en que la conoció.»

Era la gran fiesta de primavera en Georgetown, el evento legendario que se celebraba cada año frente a las puertas del campus. La primera para Kate, que se moría de ganas de ir. La segunda para su hermana, cuyo carácter tranquilo y reflexivo no encajaba con aquellas celebraciones multitudinarias. Le había dicho que no, pero Kate no era de las que conocen el significado de la palabra *rendición*. Se había presentado en su residencia con una cartulina enorme que ponía NECESITO FIESTA.

—No vas a arrastrarme hasta ahí abajo —insistió Rachel, poniendo los ojos en blanco y volviendo a su escritorio.

—No puedes hacerme esto, Rae. ¡Va a ser la caña!

—No, no lo será. Habrá alcohol y un montón de tíos borrachos intentando meternos mano.

—Pues eso, el paraíso. Venga, ¿cuál es tu problema? Llevo todo el invierno quemándome las cejas para preparar los parciales. Mi culo tiene forma de silla. Observa —dijo meneándolo delante de la cara de su hermana, que intentaba en vano concentrarse en un libro de anatomía—. ¿No lo ves muy plano?

—Quita el pandero de mi cara, novata —dijo Rachel, riéndose—. He dicho que no iremos y no iremos.

Así que habían ido. Habían bailado, habían bebido y cuando le tocó ir a por la segunda copa, Kate había empujado accidentalmente el brazo de un chico alto, moreno, de ojos verdes. Habían charlado de banalidades, de cosas sin importancia. Kate podía recordar hasta la última de las líneas de aquel diálogo que habían mantenido, pero eso no importaba. Porque la única frase que contaba de verdad de la conversación (sólo proferida porque Rachel no paraba de tirarle del brazo diciéndole que se quería marchar) fue:

—David, te presento a mi hermana.

Y eso fue todo. La cabeza de David se volvió hacia Rachel tan rápido que hubiese hecho palidecer de envidia a la niña de *El exorcista*. Cuando media hora después Rachel le dijo que David (no te lo vas a creer, resulta que está estudiando medicina como yo) la había invitado a tomar algo lejos de la fiesta y le preguntó que si no le importaba, la sonrisa de Kate le tembló en el rostro, pero dijo que no, que por supuesto que no. Tendría muchos años para arrepentirse de aquella mentira, para preguntarse qué habría ocurrido si ella hubiese dicho lo que de verdad sentía. Que ella le había visto primero, que Rachel ni siquiera estaría en aquella fiesta de no haber sido por ella, que no era justo en absoluto..., pero nada hubiese borrado aquel giro de cabeza estilo Linda Blair, ni el brillo en la mirada de David al contemplar a su hermana por primera vez.

No, David no se habría fijado en Svetlana, al menos de aquella manera. Y sin embargo la frase del encargado indicaba algo, algo importante.

«Se había arreglado para alguien.»

Tenía una cita con alguien, alguien a quien no podía ver los fines de semana porque le había dicho a David que no tenía novio. David decía que los días de descanso los pasaba encerrada en su cuarto, estudiando.

Pero sí había alguien. Un novio. Y si había un novio, había una conexión. Un hilo del que tirar.

«O lo habría si supiese hacia dónde fue desde aquí. No pudo ir demasiado lejos, si fue andando. Una cafetería, o tal vez...»

El sonido de llamada del móvil interrumpió sus pensamientos. Descolgó enseguida al ver que era su jefe.

—¿Qué cojones pasa, Robson? —La voz de McKenna sonaba pastosa y cabreada.

—No sé a qué se refiere, señor.

—Llevo toda la puta noche despierto preparando el operativo de protección en el Saint Clement's. Y antes de empezar la reunión va el jefe del servicio médico y me dice que hay cambio de planes, que iremos a Bethesda. El cirujano no va a ser tu cuñado, sino un capullo de Baltimore que ni siquiera ha pasado ni un puñetero control de seguridad, ni informes, nada. Podría ser Osama afeitado.

Kate guardó silencio, demasiado atónita como para responder.

—¿Sigues ahí, Robson, o la diarrea ha terminado contigo?

—Osama está muerto, señor —fue todo lo que acertó a decir.

—Ya, bueno, eso dice Renegade. Yo digo que sin foto no cuela. Pero tú sí que lo vas a estar como no te presentes aquí cagando leches.

Colgó.

Kate se quedó mirando el teléfono, sin comprender nada. ¿Qué estaba ocurriendo allí? ¿Quién había tomado aquella decisión? Porque si había sido la Casa Blanca, aquello dejaba a David en una malísima posición, convirtiendo a Julia en un lastre innecesario.

Kate rugió de rabia y de impotencia, al no poder comunicarse con David para saber qué demonios estaba sucediendo. Habían acordado que sólo él iniciaría el contacto. Cualquier otra opción era demasiado peligrosa.

«Dios, ¿qué más puede suceder?»

Un enorme tráiler pasó por delante de ella, tapándole el sol durante unos instantes. Cuando regresó, los rayos volvieron a deslumbrarla y tuvo que hacerse una visera con la mano.

Y entonces miró al frente y comprendió dónde había ido Svetlana.

23

Lo primero de lo que te avisa cualquier nativo de Washington cuando te mudas a la capital es «Nunca, nunca vayas a Anacostia». Remarcan mucho el segundo *nunca*. Cuando metí la dirección en el GPS, el aparato tardó un buen rato en procesar las indicaciones, como si quisiese darme tiempo para arrepentirme.

Crucé el río y me adentré en Barry Farm. El vecindario estaba formado por pequeñas casas adosadas, todas ellas pidiendo a gritos una buena capa de pintura. Al mirar las fachadas desgastadas comprendí que el miedo dominaba las vidas de aquellas personas. Todas las ventanas de la planta inferior (y algunas de la superior) estaban cubiertas por rejas. Muchas estaban tapadas por dentro con maderas clavadas y cartones. Los más atrevidos protegían las de la planta de arriba únicamente con cortinas.

No vi una sola ventana abierta ni un cristal desnudo.

El motor del Lexus hacía que los cuellos se girasen al pasar. Unos niños de diez u once años comenzaron a perseguirme al doblar una esquina. Era jueves antes de mediodía.

«Deberíais estar en el colegio —pensé—. No os rindáis. Seguid intentándolo.»

Quise parar y decirles que yo no lo había tenido mejor que ellos. Que había vivido una infancia miserable, pero había seguido adelante pese a todo. Que lo había conseguido. Pero dudo de que me hubieran creído, y yo no tenía tiempo que perder. Al cabo de tres manzanas, los niños se cansaron y se fueron haciendo pequeños en mi retrovisor.

Finalmente el GPS me avisó de que había llegado a mi destino. Detuve el Lexus en la esquina de una calle sin salida. Jamaal me había dicho que buscase un árbol grande. Efectivamente, unos metros más adelante había un frondoso castaño. Bajé del coche y reprimí el impulso de apretar el botón de cierre en el mando a distancia. Me sentía observado, y sabía que ese gesto podía interpretarse como prueba de inseguridad.

Caminé hacia el castaño. Las ramas formaban una amplia sombra bajo la que habían instalado varias sillas de playa y una radio a pilas que emitía unos berridos atroces. Adoro la música, pero odio el rap con todas mis fuerzas. Si hoy mismo todos los raperos del mundo sufriesen afonía crónica, servidor no derramaría una lágrima.

Decidí guardarme mis opiniones, ya que los ocupantes de las sillas parecían encantados con la canción. O al menos hasta un par de segundos antes de verme aparecer. Ahora dividían sus miradas de asombro entre el coche y yo.

—La Navidad llega pronto este año, colegas —dijo uno de ellos, el que parecía el jefe. Se sentaba en el centro, junto a la radio.

—Ey, tronco, ¿quieres maría?

—¿Qué vienes a buscar aquí, blanquito? Este no es tu barrio.

Me acerqué a ellos despacio, con las manos bien a la vista. Ropas de colores brillantes, mucho brillo falso, algo de oro, gorras de béisbol, nada de esperanza. Aquellos seis jóvenes estaban en la adolescencia, pero sólo en términos de edad. En sus ojos apagados no quedaba ni un atisbo de frescura o inocencia.

—Buenos días, caballeros...

—¿Este de qué va? —me interrumpió uno.

—Bueeenos díaaaas, caballeeeeros. ¿De dónde coño eres, colega?

—Sshhh, calla, Shorty. Quiero oír qué quiere el tipo este —ordenó el que parecía el jefe.

—Vengo de parte de Jamaal Carter —dije.

—¿Quién es ese?

—Aquí no conocemos a ningún Jamaal, colega.

—Eso, pírate.

—Soy un médico del hospital donde está ingresado. —No paraban de hacer muecas, comentarios y gestos mientras yo hablaba, pero no iba a callarme por eso—. Le he pedido un favor, y me ha dado esta dirección.

—Médico, ¿eh? ¿Tienes recetas, colega? ¿Vienes a vender vicodinas?

—No tiene pinta de drogata, DeShaun.

—Más bien de marica.

—No es un drogata, ¿has visto el coche que lleva?

—Señores, por favor, si me prestan un poco de atención... —rogué, levantando las manos.

—¿Qué favor quieres? —dijo el jefe, y de pronto se hizo el silencio. La cortina de humo de los secuaces parloteantes se esfumó.

—Necesito un arma.

No repetí la broma del vocabulario del tipo duro. En

aquel barrio, incluso a plena luz del día, me sentía en otro mundo, uno muy diferente al mío. Bastaban quince minutos en coche para pasar de las plácidas y elitistas calles de Kalorama a aquella zona de guerra camuflada de barrio de viviendas de protección oficial. Allí las bromas no tenían ninguna gracia.

—¿Has traído dinero para pagarla, doctor?

Los seis rostros que tenía enfrente me contemplaban sin expresión alguna, y varias señales a mi alrededor me alertaron de que la situación era cada vez más peligrosa. Uno de los pandilleros se incorporó ligeramente en la silla, otro puso en el suelo una bolsa de patatas fritas que se estaba comiendo.

Me di cuenta entonces de que llevaba horas sin saber nada de Kate. El último mensaje que había recibido de ella la noche anterior me indicaba que estaba en casa y que iba a investigar algo. Yo no podía arriesgarme a que White descubriese que tenía otro móvil, así que no lo había sacado de mi maletín en ningún momento ni mandado más mensajes. Tampoco le había comunicado a ella en qué consistía mi plan para arreglar el desastre de Hockstetter. Pero en aquel momento, con los pandilleros levantándose lentamente de sus sillas, rodeándome, deseé habérselo contado. Había sido un inmenso error. Si me sucedía algo...

—Antes quiero ver el arma —dije, forzándome a no apartar la mirada del jefe, como si aquellos secuaces no estuvieran formando un círculo a mi alrededor.

Él meneo la cabeza con desdén, inclinándola hacia un lado como si su cuello tuviese un muelle suelto.

—No es eso lo que te he preguntado. Has cruzado el río hasta la propiedad de los hermanos, y ahora juegas con las reglas de los hermanos. Así que enséñanos la pasta.

—Me temo que no vamos a poder hacer negocio, entonces.

—Tú quizá no, doc. Pero nosotros sí.

No pude evitarlo y miré hacia atrás, contando los pasos que me separaban del coche. Los dos pandilleros que tenía detrás dieron un paso hacia mí. Al volverme, los otros también. El jefe se metió la mano en el bolsillo de la cazadora, sacando una navaja de resorte. La abrió, haciendo un chasquido apagado.

—Empujadlo hacia aquí. Que no salga en la cámara.

Entonces comprendí por qué estaban a la sombra a pesar de que el día era frío. Unos metros calle arriba de donde estaba el Lexus, en lo alto de un poste de teléfonos, había una caja blanca con un escudo azul, y debajo de ella la inconfundible silueta semiesférica de una cámara de vigilancia, vigilando día y noche la calle y los frontales de aquellas casas. No era únicamente de los vecinos de quienes protegían las cortinas echadas y los cartones en las ventanas.

Por eso aquellos chavales se reunían bajo las ramas del árbol, que les servían de improvisado oasis contra las miradas de la policía. Qué poco se imaginaban los pandilleros que los policías eran los últimos con los que yo desearía tratar.

—Calmaos, ¿vale? Podemos arreglar esto. Sólo tienes que ponerle un precio a lo que he venido a buscar.

—Una mierda un precio, blanquito. Vas a darnos todo lo que lleves encima, incluyendo las llaves de ese buga tan guapo.

Una mano me empujó hacia delante, otra me enganchó por la chaqueta. Eché el codo hacia atrás, intentando revolverme, pero no sirvió de nada. Estrecharon el círculo, metiéndome bajo la sombra del árbol, asegurándose de que pudiesen hacer lo que quisiesen conmigo. Más brazos me rodearon, sujetándome del pecho, de las muñecas, de la ropa.

—Sujetadle bien, capullos. Se mueve como una lagartija.

—¿Le vaciamos los bolsillos, DeShaun?

El de la navaja era el tal DeShaun. Me miró con aire burlón y se pasó la lengua por los labios un par de veces.

—No. Se los va a vaciar él solito.

Levantó el acero afilado hacia mi cara. La hoja resbaló por mis mejillas y la punta se detuvo justo debajo de mi párpado inferior derecho. Me quedé muy quieto. Una breve presión y me arrancaría el ojo de cuajo.

—¿Verdad que vas a colaborar, blanquito?

Desesperado y sin opciones, lo único que deseaba era salir de allí cuanto antes para pensar en algún nuevo plan. Iba a responder que sí cuando una voz resonó detrás de DeShaun.

—¿Qué coño pasa aquí? ¿Qué le hacéis al doc, tíos?

La tensión a mi alrededor se aflojó un tanto. De la casa que había enfrente de mí salía un chaval negro al que reconocí enseguida. Era el que el día anterior me había dicho que T-Bone había sido apuñalado. Venía abrochándose los botones de la entrepierna de los vaqueros.

—¿Es que uno no puede echar una cagada a gusto sin que la montéis?

Las manos que me sujetaban se retiraron, los pandilleros dieron un paso atrás. La geometría y el equilibrio de fuerzas del grupo cambió sutil pero perceptiblemente con la aparición del recién llegado. Todos los rostros se volvieron hacia él, un par de ellos se calaron las gorras o se ajustaron inconscientemente las mangas de las cazadoras. Aquel sí que era el jefe, y no DeShaun. Sin embargo, este no cambió de actitud, molesto por la intromisión del macho alfa.

—¿Conoces a este capullo, Marcus?

Marcus no miró a DeShaun y desde luego apenas prestó atención a la navaja. Comprendí enseguida que entre él y su lugarteniente se estaba librando una silenciosa lucha de poder. Nada de palabras, ni gestos, ni miradas. Ningún signo visible que pudiese ser percibido por los súbditos. Quien ocupaba el trono no podía admitir el desafío sin hacer algo al respecto, y estaba claro que Marcus no quería. En lugar de eso se acercó a mí y me palmeó amistosamente en el hombro.

—Claro que le conozco. Es el que salvó a T-Bone ayer. ¿Qué se cuenta, doc?

Aquel gesto de familiaridad debía ser suficiente. DeShaun no se atrevió a prolongar la confrontación y apartó la navaja de mi cara.

—Has tenido suerte, blanquito.

Pero no me miraba a mí, sino a su jefe. Había puñales airados en aquella mirada, y no dudé de que aquellos dos acabarían matándose muy pronto. Pero ese no era mi problema.

—Quería hablar contigo, Marcus. Me envía Jamaal.

—¿Le ha pasado algo?

Le expliqué que Jamaal se recuperaba bien, y cuál era el motivo de mi visita. Por alguna razón, la idea de que yo tuviese un arma desató la hilaridad de Marcus.

—¿Va a robar un banco, doc? ¿Se ha quedado corto de pasta?

Los demás se rieron, relajando el ambiente. Todos menos DeShaun, que había ido retrocediendo despacio y ahora estaba apoyado en la pared de la casa, fumando un cigarro.

—Si quisiese dinero no robaría un banco, montaría uno.

—Ya, eso dicen..., dale a un hombre un arma y robará un banco, dale un banco y robará el mundo entero.

Lo miré, sorprendido por la cita. Aquel muchacho era bastante más listo de lo que parecía.

—¿Has leído a William Black?

—Qué va, tío. La frase la vi en Tumblr.

O quizás no.

—Bueno, ¿vas a decirme para qué quieres la pistola? —continuó.

—No, no puedo.

Marcus me estudió despacio. Iba vestido con una sudadera negra, gruesa, y sus dedos largos y finos juguetearon con los gruesos cordones que cerraban la capucha.

—Ya, y si te cogen con ella, ¿dónde dirás que la pillaste?

—En ninguna parte, señor juez. Me la encontré tirada en un callejón.

—Esa es una buena respuesta, sí, señor. Espera aquí, doc.

Se metió en la casa y cerró la puerta. El resto de los pandilleros se volvió a sentar en las sillas de playa, fingiendo ignorarme pero sin quitarme ojo de encima. Yo me quedé allí en medio de ellos, cambiando el peso de un pie a otro, sintiéndome estúpido y observado.

Marcus tardó un buen rato en regresar. Cuando lo hizo llevaba la mano izquierda metida dentro de la sudadera.

—¿Has traído pasta, doc?

—¿Cuánto?

—Mil pavos.

—Debe de ser una broma. ¿Qué clase de pistola es?

—Una disponible sin licencia y sin preguntas molestas, doc. Lo tomas o lo dejas.

En realidad no me importaba. Sólo me quejé del precio para que no decidiera subirlo en el último momento. Sólo había traído 1200 dólares, el máximo que el cajero automático me permitía sacar al día.

Busqué en la chaqueta y saqué la cartera. Noté clavada en mí la mirada de depredador frustrado de De-Shaun, que tenía que aceptar que la pieza de carne con la que pretendía alimentarse acabara a los pies del líder de la manada. Me encogí de hombros y le sonreí. No cambió de expresión.

—Aquí tienes, Marcus. Mil pavos —dije contando diez billetes. Luego separé uno más y lo coloqué doblado, abrazando los otros—. Y aquí tienes uno de propina para que os toméis unas birras y os olvidéis de que me habéis visto.

—Así se habla, colega. Aquí somos todos ciegos. ¿Verdad, tíos?

Se dio la vuelta y se aseguró de que todos asintieran. Cuando estuvo satisfecho, sacó la mano izquierda bajo la sudadera. Me alargó una bolsa de papel marrón, arrugada y manoseada. Me adelanté a cogerla, sintiendo una forma pesada y dura bajo el papel. Iba a abrir la bolsa, pero Marcus me detuvo con un gesto.

—¿Estás loco? Espera a estar en el coche. Y mejor si es bastante lejos de aquí.

Me coloqué el paquete bajo el brazo.

—¿Tiene balas?

—Once. El cargador admite cuatro más, pero tendrás que comprarlas tú.

—En el Walmart de Alexandria tienen la caja de cincuenta a veintinueve pavos —dijo uno de los pandilleros sentados en las sillas, mientras luchaba por liar un porro de aspecto desastroso.

—Cállate, Shorty. El doc sabe perfectamente que cuando uno compra balas no debe ir a armerías ni sitios con cámaras. Píllalas en un súper, y paga en efectivo.

—Gracias, Marcus.

Me di la vuelta para marcharme, pero la voz del jefe de los pandilleros me detuvo, y lo que dijo añadió aún más lastre a mi preocupación.

—Ey, doc. No sé qué coño vas a hacer con ese hierro y me importa un carajo, macho. Pero ahora en serio, esa pistola no está limpia. Si te pillan con ella puede que cargues con más de lo que hagas. Más te vale tener mucho cuidado.

KATE

Allí había estado, oculto a sus ojos por los rayos oblicuos del amanecer, justo en la acera de enfrente. Un enorme cartel de letras blancas sobre fondo azul y rojo.

THE BALKAN GRILL
Lo mejor de la cocina serbia

Se apresuró a cruzar la calle, tan rápido que un coche a punto estuvo de atropellarla. El eco del cláxon desvaneciéndose aumentó aún más su sobresalto. Lo ignoró, al igual que borró momentáneamente de sus pensamientos todo lo que quería gritarle a David por no haberla avisado de la nueva situación. Estaba completamente desconectada de la información, pero no podía permitirse parar, ahora menos que nunca.

«Tranquilízate, Kate. Ahora es el momento de analizar la situación con la cabeza fría. Tienes que entrar ahí y hablar con ellos. Son sólo unos testigos, nada más», pensó. Pero su mano derecha se metió bajo la chaqueta y aflojó ligeramente la pistola para que saliese fácil de la funda.

La puerta principal estaba cerrada con una persiana metálica que no dejaba ver el interior. Aparecía cubierta por una miríada de pegatinas y pintadas, pero la cerradura era sólida y estaba bien engrasada. El negocio parecía en funcionamiento, aunque era demasiado temprano para encontrarlo abierto. Dio un par de golpes en la persiana que sonaron a chatarra y no tuvieron ningún efecto.

«Debe de haber otra entrada», pensó.

Dio la vuelta al edificio del restaurante. Era un lugar pequeño, pegado en la cara norte al siguiente comercio, una lavandería coreana abandonada. La cara sur, donde estaba la puerta principal, hacía esquina con la calle 25. En la cara este había un pequeño callejón corto y estrecho, alfombrado de colillas. Al fondo, una rata correteaba entre los cubos de basura. La entrada al callejón estaba obstruida por una desvencijada furgoneta marrón.

«Tengo que entrar en ese callejón y llamar a la puerta», pensó. Pero no parecía la mejor de las ideas. Sin un compañero que la apoyase, entrar ahí ella sola era un riesgo considerable. Si hubiese podido llamar a la central y avisar de sus movimientos, lo hubiese hecho sin dudarlo. Pero gracias a White toda ayuda del exterior quedaba descartada.

«Qué coño... La niña podría estar ahí. No hay más que pensar, gallina estúpida.»

Insultarse para darse ánimos siempre había funcionado. Contra lo que cabía esperar, había sido Rachel la que lo había descubierto, el verano en el que tenían cinco y cuatro años respectivamente y Kate se había quedado atascada en lo alto de un árbol, a cinco metros de altura, sin atreverse a bajar. La rama sobre la que se apoyaba iba cediendo con un crujido sordo y continuado. Su hermana, temiendo que se partiese de golpe, le había gritado de todo hasta que consiguió que se atreviese a descender. El resto de los insultos no los recordaba, pero sí «*gallina estúpida*». Fue el que la obligó a superar el vértigo y buscar a tientas con los pies desnudos un asidero más bajo. Cuando ambas se abrazaron en el suelo, muertas de miedo, la rama cayó a un paso de ellas, arrastrando otras varias a su paso. Se quedaron mirándola con los ojos como platos y juraron no contarle jamás a nadie lo que había sucedido. Desde entonces «*gallina estúpida*» se había convertido en su piedra de toque, su contraseña particular, algo que nunca habían compartido con nadie.

Entró en el callejón. Para pasar entre la furgoneta y la pared tuvo que aplastarse, rascándose la espalda de la cazadora de cuero contra el hormigón, y agacharse luego para salvar un tubo de ventilación que en su día había sido blanco pero ahora aparecía devorado por el óxido. Cuando emergió al otro lado, su nariz se arrugó ante el olor denso y acre del contenedor.

Había una puerta metálica abierta de par en par. El interior estaba a oscuras, y Kate se paró un momento antes de pasar.

—¿Hola? ¿Hay alguien?

Recorrió casi a tientas lo que parecía una pequeña cocina. Su mano la fue orientando a través de superficies grasientas y recovecos que desembocaron en un pasillo, y este en el salón principal del restaurante. Las mesas, unas veinte, también estaban a oscuras. Tan sólo la barra estaba iluminada. Tras ella, un viejo que había dejado atrás los setenta se tomaba un café y leía el periódico con las gafas en la punta de una nariz bulbosa y surcada de venitas rojas.

—Pase, agente. Siéntese.

Kate ocupó uno de los taburetes. Era demasiado bajo para ella, y tuvo que encorvarse sobre la barra para poder descansar bien los codos.

—¿Cómo sabe que soy policía?

—Sus ojos han ido de un lado a otro de la habitación cuando ha entrado. Y camina como si tuviera un tercer brazo.

Ella asintió. Por el momento le convenía que el viejo creyese que era policía. Cuanto más extraoficialmente pudiese mantener su presencia, mucho mejor.

—Las cazadoras están hechas a medida, pero nunca consiguen disimular el bulto.

—No es sólo eso, agente. ¿O es detective?

—Agente está bien.

El otro también asintió apretando los labios, para dejar claro que no era tampoco hombre dado a los tecnicismos. Sacó una taza de detrás del mostrador y la puso delante de Kate. Le sirvió café negro y espeso, y rellenó su propia taza.

—El bulto no se distingue, y menos con tan poca luz y con mi vista de topo. No, es la forma de andar. Algo de eso aprendí cuando era joven.

—¿De dónde es usted, señor...?

El duro acento de los Balcanes se hizo algo más pronunciado.

—Mi nombre es Ivo, y nací en Loznica, aunque llevo dieciocho años viviendo en este país. Vine cuando acabó la guerra. Buscaba algo que nunca encontré.

—¿Paz?

—No, dinero. Qué cosas tiene usted, agente.

El hombre se rió con una risa aspirada, grimosa y sin humor. Kate se removió inquieta en el taburete.

—¿Tan mal va el negocio?

—Voy a cumplir ochenta y aún tengo que trabajar. Pero podría estar peor. Desde que llegué aquí he hecho de todo para poder abrir este restaurante. Ahora nos defendemos como podemos. Pero tuvimos nuestros momentos. Una vez incluso vino el nadador ese, el de las medallas. Momir se puso como loco.

—¿Momir?

—Soy su hijo —dijo una voz que surgió de la oscuridad, a la izquierda de Kate. Ella pegó un respingo, y luego se maldijo por su estupidez y su fragilidad. Sentada a una de las mesas se intuía la figura de un hombre, cuya edad o cuyos rasgos ella no pudo determinar. El hombre encendió un cigarro, y durante un instante unos rasgos duros y crueles quedaron iluminados por la llama del mechero.

—Vamos a fingir que no he visto cómo encendía el cigarro en un restaurante.

—Está cerrado.

—Aun así, va contra la ley.

—Pero seguro que no piensa hacer nada al respecto —dijo la sombra.

Se preguntó cuántas veces no habrían jugado Momir y su padre a aquel juego de la intimidación con sus visitantes. Ambos eran más que el dueño de un restaurante y su hijo. Había algo sucio y peligroso en ellos. Si las almas de los seres humanos fuesen un diapasón, la mayoría vibraría con el tono armónico y predecible de la mediocridad. Algunas almas muy concretas emitían una vibración distinta, algo que incomodaba a Kate y que despertaba su instinto de cazadora. Y aquellos dos lo hacían con enorme fuerza. Deseó, no por última vez, tener una red de seguridad a la que poder encomendarse.

No había nada.

—Lo que ustedes hagan o dejen de hacer no me importa. He venido aquí por una de sus clientas: Svetlana Nikolic.

El viejo cambió una larga mirada con su hijo, y luego se encogió de hombros.

—No he oído ese nombre en mi vida.

—Estuvo comiendo aquí hace nueve días con otra persona. Una joven de Belgrado, atractiva, delgada. Llevaba un vestido azul.

Ivo fingió estar recordando. Sus ojos se elevaron hacia arriba a la derecha, señal clara de que mentía.

—No, no me suena, agente.

Kate no pudo soportarlo más. Dio un paso hacia adelante y agarró al viejo por la camisa. Al ver aquello, Momir fue en ayuda de su padre con la cabeza baja y los puños en alto. Eso era exactamente lo que Kate quería. El hijo era corpulento y de hombros anchos; si conseguía golpearla, ella no sería rival para él.

No podía permitir que la alcanzase.

Usando el cuerpo del viejo como contrapeso, Kate puso la planta del pie contra uno de los pesados taburetes y lo lanzó disparado contra Momir. El borde metálico del taburete le impactó en la pierna, haciéndole trastabillar. Cayó de boca a los pies de Kate, pero estaba muy lejos de estar derrotado. La agarró por las pantorrillas, intentando derribarla, mientras el viejo forcejeaba con algo que tenía bajo el mostrador.

«Un arma. Tiene un arma, joder.»

Logró soltarse del agarrón de Momir. Alzando la bota,

descargó el tacón sobre su espalda, notando cómo el aire escapaba de sus pulmones con un gemido ahogado. Dejó el pie allí, aplastándole contra el suelo, impidiéndole moverse.

—Suéltele, *kurva*. Maldita zorra.

Kate volvió la cabeza y se encontró con el cañón de un revólver apoyado contra su mentón.

—Escúcheme, Ivo. No me importan ni usted ni su hijo una puta mierda. Pero, por si no lo sabe, matar a un agente federal es cadena perpetua.

Ivo entrecerró los ojos, mirándola lleno de incredulidad. Estaban tan cerca que sus respiraciones se mezclaban. El aliento del viejo olía a café y a cebollas amargas.

—No es una federal. Sólo es otra de las recaderas del inspector Zallman, que quiere más de lo que podemos dar. Pues bien, esta vaca está seca, ¿me oye?

—¿Quién coño es Zallman?

—¿Cómo dice? —susurró Ivo.

—Le digo que no sé quién es ese Zallman.

En el suelo, Momir se removió con furia.

—No le hagas caso, padre. Está mintiendo.

—Oiga, voy a meter la mano en el bolsillo trasero del pantalón y voy a sacar mi identificación —dijo Kate, soltándole la camisa—. No apriete el gatillo, ¿vale?

Ivo no respondió, y Kate decidió tomárselo como un signo de que sus sesos no iban a acabar convertidos en *gulash*. Muy despacio y usando sólo dos dedos, extrajo la identificación y la sostuvo frente a su cara. Al verla, Ivo puso cara de asombro y retiró la pistola, poniéndola de nuevo bajo el mostrador.

—Yo... lo siento, señora. Creíamos que...

—Padre...

—¡Cállate, imbécil! —gritó Ivo, soltándole una reta-híla de frases en su idioma—. ¡Y no te muevas! ¿Se puede saber por qué no se identificó como federal, señora?

—Eso no es de su incumbencia. Estoy aquí por un asunto de seguridad nacional que debe llevarse con la máxima discreción.

—Siento haber sacado el arma. Tenemos unas des-avenencias con la policía local, que no vienen tampoco al caso. Como dicen en mi tierra, *sto vise znas, vise patis.* Cuanto más sabes, más sufres.

Kate asintió. Había oído rumores de que algunos ele-mentos descontrolados de la policía de Baltimore habían montado un servicio de «protección», que consistía prin-cipalmente en extorsionar a los criminales de poca mon-ta. Ivo y su hijo seguramente trapicheasen con drogas o con objetos robados usando el restaurante como tapade-ra. Todo aquello no podía importarle menos. Tan pron-to tuviese la información que necesitaba, pensaba dejar que aquellos dos se las arreglasen como pudiesen.

—¿Y por qué iba entonces a preguntar por Svetlana Nikolic?

—No lo sé. Creíamos que era un truco. Y ha habido un montón de preguntas acerca de esa chica última-mente.

Kate se inclinó hacia delante, con los labios entrea-biertos y el corazón agitado.

—¿Quién pregunta por ella?

—Gente.

—¿Qué clase de gente?

—La clase equivocada de gente. Gente que nos da miedo incluso a nosotros, señora. Y puede creer que mi hijo y yo hemos visto a la mayor colección de hijos de

puta que alguna vez han respirado en esta tierra, *svartno*.
De verdad.

—¿Cuándo vinieron y qué querían saber?

—Ayer por la tarde. Eran dos, y uno de ellos puso el
brazo encima del mostrador, justo donde está usted. Se
remangó el brazo y me mostró el tatuaje de una mano
negra rodeada de alambre de espino. Me preguntó que
si sabía lo que era y le dije que sí.

—¿Qué significa?

—Significa *Crna ruka*. La Mano Negra, los escuadro-
nes de la muerte que mataron a miles en Kosovo. Locos
sedientos de sangre. Soy un viejo duro, no soy un co-
barde, pero créame que pasé miedo de verdad al ver
aquel tatuaje.

Ivo se volvió hacia la barra, cogió una botella de rakia
con dedos temblorosos y se sirvió un buen trago. Kate
esperó pacientemente a que se lo bebiese antes de continuar.

—¿Qué querían?

—Preguntaron por el novio de Svetlana.

—¿Fue con él con quien comió hace unos días?

—Se llama Vlatko, es camarero en un bar en Mount
Vernon. No sé por qué le están buscando, pero que Dios
le ayude.

—¿El chico es amigo suyo?

—No, pero hemos hablado alguna vez. Venía de vez
en cuando a tomar mi *podvarak*. Me dijo que le recordaba a la que hacía su madre.

—¿Venía él solo o venía con la chica?

—A veces solo, a veces con ella.

—¿Se conocieron aquí?

—No, por lo que les escuché hablar, se conocían de

antes, de la madre patria. Habían sido amigos de niños, o algo así. La última vez que vinieron él estaba muy enfadado. Hablaban en voz baja, las cabezas muy juntas. Ella lloró, y se fue corriendo a mitad del segundo plato. No los volví a ver. Eso es todo.

—Ya veo. ¿Y cómo puedo encontrar a Vlatko?

—No lo sé.

Kate soltó un suspiro de exasperación.

—Escuche, Ivo. Usted está mintiendo y los dos lo sabemos. Podría amenazarle con desatar un infierno de hombres de negro sobre este lugar, pero no lo voy a hacer, porque no me parece la clase de tipo que ceda a las amenazas. ¿Verdad?

El viejo no respondió, se limitó a servirse otro trago.

—Yo creo que a usted le cae bien ese muchacho, y eso es bueno. Porque en estos momentos le sigue gente muy peligrosa, y yo soy la única oportunidad que tiene Vlatko de seguir respirando —añadió Kate.

Ivo suspiró a su vez, y fue un suspiro de resignación. Fue hasta la caja registradora, la abrió con un sonoro cling y levantó el compartimento delantero. Revolvió un manojo de papeles hasta que encontró la esquina de una página del *Baltimore Sun*, con algo escrito en ella. Se la alargó a Kate.

—Me dio este número para que le avisase por si alguna vez necesitaba un camarero. Ni siquiera sé si funciona.

24

Coloqué la bolsa de papel con su mortífero contenido debajo del asiento, arranqué el coche y puse rumbo de nuevo al norte. Y aquí era donde mi plan tenía un gran punto débil que yo solo no iba a ser capaz de solventar.

Busqué el teléfono y lo sostuve frente a mí mientras conducía.

—¿Dónde? —le pregunté.

No hubo respuesta. La pantalla apagada sólo me devolvió mi propio reflejo. Una manzana, dos manzanas. El puente de la calle 11 se acercaba lentamente.

—Escuche, White, estoy jugando a su juego, y voy a ganarme mi puesto en la operación de mañana. Puedo conseguirlo. Pero no puedo hacerlo solo. Así que dígame, ¿dónde?

Las ruedas del Lexus cambiaron el zumbido suave de la carretera por un traqueteo intermitente y pausado al pasar sobre las juntas de unión del puente. Un trabajador de mono naranja me detuvo a mitad de camino con un letrero: «Cuidado, peligro delante». El puente estaba en obras, y los martillos neumáticos castigaban el cemento.

En el móvil, silencio.

Me mordí el interior de los carrillos, mientras esperaba. En el motor, al ralentí, 345 caballos piafaban ansiosos esperando ser liberados, transmitiendo una sorda e inquieta vibración a mis manos crispadas sobre el volante.

Finalmente, el mensaje llegó.

VE AL PARKING LAZ JUNTO AL MAYFLOWER, PLAZA 347. TIENES DIEZ MINUTOS, O LO PERDERÁS.

«Cinco millas en hora punta. Es imposible.»

El trabajador del mono naranja finalmente se apartó y yo aceleré.

No sé cómo lo logré. Evité tres nudos normalmente abarrotados de tráfico. Me salté dos semáforos en rojo y rocé ligeramente la bicicleta de un mensajero con el parachoques trasero al doblar una esquina. El tipo cayó sobre el capó de un coche aparcado. Por un instante se me detuvo el corazón, pero no frené.

«No puedo, amigo. Lo siento.»

Lo vi por el retrovisor poniéndose en pie, con una rueda suelta de la bici en la mano. Por la forma enérgica en la que agitaba el dedo medio de la otra en mi dirección, parecía que no se había roto nada.

Ocho minutos y nueve segundos después de recibir el mensaje, entré en el parking LAZ junto al Mayflower. No salió ningún aparcacoches a recibirme, así que deduje que era uno de los automáticos. Una máquina me obligó a sacar el ticket antes de levantar la barrera.

Recorrí las hileras de coches buscando la plaza 347. Estaba en la segunda planta, aunque tuve que deducir el número mirando los dos adyacentes. El de la plaza que buscaba estaba cubierto por la parte de atrás de un enorme Porsche Cayenne de color granate bastante mal aparcado.

No me cupo duda de que aquella aberración era de Hockstetter. Era muy propio de él conducir un todoterreno de 150 000 dólares y aparcarlo en un garaje comercial en lugar de en el del propio hotel, que costaba el doble. Lo escuché una vez regateando con la camarera en la cafetería de la Johns Hopkins, por el amor de Dios.

Aquel era su coche, pero él no estaba por allí cerca. El garaje estaba lleno, aunque a aquella hora sus dueños estarían ocupados en sus oficinas. No se veía ni un alma.

No entendía por qué White me había dado aquella dirección, pero era perfecta para mis intereses. Tan sólo tenía que encontrar el modo de escaparme después. Aparqué en el piso superior y me pasé al asiento de atrás, donde había dejado una bolsa de deporte. Me desnudé a toda prisa y cambié mi traje de chaqueta por un chándal negro, zapatillas y un pasamontañas que había comprado en Columbia Road antes de cruzar el río. Me coloqué el pasamontañas en la cabeza como si fuese un gorro, con la parte inferior enrollada, y volví al asiento de delante.

Busqué a tientas debajo y saqué la bolsa de papel.

Parecía pesar mucho más que antes. Metí la mano con sumo cuidado, como si estuviese llena de escorpiones. Saqué el contenido muy despacio.

Allí estaba. Una Glock 9 mm. Lo sé porque lo ponía en el cañón. Mi conocimiento de las armas se limita a saber que el agujero se apunta en la dirección en la que quieres que salga la bala. Aquel pedazo de metal enorme y pesado olía a aceite y a algo más, algo sucio y peligroso.

Rodeé la empuñadura con los dedos, sin atreverme a poner el índice sobre el gatillo. Se supone que las armas tienen que infundirte valor y una falsa sensación de seguridad. Que cuando las sostienes te sientes más poderoso e invulnerable.

Yo estaba aún más cagado de miedo.

Me la introduje en la parte de atrás del pantalón, peleándome con los pliegues de tela. La goma elástica cedía bastante, y yo tuve miedo de que el arma se me cayese al suelo. Tiré de las cintas que cerraban la prenda por delante, y el frío del metal se clavó un poco más contra mi piel desnuda, pero la pistola se quedó en su sitio.

Salí del coche.

Dejé la puerta entreabierta y las llaves en el contacto. Si todo salía bien, volvería a toda prisa, y no tendría un segundo que perder. Tampoco podía arriesgarme a que se me cayesen. Con el sistema de apertura electrónica personalizado incluido en ellas, los polis darían conmigo en unas horas.

Miré de reojo a las cámaras que había en las esquinas. Sobre eso no podía hacer nada. Me quedaba el consuelo de que el lugar estaba mal iluminado. Deseé haberme acordado de quitar las placas de matrícula del Lexus antes de salir del hospital, pero ahora ya era demasiado tarde. Cuando la policía revisase las cintas me iban a pillar, eso estaba claro. Sólo confiaba en que no fuese antes de la operación.

Bajé por la rampa que llevaba al último piso para minimizar el riesgo de encontrarme con alguien en las escaleras. Al descender, la gravedad tiraba hacia abajo de mis rodillas, y las suelas de mis deportivas recién compradas arrancaban sonidos sordos del hormigón.

ESTÁ YENDO HACIA TI.
PREPÁRATE.

El mensaje me sobresaltó. Estaba pensando dónde demonios colocarme para poder acercarme a él sin que se diese cuenta. Había previsto que tendría unos segundos más, pero no iba a ser el caso.

El Porsche de Hockstetter estaba junto a una columna que tapaba ligeramente el lado izquierdo del coche. Rugosa, pintada de bermellón, manchada de hollín, recubierta de tubos de metal. Entre ella y la pared había una zona de sombra, ideal para esconderse. Pero de esa forma el coche quedaría entre Hockstetter y yo. Para atacarle tendría que rodear aquel enorme monstruo, y podría oírme mientras me aproximaba a él, dándole tiempo para subir al coche o para salir corriendo.

Al otro lado había un Lincoln Navigator negro, y muy poco espacio para ocultarse. Las escaleras de acceso a la planta quedaban al fondo, más cerca de la columna, así que tenía que escoger uno de los dos sitios.

A lo lejos escuché la campanilla que indicaba que había llegado un ascensor.

Deseché la columna rápidamente. Demasiado arriesgado. Me arrodillé detrás del Lincoln, dándome cuenta demasiado tarde de que la mortecina luz del fluorescente que quedaba a mi espalda recortaba mi sombra contra el suelo.

Apreté los dientes, rogando porque Hockstetter no se diese cuenta. Oía sus pasos acercándose. Arrastraba ligeramente uno de los pies, y el sonido de las suelas de madera, cada vez más alto, me ponía los pelos de punta. Quise asomarme, pero sabía que entonces me vería seguro. El pulso se me aceleró, y mi respiración se hizo más agitada. Me bajé el pasamontañas, tapándome la cara. El calor de mi aliento quedaba atrapado por la tela y me hacía arder la piel.

Los pasos se hicieron más altos y más fuertes, hasta que se detuvieron por completo. Estaba junto a su coche.

«Ahora, Dave. A por él.»

Fui a ponerme de pie, pero no lo conseguí.

Los pies se negaron a obedecerme, como si se hubiesen fundido con el cemento. Hasta aquel momento no había hecho nada irreparable, pero aquello me venía demasiado grande. Era cruzar una línea, y ya no habría vuelta atrás.

Lo intenté de nuevo, oyéndole trastear con el maletín, con las llaves. Pero no pude hacerlo. Tenía demasiado miedo.

Sonó el pitido de desconexión de la alarma y un chasquido al desbloquearse los seguros del coche. Iba a escaparse. Iba a perderlo, y con él la oportunidad de salvar a mi hija.

«Ayúdame, Rachel. Ayúdame.»

Y ella lo hizo. Me mandó un recuerdo.

Recordé aquella cena.

Mientras preparaba los macarrones, me repetía mentalmente que tenía que hablar con Julia. Ofrecerle consuelo y cariño, por supuesto. Cuando tenía la edad de mi hija nunca tuve demasiado de eso, así que siempre me esforcé por besar y abrazar a Julia todo lo posible. Me gustaba especialmente alzarla y pasearla por toda la casa, mientras ella se enganchaba a mi pecho con brazos y piernas como una tira de velcro.

—¡Tenemos un polizón a bordo!

El viaje concluía inevitablemente eyectando a la intrusa sobre una superficie blanda —cama o sofá— mediante el expeditivo método de apretarle el espacio de carne blanda junto al hueso de la cadera, con ambos pulgares a la vez. El ataque de risa que le entraba hacía que soltase el agarre y cayese al vacío. Ese momento de ingravidez, abriendo mucho los ojos, con una sonrisa en los labios, eso era la felicidad.

Pero tras la muerte de Rachel no hubo juegos ni risas, sólo susurros enhebrados de tristezas. Mi esposa no solo había dejado un hueco libre. Había generado un enorme vacío, y era uno particularmente difícil de llenar. Julia no lo comprendía del todo aún. Había venido al funeral de su madre, y no se soltó de la mano de su abuela en ningún momento. Pero cuando los actos sociales terminaron, cuando los parientes lejanos se esfumaron y los vecinos dejaron de pasar por casa a curiosear con la excusa de traer comida y condolencias, cuando estuvimos solos por fin, Julia preguntó:

—¿Mamá vendrá a cenar?

Yo dejé los platos y me acerqué a mi hija. Había pasado ya una semana desde el fallecimiento de Rachel y Julia no había preguntado por su madre ni una sola vez. Ahora estaba acuclillada en el suelo del salón, con un puñado de muñecos alineados frente a ella en perfecta formación.

—Julia, mi amor. Mamá no puede estar ya con nosotros.

Ella no levantó la vista de los muñecos.

—Porque está muerta —dijo, usando la palabra por primera vez. Un dedo gélido descendió por mi espalda.

—Sí, cariño —alcancé a responder.

—Tú eres un médico muy bueno. Mamá me lo dijo, dijo que eras uno de los mejores. ¿No puedes hacer que viva de nuevo?

—No, Julia. Querría hacerlo. Si hubiese la más mínima oportunidad de ayudarla lo haría, pero no puedo. La muerte no se puede deshacer.

Ella guardó silencio un momento, cambió unos cuantos muñecos de sitio, hundió un poco más la cabeza entre los hombros.

—¿Yo me moriré?

Toda la colección de eufemismos posibles en estos casos desfiló por la punta de mi lengua, pidiendo ser pronunciados. Respuestas confortables a problemas complejos. «*Dios sólo se lleva a las buenas personas. Mamá está en un lugar mejor. Todo saldrá bien.*»

—Sí, Julia. Todos tenemos que morir. Pero tú eres pequeña, y pasarán muchos, muchos años hasta que te mueras. Serás mucho mayor que la abuela.

—¿Y qué pasa cuando morimos?

—No lo sé, mi vida. No lo sabe nadie. Ese misterio es parte de la vida.

—Tú también te morirás.

—Para eso también faltan muchos años.

—Eso no lo sabes. Podrías atragantarte con una Oreo, o podría darte un *farto*.

No supe qué responder, así que guardé silencio y puse mi mano sobre su hombro. Ella levantó la cabeza, por fin, y cuando la miré a los ojos vi en su rostro que ya tenía las respuestas a aquellas preguntas, que sólo estaba preparando el terreno para lo que realmente estaba carcomiéndola por dentro. En una niña tan inteligente, no me sorprendió. Pero me aterraba descubrir qué podía ser tan terrible como para que hiciese falta camuflarlo de ese modo.

—Papá, ¿mamá nos quería?

—Más que a nada en el mundo, Julia.

Ella dudó un instante.

—Dice la hija de los Black que se rindió. Que se fue sin luchar. Que si nos quisiese habría plantado cara al cáncer.

La hija de los Black, que viven a dos manzanas, tenía nueve años. Esa frase se la habría escuchado a sus padres en la cena, y la había traído hasta nuestra casa, infectando la cabeza de Julia como piojos de la mente. Tal vez lo más duro fuese admitir que ya había considerado todo aquello. Como neurocirujano había visto reaccionar a los pacientes de muchísimas formas tras recibir un diagnóstico sin esperanza. La inmensa mayoría de ellos se volvían hacia sus seres queridos y exprimían cada segundo que les quedaba para estar con ellos. De pronto, quienes habían estado siempre ahí, como decorado de sus vidas, pasaban a ocupar el primer plano, empujados por la bajada del telón. Y por extraño que parezca, muchos eran más felices en esas semanas dedicadas a su familia de lo que habían sido en toda su existencia.

Rachel sabía todo eso tan bien como yo. Pero también había visto el otro lado. Sabía de la visión borrosa, de las náuseas, de las migrañas enloquecedoras, de la alteración de la personalidad, de la demencia. Había visto a pacientes con glioblastoma charlar con normalidad y tres segundos más tarde desnudarse en mitad de un pasillo atestado y rebozarse en sus propias heces. En presencia de su familia, que jamás olvidaría aquello.

—Julia Evans —dije, alzando un poco el tono—: tu madre era una mujer increíble. Llena de vida, y también de sabiduría. Se hizo anestesista para evitar que los demás sintiesen dolor. Era capaz de dormir a los pacientes en un instante para que la peor parte pasase lo antes posible. Y luego los vigilaba, mientras ellos dormían en la camilla, para que todo marchase bien. Ella no se fue sin luchar, simplemente luchó de una forma distinta.

Me di cuenta de que estaba llorando. Julia me abrazaba e intentaba consolarme con pequeñas palmaditas en la espalda. De rodillas en el suelo, con los papeles invertidos, consolado por una niña de siete años.

—Oh, Julia. Te quiero muchísimo.

—Tranquilo, papá. Nosotros lucharemos por mamá.

«Y yo lucharé por ti, Julia, cariño.»

Tomé tres inspiraciones largas, como un nadador antes de lanzarse a la piscina, empuñé la pistola y me puse en pie.

KATE

Un teléfono apuntado en un trozo de periódico. Diez números con una caligrafía delgada y apretada como patas de araña.

Kate los memorizó antes de embutir el papel en sus pantalones. Recorrió todo el camino de vuelta a su coche con la mano en el bolsillo, protegiendo aquel pedazo de celulosa que contenía su única pista viable.

La cuestión era qué hacer con ella.

Condujo en dirección sur hasta encontrar una cafetería aceptable cerca del Puerto Interior, y pidió el café más largo, cargado y caliente que había en la carta. Un expreso triple cuyo primer sorbo dejó sus dedos ligeramente temblorosos, pero no contribuyó mucho a espabilarla. Decidió dar un paseo por los muelles para estirar las piernas e intentar dar con la mejor solución. La brisa, fresca y salada, aclaró sus pensamientos.

«No puedo limitarme a llamar por teléfono y hablar con el sospechoso. Sin más datos de él que su nombre, sin interactuar con él cara a cara, lo único que lograría sería que se escondiese en un agujero y no saliese jamás.»

J.G. Jurado

Había que localizarlo primero, pero eso era lo complicado. Sería necesario que Vlatko tuviese el móvil encendido, y las herramientas necesarias para ubicarlo estaban en el cuartel general en Washington. Para colmo era precisa una autorización de un supervisor antes de hacer una búsqueda —y teóricamente una orden judicial, pero el Servicio Secreto siempre se saltaba esa norma si había una amenaza seria contra la vida del Presidente.

No podía ir hasta Washington para hacerlo ella misma. Corría el riesgo de cruzarse con McKenna o con alguno de los seleccionados para el servicio del día siguiente, y eso hubiese significado tener que abandonar inmediatamente la búsqueda de Julia para incorporarse al operativo. Sólo quedaba una alternativa, y era buscar ayuda externa. Tenía que confiar en alguien más, por arriesgado que fuese.

Finalmente se decidió a llamar a la central. Intentó recordar quién estaba de servicio aquel jueves que no fuese un imbécil o un pelota meapilas. Había una técnico llamada Andrea Hill que le debía una. No era nada importante, Kate sólo había zarandeado un poco a unos gamberros que pintarrajeaban por las noches la fachada de la tienda de sus padres. Era poca munición para el favor que iba a pedirle, pero tendría que bastar.

Marcó el número de su departamento y esperó pacientemente a que la localizasen.

—Hill.

—Hola, Andrea, soy Robson. Necesito que triangules un dispositivo por mí.

—Eso está hecho. ¿Cuál es el número del expediente?

Kate se aclaró la garganta.

—No hay número de expediente.

—Pues necesitas conseguir uno antes de activar el sistema. Si quieres te paso con el supervisor y...

—No, Andrea. No quiero que quede constancia de esto.

Se oyó un barullo al otro lado de la línea, como si su interlocutora estuviese cambiando de posición.

—¿En qué demonios andas metida, Kate? —dijo Andrea bajando la voz.

—No es nada que vaya a causarte problemas. Pero debo encontrar a una persona.

—Kate, puedo meterme en un lío sólo por discutir esto contigo. A los jefes les trae al pairo que una búsqueda no sea limpia siempre que forme parte de una investigación activa. Habla con Soutine, ella suele darnos manga ancha con...

—Andrea, esto no es... —se interrumpió, volvió a aclararse la garganta—. No es por el trabajo. Es personal.

—Ahora sí que estoy segura de que has perdido el juicio. No puedes usar los recursos del departamento para averiguar si tu novio te pone los cuernos, Kate.

—Andrea, no te lo pediría si no fuese importante. Te lo juro. Necesito ayuda.

La otra chasqueó la lengua con desaprobación.

—Maldita sea, Kate. Todas las búsquedas quedan registradas. Saltará una alarma en el monitor del jefe.

—Pues asígnale un número de expediente antiguo, que no tenga mucha actividad. Por favor...

—Dime por qué.

—¿Cómo dices?

—Dime por qué me estoy jugando el culo. Si me pillan me echan, así que al menos quiero saber qué retorcida historia hay detrás de esto.

Kate esperó, fingiendo que se lo pensaba. Se preguntó si Andrea podría oír los graznidos de las gaviotas a través del teléfono.

—¿Juras que no se lo dirás a nadie?

—Chica, soy una tumba. ¿Recuerdas cuando el tipo aquel de fraude electrónico dejó embarazada a una de contabilidad? Yo lo sabía mucho antes y no dije nada. Ni una palabra a nadie.

Su voz pareció subir una octava, cargada de anticipación. Ni por un segundo se le pasó por la cabeza a Kate que Andrea le fuese a guardar el secreto. Casi podía verla, con los ojos abiertos y los dedos enrollados alrededor del cable del teléfono, pensando en cómo iba a rentabilizar la información en las conversaciones junto a la máquina de café. Desmenuzando la vida de los demás en pequeñas porciones, salpimentándolas con sus propias bromas sonrojantes, intentando sentirse mejor con su gris existencia. No hay moneda de cambio más valiosa en los pasillos del Servicio Secreto que los cotilleos sobre los compañeros, mejor si tienen que ver con partes del cuerpo que van por debajo del cinturón. Tan sólo esperaba que al menos aguantase unas horas con la boca cerrada.

—Conocí a un tío hace tiempo. Trabaja en la CIA, en Langley. Hace poco hemos iniciado una relación, pero a veces desaparece durante varios días. Pone como excusa el trabajo, pero yo creo que hay otra. Necesito saber dónde está.

—¿Cómo es?

—Alto, delgado, ojos verdes y tristes. Sensible e inteligente —dijo Kate a toda prisa. Antes de ser consciente, con un escalofrío, de que acababa de describir a David Evans.

—Guau, chica, yo quiero uno de esos también. ¿Tiene hermanos?

—Es hijo único.

—Qué fastidio. Dime que al menos tiene un culo como para partir nueces.

—No tiene mal culo.

—¡Así se hace! ¿Y te gusta de verdad? ¿En serio en plan anillo y demás?

Esta vez Kate no tuvo que fingir la pausa.

—Sí. Me gusta de verdad. Estoy enamorada de él desde que le conocí —admitió por fin.

«Por primera vez en voz alta.»

Andrea soltó una risita breve y aguda de roedor feliz con su trozo de queso.

—No digas más, te ayudaré. Pero la semana que viene saldremos a cenar y de copas —advirtió encantada—. Yo elijo sitio, tú pagas. Y me debes una muy gorda.

—Hecho. No te arrepentirás.

—Dame el número. Y ármate de paciencia, tendré que esperar a que no haya moros en la costa antes de poder hacer la búsqueda.

25

Nuestro cerebro es una máquina asombrosa. Procesa once millones de bits de información por segundo, de los cuales unos cincuenta son a nivel consciente.

En el segundo exacto en el que salí de mi escondite, tan nítidas como si alguien hubiese apretado la tecla de pausa en un televisor de alta definición, pude percibir los siguientes nueve:

Vi a Hockstetter tecleando con el pulgar un SMS en la pantalla de su móvil. Reconocí que era un iPhone por los colores de la pantalla. Comprendí que estaba tan absorto que no me habría oído ni aunque me hubiese ocultado tras la columna. Distinguí con todo detalle el intrincado arabesco de su corbata, impecablemente planchada y anudada. Las gafas le bailaron en la punta de la nariz cuando levantó la cabeza al acercarme yo. Sus ojos se abrieron de sorpresa y de miedo, hasta casi el doble de su tamaño normal, al ver el cañón de la pistola apuntando a su cabeza. Su rostro estaba perfectamente afeitado, aunque se había dejado un leve rastro de espuma bajo la oreja izquierda.

—¿Qué demonios es esta mascarada?

—Un atraco, gilipollas —respondí, forzando la voz

para hablar desde la garganta. Parecía fácil cuando escuchabas hacerlo a Christian Bale. Pero mis palabras sonaban débiles y ridículas, como si alguien estuviese aplastándome la tráquea con una cuerda. Intentaba parecer amenazador, pero el resultado era patético.

Di dos pasos más hacia él. Estaba colocado junto a la puerta del conductor. Vi como miraba de reojo la manija, pero tenía una mano ocupada por el teléfono y otra por el maletín. No podía permitir que la abriese y se metiese dentro.

—¿Qué quiere? No se va a llevar mi coche, ¿verdad?

Avancé otro paso, notando el parachoques delantero junto a mi pierna derecha.

—Cállate, hijoputa. Yo tengo la pistola, tú obedeces.

Hockstetter retrocedió, levantando las manos.

—Cálmese. Cálmese. Le daré mi cartera.

Doblé la esquina del Porsche, sin dejar de apuntarle, cada vez más cerca. El pulso me temblaba ligeramente.

—Me darás lo que quiera. Date la vuelta.

—Sí, sí. Lo que usted diga. Pero no dispare.

Dos pasos más, estaba muy cerca. Tenía que hacerlo ya.

—He dicho que...

No llegué a terminar la frase. Hockstetter se inclinó hacia un lado y me atacó con el maletín, usándolo como una maza. El lateral reforzado en cobre me golpeó en el brazo, haciendo caer la pistola.

—¡Y una mierda te vas a llevar tú mi Porsche, vago!

Echó el brazo hacia atrás y volvió a atacarme con el maletín. Lo esquivé por un pelo y le lancé una patada que falló por más de un palmo. Mi pie impactó en la puerta, abollando la chapa del coche.

—¡Mi Cayenne! —chilló Hockstetter.

Intentó arrearme de nuevo con el maletín, pero logré agacharme y el golpe me pasó por encima. La contera de metal arrancó chispas del cemento de la columna, y el maletín se abrió con un chasquido, esparciendo su contenido en una nube de papeles y radiografías. Los reconocí de un simple vistazo: el expediente médico del líder del mundo libre alfombraba el suelo de aquel parking barato, pero a ambos nos importaba poco.

Hockstetter, perdida su arma contundente, no tenía con qué defenderse. Ambos tuvimos la idea al mismo tiempo: en el suelo había una 9 milímetros. Nos arrojamos hacia la sombra de la columna, tanteando por donde había caído, convertidos en una madeja de brazos y piernas, gruñendo y jadeando. Él logró atraparla por la empuñadura y yo por el cañón. Forcejeamos durante unos segundos. A pesar de que yo era mucho más alto y diez años más joven, el muy cerdo era fuerte y estaba loco. Logró darme un codazo de lleno en las costillas que me hizo resollar. El arma se zarandeó con el golpe y se disparó con un estruendo ensordecedor. El tiro se perdió, por suerte, lejos de nosotros.

Mi antiguo jefe intentó morderme en la muñeca, pero yo hice fuerza con mi otro antebrazo en su garganta para mantener alejada su dentadura perfecta. Su rostro se estaba poniendo rojo por el esfuerzo, y yo apenas podía respirar bajo la máscara. Quien se impusiese en aquella pugna ganaría.

Y yo, contra todo pronóstico, estaba perdiendo.

Mis dedos dejaban escapar el agarre, resbalaban contra su piel sudorosa. Y el agujero de la Glock iba girando inexorablemente hacia mi cara. Hockstetter soltó un graznido de triunfo. Estaba a pocos centímetros de volarme la cabeza. Por una fracción de segundo pensé en lo irónico que sería que yo, que tantas balas había sacado de cráneos, acabase con una en el mío.

«*No.*»

Eché bruscamente hacia atrás el antebrazo con el que le presionaba. Hockstetter se vio libre de pronto, yéndose hacia delante por el impulso. La sorpresa le paralizó un instante, y yo aproveché para meterle un codazo en la garganta. Soltó la pistola de golpe y se echó ambas manos al cuello, luchando por respirar. Yo agarré el arma firmemente y rodé fuera del alcance de sus pies, que intentaban patearme incluso en esas circunstancias.

Me incorporé de nuevo y le apunté con la Glock. Menudo genio que estaba hecho, menudo plan perfecto. Había creído que el arma amedrentaría a aquel capullo arrogante, que le pondría en su sitio rápidamente. Desde luego, la pistola no había resultado ser esa varita mágica que vemos en las películas, que convierte a la gente en tus esclavos en cuanto la muestras. Y Hockstetter había resultado tener unas agallas enormes. El mérito no era enteramente suyo, por supuesto. Ante una situación de estrés extremo, nuestro cerebro reptiliano —la parte más honda y primitiva de nuestra masa encefálica— reacciona huyendo o atacando. Irónicamente, el tipo se había convertido en una máquina de supervivencia.

Intenté recobrar el aliento. El Cayenne estaba ahora un poco inclinado. La bala había reventado la rueda delantera izquierda. Hockstetter, en el suelo, hinchaba el pecho ansiosa y ruidosamente, así que al menos mi codazo no le había roto la tráquea. No quería convertirme en un asesino.

«Aunque es precisamente eso por lo que has venido aquí, ¿verdad? Para poder matar a alguien mañana», dijo una voz en mi cabeza.

«Por mi hija. Hago todo esto por mi Julia», me contesté.

—En pie, tío. Dame la puta cartera. Dame la pasta.

Hockstetter hizo un ruido gutural y trató de huir a gatas hacia el coche. Me acerqué a él por detrás y me soltó una coz que me alcanzó de lleno en la espinilla. Agité la pierna varias veces, conteniéndome para no chillar.

Si fuese un atracador de verdad ya le habría pegado un tiro. Demonios, estaba tentado de pegárselo igualmente.

«Te vas a enterar, cabrón.»

Ya tenía una mano en la manija del coche. De rodillas, intentaba incorporarse, con las piernas abiertas, dándome la espalda. No pude ni quise contenerme. Llevé la pierna hacia atrás, como si fuera a chutar el balón de fútbol de Julia. Como cuando jugábamos en el jardín de atrás, hasta que se hacía demasiado oscuro para distinguir la pelota, y Rachel nos llamaba a gritos por tercera vez para la cena.

Solté la patada.

Hay veces que ser un neurocirujano es cojonudo. Conocer con todo detalle el efecto de un impacto en los testículos en el sistema nervioso central, saber que el dolor es equivalente a romperse veinte huesos a la vez, anticipar las violentas reacciones al trauma... son sólo datos. Excepto cuando se aplica a un ser repugnante como Hockstetter.

Mi antiguo jefe se aferró a la manilla del coche, logrando abrirla de forma puramente refleja, impulsado por la inercia de su movimiento. Después el tiempo se detuvo para él, mientras el pico de dolor intenso que le había invadido remitía, devolviéndole el control de su sistema motor. Se desplomó contra el lateral del Porsche e intentó gritar, pero todo lo que salió de sus labios fue un escueto

—Socorro.

—No lo pillas aún, ¿verdad, estúpido? Aquí mando yo, y quiero tu pasta. Que me la des de una vez, joder.

Me agaché y le hurgué en la chaqueta hasta encontrar el bulto familiar a la derecha. Saqué la cartera y me la guardé en un bolsillo.

—Ya está. ¿Era tan difícil?

No me respondió, ocupado como estaba en agarrarse la entrepierna, con los ojos y los dientes tan apretados como si quisiese que unos y otros se encontrasen a mitad de camino.

—Ya tienes lo que quieres. Déjame —logró articular.

Pero yo no había ido allí a robarle la cartera. Toda aquella farsa no había sido más que la cobertura para lo que de verdad pretendía hacer.

—No. Te mereces una lección, y te la voy a dar, estúpido.

Le apunté con la pistola a la cabeza. El golpe debía haber hecho trizas su resolución, porque esta vez abrió mucho los ojos y se giró para meterse por la puerta entornada. Apoyó la mano en el borde exterior de la carrocería, tratando de levantarse.

«*Justo lo que yo quería.*»

En ese momento apoyé la planta del pie contra el centro de la puerta del Porsche y apreté con todas mis fuerzas.

El grito agudo que profirió Hockstetter no logró ahogar del todo el crujido que hicieron los dedos de su mano derecha al partirse. Dejé de presionar la puerta, dejando que se liberase. Alzó la mano hasta su rostro, con un gesto de terror e incredulidad absolutos. El índice, el corazón y el anular formaban un ángulo antinatural respecto a la palma, doblados en dirección contraria a la que se suponía que debían hacerlo.

Al verle así, salí corriendo, perseguido por sus chillidos, que rebotaban en las paredes de la rampa mientras me alejaba del lugar del crimen. Me arranqué el pasamontañas al llegar a la planta superior, donde había dejado el Lexus. Un vehículo salía, y al instante tuve miedo de que el conductor hubiese oído el disparo o los gritos y llamase a la policía.

«Mierda. El teléfono.»

Había sido tan idiota de no quitarle el móvil a Hockstetter, con lo cual no tardaría en marcar el 911, si no lo estaba haciendo ya. Jadeando por el esfuerzo, alcancé mi coche y me puse tras el volante.

Me saqué la parte de arriba del chándal y la sustituí por mi camisa. Apenas me concedí tiempo para abrochar un par de botones, y arranqué. Al llegar junto a la cabina de salida, intenté no mirar al encargado, pero este estaba absorto en algo que estaba frente a él, seguramente una revista o un periódico, con unos auriculares en la oreja. Al llegar había pagado por todo el día con entradas y salidas ilimitadas, así que me limité a poner el ticket en la máquina. La barrera se alzó inmediatamente.

—Señor, un momento. No puede irse.

El encargado me hizo un gesto con la mano. Yo miré hacia fuera, hacia la rampa y la calle soleada. No podía quedarme allí ni un segundo más. Iba a ignorarle y clavar el pie en el acelerador, pero él salió de la cabina y me dio un par de golpecitos con el nudillo en el cristal. Tenía los dedos gruesos y fuertes, y los pliegues de la piel llenos de grasa.

—Desbloquee las puertas, por favor.

Me pregunté si él se habría fijado en que llevaba un chándal negro en lugar de pantalones de vestir. Si recordaría mi cara, si apuntaría la matrícula del Lexus.

—¿Qué sucede? —dije, apretando el botón que desbloqueaba los cierres.

El encargado abrió la puerta trasera de mi lado. Atónito y muerto de miedo, me di la vuelta, pero no podía ver qué hacía. Enseguida cerró de nuevo.

—Ya está. Se había pillado la chaqueta con la puerta, señor.

Le di las gracias y aceleré hacia la rampa y la libertad.

Cuando alcancé la calle, ya se oían las sirenas de los coches patrulla.

En algún lugar de Columbia Heights

El señor White se echó hacia atrás en la silla, exhausto. Le había costado muy poco entrar en el servidor de la empresa de seguridad que controlaba las cámaras del garaje. Sin embargo, evitar que se restableciese la conexión le había supuesto varios minutos de tecleo frenético y agotador. Apenas había podido prestar atención a la actuación de David, ocupado como estaba en evitar que los monitores de la cabina del encargado mostrasen lo que estaba ocurriendo de verdad en la planta tercera.

Aunque era un hacker experto, la habilidad de White tenía límites. El sistema había detectado su intrusión y había tratado de expulsarle, un cabo suelto que el Servicio Secreto podría encontrar y sin duda despertaría sospechas. Por suerte, su empleador le había proporcionado no sólo la tecnología que controlaba el móvil de David, sino acceso a la herramienta más poderosa del mundo. White abrió el icono sobre la pantalla, y el programa mostró una ventana en la que aparecían dos iconos. En el primero, un águila calva extendía sus alas por encima de un globo terráqueo. En el segundo, una forma poligonal contenía un cristal a través del cual la luz se descomponía al pasar.

INTRODUZCA USUARIO Y CONTRASEÑA
PARA ACCEDER A PRISM.

White tecleó ambas secuencias, y en ese momento el sistema le pidió una tercera clave. De un cajón bajo llave, extrajo un dispositivo electrónico con pantalla LED. Lo encendió y tecleó una de las combinaciones de números, que iban cambiando cada pocos minutos.

Presionó ENTER, y el programa se abrió.

La pantalla mostraba una serie de comandos. Eligió ACCESO REMOTO y tecleó el nombre de la empresa de seguridad. Un par de minutos después había logrado las claves para atravesar sus defensas y entrar a sus servidores. El propio dueño de la empresa las tenía en un archivo de texto en un buzón de su correo electrónico que se había mandado a sí mismo.

—Deberías tener más cuidado, amigo. O alguien podría hacer esto.

Un par de comandos más le permitieron borrar remotamente la información de los equipos. No sólo la de aquella tarde en el garaje, para que nadie sospechase, sino la de todos los lugares vigilados por la empresa, a lo largo y ancho del país. Parecería un fallo generalizado, que les costaría millones de dólares, pero que ofrecería a White un camuflaje perfecto.

—Te hemos salvado el culo de nuevo, doctor —dijo, volviendo su atención al monitor que reproducía la cámara oculta en el salpicadero del coche de Dave. El médico aparecía en la pantalla con los ojos muy abiertos, y la mandíbula apretada, mientras conducía de vuelta al hospital.

Su comportamiento no estaba respondiendo a lo que estaba previsto, lo cual le provocaba una enorme ansiedad a White. En las últimas horas, su cacareada autoconfianza había sufrido un duro golpe. Grandes ojeras se habían instalado bajo sus ojos, y tenía la piel grisácea y apagada.

Gracias a PRISM, descubrir el paradero de Hockstetter y preparar una ventana de actuación para David había sido sencillo, pero hasta el último momento la incertidumbre había planeado sobre aquella imprevista ramificación. Si atrapaban a su marioneta, el plan se iría al traste. White perdería la inmensa recompensa que le correspondería por la eliminación del Presidente, nada menos que veinticinco millones de dólares. Pero eso no era lo que le quitaba el sueño.

Si no mataba al Presidente, White habría fracasado por primera vez en su vida. Y aquello era simplemente inadmisible.

Había estado a punto de ocurrir una vez, en Turquía, meses atrás. Una concatenación de imprevistos habían llevado al sujeto, un agregado diplomático de la embajada rusa, a saltar desde el piso 51 de la Isbank Tower ocho minutos antes de lo previsto. White había tenido que finalizar él mismo la extracción de documentos que le había solicitado el cliente, lo que le había causado un gran descontento. A él le gustaba observar muy de cerca, no participar.

Pero nunca había tenido tanto en juego como con la presente operación, ni nunca había perdido tanto el control.

Ahora que el neurocirujano había escapado del garaje y ya no le necesitaba, White se concedió un instante para respirar. Aunque no había permitido que los monitores del encargado del garaje mostrasen lo que sucedía, las cámaras sí habían estado grabando. White había proyectado un bucle de diez segundos de imágenes limpias en los monitores, mientras él almacenaba en su propio disco duro la secuencia real.

La reprodujo en su pantalla, estudiando las acciones de David. No había sonido, pero no era necesario. El neurocirujano, con la máscara puesta, se había transformado en algo más. Torpe, inexperto, pero también resuelto, violento.

Brutal, incluso.

White se felicitó a sí mismo con una sonrisa. Hubiese dado cualquier cosa por poder ver con sus propios ojos la escena, en lugar de en aquel vídeo borroso y minúsculo.

Envió las imágenes a un servidor remoto, programando cuidadosamente lo que debía ocurrir con ellas al día siguiente. Su preocupación se había disipado como por arte de magia. El pequeño desvío en el plan no había hecho sino confirmar que el sujeto era idóneo para la misión, y le había proporcionado un material valiosísimo de estudio y análisis, que le ayudaría a perfeccionar su modelo de comportamiento de la excepcional personalidad del médico.

Y también la herramienta definitiva para destruir a David Evans.

El teléfono interrumpió sus pensamientos. Esperaba aquella llamada. Su empleador monitorizaba cada entrada que él hacía en PRISM, y debía de haber deducido que algo no marchaba bien.

—No debe preocuparse —dijo al descolgar.

—He visto lo que ha ocurrido. Ha estado a punto de dar al traste con todo —repuso una voz acerada.

—¿Alguna vez le he fallado, señor?

Hubo un silencio al otro lado.

—Esta vez no es como las otras —repuso el otro por fin.

—¿No está en juego la salvación del mundo libre? ¿El hogar de los valientes bajo asedio?

—Lo que está en juego es la fuerza de este país. No permitiré que ese payaso con corbata ponga en peligro lo que tantos años nos ha costado construir.

—Puede darlo por muerto.

—Más vale. De lo contrario, te digo lo mismo.

White soltó un bufido de desdén.

—Eso será si consigue encontrarme.

—*Ya, tus cortafuegos, tus medidas de seguridad, tus intermediarios prescindibles. Todo eso no te servirá de nada esta vez, hijo. Sabemos dónde estás. Sabemos cuántas botellas de esa mierda que bebes tienes en la nevera. Incluso sabemos que estás rascándote ahora mismo la mejilla.*

White apartó la mano de la cara y miró alrededor.

—*Exacto* —dijo la voz al otro lado del teléfono—. *No es tan divertido cuando te lo hacen a ti, ¿verdad, hijo? Y ahora concéntrate en quitar ese obstáculo de mi camino.*

—*Como usted ordene, mi general* —dijo White, con una sonrisa tensa.

26

No me calmé un poco hasta estar de nuevo encerrado en mi despacho. El ritmo cardiaco descendió de martillo neumático a tambor frenético. Me dejé caer en la silla y terminé de abrocharme los botones de la camisa, que me había puesto a toda prisa en el coche. De pronto razoné que tal vez sería mejor deshacerme de aquel traje, que hoy había visto demasiada gente. Tenía uno de repuesto en mi taquilla de un color diferente, así que bajé a cambiarme y de camino cogí discretamente varias bolsas para la eliminación de material biológico peligroso. Me puse el pijama y la bata y apretujé dentro de las bolsas el chándal, el traje y la camisa. En otra metí la cartera que le había robado a Hockstetter, sin tan siquiera abrirla para ver qué había dentro. Las arrojé a uno de nuestros contenedores rojos, lo sellé y rotulé la etiqueta con gruesas letras mayúsculas.

PRECAUCIÓN ESPECIAL.
RIESGO DE VIH

Avisé a un celador para que se lo llevase. Nadie en su sano juicio abriría aquellas bolsas, y en un par de horas serían ceniza.

Al verlas alejarse camino del incinerador, el alivio y el bajón de la adrenalina me hicieron apoyarme, mareado y agotado, contra la pared. Fue como si alguien hubiese sacado la mano del interior del muñeco de ventrílocuo en el que yo me había convertido.

También me di cuenta de que me dolía todo el cuerpo. Me encerré en el primer consultorio médico que encontré desocupado y asalté el carro de suministros. Mis codos y rodillas estaban llenos de arañazos y raspones por la pelea con Hockstetter sobre el suelo de hormigón, que había desgarrado el chándal barato. Los empapé bien de clorhexidina, y al inclinarme noté un dolor punzante en el lado izquierdo del pecho. Inspiré varias veces profundamente, notando cómo el dolor sordo hacia la mitad del movimiento se transformaba en una cuchillada mareante al llenarse por completo la caja torácica.

«Fantástico. El muy cabrón me ha roto una costilla.»

Menudo héroe de acción estaba hecho. Armado con una pistola y ni siquiera había sido capaz de someter a un gordo cincuentón sin llevarme una costilla rota de regalo. Seguramente al agacharme para desinfectar los rasponazos había terminado de agravar la lesión.

No podía ir a radiología y pedirles que me hiciesen unas placas para ver si corría riesgo de perforarme un pulmón, así que tuve que palparme con los dedos para comprobarlo. El recorrido del hueso afectado parecía normal, debía de ser sólo una fisura. No era nada preocupante ni me iba a morir de eso, pero dolía muchísimo. Tendría que atiborrarme de analgésicos y seguir adelante como pudiese.

Regresé a mi despacho. Fuera me esperaban varios

pacientes que requerían de intervención quirúrgica a medio plazo.

Les atendí con el piloto automático puesto, confundiendo un par de veces sus nombres, algo que jamás me había sucedido antes. Presto mucha atención a los pacientes, me importan sus vidas. Pero en aquel momento tenía un ojo puesto en la puerta, por si irrumpía la policía para arrestarme por robo y agresión. Y el otro en el teléfono de mi despacho, esperando que en cualquier momento me llamase Meyer para anunciarme que había habido un sorprendente giro de los acontecimientos en relación con la operación del Presidente. Pero no apareció nadie por la puerta, ni hubo llamada alguna.

Despaché a los pacientes como pude. A los más urgentes los programé para la semana siguiente, ignorando que entonces ya estaría en la cárcel.

Segundos después de que saliese el último, mientras me agarraba las costillas y me preguntaba cuánto me jodería el hígado tomar otro par de analgésicos, sonó mi móvil.

—¿Qué demonios quiere ahora, White? —contesté.

—¿Doctor Evans?

Me quedé helado. Era la voz de la Primera Dama. Sólo entonces me di cuenta de que en el móvil aparecía *«Oculto»*, en lugar de un espacio en blanco como cuando llamaba White.

—Disculpe, señora —respondí algo azorado—. La he confundido con otra persona. No esperaba que usted me llamase.

—Sinceramente, doctor Evans, sólo llamaba para disculparme.

—Disculparse —repetí estúpidamente.

No había imaginado una conversación con ella, bajo ningún concepto. Creí que haría que el capitán Hastings o el hombre de la pajarita llamasen al director del hospital. No estaba preparado para lo que vendría a continuación.

—El modo en el que decidimos..., en el que se tomó la decisión de cambiar de neurocirujano para la operación del Presidente no fue el más adecuado. Debí haberle llamado antes.

—Hubiese sido lo más correcto, sí —dije antes de poder contenerme.

«¿Qué estoy haciendo?»

—Lo siento. Quiero que entienda que no fue cosa mía. —Su voz sonaba a la defensiva—. El gabinete presidencial se reunió, hubo mucha gente que supo por primera vez que mi marido estaba enfermo. La reunión se alargó muchas horas y hubo muchas presiones sobre el lugar donde operar.

—Lo comprendo, señora. Todo el mundo insiste en que el Presidente es más que un paciente. Yo, por desgracia, no. Para mí es sólo una persona. Si le tratase de forma diferente, le expondría a riesgos innecesarios.

Ella se quedó muda por un instante. Pude oírla respirar al otro lado del teléfono, y me pregunté dónde estaría. Quizás en el Despacho Oval, con su marido cerca, mirándola expectante. No, imposible. Estaría en su habitación, a solas, intentando contener sus emociones.

—Eso es muy estimable, doctor. Es muy raro encontrar personas de convicciones firmes hoy en día. Como esposa, se lo agradezco.

—Pero la decisión no fue suya, eso lo entiendo también. Estoy seguro de que el doctor Hockstetter hará un gran trabajo mañana.

—Doctor Evans, en realidad..., ha habido un incidente imprevisto.

—¿Qué clase de incidente? ¿Está bien el Presidente?

—El Presidente está bien. Por desgracia, el doctor Hockstetter se ha roto una mano.

Lo enunció así, intentando sonar tranquila. Sin dar más pistas, sin contexto. Tampoco me estaba ofreciendo a mí la operación.

Entonces se me ocurrió que tal vez aquello era una especie de prueba. Estaba jugando a la política conmigo, aunque no sabía muy bien con qué propósito. ¿Sospecharía que había juego sucio en el atraco a Hockstetter? Si era así, ¿por qué me llamaba? ¿O simplemente era puro orgullo?

Fuera lo que fuese, de mis próximas palabras dependían en gran medida mi destino y el de Julia. ¿Debía cerrarme en banda y esperar a que ella me pidiese lo que tanto deseaba escuchar, para no resultar sospechoso? ¿O por el contrario debía halagar su ego y mostrarme solícito?

Apenas disponía de unos pocos segundos para elegir. Decidí actuar como lo hubiese hecho de no haber sido yo mismo el causante de la lesión de Hockstetter.

—¿Por qué me cuenta esto, señora?

Ella se aclaró la garganta.

—Supongo que ya se lo imagina.

—Me lo imagino. Pero aún no me lo ha pedido.

—En realidad, doctor Evans, antes confiaba en convencerle de que retirase su condición inicial y pudiese operar en Bethesda.

—Señora... Un gabinete presidencial puede considerar toda clase de escenarios y repercusiones políticas.

Pero el que sostendrá el bisturí a milímetros del área del lenguaje de su esposo seré yo. Así que la respuesta es no.

—Doctor Evans...

—Dígame una cosa, señora —la interrumpí—. Dígame cuánto le importarán las columnas en el *Post*, los sondeos y los índices de aprobación el sábado por la mañana, cuando su marido pueda ver a sus hijas y decir sus nombres sin equivocarse.

El silencio que sobrevino se me hizo eterno. Noté la ansiedad solidificándose sobre mis hombros, como si estuviesen hechos de plomo. Le había lanzado un órdago a lo grande, manteniéndome en mi posición para alejar las sospechas, pero poniéndolo todo en manos de una decisión emocional por su parte. Tuve que clavarme las uñas en la palma de la mano para no gritar: «*Lo haré donde sea, pero deme esa intervención, debo operarle yo*». Porque precisamente eso me hubiese señalado como lo contrario de lo que ella quería, alguien que no estuviese ansioso por la operación, que no la necesitase desesperadamente. Me lo había dejado muy claro cuando nos encontramos por primera vez.

«*Habla. Di algo, maldita sea.*»

—Usted gana, doctor. Se hará como usted necesite.

El alivio recorrió mi cuerpo como una suave vibración, desde los talones hasta el cuero cabelludo. Intenté que mi voz sonase lo más fría posible al responder.

—Esto no es ninguna competición, señora. Sólo hay alguien que tiene que ganar, y es su marido. —Las palabras brotaron claras y cristalinas como un arroyo de montaña. Pero yo me sentía como un estafador.

—Hablaré con Hastings para que lo organice todo. Y, doctor Evans... Gracias. Cualquier otro en su situación habría hecho una montaña de todo el asunto de la designación y de los cambios de última hora. Permítame decirle que es un honor conocer a alguien con su temple y su profesionalidad.

Musité una respuesta ininteligible, pero ella colgó antes de que terminase. Yo me dejé caer en mi silla, agotado y asqueado de mí mismo y de la situación. Sólo deseaba regresar a casa cuanto antes y dormir doce horas seguidas. Pero las emociones de aquel día distaban mucho de haber terminado.

27

Tuve que ir a ver a Meyer a su despacho para informarle, claro. La reunión fue breve y embarazosa. Mientras yo subía le habían dado la noticia y estaba exultante de nuevo, aunque tampoco esta vez me dio las gracias por haber recuperado al Paciente. Me despidió con un gesto de la mano y formando con la boca un mudo «no la cague otra vez» antes de enzarzarse en otra conversación telefónica con Hastings sobre los detalles. Tenía tantas ganas de seguir en su despacho como de que me metiesen astillas bajo las uñas, pero aun así su displicencia y sobre todo su frasecita de despedida me resultaron insultantes.

Regresé a neurocirugía exhausto y de un humor de perros. Meyer me había ordenado que me quedase un par de horas más para una sesión informativa sobre los protocolos de seguridad previstos para el día siguiente, y no me quedó más remedio que obedecer. Tenía previsto encerrarme en mi despacho, tumbarme detrás de mi escritorio y dormir todo lo que pudiese, pero, por supuesto, incluso eso me iba a ser negado. Cuando pasé frente al puesto de las enfermeras una de ellas me avisó para que me acercase.

—¡Doctor Evans! Ha venido preguntando por usted un tal Jim Robson.

Parpadeé, sorprendido. Aquello era lo último que me esperaba. Mi suegro jamás había ido a verme al trabajo. De hecho, me hubiese jugado una caja de Buds a que ni siquiera sabía el nombre del hospital en el que ejercía. Por lo visto, habría perdido.

—No tengo humor para aguantar estupideces. Por el amor de Dios, deshazte de él. Dile que no estoy.

La enfermera movió los ojos de forma rara y apretó los labios. Comprendí lo que intentaba decirme un segundo antes de que sonase la voz a mi espalda.

—Es demasiado tarde para eso, David.

Me hubiese gustado hacerme invisible o poder saltar por encima del mostrador de las enfermeras y ocultarme entre las cajas de guantes de látex a medio abrir. Pero no me quedó otra opción que darme la vuelta, azorado.

—Hola, Jim.

Allí estaba, con la raya de sus pantalones de algodón recta como un cuchillo y la mirada igual de cortante. No dijo nada, lo que en cierto sentido era peor. Hubiese preferido que chillase y me llamase de todo.

—Yo... lo siento —continué atropelladamente—. No pretendía insultarte. Es que ahora mismo estoy muy ocupado.

—Para no variar. No quiero hacerte perder el tiempo. ¿Hay algún sitio donde podamos hablar?

Fuimos hasta la cafetería acompañados de uno de los silencios marca Robson, tan inasibles como el humo y tan sólidos como un muro de ladrillos. Rachel tardaba

347

en enfadarse, pero cuando lo hacía era igual que su padre, por mucho que le fastidiase que se lo dijera. Se sumía en un mutismo dañino, que yo intentaba atacar con todas mis armas, desde bromas hasta abrazos. Era inútil, lo mejor era dejar que se le pasase.

Ambos pedimos uno de los horripilantes cafés que servían allí antes de ocupar una mesa junto a la ventana. Al sentarme noté una punzada en las costillas que me arrancó un respingo de dolor. Jim me miró extrañado, pero no dijo nada. Supongo que le estaba costando bastante arrancar a hablar, y no quería desviarse de su objetivo.

—En realidad —dijo tras aclararse la garganta—, he venido para pedirte perdón.

Aquello sí que no me lo esperaba, pero me puso aún más en guardia. Jim jamás me había pedido perdón, pero por lo que yo sabía, Rachel había salido a su padre en lo tocante a las disculpas. Y las de mi mujer las había probado con creces. Rachel pertenecía a la raza de los *perdónpero*. Este grupo de personas jamás se disculpan. Si tras una discusión logras arrinconarlos y ponerlos frente a lo incorrecto de sus actos, se disculpan sólo para contraatacar con una explicación de los mismos que inevitablemente es culpa tuya: «Perdona por haber llegado tarde, pero no lo habría hecho si te hubieras acordado de comprar el pan».

Esto me había acarreado muchas discusiones en mis primeros años con Rachel, hasta que terminé aceptando que era así y no iba a cambiar. Ella no verbalizaba nunca su error, pero lo reconocía de otras maneras más sutiles y tangibles. Haciendo un zumo y trayéndomelo a la cama durante el desayuno. Comprándome una novela en su pausa para el almuerzo. Poniendo ese ridículo programa de casas de empeños que tanto me gustaba y ella detestaba. Y al mismo tiempo me di cuenta de que esos detalles eran mejores que una palabra de seis letras que casi todos pronunciamos con excesiva facilidad.

—¿Por qué quieres pedirme perdón? —dije con cautela.

—Por mi comportamiento de la otra noche. Creo que te merecías la reprimenda...

Usé la taza de café como escudo para que Jim no viese mi sonrisa ante el esperado *perdónpero.*

—... y sin embargo las formas fueron horribles. Estabas en mi casa y me comporté como un patán. No hacemos las cosas así en Virginia, David.

Yo ya había experimentado en carne propia cómo era el estilo virginiano de mi suegro, así que me limité a hacer un gesto con la cabeza poco comprometedor.

Jim no era capaz de mirarme directamente, sino que tenía la mirada perdida en algún punto del exterior. La luz del atardecer dividía su rostro en dos.

Quería seguir hablando, eso estaba claro, pero nuestra historia compartida había transitado por un camino con bastantes guijarros. Por supuesto, nunca habíamos hablado, hablado de verdad. Como mucho un par de frases educadas —casi siempre patéticos intentos por mi parte— y poco comprometidas antes de que Jim se cansase y subiese el volumen de la tele. Lo más parecido que habíamos tenido nunca a una conversación sincera había sido la del lunes por la noche.

—Necesito preguntarte algo, Dave.

—Adelante.

—¿Intentaste pactar con Dios? Ya sabes, hablar con

Él, pedirle que trajese a Rachel de vuelta. Yo lo he hecho, muchas noches. Sintiéndome ridículo e infantil.

Su franqueza me dejó atónito. Como muchos hombres que han pasado décadas siendo el único varón de la familia, Jim estaba acostumbrado a que fuesen otros los que interpretasen sus sentimientos. Debía de haberle costado un enorme esfuerzo pronunciar aquellas frases. Pensé que tal vez no había sido demasiado justo con Jim.

—No, Jim. No lo he hecho. Pero lo habría hecho si hubiese pensado que servía para algo. Hubiese hecho cualquier cosa. Puede que creas que no hice lo suficiente, que ella murió porque yo no me di cuenta de que estaba enferma. ¿Sabes qué? No me importa. No puedes pensar nada de mí que yo no haya pensado antes.

Mi suegro meneó la cabeza.

—No he venido a culparte, aunque lo hago, joder. Te culparé mientras viva, porque no me queda nada mejor que hacer. Estoy todo el día encerrado en casa, mirando viejas fotos y preguntándome cosas. Fotos en las que sólo salen tres personas pasándoselo bien, fotos que yo no recuerdo haber tomado. Fotos de cumpleaños, de ocasiones especiales, de un montón de buenos recuerdos que algún extraño tomó en mi lugar porque yo estaba demasiado ocupado partiéndome la espalda para sacar a mi familia adelante. —Hizo una pausa para darle un sorbo al café. El mío hacía rato que había desaparecido—. Durante todos estos años creí que bastaba con poner judías en la alacena. Que siempre habría un momento en el futuro para pararme y disfrutar de mis hijas. Pero nunca lo había. Y cuando estaba en casa, cuando compartíamos un rato juntos, estaba demasiado preocupado por ser el puto faro de rectitud en el que quería que se mirasen. Fui estricto, fui demasiado duro. Fui un padre de mierda, Dave.

Una lágrima le resbaló por el rostro y explotó sobre la mesa. No pareció darse cuenta o no le importó.

—Si tuviese una nueva oportunidad, si tuviese todo el tiempo del mundo..., esta vez sería distinto. Esta vez no la cagaría. Si tuviese una niña de nuevo no le hablaría de la importancia del trabajo duro, ni de las penas del infierno, ni nunca, nunca le daría unos azotes. Si tuviese una niña no le impondría reglas ni valores. Le diría que persiguiese lo que fuera que le hiciese feliz, porque cuando te quieres dar cuenta estás muerto y ya nada tiene arreglo, nada se puede deshacer, no hay...

La voz se le llenó de cristales rotos y no pudo acabar la frase.

—No hay marcha atrás —concluí yo por él.

Permanecimos en silencio durante unos minutos. Allá atrás en la cocina a alguien se le cayó una bandeja de cubiertos al suelo. Comenzaban los preparativos para la cena. En breve el lugar estaría lleno de familiares y acompañantes agotados, que masticarían los espaguetis chiclosos por puro aburrimiento.

—Sé cómo te sientes —dije al cabo de un rato—. Así me sentí yo la primera vez que maté a alguien.

Me miró, extrañado.

—Un neurocirujano no es como un dentista. Si yo corto algo, se queda cortado. Y a veces, sobre todo mientras aprendes, cortas donde no debes. Es así de sencillo.

—No sé si quiero que me hables de esto, David.

—Ningún paciente quiere, y a nosotros no nos gusta hablar de ello. No es una publicidad demasiado buena.

Todos tenemos nuestro cementerio privado. Y al que más recuerdas es al primero.

Jim dudó un instante, pero al final la curiosidad pudo más que su recelo.

—¿Qué sucedió?

—Se llamaba Vivian Santana. Era una maestra cincuentona a la que le encantaban las galletas saladas. Comía toneladas de esas cosas, y el resultado fue una hipertensión de caballo y un aneurisma. Ella fue una de mis primeras operaciones en solitario. Se suponía que sólo tenía que colocar el puñetero clip en su sitio. Lo había hecho ya una docena de veces con supervisión. Pero esta vez no había nadie más, sólo mis dedos. El aneurisma reventó y ella se quedó sin riego sanguíneo durante varios minutos. Para cuando conseguí la ayuda de otro neurocirujano, ya era demasiado tarde. Murió dos días después.

Mi suegro me miró largamente. No dijo nada, pero creo que en ese momento hubo un destello de entendimiento mutuo entre nosotros. Comprendió que yo era algo más que un listillo sabelotodo con un título de medicina, y que hay que tener agallas para hacer lo que hacemos.

—Después de lidiar con los familiares y con tus jefes con la mayor frialdad posible, te golpea la culpa. Te deprimes, te planteas dejarlo todo y hacerte abogado o vendedor de seguros. Si tienes suerte, un compañero te recoge del suelo, aunque casi nunca ocurre. Y antes o después te das cuenta de que alguien tenía que hacer la operación. Alguien tenía que sostener el bisturí. Y que la única forma de lograr algo es haciéndolo.

—Entonces me entiendes.

—Te entiendo. Puede que no haya marcha atrás, pero lo hiciste lo mejor que pudiste, y eso es todo lo que se puede pedir.

Jim se inclinó hacia mí. Había un brillo extraño en sus ojos.

—Pero yo quiero volver a intentarlo. Puedo hacerlo mejor que la vez anterior. Por eso te pedí que permitieras a Julia vivir con nosotros.

Yo endurecí el gesto.

—Creí que lo había dejado claro, Jim. Eso no va a ocurrir nunca.

—Lo sé, lo sé. No insistiré —dijo levantando las manos—. Pero podrías dejar que la mimemos un poco de vez en cuando. Puedo pasarme ahora por tu casa y llevármela para un fin de semana largo. Hay una feria en el pueblo de al lado. Te la devolveremos el lunes, con la tripa llena de algodón de azúcar y un montón de ositos de peluche nuevos.

Por un momento me quedé helado, sin saber qué responder. No podía creer que aquello estuviese ocurriendo.

—Mañana tiene clase —conseguí decir.

—A su edad un día de clase no tiene importancia. No te lo pido sólo por mí. Esto animará un poco a Aura. Cada noche, cuando apagamos la luz, llora en silencio durante horas. Cree que no me doy cuenta, pero lo hago. Y me rompe el corazón.

—No puede ser.

El rostro de Jim se ensombreció, y apretó los labios hasta convertirlos en una carretera llena de curvas peligrosas, pero enseguida trató de sonreír.

—¿Por qué, David?

No sé si fue el calor que hacía allí, el resplandor del sol, la tensión, el agotamiento o la deshidratación, pero yo empecé a marearme. Me costaba enfocar la mirada y las sienes me martilleaban.

—El próximo fin de semana —dije cuando logré responder, intentando ganar tiempo.

—El próximo fin de semana no habrá feria. Siempre llevábamos a Rachel a la feria, ¿sabes? Pero su madre y yo nunca le dejábamos subir en demasiadas atracciones.

El mareo regresó. Intenté contenerlo sosteniéndome las sienes. Por un momento creí que me desplomaría sobre la mesa, pero me mantuve recto.

—Lo siento, pero no puede ser.

—Tiene que poder.

—Basta, Jim —alcé la voz, casi gritando. Sólo quería que se callase, que parase y que me dejase en paz. No era capaz de ofrecerle ninguna excusa creíble, ninguna explicación que le satisficiese.

Hubo un cambio repentino en su expresión cuando la realidad se abrió paso hasta el fondo de su cerebro, haciendo añicos por el camino los frágiles cimientos de su artificial sonrisa. Fue como ver caer un edificio derrumbado por los explosivos, dejando atrás sólo un amasijo de hierros retorcidos y escombros con forma de dientes afilados.

—Yo sé lo que está pasando aquí —dijo—. Confiesa.

Me sentía confuso por el mareo y la migraña incipiente, pero aquella frase la escuché muy bien y la dimensioné dentro de mi cabeza hasta alcanzar proporciones descomunales. Tenía tanto miedo de que alguien me descubriese que empecé a balbucear.

—¿A qué te refieres?

—Lo que sucede con Julia. ¿Crees que no me he dado cuenta de lo que pasa?

—Yo..., ¿desde cuándo lo sabes?

—Desde que viniste a casa. Ahí lo supe. ¿Cuándo tenías pensado decírmelo?

—Lo más tarde posible. Tenía la esperanza de que no te enterases.

—Por el amor de Dios, Dave. ¿Cómo no me iba a enterar? Esas cosas se notan. Y si quieres mi opinión, es demasiado pronto.

Allí fue donde me quedé totalmente descolocado, como si una pedrada me hubiese hecho caer del caballo. «*¿Era demasiado pronto para secuestrar a mi hija?*»

—¿Cómo dices?

—No te hagas el loco. Es natural que quieras estar con otra mujer, pero aún es demasiado pronto. Apenas han pasado unos meses. Muestra un poco de respeto, David. Sé un hombre.

—Yo no estoy con ninguna otra mujer... ¿Cómo puedes pensar eso?

—¡No me mientas! Sabía que escondías algo desde que entraste por la puerta. Eres muy mal mentiroso, David.

—Te digo que no es cierto.

—Julia es muy pequeña. Todo esto puede afectarle mucho. Temo que estar con otra mujer haga que nos olvide. Su abuela y yo queremos pasar más tiempo con ella para que eso no pase.

En mi vida no hubo espacio para nada que no fuese la pérdida de Rachel en los meses dolorosos y lentos que siguieron a su muerte. Sólo vacío, vacío y recuerdos. Por eso las palabras me dolieron y me humillaron tanto como si Jim me hubiese escupido a la cara.

Me puse en pie, vagamente consciente de que la gente nos miraba con más o menos disimulo. Jim respiraba agitadamente y su rostro se estaba encendiendo. Si no acababa con aquella conversación, terminaríamos liándonos a golpes, y yo no podía permitirme ningún escándalo.

—Jim, tu nieta pasará con vosotros el próximo fin de semana. Este es imposible. Lo siento, he de irme.

Me marché, intentando no correr, mientras Jim gritaba a mi espalda, subrayando cada frase con un golpe en la mesa.

—Ella es mi sangre, maldita sea. ¡Mi propia sangre! ¡No puedes alejarla de mí!

KATE

Kate regresó a su coche y condujo a las afueras hasta encontrar un lugar tranquilo en el aparcamiento de una tienda de alfombras. Enormes carteles de «Se vende» y «Cerrado por fin de negocio» cubrían la fachada del edificio. Otro de los muchos establecimientos que la crisis se había llevado por delante. Los letreros estridentes y gastados hacían juego con sus sentimientos.

Las palabras que acababa de pronunciar en la conversación con Andrea eran como dos losas que hubiesen salido de su pecho, dejando en su lugar un inmenso alivio. Pero ahora se habían hecho presentes y no había forma de volver a hacerlas desaparecer.

«Estoy enamorada de él desde que le conocí.»

Durante muchos años había sido incapaz de reconocerse a sí misma que había amado desde siempre al marido de su hermana. Y ahora lo había soltado sin más.

Lloró durante un buen rato.

No sentía lástima por sí misma. Jamás la había sentido, y despreciaba a quienes lo hacían. Lloraba por la injusticia de la situación, lloraba por no ser lo bastante fuerte, lloraba de cansancio. Estaba agotada, física y mentalmente por todo lo que estaba sucediendo. Subió el volumen del tono de llamada del teléfono al máximo y se pasó al asiento de atrás. Necesitaba cerrar los ojos, sólo unos minutos para recuperarse después de casi toda la noche en vela.

Allí lloró durante un rato más, dejando que las lágrimas gruesas y saladas la aliviasen, hasta que se quedó dormida.

El móvil la despertó.

Sentía la boca como una alpargata y los músculos del cuello tensos como cuerdas de piano. Parpadeó asombrada de la falta de luz. La tarde tocaba a su fin, debía de haber dormido varias horas.

«*Mierda*», pensó al ver el identificador de llamadas.

—Hola, jefe.

—No vas a venir —respondió McKenna. No era una pregunta.

—Me temo que sigo enferma.

—Robson, ¿sabes qué? De repente el escenario de mañana es el puto hospital de tu cuñado, otra vez. Los del gabinete están tomando decisiones muy estúpidas en muy poco tiempo. Tengo que montar de nuevo sesiones informativas esta noche y hacer un huevo de horas extra. Y todo el mundo está muy muy nervioso. Sobre todo yo, que me pregunto por qué la agente que recabó toda la información del simulador no está aquí para ayudarme.

En los viejos tiempos los agentes del Servicio Secreto se preparaban para las misiones importantes utilizando mapas y maquetas de cartón hechas a escala por especialistas. Ahora todo se realizaba por ordenador. Los parámetros se introducían en un software que simulaba a la perfección el entorno en el que se encontrarían los agentes, que así podían practicar escenarios y múltiples rutas de acceso y escape sin llamar la atención. Kate no solía trabajar en la recopilación de datos, pero se había presentado voluntaria en esta ocasión. La semana anterior estuvo en el Saint Clement's un par de veces. Ambas de incógnito, ambas sin que David advirtiese su presencia, ambas sin admitir que él era la verdadera razón por la que ella se había ofrecido voluntaria. Había recopilado una información impecable, así que McKenna no se había quejado. Pero ahora su obligación era estar junto a su jefe para presentar el *briefing*.

—Lo siento, señor.

—Con tus disculpas y dos pavos me puedo comprar el *Post*. Aquí está pasando algo, Robson. No sé qué es, pero sucede algo. He pedido a Renaissance que cancele lo de mañana, que lo posponga. Al menos ella tendrá un poco de sentido común.

«No. No puede ser. Si la operación no tiene lugar...»

McKenna aguardaba su respuesta como un depredador agazapado.

—¿En serio? Son grandes noticias —mintió Kate, imprimiendo a su voz un tono de fingido alivio—. Si podemos pasarlo al lunes todo será más fácil. Al menos yo podré participar en la reunión preparatoria. Espero encontr...

—Me ha dicho que no —la interrumpió McKenna.

Kate sintió como el corazón se le deslizaba de nuevo a su sitio.

—¿Disculpe?

—Todo el mundo se ha vuelto loco con esto, y no me extraña. Por ahora sólo lo sabe el gabinete y los que vamos mañana. Los agentes no tienen ni idea de que van a operar a Renegade, sólo saben que el asunto es más secreto que el color de los calzoncillos del papa Francisco. Pero mañana tendrán que activar algunos protocolos, habrá más gente que lo sepa, y durante el traslado puede haber imprevistos. Alguien le verá, alguien mandará un tuit o lo que sea. Y antes de la hora de comer el mundo entero sabrá que Renegade está en el Saint Clement's. Todo esto es mierda explosiva de primera magnitud. No hay ninguna posibilidad de mantenerlo tapado. Ninguna. Y así se lo he dicho a Renaissance.

—Déjeme adivinar. Ha pasado de usted.

—Como si oyese llover. Media hora exponiéndole todos los contras de la operación, las ventajas de acudir a Bethesda tal y como me habían dicho esta misma mañana, joder. Y cuando acabo me dice: «Gracias por exponer su punto de vista, pero nos atendremos al plan inicial». Y yo me pregunto... ¿tu cuñado es Jesús? ¿Tienen un quirófano milagroso en ese sitio, Robson?

—No creo, señor.

—Eso me parecía. Le conocí ayer, no sé si te lo dijo.

—La verdad es que apenas tenemos relación, señor.

—No me extraña, maldita sea. Puede que seáis familia, pero es un creído gilipollas insufrible.

«Dios los cría y ellos se juntan.»

—En eso estamos de acuerdo.

—Ahora voy a ir al Saint Clement's a repasar el escenario con mis propios ojos, Robson. Y de paso, a hablar con tu cuñado. Voy a meterle un microscopio por el culo, y como encuentre un solo átomo de mierda, mañana Renegade no pondrá un pie en ese hospital. Aunque sea lo último que haga.

—Me parece bien, señor.

—Te puede parecer lo que quieras. Estás fuera de esto.

Aquella última frase golpeó a Kate en la boca del estómago, como una coz.

—¿Cómo ha dicho?

—Lo que has oído. Estás fuera del caso y suspendida indefinidamente.

—No puede suspenderme sólo por una gastroenteritis —protestó Kate.

—No, pero puedo suspenderte por faltar al trabajo y andar arrastrando los cuernos por todo Baltimore.

Kate se quedó helada, sin saber qué responder.

«Así que Andrea le ha ido con el cuento a McKenna. La muy zorra no ha tardado ni cinco horas.»

No se esperaba esa traición, pero en cierto sentido su supuesta amiga le había hecho un favor. McKenna era un hombre casado con su trabajo. Sin hijos, sin pareja, y el chiflado más paranoico de toda la agencia. Seguro que había intuido que algo no iba bien respecto a Kate, y estaría preguntándose qué era. Ella no podía permitir que sus sospechas se sumasen a la inquietud que le producía la operación de mañana.

La explicación de que Kate tenía un mal día por culpa de un novio infiel era tan vergonzosa que podía ser cierta. Aquella mentira estaba en las antípodas de su carácter. Por suerte, su jefe, además de paranoico, era machista de la vieja escuela. Creía que todas las mujeres actuaban movidas por impulsos irracionales.

—Señor, yo...

—Cállate. Una vez aguantaste un servicio de once horas con 39 de fiebre. ¿De verdad creías que iba a colar lo de la gastroenteritis? Puedo perdonar que seas humana, que cometas un error, incluso que me mientas. Pero no que me tomes por gilipollas.

No había enfado en sus palabras, sólo una tristeza pesada, árida y pegajosa. Estaba convencido de tener razón.

«*Y lo peor* —pensó Kate— *es que la tiene.*»

—Me has decepcionado, Robson. Y mucho. —Colgó.

Salió del coche como una tromba, dejando la puerta abierta tras ella, caminando a grandes zancadas. Llegó hasta el centro del aparcamiento solitario, iluminado sólo por farolas de mortecina luz amarillenta.

Gritó.

Fue un juramento rabioso, a través de los dientes apretados, hasta vaciarse los pulmones. La sangre le palpitaba en las sienes mientras miraba en derredor, pero el único eco que encontró su grito fue el sonido distante de los coches en la carretera.

«*¿Cuánto más? ¿Cuánto más tengo que aguantar?*»

En ese momento sonó el móvil. Respiró hondo y lo descolgó.

—Robson.

—Soy Andrea. Lo siento.

—Ya. Bueno, tú lo sientes. Yo estoy suspendida.

—¿Qué querías que hiciese? Esperé hasta que no hubiese nadie cerca y triangulé la posición del dispositivo. Hice lo que me pediste, pero me pillaron. A mi jefe le saltó una alarma, supongo que debí de ponerme nerviosa y no metí bien el...

—Cálmate, Andrea.

—Me enviaron al despacho de McKenna, Kate. ¡De

McKenna! Es como una esfinge, te mira con esos ojos fijos y tienes que hablar, te dice que será peor si no lo haces.

Kate se calló. Era cierto. Era casi imposible escapar de aquella mirada. Lo sabía porque la había sufrido muchas veces.

—¿Estás enfadada conmigo?

La ingenuidad infantil de la pregunta sorprendió a Kate.

—No lo estaré si me dices dónde está mi novio.

—McKenna se ha quedado con el expediente. Y ha revocado mis privilegios de sistema por unas horas.

—No es eso lo que te he preguntado.

—Me han prohibido que te lo diga.

—O sea, que lo sabes.

—Claro que lo sé. Está registrado a nombre de V. Papic, 6809 Bellona Avenue, Baltimore.

Una dirección. Un apellido.

—¿Última posición conocida?

—También es una dirección de Baltimore. Pero no debo decírtelo, McKenna dice que ha sido una violación de tres leyes distintas, y que así aprenderás a no usar los recursos de la agencia por un calentón.

—Andrea, no tengo tiempo que perder.

—Podría perder mi trabajo.

—Podrías. Pero a mí ya me han echado a los lobos, en parte por tu culpa. Me lo debes.

—No te debo nada. Fuiste tú quien me pidió que lo hiciera. ¡Es culpa tuya que te hayan suspendido!

—Y será culpa tuya el que sea por nada.

Andrea tardó en responder. Kate apretó los labios de impaciencia, pero se obligó a esperar para no ponerla aún más nerviosa.

—654 Whitehead Court. Será mejor que te des prisa. La última posición conocida es de hace una hora y media. Para cuando llegues, podría no estar ahí —dijo, colgando antes siquiera de que Kate alcanzase a darle las gracias.

Kate comprobó la dirección en la aplicación de mapas de su teléfono. No estaba lejos, apenas a diez minutos. Por desgracia, el tiempo de Julia se acababa.

Miró el temporizador que había programado en el móvil.

14:31:21

Corrió hacia el coche. Ahora tenía un objetivo, y nada iba a interponerse.

28

Mi busca sonó cuando salía de la cafetería huyendo de mi suegro, reclamándome para la reunión de seguridad. Para cuando llegué a la sala de juntas del cuarto piso, todo el mundo estaba allí. El director Meyer y la doctora Wong estaban sentados, tiesos como escarpias, frente a cuatro agentes del Servicio Secreto a quienes yo no conocía.

Y sentado, a la cabeza de la mesa, estaba su jefe, el tipo enorme de cabeza rapada con el que había tenido el encontronazo el día anterior en el búnker al que me habían llevado para hacer la resonancia al Paciente.

Recordé que se llamaba McKenna y que era un cabrón. Tampoco parecía él muy dispuesto a olvidarlo. Se puso alerta cuando me vio entrar y no me quitó la vista de encima.

—Qué amable de su parte unirse a nosotros, doctor. Siéntese.

Yo pasé junto a él y caminé hasta el primer hueco libre, aparentando despreocupación, pero el camino se me hizo eterno. Notaba los ojos de McKenna enganchados como dos garfios en mi espalda. Cuando me di la vuelta comprobé que una sonrisa le reptaba por la cara.

Por eso me había dicho que al día siguiente nos veríamos. Seguramente me la tenía guardada, y haría lo que pudiese para incomodarme o ponérmelo difícil. Me pregunté qué pensaba o cómo podría perjudicarme. Y al ver el fuego que ardía en aquella mirada, me di cuenta de que tenía que preocuparme.

Y mucho.

Apenas presté atención a la aburrida reunión de seguridad. Se decidió cuál sería la ruta de entrada del Presidente, qué partes del hospital quedarían cerradas, qué personal tendría que intervenir. Me alegré de que eligiesen como anestesista a Sharon Kendall, era una excelente opción. También era una buena idea que ninguno supiese de la identidad del Paciente hasta minutos antes de la operación. Con la adrenalina, no les daría tiempo a ponerse nerviosos o a dejar que el peso de la responsabilidad pesase en su desempeño. La carga de saber con antelación que ibas a operar al hombre más poderoso del planeta podía taladrarte el cerebro. Que me lo dijesen a mí.

Hablaron de más asuntos importantes, pero estaba demasiado agotado y preocupado para implicarme demasiado.

—Yo asistiré al doctor Evans en la operación —dijo Stephanie.

Asentí con un gruñido. Sabía que ella intentaría por todos los medios que su rango de jefa de servicio quedase muy claro en la rueda de prensa que tendría lugar después de la operación. Su especialidad era la columna vertebral, un área donde las operaciones son tres veces más caras, atraen a tres veces más pacientes y apenas se muere ninguno. Pero eso el público no lo sabía, y a ojos del mundo ella sería la que se colgase las medallas. No podía importarme menos. Pero la siguiente frase consiguió arrancarme de mi letargo.

—En la Casa Blanca me han pedido que ubique también a un grupo de tres expertos asesores que estarán supervisando la operación desde la cúpula. Estos expertos son...

—No dijimos nada de expertos —salté, sin poder contenerme.

—Perdón..., ¿están las mitades de mis frases interrumpiendo los principios de las suyas? —protestó McKenna.

—No habíamos hablado nada de niñeras, y ya soy mayorcito. Me parece una falta de confianza muy grande. Algo que como mínimo tenía que habérsenos consultado.

Miré a Wong y a Meyer. Estaban enfadados, como yo, pero guardaron silencio. No iban a apoyarme con eso.

McKenna se tomó su tiempo para dejar claro que yo estaba solo en aquella reclamación.

—Sobre esto no va a haber discusión alguna.

—Ya tuve una discusión con la Primera Dama acerca de esto. Y ella había tomado una decisión.

—Que no ha cambiado. Usted es el cirujano principal. Tan solo tendrá un par de ojos adicionales observándole. No es nada personal, sólo queremos tomar la mejor decisión posible —dijo McKenna, juntando las manos e inclinándose por encima de la mesa.

—Debería hacer eso extensivo a la compra de corbatas —gruñí.

El agente bajó la vista hasta su aburrida corbata azul

oscuro, dándose cuenta un segundo demasiado tarde de que había respondido a mi pulla infantil con un gesto de inseguridad. Frunció el ceño.

—Los expertos asesores serán Lowers, Ravensdale y Hockstetter. Los dos primeros vienen en avión hacia Washington ahora mismo.

Su tono de voz apenas se alteró. La clave es ese «apenas». Hubo un resto de algo, tosco y animal, que me puso los pelos de punta. En ese momento me di cuenta de que tenía que superar una prueba más.

Había oído hablar de los otros dos. Tanto Lowers como Ravensdale eran dos neurocirujanos de primer nivel, uno de la Costa Oeste y otro inglés. No eran tan expertos como Hockstetter o como yo eliminando tumores en el área del cerebro que controla el lenguaje, pero eran muy competentes. Aunque el nombre que realmente me preocupaba era el de mi antiguo jefe. Y la forma en que McKenna lo había pronunciado.

Allí había algo más que mutua animadversión. McKenna sospechaba de mí y del oportuno «accidente» del garaje.

—Creí que el doctor Hockstetter había sufrido un accidente.

—No puede operar —dijo McKenna—. Tiene una mano rota. ¿Le han informado de ello?

—La Primera Dama me lo dijo.

—El doctor Hockstetter no podrá estar en el quirófano. Pero estará acompañándonos desde la cúpula. Así podremos contar con su consejo.

Y seguramente también con sus indicaciones a través del intercomunicador, emponzoñándome los nervios y los oídos cuando más necesitaría de tranquilidad.

Todos los elementos se habían dispuesto para hacer realidad el refrán de que el éxito tiene muchos padres, pero el fracaso sólo uno. Mi nombre era el del responsable de la operación, aunque si salía bien, todos los que hubiesen movido una gasa de sitio se apuntarían el tanto.

Lo que a mí realmente me traía de cabeza era en qué medida iba a afectar aquello al plan de White. ¿Cómo demonios tenía previsto que matase al Presidente? Con un bisturí a mi alcance y tantas venas esenciales cerca, no era algo demasiado difícil, asumiendo que tuviese las agallas para ello. Pero White había insistido en que quería que pareciese el resultado de la operación. No podía haber violencia.

Y con los ojos de tres de los mejores neurocirujanos del mundo —uno de los cuales me odiaba a muerte— pendientes de cada uno de mis gestos..., ¿cómo iba a cumplir las órdenes de White?

—No me hace especialmente feliz, agente McKenna. El doctor Hockstetter y yo no nos llevamos muy bien.

McKenna se puso en pie.

—Señores, hemos terminado. Gracias a todos. Nos vemos mañana.

Todo el mundo le imitó y se encaminó hacia la puerta, incluido yo. Aunque sabía perfectamente que sus siguientes palabras iban a ser:

—Doctor Evans, un momento, por favor.

Stephanie Wong volvió la cabeza y me miró extrañada antes de salir. Yo me limité a sentarme de nuevo.

—Estoy agotado, McKenna. Dese prisa.

—¿Un día duro, doc?

—Como todos.

—¿Algo especialmente interesante que le haya pasado hoy?

—Lo de siempre. Los pacientes, las rondas, el papeleo.

—Ya. ¿Y dónde estaba esta tarde alrededor de la una? Peligro. Aquí vamos.

—Salí para comer.

—¿Fue con algún colega?

—No. ¿De qué va esto?

—Usted limítese a responder, doctor.

—No tengo por qué hacerlo.

McKenna hinchó los pulmones, robándole el aire a la habitación.

—En realidad, sí. El protocolo dicta que usted debía haber pasado una comprobación de seguridad exhaustiva antes de encontrarse en la posición en la que se encuentra. Pero las circunstancias nos lo impidieron.

—¿Y cree que preguntarme dónde he comido va a servir de algo?

—Le he preguntado si había ido con alguien. Pero ya que se pone...

—He comido donde siempre. En el Corner Bistro.

—Ya. ¿Está muy lejos?

—A tres manzanas.

—¿Y siempre lleva el coche para ir a tres manzanas? Mi corazón se detuvo una fracción de segundo.

—¿Cómo dice?

Fingió hojear unos papeles que había en una carpeta frente a él.

—Según el registro del parking del hospital su coche salió a las 11:38. ¿Sabía que apuntan todas esas cosas? Es por la tarjeta de acceso que utilizan. Todo queda registrado. Tecnología moderna, ¿sabe?

No respondí. Aquello me había pillado totalmente por sorpresa. Me pregunté cuánto más sabía aquel cabrón.

—¿Dónde iba a las 11:38, doc?

La mirada de McKenna continuaba fija, volcánica e implacable. De pronto hacía un tremendo calor en aquella habitación. Mi espalda comenzó a sudar profusamente, y también las palmas de mis manos, mientras intentaba buscar una explicación plausible para el hueco de dos horas en mi historia. Decidí que tenía que aproximarme a la verdad lo más posible.

—Tengo un paciente, se llama Jamaal Carter —dije finalmente—. Tiene familiares en Anacostia, y fui a hablar con ellos.

McKenna alzó una ceja. Aquello le había sorprendido a él.

—¿Me está diciendo que un paciente de este garito de lujo —dijo haciendo un gesto circular con los índices— tiene parientes en Anacostia?

—No solo eso, vive allí.

—Me está tomando el pelo, doc. ¿Sabe que mentirle a un agente federal es obstrucción a la justicia?

—No le estoy tomando el pelo. Es un pandillero herido en un tiroteo que nos derivaron del MedStar porque tenían las urgencias llenas. Le quité una bala de la columna vertebral, que con casi toda seguridad le hubiese dejado paralítico. Lo hice contra la opinión de mis jefes, que creían que hubiese bastado con estabilizarle y dejar que otro cargase con una factura astronómica que es más de lo que ese chico ganará en toda su vida, y que nunca nos pagará.

Jamás hubiese hablado de mí mismo en esos términos de no tener enfrente a un agente del Servicio Secreto... que sospechaba acertadamente que yo acababa de asaltar e imposibilitar a un cirujano rival. Creí que intentar captar la benevolencia de mi interlocutor resaltando mi humanismo me ayudaría.

—Qué tierno, doc —dijo McKenna, esbozando una sonrisa burlona—. En mi opinión, ese pedazo de mierda estaba mejor en una silla de ruedas que en la calle, jugando con pistolas; o en la cárcel, malgastando el dinero de los contribuyentes. Pero ¿quién soy yo para juzgar los motivos de un corazón bondadoso como el suyo?

Me equivoqué.

—Yo no soy Dios. Soy sólo un médico. No tomo atajos, ni decisiones. Sólo curo personas.

—Ya. ¿E ir a ver a los familiares del pandillero entra dentro de sus obligaciones?

Bajé la voz, intentando añadir un tono confidencial a mis palabras.

—En realidad no. Fue un favor de índole personal que me pidió el paciente, y yo quise complacerle. Si lo supiesen en el hospital, me traería problemas.

—Ya. ¿Y de qué habló con los familiares?

—Eso es confidencial, pertenece a la privacidad médico-paciente.

La sonrisa burlona se ensanchó.

—Acaba de decir que fue un favor de índole personal. No puede entrar dentro de la confidencialidad.

Yo suspiré, ganando tiempo para elaborar mi siguiente mentira.

—El chico tiene una novia, ¿vale? Me pidió que le llevase una carta, y yo fui tan idiota de aceptar. Me siento responsable de él. Lo ha tenido muy jodido en la vida, y no está de más que alguien le muestre una cara amable.

McKenna se puso en pie. Con su tamaño descomunal, la única forma de describirlo era en términos geológicos. Era como una montaña alzándose a cámara lenta. Dio la vuelta a la mesa de la sala de juntas y se acercó a mí. Yo me puse en pie a mi vez.

—¿Hemos terminado?

—No, no hemos terminado.

McKenna levantó una mano y la colocó en mi hombro. No soy precisamente un peso pluma, pero aquella manaza parecía esculpida en piedra, y el brazo al que iba unida era un pistón de acero. Me obligó a sentarme de nuevo con tanta facilidad como si yo tuviese cinco años.

—¿Qué diablos se cree que está haciendo?

McKenna empujó la silla y a mí contra la mesa, atrapándome entre la madera y el respaldo. Solté un quejido cuando el borde pronunciado del wengué se clavó en mi costilla rota. El dolor era como una cuchillada en el pecho, agudo e insoportable. Y no cedía. El supervisor se inclinó contra mí, con su corpachón cortándome la retirada, su boca susurrando junto a mi oreja izquierda.

—No me gusta, doc. No me gusta una mierda. No sé si es sólo un chulito insufrible que se cree Dios, o me esconde algo. Me da igual que sea una estrella del rock en lo suyo, nadie se acerca a mi hombre con un instrumento afilado sin estar más limpio que una patena.

Intenté recuperar el aliento, aunque el dolor en el tórax me estaba mareando y apenas llegaba aire a mis pulmones. Necesitaba hablar con claridad. Si se le ocurría levantarme las mangas de la bata, vería los rasponazos producidos por la pelea, y sería el fin.

—Está cometiendo un grave error —logré decir.

—¿Dónde estaba a la una de la tarde?

—Ya se lo he dicho.

—Repítamelo.

—He ido a ver a los familiares de un paciente, he comido algo y he vuelto a mi despacho.

—Es curioso. A esa misma hora el doctor Hockstetter, que ayer mismo fue escogido para sustituirle en la que probablemente sea la operación de neurocirugía más importante de la historia, era asaltado en un garaje. Su agresor le rompió la mano con la puerta de un coche.

Logré girar el cuello lo suficiente como para poder mirarle a la cara. Estábamos tan cerca que hubiésemos podido besarnos. Su aliento olía a chicles de nicotina, su piel a grasa y sudor de animal enjaulado.

—Dijeron que había sido un accidente —dije, confiando en que el miedo que me inspiraba y el dolor que sentía pudiesen ser confundidos con sorpresa.

—Eso dijeron, sí. Un acontecimiento fortuito. Pero en mi trabajo no existen las casualidades. Y qué quiere que le diga, usted tiene mucho que ganar en todo esto. Eso es un móvil. Y estaba fuera del hospital. Eso es oportunidad.

Apreté los pies contra el suelo, intentando vencer la fuerza que me empujaba, retroceder un milímetro para poder respirar. Los zuecos me resbalaron sobre la superficie enmoquetada. Me descalcé y conseguí ganar un poco de hueco.

—¿Le ha dicho la Primera Dama que yo no quería operarle? ¿Que tuvo que pedírmelo por favor no en una, sino en dos ocasiones? ¿Qué mierda de móvil es ese, McKenna?

Parpadeó un par de veces. Estaba claro que no lo sabía. Aquel golpe pareció desconcertarlo brevemente, pero enseguida contraatacó con el elemento que le faltaba para completar el triunvirato del crimen. Tenía la oportunidad y los medios, y ahora tal vez dudas con el móvil. Pero le seguía quedando la pistola humeante.

—¿Tiene un arma, doctor?

—¿Qué?

—Una pistola. Que si tiene una pistola.

—No, no tengo una pistola. Odio las armas, capullo. No he sostenido una en mi vida.

Salvo que acababa de tener una en la mano hacía unas horas. Y seguro que me quedaban restos de pólvora sobre la piel, a pesar de que llevaba guantes cuando Hockstetter y yo forcejeábamos y el arma se disparó. Y que aún estaba bajo el asiento delantero de mi coche. Y que la voz estaba temblándome por la tensión y el dolor del pecho.

Supe que no me creía. Que iba a descubrir lo que había estado haciendo desde el principio. Y ni siquiera tendría la oportunidad de suplicarle a White, que lo estaba oyendo todo. Para cuando lograse convencerlos de la verdad, Julia habría sido devorada por las ratas.

Y entonces sonó un teléfono.

Era su móvil. Se apartó de mí para cogerlo, y yo por fin pude separar mi maltrecha costilla del borde de la mesa.

—Supervisor McKenna.

Hubo una serie de gruñidos y asentimientos. No pude escuchar la otra parte de la conversación. McKenna se había alejado hasta la ventana, dándome la espalda, pero tenía el volumen del teléfono lo bastante alto como para que yo supiera que la voz al otro lado de la línea sonaba rápida y excitada.

—¿Qué? No puede ser. ¿Quién coño está en balística ahora?

Hubo más explicaciones y más gruñidos. Y los hombros de McKenna fueron descendiendo a medida que las palabras de su interlocutor iban hundiendo su teoría.

Colgó sin despedirse.

Y entonces comprendí.

El disparo que había reventado la rueda del coche. Seguro que los técnicos habían sacado la bala y la habían metido en uno de esos ordenadores mágicos. Durante el juicio que me trajo al corredor de la muerte, averigüé que la bala había sido cotejada con la base de datos de la policía de Washington, y se había descubierto que la pistola de la que había salido había estado implicada en varios atracos, dos de ellos con homicidio. Por eso Marcus me había insistido tanto en que no me pillasen con ella. Irónicamente, la suciedad del arma me había limpiado a mí, enviando las sospechas en una dirección diferente.

Pero en ese momento todo eso lo ignoraba. Y por suerte McKenna, con todo lo bueno que era, no supo ver la relación entre mi visita a Anacostia y la pistola. No le juzguen duramente, ustedes han seguido los hechos desde el principio, ordenadamente, y él no. En favor de aquel enorme orangután, hay que decir que su intuición animal lo alertó desde el principio respecto a mí, muy acertadamente. Pero luego, al final, cuando tuvo la pieza final del puzle, la interpretó mal y falló. Quizás era que no le entraba en la cabeza la idea de que el médico pijo comprase un arma sucia, o simplemente es que estaba cansado y se le escapó. Era humano y falible, como todos los que estuvimos bailando al son de aquella pesadilla.

No se dio la vuelta. Simplemente dijo:

—Ya puede irse, doc.

No podía.

Yo sabía lo que había hecho, y sabía que la relación entre Jamaal Carter, la pistola y yo existía. Y que tal vez un rato después McKenna estuviese lo bastante fresco como para llegar a la misma conclusión. No podía permitirlo. Tenía que cortarle las alas para que no se atreviese a volver a cuestionarme.

Me calcé de nuevo, despacio. Me puse en pie, apretando los dientes para resistir el dolor, visualizando en mi cabeza un par de vicodinas que iba a robar de la farmacia tan pronto saliese de aquella horrible sala de juntas, mientras caminaba hacia la ventana.

—No pienso irme.

—¿Disculpe?

McKenna se dio la vuelta, extrañado. El bajón de adrenalina que le había sobrevenido tras la llamada había dejado estragos a su paso. Ya no era el representante de la ley que me aterraba un par de minutos antes. Ahora tenía la piel grisácea, el color había huido de sus mejillas y dos hamacas violáceas se habían formado bajo sus ojos.

Aun así seguía siendo terriblemente peligroso. Y si se tomaba un café o se echaba una siesta de media hora, ataría los cabos. Sólo había una manera de impedírselo.

—He dicho que no pienso irme, matón de mierda. No pienso irme hasta que se disculpe.

McKenna hizo un ruido nasal de incredulidad. En un ser humano más evolucionado lo hubiésemos confundido con una risa.

—Debe de estar de broma.

—Le preguntaría si cree que tengo cara de bromear, pero dudo que usted sea capaz de encontrarse el culo con dos manos y una linterna, así que mucho menos le creo capaz de interpretar expresiones. Por algún extraño motivo me cogió manía desde el momento en que me vio, lo que me importa un huevo, francamente, porque es mutuo. Lo que acaba de hacer es un abuso de autoridad. Hay leyes contra eso.

—¿Va a denunciarme? ¿El niño rico me está amenazando, gallito?

—Escuche, irlandés cabeza de patata, niño rico lo será su padre. Yo vengo de la calle, de un montón de estiércol probablemente no muy distinto de aquel en el que se crió usted. Y he llegado a ser uno de los mejores neurocirujanos del mundo yo solito, a base de un trabajo ímprobo y de tragar tanta mierda como para cubrirle hasta las cejas. Y desde el principio de esto puse como única y exclusiva condición que para operar al Presidente tenía que acceder a él como persona, con sencillez, sin que sus gorilas ni su cargo se interpusieran. Por eso me alegré cuando me quitaron el caso, aunque fuese a parar al mayor lameculos que una vez haya sostenido un bisturí. Y como no se disculpe usted ahora mismo, va a tenerle que explicar a la Primera Dama personalmente que el mejor médico disponible, el que puede marcar la diferencia entre que salga del quirófano lúcido o convertido en un vegetal, no va a operar a su marido porque usted le ha empujado contra una mesa.

McKenna no respondió. Me miraba con los ojos muy abiertos, la mandíbula apretada y unas ganas enormes de practicarme una craneotomía a puñetazos.

Sin apartar la vista ni parpadear, me metí la mano en el bolsillo, saqué el móvil y lo desbloqueé, mostrándole la pantalla iluminada.

—¿Y bien? ¿La llama usted o la llamo yo?

No tenía el número directo de la Primera Dama, por supuesto. Pero eso él no lo sabía. Desvió la mirada hacia la pantalla, y finalmente bajó los ojos.

—Lo lamento.

—Lo lamento, ¿qué?

McKenna rechinó los dientes tan fuerte que los cristales de las ventanas temblaron.

—Lo lamento, doctor Evans.

—Gracias. Consideraré esta torpeza suya como un exceso de celo. Si no vuelve a extralimitarse, quedará entre nosotros —dije con deferencia.

Tal vez eso fue demasiado, no lo sé. Y quizás provocase lo que vino a continuación.

Me di la vuelta para irme y caminé hacia la puerta. Despacio, sin mirar atrás, pero sin detenerme. Y a mitad de camino, la voz del supervisor me alcanzó, con un último mazazo de despedida.

—Para evitar que le ocurra nada como a Hockstetter, le asignaré un par de agentes que le protegerán de aquí a mañana.

La leve sensación de triunfo que había experimentado por doblegar a McKenna se esfumó.

Me había librado por un pelo, sí. Pero aquella misma noche debía ver a White. Y con un par de sombras pegadas a mi trasero, aquello iba a ser imposible.

KATE

Era un motel de mala muerte al norte de Catonsville, entre un Taco Bell y una pizzería que tenía pinta de llevar décadas cerrada. El motel también había visto mejores tiempos. La mitad de los neones de su luminoso estaban fundidos, y las letras tradicionales de plástico negro sobre este anunciaban *Bitac Ones barat S*, lo que por otro lado no dejaba de transmitir el mensaje deseado con total claridad.

Había sólo cinco coches en el aparcamiento. Suponiendo que uno o dos fuesen de los empleados, eso dejaba entre tres y cuatro ocupantes en el motel. Las habitaciones eran veinte, todas en un edificio de una sola planta. Dos de ellas estaban iluminadas.

«No voy a ir a preguntar a la recepción —pensó Kate—. *Está completamente iluminada y hay una vista del mostrador desde todas las ventanas. Sería lo mismo que llegar con un coche patrulla.»*

Probablemente por la parte de atrás hubiese salida, tal vez desde las ventanas del cuarto de baño. No tenía tiempo ni ganas de ponerse a correr por un descampado a oscuras detrás de un sospechoso potencialmente armado. Pero era imprescindible localizar a Vlatko en una de esas veinte habitaciones. Si es que todavía seguía en el motel, y no había parado allí tan sólo a echar una meada o a comprar un refresco de la máquina.

Kate bajó del Taurus, procurando que la suela de sus botas no hiciese ruido sobre el hormigón. Había aparcado en el extremo contrario a la recepción, de forma que la luz que salía de esta no la iluminase al salir del coche. Fue hacia las puertas y cuando estaba cerca de la número 20, sacó el móvil y marcó el teléfono de Vlatko.

Era un tiro al azar. Podía estar apagado, podía estar en silencio. Pero también su mejor opción de acercarse a él sin llamar demasiado la atención. Y Kate estaba convencida de una cosa: Vlatko querría ver de nuevo a Svetlana, así que no cortaría el canal de comunicación con ella.

Se lo puso en la oreja.

«*Da señal. Bien.*»

Lo separó para poder escuchar mejor. De la 20 no salía ningún sonido. De la 19 tampoco. Siguió caminando, reduciendo los números. El teléfono seguía dando línea, nadie contestaba.

17, 16, 15.

Saltó el buzón de voz.

Kate volvió a marcar. La 14 estaba iluminada, y se detuvo un par de segundos más en ella. Nada.

13, 12, 11.

Volvió a saltar el buzón de voz.

Marcó de nuevo, y esta vez no dio tiempo a que sonase ni un solo tono. Una voz apresurada contestó en serbio.

—¿Svetlana?

—¿Vlatko Papic?

—*Koga ste trebali?*

—Vlatko, soy una amiga de Svetlana. Necesito hablar contigo.

Silencio.

—¿Vlatko?

—Mientes. Svetlana no tiene amigas.

Colgó.

Kate miró hacia atrás. En la 14 no había habido movimiento. La 10 parecía vacía también. La 9, sin embargo, estaba iluminada. Caminó hacia ella con decisión y llamó a la puerta.

—Vlatko, ábreme.

Nadie respondió. Kate escuchó ruido de pies descalzos y algo cayendo al suelo.

—No me obligues a tirar la puerta abajo, Vlatko. Soy de la policía.

El ruido se detuvo. Kate creyó ver un movimiento con el rabillo del ojo en las cortinas. La puerta se abrió ligeramente, aunque la cadena seguía puesta. Un ojo se asomó por la rendija.

—Enséñeme la placa.

Kate intentó no sonreír ante la ingenuidad. Aquella cadena de juguete no resistiría ni media patada, pero aun así Kate le mostró su identificación. El ojo se abrió mucho por el asombro.

—¿Servicio Secreto? Pero...

—Déjame entrar y te lo explicaré todo.

El chico cerró la puerta, descorrió la cadena y le flanqueó el paso a Kate.

Esta miró alrededor. La habitación parecía llevar unos días en uso, a juzgar por la cantidad de cajas de comida preparada que había amontonadas junto al televisor. El chico estaba desnudo salvo por una toalla, con el cuerpo cubierto aún de gotas de agua. Era delgado y menudo, de pelo moreno y ojos tristes. Sin ropa parecía aún más joven, casi un adolescente.

—Estaba en la ducha, por eso no oí el teléfono.

—Ya lo veo —respondió Kate, observando el reguero empapado en el suelo.

—¿Y Svetlana? ¿Dónde está?

Kate cogió una silla, le dio la vuelta y se sentó con las piernas abiertas y apoyándose en el respaldo con los antebrazos.

—Ve a ponerte algo, Vlatko. Enseguida te lo explicaré.

—¿Pero está bien?

—Está perfectamente. Ve.

Un par de minutos después el chico apareció con un jersey y unos vaqueros. Se sentó al borde de la cama y se calzó unas zapatillas desgastadas antes de dirigir a Kate una mirada interrogante.

—Svetlana se ha metido en un lío, Vlatko.

—Lo sabía. Lo sabía. Le dije que esa gente no era de fiar. Que iba a salir todo mal —dijo el chico, mesándose los cabellos empapados.

—¿Sabías lo que estaba pasando?

—¿Es que Svetlana no se lo ha explicado?

Kate notó un tono de alarma en la voz del muchacho. Aquí venía el dilema. No podía interrogarle demasiado sobre lo que él sabía, ya que se suponía que ella tenía a Svetlana a buen recaudo. No podía obligar al chico a que la acompañase. El éxito de su plan dependía totalmente de que fuese con ella voluntariamente.

Tendría que actuar a ciegas y rogar por no equivocarse.

—Necesito que me lo cuentes tú con tus propias palabras.

El chico parecía inteligente. Hablaba un inglés gramaticalmente perfecto, casi sin acento.

—Yo llevo tres años viviendo aquí. Svetlana y yo éramos novios en Belgrado, pero ella no logró el visado de estudiante. Yo creí que podría terminar aquí Ingeniería Industrial, pero no conseguí ninguna beca, y todo en este país es carísimo. He estado haciendo chapuzas, intentando ahorrar para ayudar a Svetlana a venir. Pero ella cada vez estaba más nerviosa.

—Y decidió tomar un atajo.

—Esos tipos la contactaron en Belgrado.

—¿Qué tipos? ¿Sabes algo de ellos?

—Ella me dijo que eran ex militares que trabajaban ahora en seguridad aquí. Pero yo sabía que era mentira. Le dijeron que le darían un visado y 50 000 dólares si les daba información sobre un médico de Washington. Tenía que vivir en su casa un mes, nada más. Yo le dije que no lo hiciera, que todo el asunto me olía muy mal.

—Pero ella no te escuchó.

—Dijo que era lo que necesitábamos. Que por fin podríamos estar juntos. Después de estar a 7000 kilómetros de distancia, que ella viviese a tan sólo una hora en coche era una oportunidad caída del cielo.

Kate meneó la cabeza.

—Pues ahora ella está en un lío tremendo.

—¿Dónde está? ¿Está detenida?

—Ahora iremos a eso. Antes cuéntame qué pasó el martes.

—Ella llevaba unos días preocupada. Me dijo que me

preparase para dejar mi apartamento si algo salía mal. Sólo sé que iba a ser este martes. Habíamos quedado en encontrarnos aquí en cuanto ella tuviese el dinero.

—Pero te avisó para huir —dijo Kate.

—Me mandó un mensaje. Sólo decía «Corre». Yo supe que estaba metida en problemas, pero ¿qué podía hacer? No sabía dónde estaba, y si acudía a la policía sólo conseguiría meterla en problemas.

—Hiciste lo correcto, Vlatko. Nosotros sabíamos de la existencia de Svetlana y la hemos protegido todo este tiempo. A pesar de ello, entró ilegalmente en el país.

El rostro de Vlatko empalideció.

—¿Van a deportarla?

—Eso depende de ella. Y de ti.

—Dígame qué puedo hacer. Haré lo que sea.

—Le hemos dado a escoger. O testifica contra la gente que montó la operación, o la subiremos al primer avión de vuelta a Belgrado.

—No pueden hacer eso. ¡Esa gente es peligrosa! Si testifica, la matarán. ¡Le diré que no lo haga!

Kate se alisó las mangas de la chaqueta con estudiada indiferencia.

—Dime una cosa, Vlatko. ¿Qué crees que le pasará a Svetlana tan pronto aterrice, ahora que le ha fallado a esa gente tan peligrosa?

El muchacho abrió la boca de asombro. Cerró los ojos y soltó un resoplido de desesperación.

—La harán pedazos y la tirarán al Danubio.

—Así que, o bien nos ayuda y os metemos a ambos en el programa de protección de testigos, o bien se vuelve ella sola a casita, donde no podremos ayudarla. Todo el mundo pierde.

Vlatko se puso en pie y dio un par de vueltas a la habitación a grandes zancadas.

—¿Qué ha dicho ella?

—Que quiere hablar contigo primero. Necesito que la convenzas. Que sepa lo que le conviene.

—¿Nos protegerán a los dos?

Kate guardó silencio, fingiendo ponderar la respuesta. Necesitaba que sonase lo más creíble posible.

—Sí. No es lo habitual, porque no estáis casados, pero esta gente son piezas de caza mayor. Merecerá la pena.

Vlatko asintió.

—De acuerdo, entonces. ¿Van a traerla?

—Ahora está en un piso franco, hasta que podamos movilizar efectivos suficientes para asegurar su traslado. La verás por la mañana.

—¿La esperamos aquí, entonces?

—Este lugar no es seguro. Esta noche volverás a tu apartamento, y tendrás a un par de agentes aparcados en la calle. De todas formas, no hay nada que temer, ellos no tienen tu dirección. Por la mañana estaréis juntos, os llevaremos a la central y allí podrás convencerla.

—Svetlana me dijo que no volviese a mi apartamento.

Kate se encogió de hombros.

—Puedo llevarte a la central esta noche. Pasarás la noche durmiendo en el suelo, y por la mañana estarás hecho un asco, y tu ropa apestará aún más de lo que lo hace ahora. ¿Es así como quieres volver a ver a tu chica?

Vlatko lo pensó durante un momento, mientras Kate miraba atentamente el papel pintado de las paredes.

—Está bien, agente. Vamos a mi casa.

Vlatko tardó sólo un par de minutos en embutir sus prendas malolientes en una mochila. Había huido casi con lo puesto. Otros veinte minutos más tarde el coche de Kate frenaba a media manzana de la casa del chico.

—Ya estamos. ¿Cuál es tu piso? ¿Se ve desde aquí?

—Sí, es el sexto. La primera ventana de la izquierda —dijo señalando arriba.

—¿Dejaste la luz encendida?

—Eso me temo. Salí muy deprisa cuando Svetlana me avisó.

—De acuerdo. Baja ya.

—Y usted, ¿no viene?

—No quiero que nadie nos vea juntos. Camina tranquilo. Aunque tú no los distingas, hay más agentes observándote ahora mismo.

El joven le dedicó una mirada cargada de ansiedad.

—¿Se quedará vigilando, agente Robson?

—Ya ha terminado mi turno. Necesito dormir un poco.

—Me sentiría mejor si usted también se quedase.

—¿Vas a pedirme que clave mi culo en este asiento toda la noche mientras tú duermes cómodo en tu cama? Debes de estar soñando. —Vlatko dudó antes de salir—. Oh, por el amor de Dios. De acuerdo, me quedaré aquí. Y ahora largo.

—Gracias por todo lo que está haciendo por nosotros, agente Robson —dijo con una sonrisa.

Bajó del coche.

—Vlatko —le llamó ella a través de la ventanilla.

El joven se volvió hacia ella.

Kate dudó un momento. Pero ya era demasiado tarde. No había vuelta atrás.

—Nada. Que descanses.

Le observó caminar hasta la puerta del edificio de apartamentos, una figura desgarbada, casi infantil. Un muchacho agradable que sólo quería estar con su novia, trabajar, terminar la carrera. Mantuvo la vista fija en la ventana del muchacho durante mucho tiempo, hasta que la luz se apagó.

«No pienses. No pienses.»

No hay nada más difícil que poner la mente en blanco. Cuando estás en un coche a oscuras, en una calle solitaria, vigilando la puerta de un joven inocente a la espera de que aparezcan algunos de los seres humanos más peligrosos y despiadados que existen, la tarea se antoja imposible.

Y si en ese momento llama por teléfono la persona que ocupa el centro de tus pensamientos, tu alma se puede volver del revés.

—David. ¿Dónde estás? ¿Cómo has logrado llamar?

29

Llegué a casa a eso de las 9 de la noche. No lo hice solo. En la acera de enfrente aparcó un sedán con un par de agentes del Servicio Secreto, tal y como McKenna me había prometido.

Estaba agotado, aunque el dolor del pecho había desaparecido por obra y gracia de santa Vicodina. Sentía calor y los ojos hinchados e irritados. Necesitaba un copazo y veinte horas de sueño. Pero apenas cerré la puerta de entrada sonó mi teléfono.

—Te has agenciado una bonita escolta —dijo White.

Me dejé caer contra la puerta y la gravedad tiró de mí hacia el suelo hasta sentarme.

—Ya ve, malgastando el dinero de los contribuyentes.

—Eso complica las cosas.

—Debería darme las gracias por habernos librado de McKenna.

—No me malinterpretes, Dave. Tu actuación de hoy ha sido brillante. Y el detalle de mostrarle el teléfono al supervisor, permitiéndome ver su derrota a través de la cámara. Eso ha sido un toque de genialidad. Tienes talento para esto. Voy a lamentar mucho que mañana dejemos de trabajar juntos.

J.G. Jurado

Yo estaba demasiado exhausto como para insultarle.

—Ojalá pudiese decir lo mismo.

—Ve a descansar y deja todas las luces apagadas para que los del Servicio Secreto crean que estás durmiendo y bajen un poco la guardia. A la una en punto sal por el jardín a la calle de atrás. Espera a que lleguen mis hombres.

—Está bien.

—Ah, Dave. Deja el móvil en la casa. No creo que estos funcionarios de cabeza cuadrada sean tan listos como para ponerle un marcador a tu señal, pero ahora no podemos correr riesgos. No tan cerca del premio.

Él colgó, y yo obedecí. En su mayor parte. Porque dejé mi iPhone, pero me llevé el teléfono que me había dado Kate. Y salí de casa dos minutos antes de la hora prevista. Por fin podía alejarme lo suficiente del micrófono que contenía aquel aparato infernal como para hablar con Kate.

Subí la cuesta de mi jardín y me parapeté tras un árbol. En la calle no se movía ni un alma ni había más sonido que el distante rumor de la tele de los Salisbury, una pareja de ancianos medio sordos que siempre se dormían en el sofá.

Protegido de la vista de los matones en mi precario escondite, marqué el número y ella contestó al segundo timbrazo.

—David. ¿Dónde estás? ¿Cómo has logrado llamar?

—En la calle. No tengo mucho tiempo, van a venir a buscarme para ver a White.

—¿Y tu teléfono?

—Me ha ordenado dejarlo. ¿Tienes algo?

—Estoy siguiendo una pista de la que prefiero no hablarte. ¿Qué ha pasado en las últimas horas?

Punto de equilibrio

Le hice un resumen rápido, incluyendo lo que había sucedido con la rata y cómo White podía actuar contra Julia tan sólo apretando un botón.

—No le dejaremos que lo haga. ¿Estarás en el quirófano mañana?

—Sí. Ha sido un día de auténtica pesadilla. Ayer hubo un cambio de planes que estuvo a punto de acabar con la operación.

—No lo llames *operación*, David. Llámalo por su nombre: asesinato.

—¿Eso va a hacer que te sientas mejor? Porque a mí, desde luego, no.

—Casi siempre duele cuando haces lo correcto, ¿verdad, Dave? ¿No fueron esas tus palabras?

—¿De verdad quieres hablar de esto ahora?

—No se me ocurre mejor momento, David. En unas horas podría estar muerta.

Tardé en contestar, mientras la imagen de la noche en la que había sucedido todo volvía a mi cabeza. Julia acababa de acostarse, y Rachel tenía turno de noche. Kate había venido a ver a la niña, en una de sus escasas jornadas libres. Cenamos los tres juntos, como tantas otras veces. Kate y yo tomamos vino, como tantas otras veces. Charlamos un rato en el sofá de la terraza, cuando la niña se fue a la cama como tantas otras veces.

De pronto, ella me besó. Y eso no había ocurrido nunca.

Yo me quedé asombrado, no fui capaz de reaccionar. Llevaba una década sin recibir más besos que los de Rachel, y notar los labios de Kate sobre los míos me provocó una sensación extraña, sobrecogedora. En algún lugar fuera de nosotros se oyó el sonido de algo que se rompía y nunca podría ser vuelto a componer.

391

No le devolví el beso, aunque tampoco la rechacé, no sé si por miedo o por confusión. Pero Kate comprendió enseguida lo que había hecho y lo que yo no sentía, y se separó de mí. Muerta de vergüenza, le echó la culpa al vino y se largó corriendo. Al día siguiente llamó para pedir perdón, y yo le dije que debíamos contárselo a Rachel, por duro que fuese.

Porque casi siempre duele cuando haces lo correcto.

—Kate, sé lo que estás haciendo por Julia —respondí—. Y te lo agradezco infinitamente.

—No, David. No tienes ni idea. De lo que he hecho y de lo que estoy a punto de hacer.

La voz se le quebró al final de la frase en un quejido lastimero. Pude escucharla llorar en silencio, luchar por meter aire en sus pulmones a través de la pena que bloqueaba su garganta.

—Da igual lo que ocurra, tú y yo nunca podremos estar juntos, ¿verdad, David?

—Todo lo que puedo ofrecerte, Kate, es la verdad.

—Pues dila. Necesito oírla.

El silencio que siguió no debió de durar más de un par de segundos, pero en aquella calle fría y solitaria fue tan largo como una vida y tan profundo como un universo.

—No podemos estar juntos.

—Yo te vi primero —dijo, susurrando.

Tardé un instante en comprender que se refería al día en que Rachel y yo nos habíamos conocido, en una fiesta de la universidad.

—Lo sé, Kate. Pero cuando la vi a ella ya no pude ver a nadie más. Ella era lo que siempre he deseado.

—Te entiendo. Era una mujer muy valiente, la persona más valiente que he conocido.

Yo no pude evitar sonreír.

—¿Lo dice alguien cuyo trabajo es parar con su cuerpo la bala destinada a otro?

Kate se rió, una risa dulce pero triste que desgarraba el alma.

—Protejo a los demás porque no soy capaz de protegerme a mí misma. Ojalá tuviese la clase de valor que ella tenía. David...

—¿Qué?

—Nunca se lo contaste. Nunca le contaste que te besé.

No, nunca lo hice. No quise crear una brecha entre ambas. Hubiese sido feo, doloroso y sucio. Porque yo estaba equivocado, y ahora lo sé. Cuando hacer lo correcto causa daño, quizás haya que buscar otro camino.

—No lo hice.

—¿Te arrepientes?

—No. Allá donde esté, ella sabe la verdad.

—Yo quise decírselo. No me atreví. Y luego ella se fue sin avisar, y ahora ya no puedo decírselo ni pedirle perdón.

—Kate, si quieres pedirle perdón, encuentra a Julia.

No quise decirlo de forma tan brusca, pero salió así de mi boca, con una dureza objetiva y despiadada. Supe que había terminado de romperle el corazón antes de escuchar su respuesta.

—Ya sé que eso es para todo lo que me quieres. Dalo por hecho, David —dijo, gélida. Y colgó.

Antes de poder llamarla de nuevo para disculparme, los faros del coche de los secuaces de White aparecieron al final de la calle.

30

—¿Te has fijado en Juanita?

White estaba tomándose un café cuando los secuaces me dejaron en el Marblestone Diner. Una vez más, estábamos solos, con la única excepción de Juanita.

—¿Qué pasa con ella?

—La camarera nos desea, Dave. Nos observa. Nuestra pequeña candidata a *American Idol* se fija en nosotros, se acaricia el pelo cuando mira hacia aquí. Y no entiende que nunca, jamás nos fijaríamos en alguien como ella, una vaca sin estudios ni preparación.

Ni siquiera me digné a responder aquel repugnante comentario.

—No me meta en su mismo saco.

—Vaya, ¿ahora no te van los pronombres en plural?

—Sé perfectamente lo que es usted. Y no tiene nada que ver conmigo. Ni con nadie.

White soltó una carcajada. El muy hijo de puta estaba de un humor excelente.

—¡Vaya! ¿El mecánico de cabezas ha visto lo que va mal? ¿Un fallo en mi sistema límbico, en mi lóbulo prefrontal? ¿Crees que me hacía pis en la cama y que quemaba cosas de niño? ¿Crees que los gatos de mi edificio desaparecían, Dave?

—No me cabe la menor duda.

—Te equivocas, Dave. Puede que, por los estándares normales, sea eso que tú entiendes por psicópata. Pero créeme, no soy yo quien tiene un problema. Sois los demás los que tenéis límites. Y tú mañana vas a cruzarlos.

Decidí que debía intentarlo una vez más.

—¿Por qué no espera, White? Incluso aunque la operación sea un éxito, estará muerto pronto. No creo que vea el final de su presidencia.

—No comprendes nada. Te creía mejor que el resto, Dave. La gente piensa demasiado. Siempre consideran un montón de escenarios diferentes, dentro de diez años, dentro de veinte años, el cielo, el infierno, las consecuencias, bla, bla, bla. ¡Juanita, más café, por favor!

Sonrió y levantó un tenedor que había sobre la mesa. Sus tres púas brillaron bajo los focos.

—Pero lo importante, lo real, es el aquí, Dave. El ahora. El instante preciso. No hay nada más, no existe ningún instante más allá de ahora mismo. Este tenedor es real, este momento es real. Dices que él estará muerto pronto, sin comprender que quien me ha contratado lo necesita muerto ahora. Ya.

Juanita se acercó a nosotros, armada con su jarra de café y una sonrisa. Se inclinó sobre mi taza y empezó a llenarla del líquido caliente y espeso.

—El ser humano alcanza su pleno potencial cuando es capaz de dar plena e instantánea satisfacción a sus necesidades sin un atisbo de duda —concluyó White.

En ese momento se incorporó ligeramente en el asiento, agarrando a Juanita por el moño y golpeando su cabeza contra la mesa con la mano izquierda. La frente de la pobre camarera apenas hizo ruido al impactar con la madera, en comparación con el estrépito que montaron las tazas al saltar sobre sus platos. Con la derecha, la mano que sostenía el tenedor, White apuñaló a Juanita en la base del cráneo. El tenedor se hundió hasta el mango en la carne blanda, alcanzando el bulbo raquídeo, matándola instantáneamente. Las piernas de Juanita se doblaron, sus miembros se convirtieron en gelatina. La jarra se hizo trizas al caer contra el suelo, de nuevo haciendo más ruido que el discreto golpe sordo que hizo el cuerpo de Juanita al desplomarse.

Así de rápido, así de sencillo. Un instante antes había una persona amable y atenta a mi lado. Menos de tres segundos más tarde, sólo un amasijo de carne y huesos sobre un charco de café.

White tan sólo tenía unas gotas de sangre en los almidonados puños de la camisa. Tomó una servilleta del recipiente de metal que había sobre la mesa e intentó secarlas, sin mucho éxito.

—Vaya. Esto no saldrá nunca. Habrá que tirarla —dijo con genuina contrariedad.

¿Y yo? ¿Qué hice yo en aquellos tres segundos en los que se aniquilaba a un ser humano frente a mí?

Absolutamente nada.

Podemos decir que todo sucedió muy rápido, que yo estaba agotado, que el horror me paralizó. Todo eso es cierto, pero he pensado mucho en ello en los últimos meses. ¿Y si hubiese sabido un par de minutos antes lo que iba a suceder? ¿Hubiese cambiado algo, la habría avisado?

No lo sé.

No lo sé, y eso me aterra, tal vez más que nada de lo que había pasado antes ni de lo que ocurriría al día siguiente. Porque White había ganado. Me había llevado a un punto en el que las fuerzas opuestas de moral y necesidad se habían anulado.

—Sé por qué lo ha hecho —dije, cuando logré recobrarme.

White había dejado de pelearse con las salpicaduras de sangre de la camisa y me observaba atentamente.

—¿Por qué lo he hecho, Dave?

—Acaba de eliminar al único testigo que nos ha visto juntos.

—Cierto. Tenía una necesidad y la he satisfecho. Ahora me siento más tranquilo.

—¿Y qué hay de mí? Le he visto la cara. Podría describir cada poro de su asquerosa piel. ¿Ha decidido cómo me matará cuando todo esto termine?

Hizo un elegante chasquido de desaprobación con la lengua. Parecía un catedrático reconviniendo a un alumno.

—Querido Dave, me causaría una enorme tranquilidad acabar con tu existencia. Créeme, no me entusiasma que sepas quién soy y lo que hago. Pero estamos unidos por un vínculo. Mañana por la tarde el mundo entero conocerá tu nombre. Acabar contigo llamaría demasiado la atención. Sería demasiada coincidencia.

La mentira sonaba tremendamente plausible, aunque no me la creí ni por un instante. Pero en ese momento, a tan sólo siete horas del inicio de la operación, mi suerte no importaba en absoluto.

—¿Cómo quiere que lo haga?

—Creí que no lo preguntarías nunca.

Puso sobre la mesa un maletín que había a su lado en el asiento. Lo abrió y me puso en la mano el contenido, dos bolsas plateadas con letras negras, del tamaño y forma de un paquete de M&Ms.

—¿Comprendes ahora?

Por supuesto que comprendía. Aquel cabrón tan inteligente acababa de darme un método infalible para matar al Presidente delante de una docena de personas sin que ni una sola de ellas sospechase nada.

—¿Cómo ha logrado hacerlas tan perfectas? —pregunté, asombrado.

—Eso es mi pequeño secreto. Conseguir replicar exactamente las bolsas era lo más sencillo. Lo difícil era que la bolsa adecuada llegase a su destino.

Lo que tenía en la mano eran paquetes de Gliadel. Cada una de aquellas bolsas contenía cuatro pequeños parches de material soluble del tamaño de un cuarto de dólar. Cada parche costaba más de mil pavos, porque eran capaces de obrar una magia que completaba la labor del cirujano. Allí donde terminábamos de cortar, poníamos una de aquellas balas de plata repletas de un tratamiento localizado de quimioterapia. Por ocho mil dólares extra (al paciente le cobrábamos el triple) éramos capaces de alargar la vida del enfermo ralentizando la reaparición del glioblastoma.

Pero, por supuesto, aquellos parches no iban a cumplir esa función.

—¿Qué contienen?

—Una toxina muy inusual que actúa en pocos minutos. Por tu bien, será mejor que no sepas el nombre.

Tenía todo el sentido. Cuando muriese el Presidente se le practicaría una autopsia, aunque teniendo en cuenta que moriría durante la operación, la autopsia no sería muy exhaustiva. Incluso en el peor de los casos, para encontrar una toxina en un análisis hay que buscarla concretamente. No aparecen sin más. Un compuesto fuera de la lista de sospechosos habituales sería virtualmente indetectable.

—No sé si podré cambiar las bolsas auténticas por estas.

—Más te vale que busques un modo. Porque si me fallas mañana no la dejaré ahogarse, Dave. Ni siquiera apretaré el botón de liberar a las ratas. Eso ocurrirá sólo en el improbable caso de que no pudiera administrar un castigo más creativo. ¿Cuál sería el apropiado para Julia?

Hizo una pequeña pausa, se tiró del labio inferior fingiendo que meditaba.

—Ya sé... Tengo un cliente en los Emiratos Árabes, un jeque con gustos particulares. En su palacio tiene una habitación secreta enorme, decorada con brillantes colores y totalmente insonorizada. Dentro hay un tiovivo y una máquina de algodón de azúcar. Tu hija le duraría semanas, Dave.

El horror de lo que me acababa de decir me atenazó el corazón.

—Escúcheme, White. Puede hacerme lo que quiera. Sé que lo hará de todas formas. Pero si vuelve a hacerle daño a mi hija, más le vale matarme antes. De lo contrario, no tendrá mundo bastante para correr.

White me dedicó una sonrisa beatífica, suave y condescendiente.

—Vete a descansar, Dave. Mañana es el gran día. Ah, y no tropieces con el cuerpo de Juanita al salir.

KATE

La última frase de David seguía resonando en su cabeza, un bucle de culpabilidad y reproches.

«Si quieres pedirle perdón, encuentra a Julia.»

¿Tenía ella algo de lo que arrepentirse? Había besado a su cuñado una noche en la que sus defensas estaban bajas y su ánimo por los suelos. Nunca había ido más allá, ni siquiera en sus pensamientos más íntimos. Respetaba demasiado a su hermana.

No, no podía sentirse culpable por haberse enamorado de David. Sería una traición a sí misma. Había sido un detalle horrible por su parte el expresarlo de esa forma.

«Si tú supieras lo que estoy a punto de hacer por ti, David. ¿Me amarías entonces? ¿O sentirías el mismo rechazo que siento yo por mí misma ahora?»

La noche avanzaba, la luna apenas iluminaba aquella sección de calle entre los edificios. La oscuridad quedaba aún más acentuada por pequeñas islas de luz que se formaban debajo de las farolas que no estaban fundidas, que eran casi todas.

Kate se removió incómoda en el asiento. A pesar de haberlo reclinado, tras varias horas sin apenas moverse se le clavaba por todas partes. Tan sólo había salido un instante para poder orinar entre los coches y había vuelto enseguida a su puesto de vigilancia, temerosa de que alguien detectase su presencia. Pero no hubo más movimiento. En la última hora no había pasado ni un coche.

Eso le concedió a Kate todo el tiempo del mundo para revolcarse en sus pensamientos, que se le clavaban en el corazón como si lo hiciese desnuda sobre cristales rotos.

Las palabras de David le habían causado daño, pero también habían servido para abrirle los ojos.

«¿Cuánto tiempo llevo persiguiendo una sombra? ¿Cuántos años he desperdiciado engañándome a mí misma, diciendo que me debía a mi trabajo, sin reconocer que en realidad no quería estar con nadie que no fuese él?»

Pero por mucho dolor que le causasen aquellas preguntas, había una que laceraba su alma más que todas las demás juntas.

«¿He sido alguna vez realmente feliz?»

Había llevado a Vlatko hasta su casa como un tiro a ciegas, su última oportunidad de localizar a los secuestradores de Julia antes de que llegase el amanecer y fuese demasiado tarde. Sabía que le buscaban desesperadamente, ya que él era el único vínculo entre Svetlana y ellos. Por lo que sabía del *modus operandi* de aquella gentuza, se apoyaban en la tecnología para cubrir la mayor cantidad posible de terreno con pocos hombres. Así que era razonable deducir que habrían colocado dispositivos en el apartamento de Vlatko. Y si lo habían hecho, el regreso del muchacho pondría en marcha una imparable cadena de acontecimientos.

Kate acarició su arma por encima de la ropa. Su peso, normalmente tranquilizador, ahora le resultaba insoportable. Si todo salía como ella había previsto, tendría que enfrentarse a ellos. Ella sola contra una fuerza entrenada, despiadada, que no acataba norma alguna y que la superaba en número.

«No tengo ninguna posibilidad. Moriré hoy. Voy a morir sin saber si alguna vez he sido feliz.»

Y de pronto la respuesta llegó con una claridad meridiana, cegadora. Un relámpago en un cielo claro, con la forma de un recuerdo.

Julia y ella en el jardín de los Evans, hace dos veranos, jugando a pasarse una pelota. Rojo granate sobre el césped, risas, el ruido de los aspersores de los vecinos. Sudor sobre la piel, olor a cloro, sabor a palomitas y a helado. Música rock que brota de ninguna parte, una canción leve como el aire, lo bastante cerca como para subrayar el momento, pero lo bastante lejos como para permitirles oír su propia respiración agitada al correr. Las dos caen sobre la hierba, mirando al cielo, sus orejas izquierdas rozándose. Susurran confidencias, hacen chistes y encuentran formas en las nubes.

Y entonces Julia lo dice.

—De mayor quiero ser como tú, tía Kate.

Ella se queda boquiabierta. Nadie le había dicho algo así nunca. Con esa aplastante y rotunda seguridad.

—¿No prefieres ser como mamá? O como alguien realmente importante, no sé... ¿Bob Esponja?

Julia la mira como si estuviese loca.

—¿Estás de broma? Bob Esponja es más tonto que un ladrillo.

—Creía que te gustaba Bob.

—Me hace gracia, pero no quiero ser como él.

—Bueno, ¿y qué me dices de mamá?

—Mamá es genial. Es súper, súper. Pero tú eres mega extra súper, tía Kate. Mamá siempre lo dice.

—¿Ah, sí? ¿Qué dice mamá?

—Dice que eres la persona más alucinante del mundo. Y yo también lo creo.

Julia alza una mano, pegajosa por el helado, y acaricia sus mejillas. Sus ojos azules son como una descarga eléctrica, profundos y perfectos.

—Te quiero mucho, tía Kate.

«Ese día. Ese día fui completa y absolutamente feliz. Mereció la pena vivir sólo por vivir esa tarde, ese minuto.»

Apoyó la cabeza en la ventana, agradeciendo el frío del cristal sobre la frente. El vaho de su aliento empañó el cristal, y Kate dibujó en él con el dedo la carita sonriente de una niña.

«Tú no perteneces a este mundo, Julia. Tu mundo es el de los juegos y las muñecas y los lugares seguros, donde una sábana es capaz de protegerte de los monstruos durante toda la noche. Y voy a asegurarme de que vuelvas a él.»

La carita sonriente se fue difuminando a medida que el vaho se evaporaba. Kate volvió a incorporarse para echar el aliento sobre el cristal, pero no llegó a hacerlo. El destello de unos faros arrancó un brillo fantasmal de los ojos de la carita antes de que esta terminara de desvanecerse.

Kate se hundió en el asiento. El coche se acercaba muy despacio, con el motor ronroneando lentamente. Espiando a través del retrovisor, le pareció que por la forma de los faros debía de ser un coche extranjero, seguramente un Mercedes. Cuando llegó a su altura marchaba ya con el motor y las luces apagadas, usando sólo la pendiente de la calle para deslizarse.

«Son ellos. Son ellos, joder.»

Empuñó la pistola y le quitó el seguro, intentando moverse lo menos posible. Al pasar el Mercedes a su lado pudo distinguir un par de siluetas oscuras a través de las ventanillas del lado del conductor.

«Serán tres. Tal vez cuatro. No dejarían el asiento del copiloto desocupado.»

El coche rebasó su posición y continuó rodando hasta diez o doce metros delante de donde ella había aparcado. Un crujido le anunció que el conductor había activado el freno de mano. Un par de puertas se abrieron con sendos chasquidos, aunque Kate no podía verlas desde su posición. Sí que percibió las sombras oscuras que parecieron surgir de la nada, convirtiéndose en un par de hombres enfundados en cazadoras negras cuando llegaron bajo el farol que iluminaba el portal de Vlatko.

Kate colocó la pistola sobre su regazo y se obligó a poner ambas manos sobre el volante. Su instinto, su preparación, todo su cuerpo le exigía salir del coche y entrar en acción. Consideró dos aproximaciones tácticas distintas desde su posición hasta los sospechosos, casi sin darse cuenta.

Sabía que podía hacerlo, que podía conseguirlo.

«Y también podría fallar. Uno de ellos podría haber salido del coche junto a los dos que están subiendo. Podría estar detrás

de aquellos árboles, o en el vano del portal, cubriendo la retirada de los otros. O el conductor podría tener abierto un canal de radio. O peor aún, podría no quedar ninguno vivo. O si quedase uno y le atrapase, podría no sacarle la verdad a tiempo. Y White sabría si no vuelven.»

Todos aquellos eran argumentos inútiles. Porque ya los había considerado una y mil veces dentro de su cabeza en las horas que había estado allí parada, observando un entorno inabordable para una persona sola y peor armada que aquellos animales. Y porque a pesar de todo, había tomado ya su decisión.

«David, si supieras lo que voy a hacer por ti.»

Sólo que nunca lo sabría, porque ella jamás lo permitiría. Aquella era una copa amarga que debía beberse ella sola, apurándola hasta las heces.

Se forzó a mirar la ventana de Vlatko, agarrando tan fuerte el volante que los nudillos se le volvieron blancos. Cuando la oscuridad de la habitación del muchacho se vio interrumpida por dos fogonazos breves, secos, el cuerpo de Kate lo acompañó con dos sacudidas involuntarias.

«Han usado un silenciador», no pudo evitar pensar.

Cerró los ojos, sintiendo cómo dos lágrimas caían de ellos rodando por sus mejillas, trazando un surco a través del lugar donde los dedos pegajosos de Julia la habían acariciado cuando le dijo que la quería. Intentó evocar aquel recuerdo, sentir de nuevo el recuerdo de su tacto para huir del pozo de oscuridad que se abría bajo sus pies, amenazando con devorarla para toda la eternidad.

Contuvo un sollozo, luchando por recomponerse.

«Llorarás después. Te lamentarás después. Si quieres in-

cluso puedes meterte una bala en la puta cabeza después, pero ahora concéntrate. ¡Concéntrate!»

Abrió los ojos de nuevo. Qué a tiempo, pues los asesinos ya regresaban al Mercedes. El motor se encendió y arrancaron antes de que las puertas llegaran a cerrarse del todo.

Kate se aseguró de que los faros estuviesen apagados y puso el motor en marcha cuando los otros ya habían recorrido un par de manzanas. Giró el volante y se puso a seguirlos, secándose las lágrimas con el dorso de la mano.

UNA HORA ANTES
DE LA OPERACIÓN

31

El neón de la sala de preoperatorio bizqueaba cada ocho o nueve segundos. Me estaba sacando de quicio. Pegué con el codo al interruptor un par de veces, una magia que solía funcionar. No lo hizo.

—Lleva una semana así. He pedido a los de mantenimiento que lo cambien, pero no me hacen caso —me dijo Sharon Kendall sin levantar la cabeza. Estudiaba atentamente el historial médico del Paciente apoyada junto a la puerta del pasillo.

—Sólo es un paciente —le recordé—. El peso, la altura, la historia clínica, todo lo que estás leyendo es real. Sólo tiene un nombre distinto al que te esperabas.

—No estoy nerviosa —dijo ella meneando la cabeza.

No era cierto. Tenía el rostro serio, concentrado, y se mordía el labio inferior. Aún no había asimilado la noticia que le había dado un rato antes, a ella y al resto del equipo. Al principio todos creyeron que les estaba tomando el pelo, que no era más que una broma de mal gusto. Cuando vieron que mi semblante no cambiaba y comprendieron que era verdad, todos hicieron un esfuerzo por aparentar normalidad. Hubo un par de exclamaciones y uno de ellos se rascó la cabeza, pero nada más. Por eso supe que estaban asustados. Si hay algo que un profesional del quirófano teme es a los vips. Ya sea un abogado especializado en demandas, o la hermana de la jefa, si alguien te avisa de que un paciente es especial y merece un tratamiento especial, habrá problemas. Lo llamamos *síndrome del recomendado*, y afecta enormemente a las probabilidades de cagarla.

Sin embargo, aquellas personas eran unos profesionales de primera clase, el mejor equipo que se puede soñar reunir, y ese día lo demostraron. Probablemente cuando todo acabase serían conscientes de la enormidad de la tarea, pero en ese momento la adrenalina no dejaba que los nervios tomasen el control. Habíamos hecho bien en posponer la noticia hasta el último instante.

De hecho, yo estaba mucho más nervioso que ellos. Contra todo pronóstico, la noche anterior había logrado dormir unas horas, si caer desmayado en la cama de puro agotamiento se puede considerar dormir. Me había levantado a las 6:30, dado una ducha rápida y conducido hasta el hospital. Todo ello dándole vueltas a cómo iba a ser capaz de ejecutar el plan de White. Y a algo mucho más preocupante: Kate me había jurado que si no era capaz de dar con Julia antes de que comenzase la operación, llamaría por teléfono a McKenna y se lo contaría todo.

Quedaba menos de una hora para que se cumpliese el plazo y no sabía nada de ella. Mi iPhone estaba en el despacho, y la Blackberry que me había dado Kate también. Me daba un respiro sobre el control de White que en el quirófano estuviesen prohibidos los móviles, y tampoco tenía donde esconderlos.

Llevaba puesto ya mi mejor pijama y mi gorro de la

suerte. Teóricamente es sólo un trozo de tela para que no nos caiga pelo o sudor dentro del paciente, así que debería valer cualquiera. Pero los neurocirujanos somos más supersticiosos que un médico brujo o un jugador de béisbol. Así que había escogido un gorro quirúrgico personalizado, con la tela negra y un tigre de bengala con las fauces abiertas, bordado en naranja justo en el centro de la frente. Tengo seis docenas de estos chismes bordados en todos los colores, desde tortugas a logos de Superman. Pero este era el favorito de Rachel. Nunca me ha fallado.

Pasé los dedos distraídamente por el bordado, pensando en todas las veces que habíamos operado juntos. En cómo ella se ponía de puntillas y me daba un beso discreto sobre el tigre para invocar la suerte.

«Qué irónico que me lo ponga para la única operación que debe salir mal», pensé.

Me apoyé contra la pared, notando el crujido metálico de las bolsas de Gliadel envenenadas. Me asusté pensando que Sharon podía haberlo escuchado, pero ella seguía atenta al historial médico del Paciente. Las había ocultado a mi espalda, sujetas por la goma del pantalón, esperando el momento adecuado para dar el cambiazo por las auténticas.

Hubo movimiento al otro lado del cristal redondo de la puerta que daba al pasillo. Ambos nos enderezamos. Allí estaba él, seguido por los agentes del Servicio Secreto. Fui hasta la puerta y le abrí.

—Sólo usted, señor. Ellos, que esperen fuera.

Hubo un coro de protestas que el Presidente acalló con un gesto.

—Buenos días, doctor Evans. Discúlpelos, están muy

nerviosos. Les he obligado a traerme en un todoterreno normal, una comitiva de sólo tres coches. Para ellos ha sido como salir a la calle desnudos.

Para el resto del hospital había sido una locura. Le habían introducido por un ascensor de la zona de servicio, pero la planta segunda, donde estaban todos los quirófanos, había sido vaciada por completo tres horas antes. Aquella mañana sólo se operaría a una persona en el Saint Clement's. Agentes de paisano cubrían los ascensores y las escaleras, evitando que nadie entrase. Al personal no autorizado se le había enviado una circular avisando de que había programada una desinfección de los quirófanos en la que se emplearían productos tóxicos. Aquello los mantendría alejados y disfrutando de su día libre.

—Tenemos que preservar la higiene de la zona, señor.

—Lo comprendo. Esperarán aquí.

Le dejamos un poco de espacio para que se cambiase tras el biombo, poniéndose la bata de color azul que le damos a los pacientes. Cuando volvimos a entrar se había sentado en el banco, con una pierna sobre la otra. Suele ocurrirles a muchos pacientes. Están tan preocupados por lo que va a suceder dentro que olvidan de pronto que no llevan ropa interior.

—Señor —le dije—, tal vez querría colocar sus piernas en una postura menos reveladora.

Se dio cuenta enseguida de a qué me refería y cerró rápidamente las piernas.

—Oh. Oh, cierto. Lo lamento, doctora —dijo dirigiéndose a Sharon.

—Tranquilo, señor. Somos médicos, estamos acostumbrados.

Mantuvo el semblante impenetrable, pero si conocía bien a Sharon, antes de una semana estaría presumiendo delante de sus amigas de que le había visto el pájaro al Presidente.

—También debería ponerse la manta que le hemos dado.

—No tengo frío.

—Será una operación muy larga en una sala con temperatura muy baja. Irá perdiendo calor corporal. No es una cuestión de comodidad. Incluso una pequeña variación en su temperatura puede perjudicar su capacidad de luchar contra las infecciones. Hágalo.

—Acaba de recordarme a mi esposa. De acuerdo, obedezco.

Se enroscó en la manta.

—¿Dónde está la Primera Dama? —le pregunté.

—Distrayendo a la prensa. Estará haciendo apariciones públicas por la ciudad durante toda la mañana, sonriendo mucho y lamentando con toda su alma no poder estar aquí. Pero es necesario que así sea.

—Supongo que le resultará muy difícil.

—Fue idea suya. Nadie debe saber lo que está ocurriendo. Hemos avisado al fiscal general y al vicepresidente, que estará al mando del país mientras yo esté bajo los efectos de la anestesia. Pero hasta después de la operación no diremos nada. Por cierto, ella me ha dado un mensaje para usted.

—¿Cuál es, señor?

—Dice textualmente «Cúrele o le mato». Dijo que usted entendería lo que significaba.

Todos nos reímos. Incluso yo, para disimular lo sucio y traicionero que me sentía.

Dejé a Sharon dándole las últimas instrucciones y haciéndole las preguntas de rigor, y salí discretamente por detrás. Entre Preoperatorio y la entrada de puertas batientes que llevaba al quirófano 2 había un pasillo, frente al cual estaban el lavadero y la entrada secundaria. Teóricamente nadie debía entrar al quirófano sin esterilizarse, pero yo apenas disponía de tiempo. Las enfermeras y el resto del equipo llegarían de un momento a otro. Pasé junto a las pilas y entré en el quirófano por la puerta trasera.

El 2 es el quirófano más grande del Saint Clement's y uno de los más avanzados del mundo. Cualquiera que entre se llevará un shock instantáneo. Caminar por un edificio del siglo XIX, con sus ventanas acristaladas y su aire victoriano te predispone emocionalmente, trae recuerdos de viejos médicos de cejas espesas y barbas pobladas, friegas con linimento y sanguijuelas en tarros de cristal. Y luego entras al 2 y sientes como si hubieses saltado tres siglos hacia el futuro y estuvieses dentro de un sueño húmedo de Steve Jobs. Las paredes, el instrumental, los carros, todo en esa habitación es de color blanco perfecto y líneas suaves y redondeadas. Un enorme brazo robótico de dos metros de alto y tres toneladas de peso controla la camilla, permitiendo poner al paciente en cualquier posición imaginable. Sólo existen tres como ese en el planeta.

Y al otro extremo de aquella fantasía sacada de *Star Trek*, un humilde carro de instrumental. En el segundo cajón estarían las bolsas de Gliadel.

Miré hacia arriba, hacia la cúpula. Un par de personas estaban hablando en la sala de observación. Estaban de medio lado, así que no podrían verme si era lo suficientemente rápido. Caminé hacia el instrumental y al llegar junto a él me volví de espaldas. Había cámaras por todas partes, y lo que pasaba abajo se veía en los monitores de arriba. Desconocía si las cámaras estaban grabando —eso lo sé ahora, por supuesto—, pero no quería atraer la atención de nadie sobre lo que hacía. Me saqué las bolsas de detrás de la espalda con la mano izquierda, mientras que con la derecha buscaba a tientas el borde del segundo cajón. Logré abrirlo unos centímetros tirando de él con las yemas de los dedos. Introduje la mano, buscando el familiar tacto de las bolsas. Allí estaban. Las tomé entre el índice y el corazón mientras metía las otras con la otra mano.

—¡Doctor Evans!

La voz de McKenna resonó por los altavoces que comunicaban el quirófano con la cúpula, como un latigazo de sonido.

Mi cuerpo se sacudió del sobresalto. Supongo que no tengo que describírselo, las imágenes las emitieron todas las televisiones antes, durante y después del juicio. El momento en el que el malvado doctor daba el cambiazo y era interrumpido por el valeroso supervisor del equipo de seguridad del Presidente.

—Baje eso, por Dios. ¿Quiere dejarme sordo?

Pero lo que no se vio en las imágenes era lo que pasaba a mi espalda. Cómo el sobresalto me hizo perder el agarre de las bolsas auténticas. Las otras ya las había introducido, y ahora las cuatro estaban mezcladas.

—¿Tiene un momento, doctor? Me gustaría presentarle al comité de expertos. Así reconocerá sus voces después.

Comencé a ponerme nervioso, noté el pulso latiéndome en el cuello y una sensación en la boca del estómago que, si no era pánico, se le parecía mucho. ¿Cómo demonios iba a recuperar las bolsas originales y sacarlas de allí? No podía darme la vuelta y que me viesen tocar el instrumental. No llevaba guantes, ni me había esterilizado las manos. Si alguien sospechaba que el carro había sufrido contaminación, todo se retrasaría. Y Julia se estaba quedando sin aire.

—Subo enseguida. Quiero comprobar que todo esté en su sitio.

—Dese prisa, por favor.

Sentía las miradas del resto de las personas que estaban con McKenna allá arriba. Yo estaba aparentemente quieto, mirando a mi alrededor como si estuviese haciendo comprobaciones de última hora. Pero mi cabeza intentaba resolver el problema. ¿Cómo sacar las bolsas correctas?

Entonces caí en la cuenta. La temperatura.

Metí los dedos hasta los nudillos y palpé las bolsas —algo mucho más difícil de hacer de lo que parece de espaldas, con la palma de la mano hacia arriba y las miradas de muchos ojos sobre ti—. Conseguí distinguir las frías de las que llevaban más de media hora en mi espalda. Tiré de las primeras y me las metí en el pantalón.

—¿Doctor?

—Ya subo.

De camino a la escalera que llevaba a la sala de observación, arrojé las bolsas auténticas en una papelera. Experimenté un ligero mareo, mezcla de la tensión, la euforia y la culpabilidad. Si hubiese estado solo, hubiese soltado una carcajada histérica y lunática. La tenía atascada en el borde de la garganta, como un trozo de comida a medio masticar que no te permite respirar. Tuve que carraspear dos veces antes de llamar a la puerta de la cúpula.

Me abrió McKenna. El espacio era reducido, apenas diez metros cuadrados con un par de hileras de asientos, varios monitores y una pared de cristal en ángulo de 45 grados que se abría sobre el quirófano, quedando casi encima de la camilla. Estaba ocupado por cuatro hombres, aunque yo solo tuve ojos para uno.

El primero era el propio McKenna, apartando su enorme corpachón para dejarme entrar.

El segundo era Lowers, con su sonrisa campechana y sus ademanes afables. Su cara me sonaba de una revista médica.

El tercero era Hockstetter, con el brazo en cabestrillo y una mirada de odio capaz de derretir un escalpelo.

Pero el cuarto no era Ravensdale.

El cuarto era el señor White.

KATE

Observó la granja desde lo alto de la colina. Había dejado el coche al otro lado, lejos de la vista de los ocupantes de la casa.

Seguirlos hasta allí había sido una proeza. Habían hecho dos altos en el camino, uno para repostar gasolina y otro en un restaurante de carretera de mala muerte justo en la frontera de Virginia, donde habían estado cenando durante hora y media mientras Kate se alimentaba con un par de barritas energéticas rancias que llevaba en la guantera.

Esa parte del seguimiento no había sido demasiado difícil. El Mercedes viajaba despacio, diez millas por debajo del límite de velocidad. Seguro que yendo armados no querían arriesgarse a que la policía los parase para multarlos y les mandase abrir el maletero o bajar del coche.

Al pasar Gainesville había tenido que aumentar la precaución. Ya no estaba en una autopista, donde seguir a alguien era tan sencillo como no apartar la vista de sus faros traseros desde media milla de distancia. Ahora recorrían carreteras de doble dirección, mucho menos transitadas, que atravesaban pueblos. No podía seguirlos desde tan lejos, ni podía apagar los faros. Tenía que mantenerse fuera del alcance de su retrovisor, o se darían cuenta. Lo cual significaba que podía perderlos en cualquier momento.

Ya al amanecer, se internaron en Rappahannock County, y Kate empezó a sentir miedo. Porque allí las carreteras eran meras lenguas negras ribeteadas de naranja que atravesaban una extensión de verde.

No había apenas pueblos, sólo una profusión de granjas aisladas, cada una más lejos de la anterior. Allí no había posibilidad alguna de seguirlos a distancia prudencial. Tendría que recorrer el mismo camino de ellos por mera intuición, confiando en atisbar a lo lejos la luz de posición del Mercedes en alguna curva del camino mientras pasaba largos minutos sin verlos, con el corazón encogido.

Lo inevitable sucedió. Los perdió.

Tardó más de veinte minutos en darse cuenta de que ya no estaban delante de ella.

«Debo de haberme pasado un desvío no señalizado. Pero ¿dónde?»

Dio la vuelta al coche, loca de ansiedad, y pasando de nuevo junto a un par de granjas de aspecto normal. Y más allá, no lejos del lugar donde los había visto por última vez, un sendero de tierra.

No cometió la torpeza de entrar en él. Continuó la marcha hasta alcanzar una carretera secundaria que se dirigía al norte, rodear la colina a la que bordeaba el sendero que había visto, y subir a pie.

Se arrodilló junto a una planta de zumaque a la que el otoño había vestido de un hermoso rojo anaranjado. Al pie de la colina se formaba un suave valle. A lo lejos, las montañas de Shenandoah se insinuaban entre la bruma, saludadas por el cántico intermitente de los cardenales.

Kate conocía bien el paisaje, porque Rachel y ella habían crecido a una hora en coche de allí, en una granja no muy distinta de esta. Aquel lugar bucólico era el corazón de Virginia, el último reducto de tierra intacta que se resistía a morir bajo las fauces de las excavadoras. El paraíso en la tierra.

Y a doscientos metros de donde ella observaba, lejos de la carretera principal, estaba la granja donde se escondían los secuestradores.

El Mercedes no estaba a la vista, pero supo enseguida que aquel era el lugar. Había tres edificios: una casa principal, de cuya chimenea brotaba una fina columna de humo. Un establo más al norte, con rodadas frescas que conducían hasta la puerta, con toda probabilidad el lugar donde guardaban los coches. A un costado del establo había un grupo electrógeno alimentado por gasolina. En el espacio entre este y la casa había un montículo de tierra de varios metros de alto.

Y por último un granero al sur, que desde luego no usaban como granero. Ningún granero que ella hubiese visto en su infancia tenía instalada en el techo una antena de comunicaciones vía satélite de última generación.

Kate sacó el móvil y comprobó que apenas tenía cobertura. Sólo mostraba una barra de las cinco posibles. Y el logo de 3G aparecía tachado.

«Con esa antena se aseguran el ancho de banda para controlar el zulo donde está la niña. Es aquí. La tienen ahí dentro.»

Miró el reloj. Faltaban tres minutos para que comenzase la operación del Presidente.

Ahora tenía que escoger. Podía llamar a McKenna, explicarle lo que sucedía y decirle que sacase a David del quirófano. Después avisar a los SWAT, que tardarían un par de horas en llegar hasta allí y asaltar aquella granja armados hasta los dientes. Sabiendo que para entonces White ya estaría sobre aviso y habría ejecutado a distancia cualquier venganza que tuviese prevista.

O podría entrar allí, aprovechar el factor sorpresa y confiar en que Dios, la suerte y el entrenamiento inclinasen la balanza a su favor en una acción imposible contra un número indeterminado de enemigos que la superaban en potencia de fuego.

Dudó un instante, debatiéndose, por enésima vez en las últimas cuarenta horas, entre su deber y su corazón.

Y finalmente, cogió el teléfono.

En la sala de observación del quirófano 2

Lo mejor fue ver la cara de Dave al darse cuenta de que él estaba ahí.

Había dado un paso al frente para estrecharle la mano, fingiendo tranquilidad, pero sus ojos, de repente vidriosos, eran un revoltijo de emociones. A White le halagaba ser el único que tenía la clave de lo que pasaba en ese momento por la cabeza de David.

—Hola, doctor Evans. No sé si me recuerda, nos conocimos en una convención en Londres hace un par de años —dijo con su mejor acento británico.

Hubo una pausa, larga, mientras Dave miraba el iPad que White apretaba contra el pecho con gesto elegante.

«Eso es, fíjate bien. Sigo teniendo el control. Un botón y tu hija morirá.»

—Por supuesto. En el Marblestone, ¿no?

—Tiene usted una memoria excelente.

Que el propio Dave se viese obligado a corroborar su falsa identidad había sido la guinda del pastel. No es que lo necesitase. Hacía mucho que su poderoso empleador había alertado a White acerca de Peter Ravensdale. Era el número dos en la lista de expertos que manejaba la Casa Blanca.

—¿*Acaba de llegar de Londres?*

—*Recién llegado de Nueva York. He alquilado un coche en el aeropuerto y llegado hace media hora.*

—*Es una sorpresa encontrarle aquí.*

—*Es excitante tener esta oportunidad de poder aprender de usted. Dicen que nunca comete errores.*

Se habían puesto en contacto con el auténtico Ravensdale el martes, el mismo día en que Svetlana murió. Le mandaron un correo electrónico desde el Departamento de Estado pidiéndole sus honorarios para supervisar una intervención sin citar el nombre del paciente, y Ravensdale respondió afirmativamente. Por supuesto que podría estar en el Saint Clement's el viernes por la mañana, había dicho. Ni siquiera era necesario que pagasen un vuelo desde Londres, ya que estaría en Nueva York visitando a unos parientes.

Once horas después estaba muerto, su cadáver en un sitio seguro y su móvil, su correo electrónico y su documentación en poder de White.

El Presidente tenía razón en querer reducir el poder de la NSA. Era tan grande que ni siquiera aquellos que debían protegerle estaban a salvo de su vigilancia ni de su manipulación. Todo lo que había hecho falta para introducir a White en el hospital había sido entrar en la base de datos del Servicio Secreto a través del software de PRISM y modificar los datos que poseían de Ravensdale para que coincidiesen con los de White, crear un pasaporte inglés falso... et voilà, Peter Ravensdale tenía un nuevo rostro.

Al llegar a la segunda planta del Saint Clement's aquella mañana, un agente del Servicio Secreto se había limitado a comprobar su identificación, cachearle y llamar a McKenna.

—*Procuro no hacerlo* —respondió Dave a la pregunta de White—. *Además, ustedes se encargarán de que no los cometa.*

Lowers dijo algo educado y Hockstetter murmuró alguna impertinencia sobre lo mejor que había disponible. White los ignoró, estaba ocupado disfrutando del momento.

Era su toque maestro, su arma secreta para barrer el último resquicio de voluntad de sus víctimas. Siempre estaba allí al final, para asegurarse de que cumplían sus designios. El rostro de un vecino entre la multitud, el cartero en el que nadie se fija, el fotógrafo parapetado tras su cámara. La primera vez había sido en Nápoles, cuando se había disfrazado de policía para llevarle la cabeza del escritor huidizo al mafioso que quería verlo muerto. Desde entonces no podía resistirse al impulso de ver con sus propios ojos cómo la última pieza del dominó superaba el punto de equilibrio y caía en su sitio con total precisión.

Y aquella, su obra maestra, su capilla Sixtina, estaba a punto de ser culminada por el hombre alto y de ojos verdes que ya salía de la sala de observación.

—*Suerte, doctor Evans. Estaremos aquí, siguiendo su desempeño con gran interés.*

32

Al salir de la sala de observación, regresé a mi despacho. Mi presencia no era necesaria en el quirófano hasta un par de horas después. Sharon Kendall requería la mitad de ese tiempo para sedar al Paciente. La otra hora la emplearía la doctora Wong en realizar una craneotomía para exponer el área en la que yo trabajaría. Wong haría una incisión alrededor del cráneo, pelando el cuero cabelludo y cortando el hueso con una sierra circular. Nada que no pudiera hacer usted mismo con las herramientas que tenga en casa. Salvo que nosotros lo hacemos con precisión, de forma que luego se puedan volver a colocar en su sitio.

Toda esa parte no me correspondía a mí. Aunque corto y sencillo, era un proceso muy intenso y físicamente agotador, y los neurocirujanos que se encargaban de las partes más delicadas solían delegarlo en los residentes y personal con menos experiencia. No es una cuestión de arrogancia. El quirófano es muy estresante, y en una situación tan especial como la que se estaba viviendo en aquel momento en el 2, pueden multiplicar esa sensación por mil. La idea es que cuando el experto entre a hacer su trabajo lo haga fresco.

El mero hecho de que yo estuviese cómodamente sentado en mi despacho mientras la jefa de servicio de uno de los mejores hospitales del país se encargaba del trabajo sucio antes de operar al presidente de los Estados Unidos tenía que haber sido el punto culminante de mi carrera.

De haber estado vivo mi padre, le hubiese llamado en ese momento. Le habría contado al bueno del doctor Evans sénior lo que ocurría. Seguramente él me habría dado un consejo sabio, genérico e inútil, que me hubiese llenado el corazón de calor y de amor. Si Rachel hubiese estado viva, habría estado conmigo ahí dentro, vigilando las constantes del paciente y echándome una ojeada de vez en cuando, cuando creyese que no miraba. Y si estuviese lo suficientemente atento, incluso sería capaz de distinguir con el rabillo del ojo una mirada de orgullo. Lo sé porque siempre lo hacía.

Ambos habían visto al niño que era yo, y en qué había logrado convertirme. Di gracias al cielo por que no estuviesen allí para ver lo que yo era ahora: un instrumento en manos de un asesino, tan responsable como él de un crimen execrable.

Recordé el día en que mi padre me había descubierto jugando con las tripas del gato, iniciando en mí la vocación de la medicina. Aquel día me perdonó. Veintiséis años después, con la mirada perdida en la pared mientras en la bandeja de instrumentos del 2 reposaban un par de bolsas de veneno que yo mismo había puesto, sólo podía imaginármelo escupiéndome a la cara por traicionar todo lo que él me había enseñado.

De pronto escuché un zumbido ligero. Había guardado el teléfono de Kate en un cajón. Dudaba de que

White estuviese monitorizando ahora la cámara de mi iPhone, pero por si acaso lo había dejado metido dentro de mi maletín.

Saqué la Blackberry, y cuando leí el mensaje, el corazón me descarriló y los ojos se me llenaron de lágrimas. Tuve que verlo una y otra vez hasta convencerme de que lo que ponía ahí era cierto.

LA HE ENCONTRADO. VOY A ENTRAR.
NO LO HAGAS, DAVID. CONFÍA EN MÍ.

«La ha encontrado. Pero no la tiene aún. Podría suceder cualquier cosa.»

Y entonces llegó el segundo mensaje.

PASE LO QUE PASE,
SIEMPRE TE QUERRÉ.

Llamaron a la puerta. Me sequé los ojos apresuradamente antes de darme la vuelta.

Era Wong, que llegaba con un café de máquina y una sonrisa cansada. Si notó que había estado llorando, no dijo nada. Se apoyó en mi puerta, revolvió el insano brebaje y me hizo un gesto con la cabeza.

—La cajita está abierta, Evans. Ahora ve allí y haz tu magia.

KATE

Volvió a su coche, abrió el maletero, se quitó la cazadora y la arrojó dentro. Tiró de la manta que cubría un maletín de acero protegido con cerradura y contraseña. La abrió usando una llave minúscula del llavero de su casa y dejó allí las llaves, la cartera, todo lo que llevaba en los bolsillos. No quería nada que la estorbase.

Del maletín sacó su subfusil de asalto MP5. Lo había desmontado, limpiado, engrasado y vuelto a montar el martes por la noche, así que estaba en perfectas condiciones. Más preocupante era la munición. Sólo tenía tres cargadores cortos, cuarenta y cinco balas en total, así que disparar ráfagas automáticas estaba descartado. Se aseguró de colocar el selector en disparo a disparo, montó el cargador y colocó los otros dos en un cinturón especial. Sacó la funda del arma de la pistolera y su pistola Sig Sauer P229 y las unió también al cinturón.

Por último se puso el chaleco de kevlar. Era un modelo ligero, con las siglas de Servicio Secreto estampadas en amarillo. A su mente vino el recuerdo de los intrusos en casa de los Evans, y de la silueta de las PP-19 Bizon que llevaban.

«64 disparos por cargador —dijo dándose suavemente

con los nudillos en el chaleco—. *¿Cuántos podrá parar esta cosa, si me alcanza de lleno? ¿Dos, tres?*

»*No pienses. No pienses.*»

Dudó antes de volver a ponerse la cazadora de nuevo. La suma de la cazadora y el chaleco iba a restarle movimiento, pero las mangas blancas de su camisa eran demasiado llamativas. La cazadora negra ayudaría un poco a llegar sin ser vista hasta el granero.

«*Cuando empiece la fiesta, ya te la quitarás. Si es que la empiezas tú.*»

Regresó a lo alto de la colina, empuñando el arma con ambas manos. Tendría que descender con cuidado, sirviéndose de los refugios naturales que le ofrecía la vegetación. Aprovechó un bosquecillo que había a la mitad de la cuesta para pararse a descansar y echar un último vistazo a la finca.

«*Confían demasiado en que nadie encontrará este sitio. No han puesto a nadie a vigilar, o eso, o están demasiado agotados después del trabajito de esta noche.*»

Al menos tres de ellos habían estado en el coche, así que lo más probable era que se hubiesen ido a la casa principal a descansar, donde tendrían sus habitaciones. Asaltar aquel punto de la finca ella sola era imposible. Habría escaleras, recovecos, puntos ciegos, un millón de sitios en los que atrincherarse y muchas formas de cortarle el paso.

«*Si Julia está ahí, la hemos jodido.*»

Pero la niña no estaría ahí. Estaría en el granero, donde pudiese ser controlada, y donde habían situado su centro de comunicaciones.

«Este es el plan, entonces: entras, la sacas de donde esté y corres colina arriba como alma que lleva el diablo. Infalible.»

No pudo evitar un resoplido sarcástico ante su propia insensatez. Julia llevaba encerrada más de 60 horas en un agujero minúsculo en el que apenas podía ponerse en pie. Podía estar herida y enferma, y desde luego estaría en shock. Sería difícil que pudiese andar, ni mucho menos correr. Tendría que llevarla ella misma en brazos.

«¿Cuánto pesará, 24, 25 kilos? Dios, va a ser grandioso.»
Pero tampoco tenía un plan mejor.

Descendió los últimos metros de la colina sintiendo cómo la sangre se le agolpaba en las sienes, su respiración se aceleraba y de alguna forma el mundo a su alrededor cambiaba. La luz se volvió más intensa, dura, casi sólida, irrompible. El tiempo comenzó a transcurrir más despacio, y las hojas que caían de los árboles dejaron de hacerlo para quedarse flotando en el aire. Para cuando alcanzó la puerta del granero, sus sentidos se habían agudizado al máximo por obra y gracia de la adrenalina. Podía distinguir cada poro, cada veta, cada sombra musgosa en la puerta del enorme edificio de madera. Tendió la mano hacia la manija oxidada, sintiendo la rugosidad de las capas de pintura bajo los dedos, decenas de ellas aplicadas a lo largo de décadas. Cuando la hizo girar, el leve chirrido pareció un estruendo a sus oídos.

Empujó la puerta lo suficiente como para deslizarse dentro. El interior apestaba a bosta y a paja en descomposición, un olor denso y compacto que le hizo apretar la nariz. El lugar tenía dos alturas: la superior con una ventana provista de una polea, la inferior repleta de balas de heno pegadas a las paredes. Sobre unas cuantas de ellas alguien había improvisado una mesa extendiendo una gruesa lona verde, cubierta de portátiles, armas y material electrónico y de comunicaciones. Y sobre una silla, roncando, con la cabeza colgando hacia atrás, había un hombre alto y barbudo, vestido con camiseta blanca, botas y pantalones de campaña. El sol que entraba por la ventana del primer piso caía de lleno sobre su posición, creando una columna diagonal de luz en la que flotaban miles de motas de polvo.

Algo debió de llamar la atención del hombre, porque de pronto dejó de roncar, bizqueó varias veces y miró hacia la puerta, donde estaba Kate.

—No te muevas, cabrón —dijo esta, encañonándole.

El barbudo se enderezó al verla, sus ojos se volvieron pequeños y crueles.

—Manos arriba muy muy despacio, y ponte de pie.

Obedeció. Al alzar los brazos Kate vio que había enormes manchas de humedad bajo sus sobacos. Se preguntó si sería uno de ellos, uno de los que había estado aquella noche en Baltimore, metiendo un par de balas en la cabeza de Vlatko Papic.

—Voy a acercarme —dijo avanzando hacia él—. Cuando te diga, caminarás hacia mí separándote de esa mesa. Ni se te ocurra volver la cabeza hacia abaj...

No llegó a completar la frase. Un brillo en la mirada del barbudo, un leve gesto de sus hombros, una inclinación a la izquierda, sirvieron como aviso a Kate. No estaban solos. Detrás de él había alguien más, alguien que iba a atacarla. Se arrodilló por puro instinto, clavando la rodilla en el suelo y basculando el cuerpo hacia adelante.

Justo a tiempo. El tipo de la barba se apartó de un salto, lanzándose hacia las balas de heno, mientras el cañón de un arma se materializaba en ese espacio, entrando en la columna de luz. Hubo un fogonazo y un estruendo. Una docena de balas hendió el aire, traspasando el lugar en el que Kate acababa de estar un instante antes y hundiéndose en la puerta del granero.

La columna de sol no le permitía ver quién había disparado o dónde estaba. Kate disparó a bulto en la dirección del fogonazo, sin pensar, sin apuntar. Sólo tiró del gatillo una, dos, tres veces. Se oyó un crujido y un golpe sordo.

«Le he dado. Le he dado.»

—¡Eh! ¡Quieto! —gritó al hombre de la barba, que se había arrojado al suelo y tenía la cabeza cubierta con ambas manos.

Se puso en pie, sin dejar de apuntarle, y caminó de un lado hacia el otro de la columna de luz. No necesitó más que un vistazo para comprender que el tirador estaba muerto. Una de las balas del MP5 le había entrado por un ojo, arrancándole la mitad de la cara. Se volvió hacia el barbudo.

—Ni se te ocurra. Ni se te ocurra, joder.

El otro se había incorporado ligeramente y tenía sus dedos colocados en torno a la empuñadura de una pistola que había sobre la lona. El cañón del arma apuntaba hacia Kate. El barbudo tenía el cuerpo en tensión, no había llegado a ponerse de rodillas, pero sólo tenía que cerrar del todo el agarre sobre el arma y estaría en disposición de disparar.

—Baja la mano. Bájala. Ahora —dijo ella. Su voz tembló y galleó en mitad del ahora, como la de un adolescente inseguro.

Quizás fue eso lo que animó al barbudo a intentarlo, cerrando los dedos y apretando el gatillo de la pistola. El tiro se perdió un metro por encima de la cabeza de Kate. Pero los de ella no. El primero entró por el sobaco derecho del hombre, seccionando su arteria axilar y casi arrancándole el brazo de cuajo. Sólo esa bala hubiese bastado para matarle en un minuto por exsanguinación, aunque no tuvo tiempo a morirse de eso. La segunda bala destrozó su caja torácica, abriendo un surco enorme a través de la carne, arrasando ambos pulmones antes de salir por el otro extremo, en un agujero el doble de grande que el que había hecho al entrar. El barbudo intentó gritar, pero de su boca sólo salió un amasijo de sangre antes de desplomarse inerte en el suelo.

«*Hay que ser imbécil* —pensó Kate—. *Creerse más rápido que una bala.*»

Dio dos pasos hacia él para asegurarse de que había dejado de ser una amenaza. El suelo de tierra, negro y fértil, comenzaba a oscurecerse más por la sangre que seguía saliendo a chorros cada vez más débiles de la herida de su brazo.

«*Nunca había matado a nadie* —pensó Kate. Y luego su conciencia se impuso para recordarle los sucesos de la noche anterior—. *Con mis propias manos.*»

Hubo gritos en el exterior. El tiroteo había durado sólo unos pocos segundos, pero había hecho un ruido de mil demonios. Los estampidos debían de haberse oído en todo el valle.

Encima de la mesa, en el cinturón del barbudo y en algún lugar debajo del cuerpo del primer tirador se oyó un chasquido y una voz perentoria, hablando en idioma extranjero.

«Ya vienen.»

Se colgó al hombro el MP5, caminó hacia el barbudo y le arrancó el arma de los dedos exangües. Apuntó hacia los portátiles y las cajas de material electrónico que había sobre la mesa y vació el cargador, trazando un movimiento en abanico con el arma. Las balas arrasaron todo lo que había sobre la mesa, convirtiendo decenas de miles de dólares de equipo en chatarra inservible y humeante.

«Adiós pruebas. Pero tal vez esto joda sus comunicaciones y nos consiga algo de tiempo.»

Miró alrededor, desesperada, completando en su cabeza el mapa del lugar que había quedado interrumpido por el tiroteo con aquella escoria. El granero tenía dos puertas grandes, una a cada extremo. Entre medias las hileras de heno, dejando un pasillo de unos tres metros de ancho en el centro. Una escalera de mano que llevaba al altillo, y nada más.

«Julia. ¿Dónde estás?»

No tenía tiempo de buscarla. En breve los compañeros de los muertos vendrían a ver qué estaba ocurriendo. Con su experiencia militar eran doblemente peligrosos, aunque también más predecibles. Esperarían a estar todos juntos y atacarían desde una de las dos puertas o desde ambas a la vez.

«Arriba. Tienes que ir arriba.»

Dejó caer la pistola y trepó por la escalera de mano. Corrió hacia la ventana, que estaba un par de metros más allá de la escalera. Del pie de la ventana surgía el brazo de la grúa que servía para alzar las balas de heno. Se asomó, un vistazo rápido que le sirvió para comprobar sus peores temores. Eran tres, al menos que ella pudiese ver, y corrían hacia el granero desde la casa principal.

«*Mal, idiotas. No se corre tan juntos unos de otros cuando hay un tirador en las proximidades.*»

Sólo disponía de un par de segundos antes de perder la línea de disparo, pero no necesitó más. Apuntó medio metro por delante del último de ellos e hizo fuego. El secuaz de White, un tipo joven y delgado, cayó abatido, con una flor de sangre escarlata en el centro de su jersey gris. Los otros desaparecieron de su vista, protegidos por el edificio.

«*Ahora ellos tienen ventaja. Vendrán uno desde cada lado. Saben que estoy aquí arriba. Tienen radios para coordinarse. Y aunque no las tengan, les basta con hablar en serbio para que no me entere de qué cojones van a hacer.*»

El altillo era muy estrecho, y las maderas que lo formaban no eran compactas, sino que tenían una separación entre las lamas de un par de centímetros. No había protección posible, ni sitio donde esconderse. Y si se tumbaba en el suelo sólo podría cubrir uno de los dos lados.

«*Aquí arriba soy un pato de feria. Y si intento bajar por la escalera, un pato de feria que no puede defenderse.*»

Mientras intentaba decidir hacia qué puerta inclinarse, vio que la de la derecha se abría un poco. Disparó dos veces hacia ella, y luego se volvió y disparó hacia la izquierda, sólo para confundirles y que no creyesen que estaba sola. Pero fue inútil. Los tablones de las puertas eran muy gruesos, y las balas no llegaron a traspasarlos. Pero la intención de sus atacantes no era esa, sino una mucho más malvada. Hubo ruido de cristales rotos, y sendas columnas de llamas se alzaron a ambos lados del granero, mordiendo la paja seca a toda velocidad.

«Cócteles molotov. No lo había pensado. Qué astutos hijos de puta.»

Aquello no entraba en el manual táctico del Servicio Secreto. No hay ningún libro en el mundo que te enseñe qué hacer cuando estás sola, atrapada en el altillo de un granero, flanqueada por enemigos que cubren tus vías de escape con armas automáticas.

En ese momento oyó unos chillidos. Apagados, ahogados, pero inconfundibles. Miró hacia abajo, y entre el humo pudo distinguir que en el suelo en el centro del granero había un cuadrado de un color distinto, como si se hubiese removido recientemente, y una argolla metálica en uno de sus lados. Entonces comprendió qué hacía un montículo de tierra en el exterior.

Julia había sido enterrada allí debajo.

—¡Julia, cariño! ¡Cálmate! ¡Soy la tía Kate!

—¡Ratas! ¡Ratas!

Y no hay manual en el mundo que te prepare para afrontar la situación de que las ratas devoren viva a tu sobrina.

33

Cuando entras en un quirófano donde acaba de hacerse una craneotomía percibes un olor especial. Por encima del desinfectante, de los productos químicos, de tu propio sudor. Es el olor de hueso cortado y de sangre. Cuando lo percibes, sabes que una parte del paciente ha entrado en ti y ahora forma parte de ti. Es un lazo que mantendréis siempre. Puede sonar enfermizo y espeluznante, y por eso los cirujanos no solemos hablar de ello. Pero no es menos real.

El Presidente estaba sentado, completamente consciente. Una vez concluido el proceso doloroso de extraer la parte superior de su cráneo, le habíamos despertado. La doctora Wong había taladrado el hueso en cuatro puntos, dejándolo sujeto a un sistema de pinchos de acero llamado Mayfield, que impedía que la cabeza pudiese moverse ni un milímetro.

Me puse delante de él para que pudiese verme. Aunque era difícil que me reconociese enfundado en mi delantal, con la mascarilla y las gafas con las lupas de magnificación. Pero sin duda reconoció el tigre bordado de mi gorro.

—Doctor Evans, ¿cómo usted por aquí?

La sedación predispone a algunos pacientes a los chistes. Eso hace todo mucho más divertido. Normalmente habría habido una carcajada general, pero nadie se rió. Todos estaban tensos, expectantes.

—Señor, la doctora Wong me ha abierto un acceso a la zona donde se encuentra su tumor. Ahora vamos a colocar un monitor delante de usted con imágenes y palabras. Es muy importante que usted vaya leyendo esas palabras en voz alta y describiendo las imágenes. De esa forma yo podré usar un estimulador para poder diferenciar el tejido sano del tumor.

Me coloqué en posición cuando sonó el teléfono del quirófano. Me dio un vuelco el corazón. Por un momento soñé que sería Kate avisándome de que ya había encontrado a Julia.

—Era el neuropatólogo —dijo la enfermera que había contestado—. Le hemos enviado muestras de tejido. Confirma el diagnóstico, es glioblastoma multiforme.

—De acuerdo —dije, disimulando mi decepción.

Me asomé al cerebro del Presidente, dispuesto a emprender la batalla contra mi peor enemigo. Allí estaba, semioculto sobre el tejido del cerebro. Nadie que no sea un experto podría notar la diferencia. El GBM es invisible a simple vista, ya que su éxito deriva de ser un tejido igual a aquel junto al que se halla, solo que inmortal e imparable para el organismo en el que habita.

Puse mi dedo sobre un área que sabía que estaba limpia. El cerebro tiene la textura de la pasta de dientes Colgate cuando la has dejado un rato fuera del tubo. Ligeramente gomosa, débil y a la vez resistente.

—¿Ha notado eso, señor Presidente?

—No noto nada. Pero por algún motivo no dejo de pensar en un perro que tuve —dijo, sorprendido.

—En el cerebro no hay terminaciones nerviosas, señor. Nada de lo que haga le dolerá. Pero su manipulación provoca resultados inesperados. Probablemente he estimulado ese recuerdo con la presión.

Continué familiarizándome con su tacto, aprendiéndolo a través de mis manos. Quería saber cuál era su textura real. Después pasé al area problemática, y volví a tocar, muy despacio. A través de la finísima superficie del guante de látex, percibí la textura del tumor. Un color ligeramente diferente, una textura más ligera.

—Nimbus, por favor.

La enfermera me pasó un instrumento largo y negro, terminado en una punta doble. Aquel cacharro servía para dar minúsculas descargas eléctricas, estimulando el cerebro del paciente.

—Empiece a leer, señor Presidente.

—Perro. Un muchacho lanzando una pelota.

—Muy bien, continúe. No se detenga.

Cuando identificas el tumor, entonces entra en acción la herramienta definitiva.

—Cavitron, por favor.

Me pusieron en la mano el extremo de un instrumento con una boquilla de acero, unido por un tubo a una máquina de un metro de alto. Aquel instrumento con nombre de *transformer* era mi ametralladora particular: un aparato que emite ultrasonidos a muy corta distancia, fragmentando tejido y aspirándolo. Pero el Cavitron no distingue entre tejido sano y tumor. Es necesario un pulso firme y una coordinación mano-ojo absolutamente precisa para no hundir la punta un milímetro más de lo necesario y freír el cerebro del paciente. O que un grumo que te parezca tumor sea en realidad cerebro, y entonces...

—Patata. Patata. Patata.

... dejes al paciente atascado en una palabra que pasará a ser el cien por cien de su vocabulario para el resto de su miserable vida.

Aparté a tiempo la punta del aspirador. Había estado muy cerca. Las luces de la mesa estaban muy fuertes, y yo cada vez tenía más calor. El sudor comenzaba a nublarme la visión.

—Vaya, no es por ahí. Gracias, señor —dije, con tono casual.

Me giré a la enfermera.

—Suba el aire acondicionado.

—Dave, la temperatura del Paciente... —repuso Sharon Kendall.

—Ponedle unas mantas térmicas sobre el pecho y las piernas si hace falta. Pero necesito enfriarme ya.

Continuamos durante un buen rato, sin que en el quirófano se oyese más que el ruido del aspirador, el pitido constante del monitor y la voz del Presidente recitando monótonamente lo que iba viendo en la pantalla.

De pronto se detuvo.

—Estoy agotado.

Siempre sucede. Incluso aunque no puedan moverse, el proceso altera el equilibrio químico del cerebro y produce una sensación de cansancio terrible.

—No ceda, señor. Debemos continuar. Piense que cada palabra que lee es un día más de vida que podrá disfrutar junto a sus hijas.

A partir de ahí perdí la noción del tiempo. Siempre

me ocurre cuando me concentro, y nunca en mi vida había estado tan concentrado como en aquel instante. Dibujé una puerta en mi cabeza y la crucé, dejando al otro lado todo lo que me preocupaba. En algún lugar Kate intentaba salvar a mi hija. Al acabar lo que estaba haciendo tendría que ceder al chantaje de White, si es que ella fallaba, o incluso si no lo hacía, porque yo no tenía forma de saber qué pasaba, y no pensaba correr ningún riesgo. Pero mientras tanto, aquella era la operación para la que había estado toda mi vida preparándome. Y por lo más sagrado, iba a hacerla bien.

Seguí tocando, preguntando, aspirando.

—Con esto hemos concluido, entonces. No puedo sacar más. ¿Qué me dice, señor Presidente? ¿Le vale así o lo quiere más corto?

El Presidente soltó una carcajada, breve y cansada pero real.

—Había un peluquero cerca del edificio Wrigley que siempre me decía lo mismo. ¿Qué opinan sus compañeros?

Me quité las gafas con lupas de magnificación y di un paso atrás. La doctora Wong se asomó a la zona de trabajo y emitió un murmullo de aprobación.

—Coincido. No hay más tejido tumoral visible. Un trabajo excelente, doctor Evans. ¿Están de acuerdo, señores?

Por el altavoz se escucharon las voces de mis colegas.

—Ha sido espectacular, doctor Evans —dijo Lowers—. Me siento honrado de haberlo podido ver en directo. ¿Doctor Hockstetter?

Hubo una pausa incómoda, pero al final incluso Hockstetter tuvo que claudicar.

—Un buen trabajo, Evans —dijo a regañadientes.

—Ha sido magnífico. Estoy ansioso por ver el final —añadió White.

«Por supuesto que lo estás», pensé yo.

—Bueno, ya sólo queda una cosa que hacer antes de cerrar. Enfermera, traiga el Gliadel —dijo Wong.

La enfermera fue hasta el segundo cajón del carro de instrumental, tomó las bolsas y le pasó una de ellas a la doctora Wong. Ella tiró de la pestaña de la parte superior y rasgó el aluminio. Tomó una pinza, sacó uno de los parches de Gliadel y me la pasó.

—Aquí tienes, David.

Miré fijamente el parche envenenado. Sólo tenía que colocarlo en su sitio y las demandas de White quedarían satisfechas, mi hija estaría a salvo. Nadie sabría nunca lo que había ocurrido.

Cogí la pinza y me dispuse a matar al presidente de los Estados Unidos de América.

KATE

No había tiempo que perder. El piso de abajo y las puertas eran una muerte segura. Si no acababan con ella las llamas, lo haría cualquiera de los dos secuaces que estaba esperando fuera. Esperar era una condena no sólo para ella, sino para la niña. Tenía que sacar a la niña de aquel agujero antes de que aquellas alimañas la devorasen.

Sólo quedaba una opción. Se dio la vuelta, corrió hacia la ventana y dio un paso hacia el vacío. Logró apoyar el pie en la grúa, que crujió y protestó bajo su peso. Había cinco metros de altura hasta el suelo. Si no bastaba para partirle el cuello, los serbios se encargarían de lo que quedase.

«Vamos. No mires abajo.»

Colocó el segundo pie. Ahora todo su cuerpo estaba sobre la grúa. Tuvo que mover los brazos para mantener el equilibrio, y estuvo a punto de caer al vacío.

«No puedo. No puedo.»

Y de pronto Rachel estaba allí, bajo ella, como aquella vez treinta años atrás. Las dos volvían a ser niñas, y Rachel gritaba con toda la fuerza de sus pulmones para que bajase de aquella rama que iba a partirse.

«Camina, gallina estúpida. ¡Muévete!»

Dio un paso. Otro. Luego un tercero.

Llegó al borde, ignorando el vértigo, su sempiterno miedo a las alturas, ignorando que el humo y las llamas comenzaban a asomar de la ventana que acababa de abandonar. Se agachó, arrodillándose, sintiendo como el brazo de la grúa se tambaleaba peligrosamente, estirando el brazo mientras se precipitaba al vacío. Y en el último instante sus dedos lograron asirse al gancho que colgaba de la polea. La gravedad hizo el resto, y cayó, descolgándose a toda velocidad.

Soltó el gancho, encogió las rodillas y rodó al tocar el suelo, pero aun así no fue suficiente para amortiguar la caída. Oyó un chasquido y un ramalazo de dolor subió por su pierna derecha.

«Algo se ha roto. Cómo duele, joder.»

No había tiempo para diagnósticos. Se incorporó a duras penas y fue cojeando hasta la esquina norte. Empuñó el MP5, cambió el cargador y se asomó. A tres metros de distancia, fumando un cigarro con sonrisa estúpida y el arma apuntando distraídamente hacia la puerta, estaba uno de los secuestradores. Era el calvo que había pasado a su lado en la terraza de casa de David. Kate no le avisó, ni le dio el alto, ni una sola oportunidad. Apuntó, disparó y le voló la cabeza en medio segundo.

Oyó algo a su espalda.

No llegó a darse la vuelta, ni siquiera supo lo que le había pasado, no oyó los disparos. De pronto estaba en el suelo, sin poder mover el brazo derecho, chorreando sangre. Un balazo le había alcanzado a la altura del antebrazo. Fue vagamente consciente de que varios más habían impactado en su espalda, pero parecía que el chaleco se había encargado de detenerlos. O al menos aquellos no le dolían como el enorme agujero que tenía en el antebrazo.

El MP5 estaba bajo ella, inutilizado. Sólo quedaba la pistola. Sin llegar a incorporarse echó mano de ella con la izquierda, desenfundó, se giró y disparó, como había ensayado más de un millar de veces a lo largo de tantos años.

Su agresor la miró con incredulidad. El disparo entró en su estómago, atravesándole de parte a parte. La Bizon que sostenía en sus manos, aún humeante, se deslizó al suelo. Kate no cometió el error que él había cometido y siguió disparando, hasta vaciar el cargador, sin fallar ni una sola vez. El cuerpo del serbio cayó de rodillas al suelo y se mantuvo en precario equilibrio sobre ellas antes de derrumbarse, convertido en un amasijo de carne.

«*Puede que no haya tenido una vida. Quizás ha sido porque me preparaba para hacer esto*», pensó Kate.

No se detuvo. Aullando de dolor, se puso en pie y logró quitarse la cazadora y echársela por la cabeza antes de entrar en el granero en llamas. Las balas de heno ardían, convertidas en un infierno que ya había alcanzado las vigas. En poco tiempo aquel lugar se desplomaría sobre el zulo donde estaba Julia.

A gatas, luchando por encontrar una bocanada de aire respirable en aquella masa de humo, Kate se abrió paso hasta el centro del granero. No podía ver nada, sus ojos lloraban y sus miembros malheridos gritaban de dolor. Buscó a tientas, palpando el suelo cubierto de pavesas encendidas.

De pronto sus dedos se cerraron sobre algo metálico. Acero redondeado, unido a algo bajo la tierra.

La argolla.

Tiró de ella, pero no sucedió nada. Tuvo que ponerse en pie y jalar con todas sus fuerzas. Entonces la tierra aplastada sobre la tapa del zulo cedió de pronto, abriéndose y arrojando a Kate al suelo de espaldas. Se incorporó de nuevo, a tiempo de ver una decena de formas oscuras huyendo del agujero.

Se asomó a él y allí estaba Julia. Cubierta de sangre y mordeduras en los brazos y en la cara. El pelo pegajoso, el pijama hecho una ruina, cada centímetro de piel lleno de tierra y suciedad.

Pero viva.

Alzó los brazos hacia ella, y Kate la sacó del agujero levantándola como si la niña no pesase nada. Corrió hacia la puerta con ella en brazos, mientras a su espalda las vigas en llamas comenzaban a partirse y caer. Ambas salieron del granero justo a tiempo y rodaron por la hierba, hechas un revoltijo.

Allí se quedaron abrazadas durante varios minutos, llorando en silencio hasta que lograron recobrar el aliento. La niña aún sostenía en la mano un trozo de madera, largo y estrecho.

—Vinieron a por mí, tía Kate. Y sólo tenía esto para defenderme. Lo arranqué de la pared.

—Lo has hecho muy bien, cariño.

—Llévame con mamá, tía Kate. Debe de estar preocupada.

Kate volvió a estallar en lágrimas. La besó en la frente con ternura, y sin dejar de abrazarla, sacó el teléfono y comenzó a marcar.

—Tranquila, cariño. Pronto estarás en casa.

34

Alcé la vista hacia la cúpula, con la pinza en la mano, buscando a White.

«*Esto es lo que querías* —pensé—. *Disfruta de tu triunfo, cerdo.*»

Pero cuando iba a colocar el parche sobre la zona operada, algo me detuvo. White estaba allí, el tercer rostro por la izquierda en la hilera de asientos, pero a diferencia de los demás, no miraba hacia abajo, sino hacia su propio regazo. Estaba mirando su iPad. Y cuando alzó de nuevo la mirada, en ella había sorpresa. Rabia. Miedo. Derrota.

Leí en sus ojos tan claramente como si yo estuviese viendo aquella tableta.

«*Kate está allí. Kate lo ha conseguido.*»

Yo levanté la mano hasta mi mascarilla y me la bajé. Quería que viese mi sonrisa de desafío ante lo que iba a hacer.

Simplemente, abrí la pinza y dejé que el parche cayese al suelo.

—¿Doctor Evans? —dijo la enfermera, extrañada.

En la cúpula, White apretó varias teclas en su iPad, frenético, y luego se puso en pie. Le vi decirle algo a Mc-

Kenna y abrir la puerta. Y de pronto fui consciente de que aún podía hacer muchísimo daño, en formas que yo no era capaz ni de imaginar. Pero no podía decirle la verdad a McKenna. En aquel momento, iluso de mí, aún creía que podía salir bien parado de todo aquello.

—David, ten más cuidado. Acabas de tirar mil dólares a la basura —dijo la doctora Wong.

—Aquí van otros tres mil —dije, arrebatando la bolsa de Gliadel de sus manos y poniéndola boca abajo.

—No tiene gracia, David.

Fui hasta la enfermera, le arranqué la bolsa, la abrí y la vacié también. Todo el mundo me miraba como si estuviese loco.

—Escúchame, Stephanie. Tengo razones para pensar que estas dos bolsas no estaban operativas. ¿Serías tan amable de pedir dos bolsas nuevas en la farmacia y de cerrar al Paciente por mí? Estoy agotado, voy a descansar.

Y dejando a todo el mundo boquiabierto, salí corriendo del quirófano.

Me quité el delantal y los guantes y los arrojé al cubo de desperdicios tóxicos en la antesala del quirófano. White había salido de la sala de observación antes de que yo lo hiciese del quirófano, así que no sabía que iba tras él. Eso era lo que yo quería.

Me llevaba unos metros de ventaja. Me asomé al pasillo y le vi meterse en el ascensor, saludando a los del Servicio Secreto con la cabeza al pasar. Estos estaban preparados para impedir entrar en aquella planta, no salir, así que no movieron un músculo. Yo volví a meterme en la antesala para que no me viese, y cuando las puertas se cerraron no salí corriendo tras él, sino que fui a mi despacho, abrí la puerta y cogí mi bata blanca. En el bolsillo había dejado la Blackberry de Kate y las llaves del coche. Con paso ágil pero aparentando tranquilidad, fui hasta el ascensor y pulsé el botón de llamada.

No iba a dejarle escapar. No sólo por lo que pudiese hacernos en aquel momento, sino por lo que podría hacer en el futuro. Y así fue como cometí el mayor error de mi vida. En mi defensa diré que yo desconocía cuál era la situación, ni sabía que en el mismo momento en el que yo entraba en el ascensor, Kate se balanceaba sobre la grúa de un granero a cinco metros de altura.

Y también, seamos justos, quería a White para mí solo, no en manos de McKenna. Quería hacerle pagar por Svetlana, por Juanita, por mi hija.

Pulsé el botón del garaje. White había dicho que había venido en coche, así que iría ahí, no al vestíbulo. No me permití patear en el suelo impaciente, hasta que las puertas se cerraron, ocultándome de la vista de los agentes que custodiaban el ascensor con rostro pétreo. Cuando volvieron a abrirse, salí corriendo hacia mi coche, arranqué y puse rumbo a toda velocidad hacia la puerta con un chirrido de neumáticos.

White estaba metiendo el ticket en el cajetín que levantaba la barrera cuando mi coche dobló la esquina, justo detrás de él. Le vi alzar la cabeza, le vi mirarme a través del retrovisor. Arrancó, pasando por debajo de la barrera por milímetros. Yo tuve que detenerme a buscar mi tarjeta de empleado en la barrera, perdiendo unos segundos preciosos. Para cuando salí a la calle, me llevaba un par de manzanas de distancia. Llevaba un Lincoln negro, el coche más común de toda la maldita ciudad, y cuando tomó el desvío a la 16 estuve a punto de perderle. Giré en dirección sur por pura intuición, y volví a avistarle varias manzanas después, cincuenta metros por delante de mí. Logré acercarme a él a costa de saltarme un semáforo y de estar a punto de estamparme contra un autobús, pero en el siguiente volvió a ganar terreno. Se desvió a la altura de la calle K, y logré ganar un poco de terreno en el siguiente semáforo. Ya le tenía tan sólo a unos coches de distancia. Cuando tomó el desvío del Key Bridge, supe que era el momento. Allí no tendría ningún sitio a donde huir. Logré adelantar a los tres vehículos que nos separaban, y por último le rebasé a él, adelantándole por la izquierda. Pegué un volantazo, invadiendo su carril, y pisé el freno al mismo tiempo, sintiendo cómo la goma de los neumáticos iba quedándose en el asfalto a medida que el coche se atravesaba en la carretera. El Lexus cortó la trayectoria del Lincoln y el coche de White se dio de lado contra el murete de piedra.

White no tuvo más remedio que frenar.

Metí la mano debajo del asiento y saqué la Glock con la que había amenazado a Hockstetter. Abrí la puerta y bajé del coche, apuntándole. Los coches que iban detrás de él, que habían quedado bloqueados, pitaban como desesperados hasta que vieron la pistola. Los ocupantes de los que estaban más cerca salieron de sus vehículos y corrieron en dirección contraria, despavoridos.

Yo continué avanzando hasta llegar junto a la ventanilla de White.

—Sal. Ahora.

White abrió la puerta y bajó con las manos en alto. En una de ellas llevaba el iPad.

Y estaba sonriendo.

—Vaya con el que nunca peleaba.

—No te muevas, cabrón. Dime dónde está mi hija.

White me ignoró y caminó hacia el paseo de viandantes, salvando el murete con elegancia y acercándose a la barandilla de acero. Echó el brazo hacia atrás y arrojó el iPad al río Potomac. Lo vi bajar, con la funda de Louis Vuitton aleteando como la paloma más cara del mundo, y desaparecer.

Yo fui tras él, sintiéndome como un estúpido. ¿Por qué todo el mundo parecía ignorarme cuando llevaba una pistola en la mano?

—Espero que quien hayas enviado sea mejor que mis chicos, Dave. De verdad que sí. Tendrán que correr mucho para salvar a tu hija de las ratas.

Me acerqué más a él, sin dejar de apuntarle. Parecía tranquilo y miraba por encima de la barandilla, en dirección a la Casa Blanca.

—Estuve tan cerca. En fin, otra vez será.

—¿Quién ha sido, White? ¿Quién te contrató?

Se dio la vuelta y frunció el ceño, como si me viese por primera vez. Después miró el arma y entrecerró los ojos.

—En realidad, podría matarte ahora mismo, Dave. Si no lo hago es porque sigues siéndome útil. Te necesito para que cargues con las culpas de todo.

—Eso no va a pasar, White. Vas a ir a la cárcel y vas a pudrirte dentro.

Él volvió a sonreír.

—Has sido un digno oponente. Tal vez algún día regrese a por ti. Quizás entonces hayas aprendido a quitarle el seguro a la pistola.

Sintiéndome —aún más— como un imbécil, encogí el brazo y miré el lateral del arma buscando el seguro. Un botón del que, dicho sea de paso, las Glock carecen por completo. White me la había vuelto a jugar.

Cuando alcé de nuevo la vista, White se había subido a la barandilla. Antes de que pudiera detenerle, pegó los brazos al cuerpo y se lanzó al Potomac.

EPÍLOGO

Diario del Dr. Evans

A no ser que usted haya vivido en una cueva durante el último año, ya sabe lo que sucedió después.

Instantes después de que White saltase, recibí un mensaje de Kate. Volví a subir al coche, logré abrirme paso en el puente y continué conduciendo en dirección a Virginia. La policía comenzó a perseguirme casi enseguida, y las cadenas de televisión no tardaron en retransmitir la persecución. Pero el depósito del Lexus estaba lleno, y los policías hubieran tenido que correr mucho para poder alcanzarme antes de que yo decidiese parar. Iba en busca de mi hija, con el pedal a fondo y una sonrisa de oreja a oreja. Lo único que quería era volver a abrazarla y nada ni nadie iba a impedírmelo. Creo que las cámaras del helicóptero de la CNN me captaron saliendo como un loco del coche y corriendo hacia ellas. Kate, incluso malherida, no dejó de sostener la mano de la niña ni un solo instante.

Puede que hayan visto también en YouTube el vídeo de lo que sucedió en el puente. El tipo que lo grabó con su móvil tenía pulso de fumador y nervios de cachorrillo

453

asustado. Estaba tan lejos que en ella apenas se me ve a mí empuñando una pistola contra alguien que queda tapado por un coche. Luego se ve algo caer, y se oye un ruido, nada más.

Aquella grabación fue lo que me salvó, y aunque la acusación hizo todo lo que estuvo en su mano para desvirtuar su importancia, lo cierto es que había alguien en el coche, alguien que no era el doctor Ravensdale. «Casualmente» los discos duros del sistema de seguridad del Saint Clement's fallaron todos a la vez a la misma hora en que White salió corriendo de la sala de observación. No hay ni una sola imagen de él en ninguna parte.

Nada.

En ausencia de White, sin indicios de la identidad de su empleador, y con todos los secuaces de la granja muertos, el único que quedaba por culpar era un servidor. Así que la prensa y la fiscalía fueron a saco contra mí, con todas sus fuerzas. El cadáver de Svetlana apareció en la granja, encontraron mi piel y mi sangre bajo sus uñas. El cabrón de White debió de colocarlos allí el jueves por la noche. ¿Recuerdan que les conté que me había despertado con unos profundos arañazos en el antebrazo que no era capaz de explicar? Pues ese era el origen. Me aterra pensar que mientras yo estaba durmiendo la mona en el salón, los serbios metieron el cuerpo de aquella chica en mi casa, rascaron sus uñas muertas contra mi piel y fabricaron una prueba indeleble de que yo la había asesinado. Por suerte, mi abogado defensor logró exonerarme de ese cargo, gracias al momento en el que se hicieron los arañazos. Mucha gente me había visto los antebrazos desnudos y libres de heridas el martes, y Svetlana llevaba muerta más tiempo, como pudo ratificar el forense. Seguramente White contemplaba matarme después de la operación de alguna forma en la que me implicase más profundamente en la muerte de Svetlana. Afortunadamente, nunca llegamos a esa parte de su plan, pero me dan escalofríos sólo de pensarlo.

El incendio de nuestra casa tampoco ayudó demasiado. Todas las cámaras y material electrónico que hubiese tras las paredes se volatilizó. White debió de colocar bombas incendiarias y acelerante tras las paredes, y activarlas desde su iPad antes de salir huyendo. Desconocemos cuáles fueron las órdenes que tecleó aquel psicópata en su dispositivo cuando me vio tirar los parches de Gliadel al suelo, más allá de activar las puertas de las jaulas de las ratas. Pero yo estoy convencido de que una de ellas fue quemar mi casa.

Dijeron los bomberos que aquel había sido el incendio más rápido y de temperatura más elevada que habían visto nunca. Para cuando llegaron a la escena, el lugar era un infierno ardiente. En menos de una hora sólo había cenizas. Los bomberos poco pudieron hacer más que evitar que el fuego se propagase a los tejados vecinos.

Lo perdimos todo. Nuestro hogar, nuestras cosas, nuestros recuerdos. Lo que más me dolió fue perder la carta de despedida de Rachel y su jersey de la universidad. A Julia, sus peluches y la foto con su madre, la misma que llevaba yo en el teléfono y que descansaba en su mesilla de noche. Siempre la miraba antes de quedarse dormida. Por suerte, tenía copias digitales de todas nuestras fotos en Dropbox. Al menos eso pudimos salvarlo.

Mi móvil también ardió de paso. No tan espectacularmente como nuestra casa. Una enfermera percibió olor a quemado proveniente de mi despacho y vio que salía humo de mi maletín. Lo apagó valientemente con el extintor, pero la policía no encontró dentro más que un charco de plástico y aluminio.

Lo que no ardió fue mi portátil, que no estaba en casa donde yo lo había dejado, sino en mi despacho, tapado por unas fichas de pacientes. Dentro el Servicio Secreto encontró decenas de e-mails firmados por mí que yo jamás había escrito, en los que preparaba y planificaba el magnicidio en colaboración con grupos de extrema derecha de Europa del Este.

Así que me acusaron de conspiración y de intento de asesinato, y ya saben que el juicio mediático lo perdí desde el principio. Este país no pudo juzgar a Lee Harvey Oswald como se merecía, John Hinckley era un lunático... Pero yo estaba disponible para ser masticado y tragado por la maquinaria mediática. El neurocirujano blanco, rico, loco, terrorista. Era la diana perfecta para absorber el odio de una nación entera.

Nadie creía en la historia que conté desde el principio, esta misma que les acabo de narrar.

Mucha gente sigue creyendo que el señor White es un mito. Nunca hallaron su cadáver en el Potomac. No encontraron huellas en el coche, tan sólo un par de pelos rubios que darán una bonita muestra de ADN, aunque sin alguien con quien compararla no sirve de gran cosa. Pero al menos ahora que sé lo que buscar, cuando una muerte me llame la atención, sabré que está ahí fuera. Y ustedes también.

Creo que incluso hay foros de Internet de investigadores amateurs que creyeron a pies juntillas mi historia y buscan rastros del señor White por todas partes no sólo en cada noticia que sale, sino incluso en el pasado, hasta el 22 de noviembre de 1963. En aquella época White no era ni siquiera un brillo en los ojos de su padre, así que no se esfuercen.

El que no dejó de esforzarse fue el fiscal. Si los planes de White hubiesen salido como él esperaba, el cabeza de turco hubiese sido yo, estoy convencido. Nunca creí ni por un momento que no tuviese pensado cargarme la culpa. Quizás me equivoque y todas las pruebas incriminatorias en mi contra no fuesen más que una distracción que activar en caso de emergencia, como la tinta que suelta el calamar mientras él huye. Pero no lo creo.

Por fortuna, no logró su objetivo por completo. Si no hubiese estado vivo para presentar batalla, si hubiese aparecido muerto, la justicia me hubiese encontrado culpable a toda prisa y fin de la historia. Pero mi abogado peleó con uñas y dientes, y contaba con el testimonio de Kate y de la propia Julia. Así que logré evitar la mayoría de los cargos.

La mayoría, pero no todos. Obstrucción a la justicia, conspiración para cometer magnicidio y alguno más se quedaron encima de la mesa. Seguro que vieron el juicio por la tele. Cuando me condenaron a cinco años en una prisión de máxima seguridad, la mitad del público comenzó a silbar y la otra mitad estalló en aplausos.

Escuché la sentencia completamente ido, no podía comprender la injusticia que se estaba cometiendo conmigo. Mi familia y yo habíamos pagado con sangre y mucho dolor lo sucedido, y no nos merecíamos aquello. Me llevaron a una celda en los juzgados, donde esperaría el traslado definitivo a prisión.

Y entonces un tipo enorme de traje y corbata oscuros, cabeza rapada y perilla pelirroja se acercó a mí y me pasó un teléfono a través de los barrotes. Me llevé el auricular a la oreja, y cuál no sería mi sorpresa al oír la voz de la Primera Dama.

—Doctor Evans, respóndame a una sola pregunta, con sinceridad. ¿Podrá hacerlo?

Sonaba tensa, furiosa y agotada.

—Sí, señora.

—¿Quería matarlo?

—No, señora.

—Llevó aquellas bolsas de veneno a la consulta. Cedió al chantaje. Traicionó mi confianza, y la de todo el país.

—Señora, soy padre. Un maníaco tenía a mi hija. Usted más que nadie debe comprender por qué lo hice.

—Y usted sabía muy bien cuál era su deber.

—Sí, señora. Salvar a su marido. ¿Y acaso no fue lo que hice?

Ella colgó sin despedirse. Le devolví el teléfono a McKenna, que me miraba con tanto odio que agradecí que hubiese unos barrotes entre él y yo. Su orgullo profesional había sido arrastrado por el polvo por un triste aficionado como yo. El tipo casi me dio pena. Casi.

—No durarás ni una semana en el trullo, doc. Tengo amigos allí. Y a todos les encantaría rajar a una celebridad como tú por medio paquete de Camel.

Borren lo anterior. No me daba pena en absoluto.

—Eh, McKenna. ¿Debo entender entonces que me retiras tus disculpas?

Sus pasos de elefante de estampida hacia la salida, hecho una furia, fueron música para mis oídos.

Resulta que el crimen no compensa, pero salvar a tu paciente de un tumor sí. No llegué a ingresar en el bloque D de Leavenworth, adonde me hubiese correspondido ir. Mi abogado me informó de que la Casa Blanca había movido hilos para que se me apartara del grueso de la población reclusa, algo que al Presidente le hizo ganar un par de puntos de aprobación en los estados azules y perder ocho en los estados rojos. Dicen que valoró la idea del indulto pero que los votantes no lo aprobaban. Yo sigo siendo el hombre más odiado de América para muchos.

Por suerte, tampoco me pusieron en el módulo especial, con los pedófilos y los violadores. Creo que aquella conversación con la Primera Dama me granjeó un favor especial. He cumplido mi condena aquí, en el corredor de la muerte. Donde he evitado que me agujereen las tripas, pero donde el castigo mental ha sido mucho más duro. Por eso los presos odian el aislamiento.

Lo más gracioso es que llevo aquí dentro más tiempo de lo que él hubiese vivido si no le hubiese operado. Así es la gratitud de los poderosos.

¿Y qué será de mí ahora? No lo sé.

Es infinitamente más difícil recomponerse que hundirse. Mi vida tal y como la conocía fue arruinada en menos de una semana por un psicópata sin escrúpulos. No he visto a mi hija desde el juicio, donde ella se despidió con un enorme abrazo.

—Gracias, papá.

No me dijo más. Tampoco hacía falta.

Charlamos por teléfono durante diez minutos cada

tres días, el máximo que me permiten. Básicamente, soy yo el que habla, le leo cuentos y le hablo de su madre. Habla bastante menos desde lo que sucedió, aunque Jim y Aura intentan que eso cambie con muchos tomates de Virginia y ocasionales visitas a la feria. Ellos han acabado cuidando de Julia, lo que son las cosas. Me alegro de que alguien finalmente consiguiese lo que quería en esta historia. Y francamente, después del infierno por el que había pasado mi pequeña, el plan de mis suegros de malcriarla me parecía fantástico.

Con algo de ayuda de Kate.

Kate, por supuesto, fue expulsada del Servicio Secreto. Su exposición de los hechos fue exhaustiva y descarnada, y asumió desde el principio su parte de culpa. La fiscalía no la acusó atendiendo a su impecable hoja de servicios y a su heroica actuación en la granja de Rappahannock. Pero no logró evitar la expulsión y las miradas de vergüenza de sus compañeros.

Aún la recuerdo, subida en el estrado, con la mano izquierda sobre la Biblia porque la derecha seguía en cabestrillo, narrando cómo había identificado la dirección del novio de Svetlana y llegado a su casa justo a tiempo de ver cómo de ella salían unos individuos sospechosos a los que decidió seguir. Pienso en ella conduciendo en la oscuridad, enfrentándose a aquellas alimañas sola, a cara descubierta, y mi alma se deshace en gratitud por su enorme sacrificio.

Yo fui expulsado del colegio de médicos del estado de Maryland. Nunca podré volver a ejercer la medicina en los Estados Unidos, pero estas manos se hicieron para curar. No pienso dedicarlas a nada que no sea la cirugía. Así que me imagino que cobraré el adelanto de los derechos de autor de este libro, cogeré a Julia y me iré a otro país, a algún lugar cálido donde pueda ayudar. Los dos nos hemos ganado el derecho a olvidar y empezar de nuevo.

Y antes de que se te ocurra criticarme, como han hecho muchos, por aceptar una oferta de una gran editorial y escribir mi historia para intentar sacar algo bueno de todo esto, te recuerdo que a ti te picaba lo bastante la curiosidad como para comprarlo, en primer lugar. A no ser que te lo hayas bajado de Internet sin pagar. Si es así, me debes pasta por todas las horas que he pasado enteniéndote, amigo.

Termino ya. Los celadores vendrán pronto a buscarme para sacarme del corredor de la muerte, solo que yo, al contrario del resto de los que están aquí, recorro el camino inverso, de la oscuridad hacia la luz y la libertad. Dentro de poco se abrirán las puertas, saldré a la calle y allí estará Julia, esperándome. ¿Habrá una sonrisa en su rostro? ¿Correrá hacia mí para abrazarme, o tendré que ir yo y alzarla, estrecharla contra mí y jurarle por lo más sagrado que nunca volveremos a separarnos?

Y lo más importante, ¿habrá cambiado con los años o conservará la mirada intensa, profunda e inocente, los ojos azul eléctrico de su madre, el amor de mi vida?

Os dejo. Ya les oigo venir.

Muy pronto lo sabré.

AGRADECIMIENTOS

Tengo que dar las gracias a mucha gente.

A Antonia Kerrigan y su equipo: Lola, Hilde, Victor... ¡Gracias por difundir la palabra!

A Martin Roberts, que tradujo este libro al inglés con precisión y con enorme pericia.

A Rodrigo Pedrosa, gran neurocirujano y buen amigo, por corregir mi ignorancia en temas médicos y por aportar un montón de ayuda. Y a Raquel, su encantadora esposa, anestesista, por su información sobre métodos de suicidio con fármacos. Los errores médicos que haya en la novela son todos culpa suya. No, es broma.

A Manuel Soutiño, por su paciencia leyendo el manuscrito una y otra vez —como siempre— para aliviar mi ansiedad mientras lo iba escribiendo.

A todo el *dream team* de Planeta: Marcela Serras, Ángeles Aguilera, Puri Plaza, Sergi Álvarez, Laura Franch, Laura Verdura, Paco Barrera... y todos los demás, que no cabéis pero que tanto habéis hecho por mis libros.

Al señor White real que apareció en mi vida. Sabes que has perdido y siempre perderás.

A mis hijos, cuyo amor ha sido la inspiración de esta novela y a quienes he dedicado el libro, aunque no lo puedan leer aún.

Agradecimientos

Y a ti, lector, gracias una vez más por haber convertido mis libros en un éxito en cuarenta países y por hacer realidad el sueño de este contador de historias. Te mando un abrazo y te pido un último favor: si has pasado un buen rato, escríbeme y cuéntamelo.

juan@juangomezjurado.com
twitter.com/juangomezjurado

ACERCA DEL AUTOR

J.G. Jurado es un periodista galardonado y renombrado. *Contrato con Dios* y sus premiadas novelas *Espía de Dios* y *El emblema del traidor* han sido publicadas en más de cuarenta países y se han convertido en unas de las novelas más vendidas a nivel internacional. Jurado vive en Madrid, España.